KB042951

세계 속 동아시아 디아스포라

— 복제인간, 가족, 좀비, 여전사 —

이 책은 2019년 대한민국 교육부와 한국연구재단의 지원을 받아 수행된 연구임
(NRF-2019S1A5C2A04082394)

세계 속
동아시아 디아스포라

— 복제인간, 가족, 좀비, 여전사 —

양종근 지음

복제인간
가족
좀비
여전사

學古房

서문

세계화 시대에 트랜스내셔널한 관점의 중요성이 그 어느 때보다 중요해지고 있다. 국제사회는 여전히 민족-국가 단위로 구성된 영토 분할을 토대로 정치, 경제, 사회, 문화의 역동성이 구현되고 있지만, 민족-국가를 넘어서는 사유의 필요성이 점차 강력하게 제기되고 있다. 민족-국가 단위를 넘어서는 인적, 물적, 문화적 네트워크가 점점 강화되고 있고, 일국적 단위의 사고로는 담아낼 수 없는 국제지형의 예측 불가능한 변화에 직면하고 있기 때문이다.

'ITWorld'에 따르면 우리가 사용하는 아이폰에는 세계 각국의 200여개 공급업체가 포함된 부품들로 이루어져 있다. 하나의 생산품에 여러 나라의 기술력이 총화되어 있는 현상은 어제오늘 일이 아니다. 2019년 일본 정부가 한국을 상대로 수출을 규제하여 촉발하게 된 한일무역분쟁, 즉 반도체, 디스플레이 공정 과정에 이용되는 포토레지스트(PR), 플루오린화 수소, 플루오린 폴리이미드(PI) 등 3개 품목에 대한 수출 규제를 시행함으로써 한국 경제에 타격을 주고, 이를 통해 한일관계에서 정치적 주도권을 장악하려 했던 사태는 초국적 공생관계에 있는 국제 경제 상황에 대한 무지에서 나온 조처라고 할 수 있다. 결국 우리가 일본의 원천 기술을 따라잡음으로써 오히려 일본 경제에 더 큰 타격을 주고, 해당 분야의 대일의존도를 낮추고 세계적 수준의 원천 기술을 확보하는 것으로 일단락되었지만, 국제 경제는 이제 메이드 인 국가보다 메이드 인 브랜드를 중심으로 재편되고 있다고 봐도 무방할 것이다.

국경을 초월하는 것은 경제뿐만이 아니다. 다문화 가족이 일반적인 가족 형태로 정착해가고 있음에도 불구하고 조야한 민족주의적 편견으로 인해 이들에 대한 제도적 인식적 환경은 아직 열악한 수준이다. 미디어의 변화 또한 국경을 무용지물로 만들고 있는데, 차범근 아저씨 때와는 달리 우리는 안방에서 박지성과 손흥민의 경기를 시청하고 EPL 우승팀 맞추기 내기를 한다. 넷플릭스(Netflix)에는 소위 미드(미국드라마)가 넘쳐나고, 토렌트나 바이두를 통해 일드와 중드를 거의 동시간대에 시청할 수 있게 되었다. 최근 세계적으로 엄청난 충격과 혼돈을 주고 있는 '코로나19'의 팬데믹(pandemic) 현상은 인류의 초국적인 협력과 공조가 그 어느 때보다 절실함을 잘 보여준다.

이러한 국제 환경의 변화에 비해 우리의 교육 환경은 아직도 변화에 능동적으로 발맞추고 있지 못한 것 같다. 대학의 학제는 아직도 국가(언어) 단위의 분과학적 편재를 그대로 유지하고 있으며(물론 몇몇 대학에서는 통합학제시스템을 도입함으로써 이와 같은 한계를 벗어나려 하고 있다. 그러나 시스템의 변경이 종종 학생 유치와 같은 대학 운영의 문제에 기인하는 경우가 더 많다), 초국가적 패러다임의 함양을 위한 제도적 준비가 부족한 실정이다.

이 책은 동아시아 디아스포라 문학 작품들을 독자들과 함께 읽기 위해 기획되었다. 동아시아를 대상으로 한 것은 초국가적 관점을 지니기 위한 첫 단계라는 의미를 지니는 바, 한국을 중심으로 지리적, 문화적으로 인접한 국가들에 대한 관심으로 시작하는 것이 용이할 것이라고 판단했기 때문이다. 한국, 중국, 일본을 대상으로 하면서도 이들 국가 출신의 디아스포라에 주목하는 이유는 디아스포라가 지닌 특수성 때문이다. 먼저 디아스포라는 다민족성을 지닌다. 법적인 국적은 이민을 통해 정착한 나라가 되겠지만, 그들의 출신 민족의 정체성과도 불가분의 관계에 있기 때문이다. 이들은 그들의 존재성으로 민족의 경계에 혼돈을 야기했으며, 민족 담론을 지속적으로 수정하도록 만들었다. 둘째, 그들은 근대성을 상징한다. 디아스포라의 전 지구적인 대규모 이동은 근대의 산물이다. 그들은 식민주의의 폭압과 착취에 의해 강제 혹은 자발적으로 이주한 사람들로서 식민주의가 근대를 표상한다는 점에서 근대성과 불가분의 관계에 있다. 셋째, 그들은 모빌리티의 상징이다. 그들은 비극적 역사의 산증인들로서 생계와 목숨을 담보로 엄청난 거리를 이동하였으며, 그 결과 다양한 인종, 민족, 문화, 관습들이 한데 뒤섞이며 혼종적 문화를 만들었다. 이들의 모빌리티는 인류에게 이전에는 불가능했던 진정한 의미의 다차원적인 융합을 가져왔다. 지역과 인종에 기반한 주류문화의 주변부에서 하위 문화를 일구었으며, 주류 문화에 끊임없이 침투하여 상호 영향을 주고받았다. 따라서 동아시아 디아스포라를 주제로 삼은 것은 동아시아를 고정된 지형학적 단위로 파악하는 것이 아니라, 동아시아를 중심으로 하는 전 지구적 영향 관계와 역동성을 함께 사유하려는 의도를 담고 있다.

이 책은 총 8개의 장으로 구성되어 있다. 첫 번째 장은 동아시아 디아스포라에 주목해야 하는 이유를 근대로의 이행 과정에 대한 대략적인 설명과 함께 밝혀두고 있다. 2번째 장부터 중국, 일본, 한국계 디아스포라의 문학 작품들을 다루고 있는데, 중국계 작가로는 에이미 탄의 『조이럭 클럽』과 맥신 홍 킹스턴의 『여전사』를 각각 2장과 7장에서 소개하고 있다. 일본계 작가로는 가즈오 이시구로의 『나를 보내지 마』와 호시노 도모유키의 『오레오레』를 3장과 5장에서 다루고 있다. 한국계 작가로는 숀하오 리우의 『뉴욕 좀비』와 재니스 리의 『피아노 교사』, 그리고 차학경의 『딕테』를 4, 6, 8장에서 살펴보고 있다. 이들 작품들은 민족적 정체성, 역사, 가족, 복제인간, 욕망, 여성성 등의 문학적 테마들을 디아스포라의 독특한 시선에서 그려내고 있다.

이 책은 어려운 이론적 분석보다는 내용 소개 및 이해에 중점을 두고 있으며, 본문을 길게 인용함으로써 작품 자체가 주는 분위기와 감동을 전달하려고 노력했다. 여기서 소개된 작품을 완독해야겠다는 마음이 생긴다면, 이 책의 존재 이유는 충분하다.

이 책은 교육부와 한국연구재단의 연구소 지원 사업 덕분에 만들어질 수 있었다. 보다 내실 있고, 창의적인 인문학 교육 프로그램을 지원하여 대학 내 인문정신 함양의 기회를 확대하고, 이를 건강한 시민사회 구성원의 양성 기회로 삼으려는 재단의 방향성에 동의하며, 같은 목적의식으로 이 책을 구상하게 되었다. 연구 책임자이신 이미경 선생님의 전폭적인 지지와 배려에 감사드린다. 출판을 도와주신 출판사 관계자분들께도 감사의 인사를 드린다. 부족한 부분은 점차 개선하여 보완하겠다.

2020년 6월

양 종 근

제1장 (탈)근대와 디아스포라 주체

제2장 전통가족의 붕괴와 새로운 가족의 탄생

: 에이미 탄(Amy Tan)의 『조이 럭 클럽』(Joy Luck Club)

제3장 복제인간과 생명윤리의 문제
: 가즈오 이시구로, 『나를 보내지 마』

제4장 불안정한 이민자의 욕망
: 슌하오 리우(유순호), 『뉴욕좀비』

제5장 사라진 신뢰와 배려를 찾아서
: 호시노 도모유키星野智幸, 『오레오레』俺俺

제1장

(탈)근대와 디아스포라 주체

중세에서 르네상스를 거쳐 근대로

유럽 역사에서 근대의 출현은 대략 5세기부터 15세기까지(476-1453)의 천년에 이르는 '중세' 시기를 지난 다음에야 가능해졌다. 중세 이후에 찾아온 르네상스 시기의 인문주의자들이 비난하듯 중세는 "천년에 걸친 암흑과 무지의 시대"는 아니었다. 다만 로마 제국의 해체 이후 사회적 통일성의 토대를 제공해 줄 수 있는 유일한 세력이 '로마 가톨릭 교회' 뿐이었기 때문에, 중세의 유럽을 하나의 거대한 그리스도교 왕국으로 보는 견해가 설득력을 지니게 되었다. 중세 시기 동안 진행된 문화적, 경제적 부흥 및 예술과 건축의 발전, 그리고 상업의 발전 및 도시의 번성은 르네상스 시대의 변혁과 부흥의 중요한 토대가 되었다. 이탈리아에서는 도시국가가 발전하고, 프랑스, 스페인, 영국에서는 국민국가가 등장하게 되며, 이를 토대로 문화적, 예술적 발전과 새로운 사상과 정신의 탄생으로 말미암아 봉건적 사회 질서가 붕괴됨으로써 르네상스 시대가 태동하게 된 것이다.

라파엘로, 〈아테네 학당〉 프레스코화, 823.5 × 579.5cm, 1510. 르네상스를 대표하는 그림으로 아테네 학당을 소재로 하고 있다는 사실 자체가 고전 문화에 대한 당대의 관심과 애정을 보여준다. 화면 가운데 하늘을 가리키는 플라톤과 땅을 가리키는 아리스토텔레스, 왼편 상단에 무언가를 열심히 설명하고 있는 소크라테스, 계단에 비스듬히 누워있는 디오게네스, 왼쪽 하단에 무언가를 쓰고 있는 피타고라스, 오른편 하단에 바닥의 무언가를 가리키는 유클리트, 오른편 가장자리에서 지구본을 들고 있는 프톨레마이오스, 천구본을 들고 있는 조로아스터 등 그리스 로마 시대의 철학자, 수학자, 과학자들이 총망라되어 있다. 그리고 학당의 원형 아치는 선명한 원근법을 보여주고 있는데, 이는 신이 아니라 인간 관찰자의 시점이 현실적으로 구현된 것으로 르네상스 시기의 대표적인 회화적 기법이다.

중세를 건너뛰어, 고대 그리스 로마 시대의 고전에 재발견 혹은 고전 문화의 부활과 재탄생을 의미하는 르네상스(Renaissance = Re + Birth)는 인문주의 혹은 인본주의(humanism)적인 지적 운동의 시기였다. 흔히 서양의 역사를 고대, 중세, 근대로 삼분할 때, 르네상스는 중세의 종말과 근대의 태동이라는 교두보 역할을 훌륭하게 수행하였다. 근대에 이르러 지구의 맹주 역할을 하게 된 유럽은 이때까지만 해도 변방의 군소지역에 불과했으며, 르네상스 시기 발전의 상당 부분을 아시아에 빚지고 있다. 지식과 정보의 전달을 통해 새로운 인식적 패러다임을 상상할 수 있는 기반을 마련해 준 '인쇄술'과 항해술과 신대륙의 발견과 탐험을 통해 새로운 문명과 양식에 눈을 뜨는 데 결정적 도움을 준 '나침반'은 모두 아시아에서 가져온 것이었다. 르네상스 시기의 활발한 상업적 교류는 유럽이라는 경계를 넘어 동양과 신대륙으로의 항해와 탐험을 필요로 했고, 이러한 인적, 물적 이동성은 자유롭고 새로운 지식과 사상의 현실적 기반이 되었으며, 신 중심적, 내세적 세계관은 인간중심적, 현세적 세계관으로 대체되게 된다. 이와 같은 물질적, 정신적 변혁의 양적 축적이 '산업혁명'이라는 과학적 성과에 힘입어 근대라는 새로운 시대가 열리게 된다.

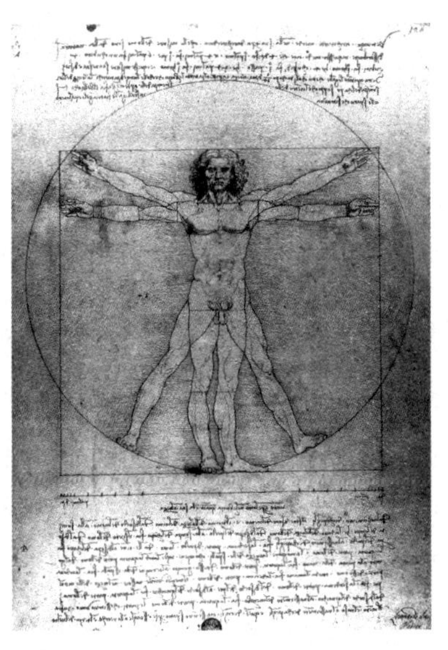

레오나르도 다빈치, 〈인체비례도, The Vitruvian Man〉 1487년경. 이 작품은 인체를 만물의 척도로 바라보는 르네상스의 인간 중심주의를 반영하고 있다. 이 작품은 인간 중심의 과학과 예술의 융합, 즉 그림에 가장 이상적인 인체를 담아내기 위해 아름다움을 정확한 수학적 비례를 통해 규명하고자 했다. 르네상스의 과학적 사고는 원근법과 명암법 탄생의 바탕이 되었으며, 과학적 사실주의는 19세기에 이르기까지 서양미술의 근간이 되었다.(네이버 지식백과 참조)

근대적 개인의 출현과 계몽의 기획

아우구스티누스의 『고백록』에는 "인간은 산 정상에 올라 아름다운 광경에 넋을 잃고 바다를 보고 강물을 보고 밤하늘의 별을 보면서 경탄하지만 정작 인간 내면의, 자신의 본질에 대해서는 진지하게 생각하지 않는다"라는 구절이 나온다. 이 구절은 중세의 신 중심적 사회에서 르네상스 시대의 인간 중심적 사회로 이행하는 핵심적 문제의식을 잘 보여준다. 신이 이 세상의 주인이고 만물의 근원이자 원리라면 인간의 내면과 본질은 중요한 것이 아니며, 신의 섭리를 파악하는 것이 더욱 급선무일 것이다. 산, 바다, 강물, 밤하늘의 별에 경탄하는 것은 그 속에 신의 섭리가 내재해 있다는 믿음에서 근거하는 것일지도 모르지만, 정작 중요한 것이 인간의 내면이자 자신의 본질이라는 주장은 신 중심의 세계관에서 인간 중심의 세계관으로 옮겨가는 중요한 지표들 중의 하나이다. 르네상스 시대에 접어들면서 인간에 대한 인본주의적 탐구는 다양한 영역에서 전폭적으로 실행된다. 레오나르도 다빈치의 인간 육체에 대한 과학적 탐구에서부터, 『군주론』을 통해 진솔하고 현실적인 정치 지도자의 모습을 그려내어 근대 정치철학의 창시자로 알려진 마키아벨리, 과학적 발전에 힘입은 항해술이나 지도 제작술의 발전 등까지 이 시기의 모든 관심은 '지금, 여기, 그리고 인간'이었다.

르네상스의 이와 같은 현세 중심적, 인간 중심적 지식 추구와 실험정신은 이후의 계몽주의 시대에 발전적으로 계승된다. 신이 만든 이상적 사회질서라고 여겼던 봉건적 정치사회질서가 붕괴되면서, 이제 인간은 그들 자신의 손으로 자신들을 위한 정치, 경제, 사회 체제를 만들어내야 했다. 17, 18세기 유럽과 신세계의 광범위한 사회 진보적,

들라크루아의 〈민중을 이끄는 자유의 여신, La Liberté guidant le peuple〉 1830. 프랑스 혁명을 기념하기 위해 그린 그림. 역사의 주체는 민중이라는 사실을 잘 보여주고 있다.

지적 사상운동이었던 계몽주의는 이러한 시대적 요청에 대한 응답으로 시작되었다.

종교로부터 탈피하자마자 인간은 종교와는 다른 실제적인 도덕과 상식을 지녀야만 했고, 그것은 교리가 아니라 경험에서 출발하여 이성적이고 합리적인 추론을 통한 과학에 근거한 것이어야 했다. 근대적 개인이란 바로 이와 같은 신에게 양도한 모든 권리와 의무를 자신에게로 되돌리는 일이며, 이러한 막중한 책임을 떠맡아도 된다는 자신감은 바로 '이성'에 대한 믿음에서 출발한다. 이성은 적법성과 권위를 판단하는 기준이 되었으며, 인간은 양도할 수 없는 자기결정권을 지닌 주권적 존재로서 자유와 평등을 보장받게 된다. 이와 같은 사상은 미국의 독립전쟁과 프랑스 혁명 등 18세기 말 정치적 격변에 영향을 미치게 되고, 오늘날 우리가 목도하는 형태의 국민국가를 완성하는 주춧돌 역할을 수행하게 된다.

근대 철학의 창시자로 데카르트를 꼽는 것은 바로 이성에 대해 그의 집요한 물음과 회의 때문이다. "의문의 여지가 없는 참된 지식은 가능할까?"라는 화두를 던지며, 감각보다는 이성적 회의를 신뢰하는 그는 최종적으로 "의심하고 있는 자신의 존재는 의심할 수 없다"라는 결론에 도달한다. 당대에 진행된 다양한 과학적 발견들은 인간의 이성에 대한 믿음을 강화하기는커녕 비관적 회의주의를 양산하게 된다. 우후죽순처럼 쏟아져 나오는 다양한 과학적 논의들이 오히려 판단력을 흐리게 하고 경험적 주관주의에 매몰되게 만든 것이다. 데카르트는 감각과 경험이 때때로 우리를 기만할 수 있다고 판단하며, 경험과 감각을 뛰어넘는 인식의 가능성을 추적한다. 마침내 그가 도달한 지점은 "우리가 의심하고 있는 동안 우리는 (의심하고 있는) 자신의 존재를 의심할 수 없다"는 사실이며, 의심의 지속적인 작동을 가능하게 하는 이성에 대한 긍정에 다다른다. 그의 유명한 명제, "나는 의심한다. 그러므로 나는 생각한다. 그러므로 나는 존재한다.(dubito, ergo cogito, ergo sum)"는 바로 이와 같은 이성에 대한 최종적 믿음과 보증을 확언하는 것이다.

볼테르는 타락한 교회의 종교적 광신주의와 낡아 빠진 제도를 비판하고 '표현의 자유'와 '관용'을 통한 인간의 행복을 주장한다. 그의 유명한 어록들 중 하나인 "나는 당신의 의견에 반대한다. 하지만 당신의 말할 수 있는 권리를 위해 당신과 함께 싸우겠다"라는 주장은 반대 의견을 탄압받지 않고 말할 표현의 자유와 반대 의견을 인정하고 수용할 수 있는 관용의 정신을 압축적으로 잘 보여주고 있다. 자유와 평등의 철학자 장 자크 루소는 모든 사회악과 사회갈등의 기본이 경제적 불평등에 기인한 것이며, 사회구조의 변혁을 통해서만 평등한 사회가 실현될 수 있다고 보았다. 루소의 주된 관심사는 "인간은 자유롭게 태어났지만 도처에서 쇠사슬에 묶여있다. 자유롭고 평등하게 태어난 인간은 왜 불평등해지는가?"라는 문제의식이었다. 그는 "자유 국가의 시민으로 태어나 주권자의 한 사람으로서 투표권을 행사할 수 있는 이상 정치에 대해 연구할 의무를 당연히 지닌다"라고 말하며 정치에 대한 관심을 강조하였고, "자유를 포기한다는 것은 인간으로서의 자격을 포기하는 일"이라며 인간의 기본권 중 하나인 자유의 중요성 또한 놓치지 않았다. 몽테스키외는 권력분립의 중요성을 강조함으로써 근대적 정치체제와 헌법 정신을 정초하였는데, 그에 따르면 "권력은 자연적으로 썩어 부패가 필연적이므로 권력은 분산되어 행사되어야"하며, "자유를 향유하기 위해서는 각자가 생각하는 바를 공개할 수 있어야 하고, 자유를 유지, 보존하기 위해서도 각자가 그 생각하는 바를 서로 이야기할 수 있어야" 한다. J. S. 밀에게 가장 중요한 것은 개인의 행복이다. 그가 강조해 마지않는 사상과 감정의 자유, 취미와 직업의 자유, 단결의 자유는 최종적으로 행복 추구의 자유라는 종착지를 위해 열려야 할 길이다. 국가마저도 그것의 가치와 존재 이유는 개인을 위해 존재한다고 할 수 있는데, 그는 "국가의 가치는 결국 그것을 구성하고 있는 개개인의 가치"라고 주장한다. 독일 관념철학의 기반을 확립한 칸트에 이르러 계몽주의는 마침내 완성되는데, 이제 인간은 스스로의 가치 기준에 따라 진솔하고 성실하게 살아가는 것만으로 도덕적인 삶을 살아갈 수 있게 된다. 그의 다음과 같은 주장은 계몽된 인간의 이상적인 모습이라고 밖에는 할 수 없을 것이다. "깊이 생각하면 할수록 새로운 감탄과 함께 마음을 가득 차게 하는 기쁨이 두 가지 있다. 하나는 별이 반짝이는 하늘이요, 다른 하나는 내 마음속의 도덕률이다. 이 두 가지를 삶의 지침으로 삼고 나아갈 때, 막힘이 없을 것이다. 항상 하늘과 도덕률에 비추어 자신을 점검하자. 그리하여 매번 잘못된 점을 찾아 반성하는 사람이 되자.”

산업혁명과 자본주의

앞서 근대의 도래는 산업혁명과 불가분의 관계가 있다고 언급했었다. 산업혁명은 약 1760년에서 1820년 사이에 영국에서 시작된 기술의 혁신과 새로운 제조 공정(manufacturing process)으로의 전환 및 이로 인해 일어난 사회, 경제 등의 큰 변화를 일컫는 말이다. 중세 경제의 중추가 ‘길드’라는 이름의 다양한 수공업 조합과 화폐경제 발달과 함께 성장하는 상공업자에게로 주도권이 넘어가는 과정이었다면, 근대 경제는 공장을 중심으로 한 제조업을 중심으로 발전하게 된다. 산업혁명을 계기로 유럽의 근대화 과정은 곧장 자본주의 경제 체제의 발전 과정과 유의어가 되어갔다. 산업혁명의 결과 왕족과 귀족의 지배 체제가 무너지고, 신흥 부르주아 계급이 선거법 개정을 달성함으로써 정치 영역에서 실질적인 권한을 행사하게 되었으며, 자유주의적 경제 체제로 전환하게 되었고, 도시 인구가 폭발적으로 증가하게 되었다. 산업혁명은 경제 분야에 국한된 혁명이 아니라 정치, 사회, 문화 전반에 걸친 혁명적 변화를 초래하였다.

자유로운 경제활동이 보장되자 이윤 획득을 목적으로 한 자유로운 경쟁이 일어났다. 증기기관 등의 과학 기술은 생산력 증대를 위해 끊임없이 개량되고 개선되었고 그 결과 폭발적인 생산력의 발전을 가져왔으며, 창조적인 상품이 다양하게 생산됨으로써 물질적 풍요와 재화의 축적을 향유하게 되었다. 발터 벤야민의 표현대로 백화점의 전

신인 아케이드는 "상품자본의 신전"이었으며, 도시 자체가 하나의 "환등상(phantasmagoria)"이었다. 화려하게 진열된 상품은 소비자들을 유혹하는 데서 그치지 않고 도시인들의 자부심과 도취된 행복감의 상징이었다. 그러나 그것이 환등상인 이유는 산업화와 자본주의의 화려함 이면에 가려진 어두운 실상을 망각하게 만들기 때문이다. 지금도 그렇듯 자본가와 노동자 사이의 빈부격차는 통제되지 않은 채 커져만 갔고, 물질주의, 배금주의, 상품화 현상은 열악하고 가난한 소외된 사람들을 외면함으로써 인간성을 점차적으로 상실해 갔다. 경쟁과 이윤추구는 시장논리에만 내맡겨져 무계획적 생산으로 인한 공황을 발생시켰으며, 무수히 실업이 발생하였고, 빈민가가 형성되었다. 공중위생이 불량하여 콜레라가 만연하는 등 시민들의 건강은 지속적으로 위협받게 되었고, 유아 사망률 또한 매우 높았다. 일례로 산업혁명기 가장 비참한 노동 분야들 중 하나는 광산 노동자였다. 이 시기 광부들은 하루도 쉬는 날 없이 1주일 내내 하루에 16내지 17시간씩 노예처럼 일했다. 늙거나 부상을 당해 그 일에 적합하지 않게 되면 가차 없이 해고되어 가난과 질병의 비참함에 내던져졌다. 여성들도 광부로 일할 수밖에 없었는데, 완전 나체의 남자 광부들 옆에서 도움을 주는 일을 하기도 했다고 전해진다. 6세에서 21세의 여성 노동자들이 상반신 나체로 네발 가진 동물처럼 석탄 바스켓을 운반하기도 했으며, 어떤 여인은 갱 안에서 두 아이를 낳기도 했다. 4세에서 13세 이하의 남녀 아동들이 석탄 광부 일에 고용되어 하루 14시간 이상

산업혁명 당시 석탄통을 끌고 있는 소녀
(영국 국회 위원회 공식 보고서에서)

노동했다는 기록은 이 시기 노동자들의 비참한 삶이 어느 정도였는가를 알 수 있게 해준다.

계몽의 이름으로 시작된 식민주의

앞서 언급한 계몽주의 철학자 J. S. 밀은 "배부른 돼지보다 배고픈 인간이 되는 것이 더 낫다. 만족한 바보보다 불만족한 소크라테스가 되는 것이 더 낫다. 바보나 돼지가 다른 의견을 가진다면 이는 오로지 자기 입장으로만 문제를 이해했기 때문이다. 이에 반해 인간이나 소크라테스는 문제의 양쪽의 입장을 다 이해한다"라고 말한다. 바보나 돼지는 아직 계몽이 되지 않은 존재로서 자기 입장으로만 문제를 이해하는 사람을 비판적으로 일컫는 말이다. 이에 비해 인간이나 소크라테스는 어떤 문제가 있을 때 양쪽 입장을 다 이해할 수 있는 사람, 다시 말해 계몽된 주체를 의미한다. 바보나 돼지가 되지 말라는 그의 경고는 계몽됨의 여부가 소위 '역지사지(易地思之)'를 실천할 수 있는가의 여부에 달려있다는 의미로 읽힐 수 있다.

유럽은 인간 이성에 대한 믿음, 즉 합리적인 선택을 할 수 있고 공공선을 추구할 능력이 있는 존재라는 믿음을 통해 근대적인 사회를 구축할 수 있었고, 이와 같은 믿음의 근간을 이루는 것이 바로 계몽 정신이다. 중세적 봉건 사회에서는 가능하지 않았을 새로운 시대의 가치, 즉 자유, 평등, 호혜, 인권, 도덕 등의 근대적 가치가 계몽주의자들에 의해 주창되었다. 그러나 서구 유럽의 계몽은 올바로 완수되지 못한 채 밀이 배부른 돼지라고 부른 존재로 전락하고 말았다. 계몽주의자들로부터 영감을 받은 프랑스 혁명은 부르주아지의 배신으로 절반의 성공에 그치고 말았으며, 자본주의가 가져온 물질적 풍요는 만연한 차별과 불평등 구조를 고착시켜버렸다. 아도르노가 한탄하듯이 계몽을 위해서 필요불가결한 '비판적 이성'이 '도구적 이성'으로 전락해버린 것이다. 합리적, 비판적, 반성적 사유를 통해 끊임없이 자신의 오류를 정정하고 궤도를 수정하면서 보다 도덕적이고 민주적인 건강한 사회를 만드는데 도움이 되어야 함에도 불구하고 이성은 자신의 본분을 잃고 부조리한 권력을 정당화하거나 자신의 욕망을 합리화하는 데 도구로 활용되게 된다. 그 결과 전 지구적인 취약 집단인 여성, 노동자, 유색인종 등에 대한 억압과 착취가 정당화되고, 이에 대한 비판과 반성으로부터 등을 돌리게 된다.

'내 마음 속의 도덕률'을 강조하던 칸트의 어처구니없는 주장을 들어보자. 그에 따르면, "아프리카의 흑인들은 선천적으로 객쩍은 한담이나 즐기는 재능만을 부여 받은 듯하다. 그들 세계에서 무척이나 중요시 여겨지는 물신숭배는 너무도 보잘것없는 우상에 대한 숭배처럼 보여, 인간의 속성과는 모순되는 것으로 여겨진다. 새의 깃털, 소의 뿔, 조개껍질 등과 같은 것이 몇 마디 말로 신성화 되는 순간부터, 그런 것들은 설교에서 틀림없이 언급되어야 하는 숭배의 대상이 되어 버린다." 아프리카 흑인들의 토속신앙을 "인간의 속성과는 모순되는" 미신으로 취급해 버리는 경솔함은 그의 도덕률의 실체에 대해서 의구심을 들게 한다. 그는 1784년에 쓴 「'계몽이란 무엇인가'에 대한 답변」에서도 "계몽이란 인류가 책임져야 할 미숙함에서 스스로 벗어나는 것이다. (…) 대부분의 인류가 미숙한 상태에 안주하는 이유는 나태하고 비겁하기 때문이다"라고 유럽인을 제외한 대부분의 인류를 '미숙'하고 게으른 겁쟁이로 매도한다.

독일 관념철학을 완성했다고 평가받는 헤겔의 경우는 어떠한가. 먼저 아프리카에 대한 평가를 들어보자. 그는 자신의 저서 『역사에 있어서의 이성: 역사철학서론』(Die Vernunft in der Geschichte)에서 "흑인의 특징은 의식이 어떤 확고한 객관성을 직관하는 데까지 이르지 못했다는 점이다. 그러므로 인간의 의지가 관여하고, 인간의 본질을 직관하도록 해주는 신이나 법률이 그들에게는 없다. (…) 흑인은 자연 그대로의 인간이다"라고 적고 있는데, 그에 따르면 흑인들에게는 인간의 본질과 관련되는 신이나 법률이 없기 때문에 인간이라고 볼 수 없다는 것이다. 그의 지독한 인종주의는 아시아에 대해서도 폄하를 그치지 않게 만든다. 그는 아시아를 본질적으로 '미숙한' 상태 또는 '어린아이' 상태로 보고 있으며 아메리카 원주민들을 열등한 존재로 보고 있다. 그에 따르면, "남아메리카에서 아시아 사이에 펼쳐진 다도해는 미성숙을 드러낸다. (…) 아메리카에 관해서, 특히 멕시코와 페루의 문명 수준에 관해서는 많은 정보를 입수하고 있다. 이들 문화는 매우 특별한 문화로 발전했으나 정신이 접근하자마자 소멸했다. (…) 이 사람들의 열등성은 모든 면에서 너무나 분명하다."

타자에 대한 이와 같은 일천한 인식 수준은 "오로지 자기 입장으로만 문제를 이해"하는 '돼지나 바보'에게만 가능한 것이 아닌가. 돼지나 바보는 계몽의 대상이지 주체가 아니다. 그러나 그들은 더 넓은 시장이 필요했고, 더 값싼 원재료가 필요했으며, 헐값의 노동력이 필요했다. 자국 내의 사회적 불만을 잠재우고, 사회적 갈등을 해결하는 데 식민지의 확장보다 더 손쉽고 효과적인 것은 없었다. 식민주의는 자신의 우월성을 확인하고, 경제적 번영을 약속하고 실현함으로써 내적 불만을 잠재우고 권력을 공고히 할 수 있는 유용한 해결책이었다. 다만 식민주의적 침략과 약탈을 정당화할 명분과 논리가 필요했는데, 피식민 원주민들을 미숙하고 열등하며, 미신이나 물신숭배에 사로잡한 어린아이이거나 야만인의 상태에 머물러 있는 계몽이 필요한 존재들로 인식하게 된다면, 그들의 악행은 선행으로 둔갑하고, 양심의 가책은 지워지며, 오히려 신이 부여한 임무를 집행하는 명예로운 선행의 전도사가 된다. 그 결과 근대성은 자본주의 뿐 아니라 식민주의와도 친연성을 획득하게 되는 오점을 남기게 된다. 월터 미뇰로는 다음과 같이 근대와 자본주의와 식민주의의 관계를 정리하고 있다.

> ① 식민성은 근대성을 구성하기 때문에 식민성 없이는 근대성도 없다. ② 근대/식민 세계(그리고 식민적 권력 매트릭스)는 16세기에 시작되었으며, 아메리카의 발견/발명은 근대성을 구성하는 식민적 요소이고, 근대성의 표면은 유럽의 르네상스이다. ③ 계몽주의와 산업혁명은 식민적 권력 매트릭스가 변화되는 역사적 순간에 파생된 것이다. ④ 근대성은 유럽이 세계의 헤게모니를 향해 출발하는 역사적 과정에 붙여진 이름이다. 근대성의 어두운 이면이 식민성이다. ⑤ 오늘날 우리가 알고 있는 자본주의는 근대성의 개념과 근대성의 어두운 이면인 식민성의 개념을 이해하기 위한 핵심이다. ⑥ 자본주의와 근대성/식민성은 미국이 과거 스페인과 영국이 누렸던 제국의 주도권을 장악한 제2차 세계대전 이후에 두 번째 역사적 전환을 경험했다.[1]

아프리카 흑인의 수난사

유럽이 근대화 이후 제국주의의 길을 걷게 됨에 따라 가장 큰 피해를 겪게 된 것은 아프리카였다. 지리적 거리가 상대적으로 가까운 편이었고, 광활한 땅에 펼쳐진 천연자원과 무지해 보이는 흑인 원주민

1) 월터 D. 미뇰로 『라틴아메리카, 만들어진 대륙』. 김은중 역. 그린비. 2013. 23-24.

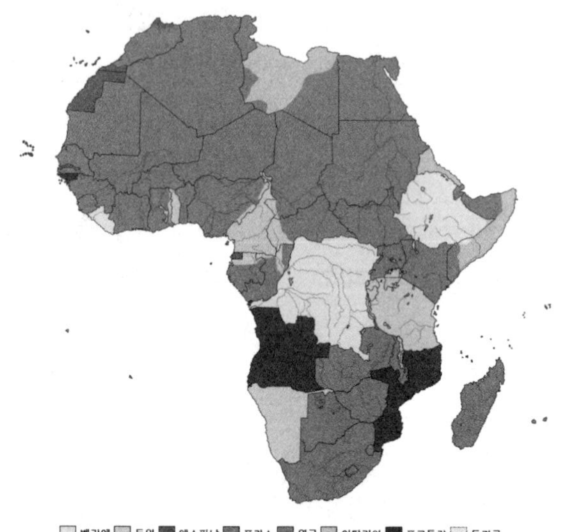

'아프리카 분할'은 1880년대에서부터 제1차 세계대전이 있었던 1914년까지 유럽의 제국주의적 침략으로 아프리카가 몇몇 열강의 식민지로 분할된 사건을 말한다. 19세기 말 유럽의 열강들은 세계 각지에 대한 식민지 경쟁에 나섰으며 아프리카 역시 이러한 식민지 쟁탈전의 각축장이 되었다. 1884년에서 1885년에 걸쳐 열린 베를린 회의는 영국, 프랑스, 독일의 아프리카 분할과 벨기에의 콩고에 대한 식민 침략을 정당화했다.(위키 참조)

들은 그들에게 더 많은 이윤을 안겨 줄 보고처럼 느껴졌다. 아프리카는 유럽 여러 나라들에 의해 분할 통치되었으며, '베를린 회의'라는 것을 통해 아이들의 '땅따먹기' 게임처럼 식민지배를 정당화했다.

아프리카인들은 미국으로 노예가 되어 강제로 끌려가게 된 또 다른 수난을 경험해야만 했다. 대서양을 넘어 아메리카로 오는 험난한 바닷길을 통해 흑인 노예들을 강제 운송하던 길을 '중간항해(Middle Passage)'라고 부르는데, 이들은 식민지 농장 건설에 필요한 노동력으로 투입되었다. 노예무역은 포르투갈이 가장 먼저 시작하였고, 이후 영국이 주도권을 쥐게 되었다. 초기엔 담배 재배가 주목적이었으나 점차 쌀, 사탕수수, 목화 농장 등지에서 일하게 된다. 알론소 데 산도발이라는 스페인 신부가 17세기 초에 노예무역선의 사정을 자세히 관찰하고 노예들과 인터뷰한 결과까지 상세히 기록함으로써 실상이 전 세계적으로 알려지게 되었는데, 그는 다음과 같이 묘사하고 있다.

> 눌리고, 불결하고, 학대받고 (…) 노예 호송원들의 증언에 따르면, 노예들은 여섯 명씩 목에 고리가 씌워지고, 두 명씩 발에 족쇄가 채워진 상태에서 배 밑바닥 선창에 갇혔다. 노예들이 갇혀있는 곳에는 햇빛이나 달빛이 전혀 들지 않았고 (…) 워낙 악취가 심해서 선원들은 잠깐 문을 열고 들여다보기만 해도 구토를 느낄 정도였다. 노예들이 선창에서 벗어날 수 있는 시간은 하루에 한번 주어지는 식사 시간뿐 (…). 그나마 음식이라곤 옥수수 가루나 조로 쑨 죽 한 사발과 물 한 잔이 전부였다.

그야말로 지옥과도 같은 노예선은 짧게는 50-80일 길게는 6개월에 걸친 항해를 해야 했고, 열악하고 비위생적인 환경과 빈약한 식사, 폭력과 학대 등으로 인해 중간에서 사망하고 바다에 버려지는 경우가 더 많았다. “사슬, 족쇄, 촛불이 꺼질 정도의 산소 부족, 식수 부족,

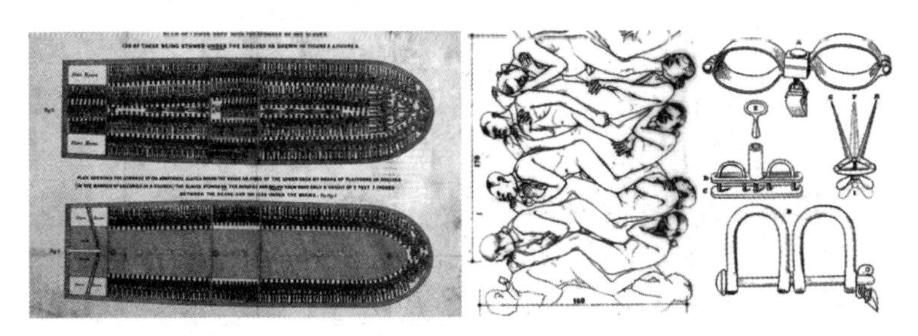

Middle Passage를 항해하는 노예선에 흑인 노예들이 빼곡하게 실려있는 모습. 한 번의 항해로 최대한 많이 수송해야 하기 때문에 노예들은 짐짝처럼 포개어졌으며, 반항과 폭동을 하지 못하도록 족쇄가 채워졌다.

탈수증, 전염병, 악취, 죽음의 공포, 범벅이 된 토사물과 용변, 채찍 세례에 밀려 추는 춤, 저항하면 가차없이 잘리는 손발 … 그들은 배가 위험해지면 바다에 던져버리는 '상품'이자 '화물'이자 '말'이었다." 대략 4세기 동안 진행된 노예무역은 그 기간만큼이나 규모도 대단했다. 자료에 의하면 아프리카에서 실려간 흑인 노예의 수는 16세기에 90만 명을 시작으로 17세기에는 275만 18세기에는 400만, 19세기에는 700만 등 총 1,500만 명에 달했다고 한다. 노예선에 실려 항해하던 중 병에 걸려 죽은 사람 수만도 다섯 배를 넘는다고 하니 실질적으로 희생된 사람은 6,000만 명에 달했다고 한다.

1863년 링컨 대통령에 의해 '노예해방선언'이 발표되었지만, 미국에서는 흑인에 대한 차별이 지금까지도 자행되고 있다. 1920년대 미국 뉴욕의 흑인지구 할렘에서 퍼져나간 인종적 각성과 흑인예술문화의 부흥을 뜻하는 '할렘 르네상스(Harlem Renaissance)'나 1955년 몽고메리 시립 공영 버스의 흑인 좌석차별 사건으로 촉발된 '버스 보이콧 운동'과 이후 1960년대의 흑인 해방 운동과 인권 운동 등을 통해 법률적, 제도적 개정을 이끌어냄으로써 흑인의 권리를 증진시킨 마틴 루터 킹 주니어(Martin Luther King, Jr) 목사의 활동 등은 흑인에 대한 인종차별이 아직도 진행 중임을 여실히 반증하고 있다.

네이티브 아메리칸의 학살

"1492년에 일어난 세계적인 사건은 무엇일까?"라는 질문을 던져보면, 많은 사람들이 "콜럼버스가 최초로 아메리카 대륙을 발견한 해"라고 대답한다. 우리와는 별 관계가 없는 사건에 대해 많은 사람들이

년도까지 정확하게 알고 있다는 것이 우선 놀라운 일이다. 다음으로 놀라운 점은 콜럼버스가 아메리카에 도착하기 이전부터 다양한 원주민들이 살았음에도 불구하고 아메리카를 맨 처음 발견한 사람이 콜럼버스라고 의심 없이 대답한다는 사실이다. 자신도 모르게 우리는 백인중심적, 서구중심적 사고에 물들어 있는 것이다. 어릴 적 세계 지도를 놓고 나라 이름을 대면 위치를 맞추는 게임을 하곤 했었다. 지금에야 생각해 보면, 나라 이름이든, 도시 이름이든 유럽과 미국에 관련된 것은 꽤나 잘 맞춘다는 사실이 놀라운 일인데, 이 또한 서구중심주의적 교육의 결과임을 나중에서야 깨닫게 된다. 아이들이 보는 위인전기에 단골로 등장하는 콜럼버스에 대한 묘사는 "어릴 때부터 항해사의 꿈을 키워 갖은 고생 끝에 선장이 되었"으며, "서인도 제도(미국)를 비롯하여 많은 신대륙을 발견하는 등 탐험에" 일생을 바친 인물로 그려진다. 달걀을 깨서 세운 그의 일화에서 그의 폭력성을 일찌감치 눈치챘어야 했었지만, 우리는 콜럼버스를 개척정신이 강한 용감한 탐험가라고 의심없이 교육받은 내용을 받아들였다.

콜럼버스는 남아메리카 원주민들을 착취하고 도륙함으로써 식민지배에 박차를 가했다. 식민주의와 인종주의의 민낯은 '계몽'의 가면으로 감출 수 있는 것이 아니다.

위인이기는커녕 황금에 눈이 멀어 항해를 시작하였으며, 음식을 제공하고 파선된 배를 고쳐 준 원주민들을 몰살해 버린 잔인하고 극악무도한 식민지 개척자로서의 그의 면모가 우리를 불편하게 한다. 콜럼버스의 발견은 두 대륙의 만남이 아니라 침략, 악탈, 착취의 시발점이 되었다. 기록에 따르면, 식민지 총독으로서 콜럼버스는 신속하게 노예 정책을 도입한다. 옥수수와 면화를 세금으로 징수하고 금광 채굴 등에 강제로 부역을 시킨다. 부역에 동원되지 않은 인디언들에게는 금을 가져오게 하였는데, 할당량을 채우지 못하면 팔과 다리를 잘라버렸다. 할당량을 채우지 못했거나 부역을 견디지 못해서 도망간 원주민들이 많았으며, 스페인 식민 개척자들은 사냥하듯 이들을 쫓아가 살해하였다. 콜럼버스가 통치를 시작할 무렵 대략 800만 명으로 추정되는 타이노(Tiano)족의 인구가 1496년에 300만 명으로 감소되었고, 1500년 그가 총독의 자리를 떠날 무렵에는 고작 100,000명 정도만 살아남았다. 하워드 진의 『미국 민중사』에 따르면, 1495년부터 콜럼버스 일행은 히스파니올라 섬의 아라와크 족을 닥치는 대로 잡아 유럽으로 보내 노예로 팔고, 금광과 농장을 개발하기 위해 노예로 부렸다. 여자들은 성적으로 착취했다. 원주민들을 얼마나 가혹하게 착취했던지 1497년까지 히스파니올라 섬에 거주하던 25만 명가량의 아라와크족 절반이 죽었다. 원주민들은 그들에 대항해 무기를 들고 싸웠지만 역부족이었다. 콜럼버스 일행은 저항하는 원주민들의 공포심을 극대화하기 위해 그들을 잡아서 손발을 자르고 교수형에 처하고 산 채로 불태웠다. 아메리카는 이렇게 만신창이가 된 모습으로 인류 역사에 등장한다.(딴지일보 참조) 역사적 기록이 증언하는 바에 따르면 서구 식민주의자들은 원주민들과의 공존이나 협력을 애당초 원하지 않았던 듯하다.

> 하루는 3천 명에 달하는 원주민을 붙잡아와 사지를 자르고 목을 베고 여자들은 강간한 후 살해했다. 달아나는 아이는 창을 던져 죽이거나 붙잡아 사지를 잘라 죽였으며, 일부는 끓는 비누에 삶아 죽였다. 또

한 개를 풀어 이들을 돼지처럼 몰아 죽였으며, 엄마 품에 안겨 있는 아이를 낚아채 그들이 끌고 온 개에게 먹이로 던져 주었다. 그리고 한 칼에 사람을 두 동강내거나 목 베는 내기를 했으며, 바위에 짓이겨 죽이기도 했다. 그들은 나지막한 교수대를 만들어 발이 땅에 닿을 듯 말 듯하게 원주민들을 목매달고 저주받은 예수의 13번째 제자를 본 떠 13명씩 죽였다. (라스카사스, 원주민 사회의 파괴에 대한 소고, 1552)

1490년대에 히스파니올라섬의 아라와크(Arawak)족에 대한 스페인의 첫 공격에서부터 1890년도 미국 기병대에 의한 운디드 니(Wounded Knee)에서의 수우족 인디언(Sioux Indians)의 대학살에 이르기까지, 인류 역사에 유래가 없는 400년간에 걸친 아메리카 대륙의 인디언들에게 자행된 대학살로 일억 명의 인구가 감소하였다. 야만적이고 잔학한 행위의 결과로 인구의 90%가 넘게 멸종당했다. (David E. Stannard, American Holocaust: Columbus and the Conquest of the New World, 1992)

그들만의 공동체를 형성하여 그들만의 문화 속에서 행복하게 살아가던 아프리카 흑인들과 남아메리카 인디언들에게 서구의 식민주의는 폭력적 약탈과 착취를 위해 그들의 안식처에 침입한 '도적떼'나 마찬가지였다. 서구의 허울 좋은 계몽주의는 그들 스스로는 야만적인 침략주의자가 되게 만들었고, 피식민국 원주민들에게는 씻을 수 없는 고통과 상처를 안겼다.

동아시아에서 일어난 일은?

식민주의에 관한 한 동아시아 지역 또한 예외가 될 수 없었다. 2019년 아시아권 최대 정치적 이슈였던 홍콩 시위를 보고 있으면, 이 현상

일본 제국주의가 동아시아와 동남아시아에서 차지한 영토. 서구 제국주의 지배로부터 자유로워져 번영과 평화, 자유를 누릴 아시아 국가들의 '공영'을 찾기 위해 새 국제 질서를 만드는 '대동아공영권'을 주장하며 자신들의 식민지배를 정당화한다.

또한 식민주의와 무관하지 않다는 사실에 착잡함을 금할 수 없게 된다. 홍콩이 영국령으로 편입되게 된 것은 지금 언급할 중국(청나라)과 영국과의 '아편전쟁'에 중국이 패하게 됨으로써 영국에 양도했기 때문이다. 중국은 19세기 중반 두 차례(1840, 1856)에 걸친 영국과의 '아편전쟁'을 겪게 되는데, 영국은 중국과의 무역에서 주요 수입품이던 '차(茶)'를 결제할 비용이 부족해지자 중국에 '아편'을 수출하게 되었고, 이를 강하게 규제하던 중국에 반발하여 일으킨 전쟁이다. 중국은 1차 전쟁에서 패배하여 홍콩을 양도하고 문호를 개방하겠다는 난징조약을 체결하였으며, 1860년에는 영불 연합군에 의해 베이징을 함락당하며 문호를 더욱 개방하게 되었다. 식민침탈의 야욕을 대륙으로까지 확대하려 했던 일본과는 청일전쟁과 중일전쟁을 치르게 되면서 격변기를 맡게 되는데, 청조의 몰락에서부터 공산당의 집권에 이르기까지 식민주의는 19세기와 20세기에 걸쳐 중국을 집요하게 괴롭혀 왔다.

일본은 다행인지 불행인지 식민주의 제국의 희생자가 아니라 가해자가 되었다. 일본은 일찍이 문호를 개방하고 서구의 문물을 받아들여 서구식 근대화의 길을 걷게 된다. 1868년 메이지 유신에 의해 메이지 정부가 설립된 후 1947년 일본국 헌법이 발효되기 전까지의 79년간은 천황을 국가 원수로 받드는 제국주의 시대였다. 급속한 서구 문명을 받아들이는 개방 정책인 메이지 유신을 통해 아시아에서 가장

부유하고 군사적으로 강한 나라로 만들자는 부국강병의 기치 아래 일본은 근대화와 발전을 이룩하였다. 1895년 4월 17일 청일 전쟁에서 승리하면서 타이완을, 1905년 러일 전쟁에서 승리하며 사할린섬 남부를, 1910년 8월 29일 대한제국을 강제 병합했다. 1930년대 만주사변과 중일전쟁을 기점으로 만주와 중화민국을 침략하기 시작했고 나치 독일, 이탈리아 왕국과 함께 추축국의 일원으로서 제2차 세계대전에 참전하여 베트남, 싱가포르, 필리핀 등 동남아시아 지역과 오세아니아의 여러 섬들을 침략하여 점령하였다.(위키 참조) 일본 제국주의로부터도 알 수 있듯이 일본의 근대화 또한 주변국들을 식민지로 만들어버리는 제국주의로 이어진다. 근대성 안에 패권주의적 민족주의와 자본주의적 팽창주의가 내재함으로써 세계 역사상 그 어느 때보다도 치명적이고 광범위한 인류의 비극이 탄생한 것이다. 신으로부터 모든 권리와 책임을 물려받은 근대적 개인은 자신이 그렇게 믿어마지않았던 이성의 도구화와 계몽의 실패로 인해 스스로를 전인류적인 차원에서 비극 속으로 몰아넣어버렸다. 우리는 신으로부터 너무 빨리 주권을 양도받은 것인지도 모른다.

근대적 디아스포라의 출현

디아스포라 현상은 근대에 들어서만 생겨난 현상이 아니다. 디아스포라라는 용어의 어원을 살펴보면, 디아스포라(diaspora, 그리스어: *διασπορά*)는 '~의 너머'라는 'dia'와 '씨를 뿌리다'라는 뜻의 'spora'의 합성어로, '흩뿌리거나 퍼트리는 것'을 뜻하는 그리스어에서 유래한 말이다. 원래는 "팔레스타인을 떠나 세계 각지에 흩어져 살면서 유대교의 규범과 생활 관습을 유지하는 유대인"을 지칭하는 용어였지만, 현재에는 "특정 민족 혹은 구성원이 자의적이든지 타의적이든지 기존에 살던 땅을 떠나 다른 지역으로 이동하는 현상"(위키 참조)을 뜻한다. 흔히 '이산(離散)'으로 번역되기도 하는데, 이들은 한편으로는 이주지역의 사람들과는 다른 문화를 거주지역에 뿌리내린 채 살아가며, 다른 한편으로는 그들의 떠나온 고국 혹은 고향의 전통과 문화와도 이질적인 문화를 형성하며 살아간다. 앞서 살펴본 것처럼 근대화는 역사적으로 그 어떤 시기보다 많은 수의 이산자들을 양산했다. 새로운 대륙에서 새출발을 하기 위해 혹은 식민지 개척을 위해서 서구인들은 정든 고향과 고국을 등지고 낯선 타지에서의 삶을 '선택'했다. 반면에 피식민국 원주민들과 흑인 노예들은 자신의 삶의 터전을 '선택'할 수 없었다. 그들은 강제로 배에 태워져 망망대해를 가로질러 목숨을 위협받으며 대륙을 건너가야 했다. 식민주의의 침탈과 폭력을 견디지 못해서 혹은 수탈로 인한 빈곤과 가난 때문에 낯선 곳으로 이주할 수밖에 없는 상황에서 이산자로서의 삶은 자발적으로 '선택'한 것이라고 볼 수 없다. 일제 강점기 한국인의 경우 일제의 탄압을 피하거나 독립운동을 위해서 중국 간도지역으로 이주한 경우, 하와이의 사탕수수 농장의 노동자로 일하기 위해서 미국으로 이주한 경우, 군함도의 경우처럼 일제에 의해 강제노역을 위해 일본으로 끌려간 경우, 독립운동 등을 이유로 연해주로 이주하였다가 소비에트 정부에 의해 카자흐스탄과 우즈베키스탄으로 강제 이주된 고려인의 경우, 끝으로 제2차 세계대전 기간 중 일본군의 성적 욕구를 해결하기 위해 아시아 각지로 끌려간 '종군 위안부'의 경우 등 식민주의는 대규모의 다양한 이산자들을 양산해냈다. 식민시대가 끝나고 이런저런 이유로 고국에 돌아오지 않고 타지에 머물면서 정착한 자들은 타국의 문화에 완전히 동화되지 않은 채 고국의 전통과 문화를 간직하며 살아가게 된다. 그렇다고 해서 모든 이산자들이 식민주의의 상흔을 가슴에 안고 살아간다고 볼 수는 없다. 식민주의 이후 무역의 국제화, 비행기 등의 이동수단의 발전, 이민의 증가 등 전혀 다른 성격의 이산자들이 전 지구적으로 확산되게 된다. 식민지 시기 이산자들의 2세, 3세들 또한 식민주의와는 거리를 둔 채 살아가고 있다. 그럼에도 불구하고 이 새로운 이산자들이 식민주의로부터 완전히 자유롭다고 볼 수는 없다. 정치적, 제도적 식민주의와 인종주의는 사라졌을지 모르지만, 인종 간의 문화적, 정서적 장벽은 여전히 바벨탑처럼 우뚝 솟아있기 때문이다.

디아스포라는 근대가 감추고 싶어하는 야만과 폭력의 역사를 온몸으로 치열하게 살아낸 존재라는 점에서 '탈근대적'이다. 다른 한편으로는 글로벌 시대를 삶으로 체현하고 있다는 점에서 '탈근대적'이다. 다원주의적인 열린 사유와 상대주의적인 호혜의 덕목이 강조되는 포스트시대를 이해하고 해석하는 핵심적인 키워드로서 디아스포라를 제안하는 것은 정치, 사회적인 면에서 뿐 아니라 문화 예술적 측면에 있어서도 '분권적 다면성'의 추구가 경제적 발전과 민주주의의 확립을 위해서 필수적이기 때문이다. 여기서 포스트시대란 포스트-모던, 포스트-식민, 포스트-자본주의 혹은 포스트-이데올로기 시대를 통칭하는 포괄적인 개념이다. 새롭게 급변하는 국가적, 국제적 환경에 능동적으로 대처하고 이를 적극적으로 수용함으로써 경제적, 사회적, 문화적 선진 사회로 도약하기 위해서는 새로운 해석적 패러다임이 필수적인데, 디아스포라의 문제는 무반성적으로 급변해 가는 국제 정세 속에서 건강하고 풍요로운 새로운 지향점을 확보하기 위해 성찰할만한 가치가 있다.

서구의 경우 강력한 중앙집권적 통치와 합리적인 이성에 기반한 자율적인 주체에 의해 근대적인 국민 국가의 시대를 맞게 된다. 근대적인 중앙집권 국가의 성립으로 인문학은 근대적인 패러다임으로 전환하게 되고, 이 패러다임은 근대국가를 지지하는 강력한 이념적 토대 역할을 하게 된다. 서구의 근대철학이 소외와 배제의 이분법적 사유양식을 지니고 있는 것은 우연이 아니다. 중앙/주변, 주류/비주류, 서양/동양 등의 이분법적 사유를 통해 주변, 비주류, 동양을 배제함으로써 중앙집권, 주류중심 및 서구중심의 인식론적 사유양식을 확립하게 되는 것이다. 디아스포라를 고려하는 것은 바로 이와 같은 근대적 패러다임에 대한 비판적인 인식에서 출발한다. 상대적으로 배제되고 폄하된 제2의 원리들 즉 주변, 비주류, 동양 등을 함께 사유함으로써 제1의 원리들을 치유하고 교정하는 것이 바로 디아스포라를 연구하는 주된 이유가 될 수 있을 것이다.

장 미쉘 바스키아(Jean Michel Basquiat) - philistines. 1982. 바스키아는 흑인 피카소로 불리며 앤디 워홀의 추천으로 미술계에 등장했다. 아버지는 아이티계, 어머니는 푸에르토리코계이며, 뉴욕에서 그래피티 그룹의 일원으로 활약했다. 그의 이력과 작풍은 탈근대적 패러다임을 잘 보여준다.

디아스포라 읽기는 근대적 패러다임의 세계적 확장이라고 할 수 있는 식민주의에 대한 비판을 내포하고 있다. 서양/동양, 문명/야만의 이분법은 동양의 국가들을 계몽의 대상으로 파악함으로써 자신의 식민정책을 정당화하게 된다. 서구의 근대적인 패러다임에 의해 왜곡된 동양의 이미지 회복과 독립 이후에도 복원되지 않는 경제적, 문화적, 의식적 식민 상태의 극복은 여전히 심각한 문제로 남아있다. 글로벌 시대의 진정한 우호협력과 상호존중은 포스트-식민주의적 인식에 의해서만 가능할 것이다. 교통, 무역 그리고 매체의 발전은 다문화적이고 혼종적인 사회를 배태하게 되었고, 국경을 넘어 탈주하는 신인류에 대해서 근대적 패러다임은 그 설명력을 상실하게 되었다. 이러한 변화된 지형을 숙고하는 디아스포라 읽기는 서구 선진 자본주의 국가들에 의해서 일방적으로 추동되는 신자유주의적인 글로벌화에 저항하고 민족 국가의 자립과 자존을 위한 호혜와 공존의 패러다임을 모색하는 글로컬한(glocal) 문제의식을 반영하고 있다.

동구 사회주의권 국가들의 몰락과 자본주의의 세계화라고 할 수 있는 신자유주의의 세계적 확산은 우리가 직면한 또 하나의 변화된 국제 정세이다. 이데올로기적인 갈등과 경쟁의 냉전시대가 끝나고 세계는 그야말로 무한경쟁의 시대에 접어들었으며 인류는 생존을 건 사투의 장으로 예외 없이 내몰리고 있다. 사회주의의 몰락은 자본만능주의를 부추김으로써 물질적 풍요와 경제적 안락이 지배적인 사회적 가치가 되기에 이르렀다. 시장논리가 사회에 만연됨으로써 생명, 도덕, 복지 등 다른 사회적 가치들이 현저하게 위축되고 개인의 삶은 황폐해지고 영혼은 불안정하게 되어 버렸다. 사실 자본주의이든 사회주의이든 이들 이데올로기들은 서구의 사회 역사적 산물일 뿐이다. 그 어느 것도 무비판적, 무반성적으로 수용할 수는 없는 일이며, 포스트-이데올로기 시대를 대비하여 우리의 역사와 사회의 고유성과 특수성에 기반한 이념적 지표를 창조해야만 할 것이다.

디아스포라 읽기는 이처럼 근대적 패러다임에 대한 비판적 문제의식을 바탕으로 포스트-근대, 포스트-식민, 포스트-이데올로기적인 국내외적 현상들을 적극적으로 수용, 해석함으로써 21세기에 주도적이고 창조적인 패러다임을 고안하는 일과도 관련이 있다. 디아스포라 읽기는 근대적 패러다임의 종언과 새로운 패러다임의 모색을 도모한다는 점에서 기존의 근대 비판 이론과 여성, 환경, 탈식민 등의 탈근대 이론들과 긴밀히 결합한다. 그러나 이러한 이론들은 제각각 형성, 발전해 왔고, 이론적 대상과 방법론에 있어서 많은 편차를 드러내고 있다. 근대적 패러다임과 결별하고자 하지만, 근대적 학제에 기반한 분과학적인 연구 접근법의 한계를 그대로 노정하는 모순성을 지니고 있는 것이다. 디아스포라 읽기는 역사와 삶이 녹아있는 소외된 대상 전체를 자신의 연구 대상으로 삼음으로써 학제적 분리와 단절의 한계를 초월하고자 한다. 경제적, 성적, 인종적, 문화적 타자들, 즉 변방화되고 주변화됨으로써 담론적, 인식적 대상에서 소외된 전존재를 아우르는 연구로서 디아스포라 읽기를 제안한다.

디아스포라 문학에 집중해야 하는 이유

지금까지의 논의를 정리해보자. 위에서 살펴보았듯이 디아스포라는 전 지구적 차원의 근대화 과정에서 양산된 배제와 억압의 주요한 결과물이다. 서구 중심의 근대화와 근대성의 패러다임을 비판적, 반성적으로 조망하기 위해 디아스포라는 의미 있는 연구 대상이 될 수 있다. 서구 중심의 근대적 패러다임이 이성적 합리적 주체로 구성된 민족국가에 기반한 것이라면, 디아스포라는 '합리적 주체'와 '민족'이라는 경계설정에 의문을 제기하고 있기 때문이다. 서구의 근대화는 식민주의와 불가분의 관계를 지니는데, 서구의 계몽주의는 전 지구적 식민 시장의 팽창을 정당화하는 허울이었을 뿐이며, 실상은 그들 스스로의 탐욕과 야만성을 은폐하는 효율적인 기제였다. 엔리케 두셀(Enrique Dussel)에 따르면 "근대성은 자유롭고 창조성이 넘쳐나던, 중세 유럽의 여러 도시에서 연원했다. 그러나 근대성이 탄생한 때는 유럽이 타자를 마주하고, 타자를 통제하고, 타자를 굴복시키고, 타자에게 폭력을 행사할 때였다. 유럽은 근대성을 구성하는 타자성(alterity)의 발견자, 정복자, 식민지 개척자로 자신을 정의했다. 유럽은 그 타자를 타자로 '발견'한 것이 아니라 동일자(유럽)로 은폐하였다. 근대성은 1492년에 탄생했으며, 그와 함께 비유럽적인 것은 무엇이든 '은폐'한 희생적 폭력의 특별한 신화도 시작되었다."[2] 서구의 계몽주의가 인간 이성의 비판적 합리성에 대한 믿음에서 출발하고 있다는 사실을 기억한다면, 서구의 식민주의는 이성적 주체로서의 자기 정체성을 물질적 야욕 때문에 스스로 부정했다고 결론내릴 수 있다. 디아스포라의 전 지구적 생성이 식민주의에서 배태된 것이라면, 디아스포라는 식민주의의 생생한 증거가 될 것이며, 이들의 존재 자체가 서구적 이성의 실패를 증명하고 있는 셈이다.

근대의 또 하나의 산물은 '민족' 혹은 '민족국가'라고 할 수 있는데, 근대적 사회가 기반한 공동체 단위가 바로 민족(국가)의 형태를 띠기

2) Enrique Dussel. *The Invention of the Americas: Eclipse of the Other and the Myth of Modernity*. Continuum. 1995. 12.

때문이며, 지금까지 이어져 오고 있는 국가의 경계는 근대적 민족 단위에 기초해서 구획되었다. 민족은 근대와 근대성이 자리 잡을 수 있는 물질적 토대의 역할을 하는 것이다. 그러나 다양한 민족과 인종의 디아스포라들이 전 지구적으로 흩어져 국경을 초월하여 뒤섞여 생활하는 초국적 현상은 민족의 경계를 혼돈스럽고 불분명하게 만든다. 이른바 글로벌 시대는 인적, 물적 교류가 국경을 초월하여 활발히 진행되고, 국가 간의 무역 장벽이 허물어지는 자유로운 교역과 교류의 시대를 의미한다. "인종적 민족적 경계가 사라지고 지역 공동체에 기반한 민족 공동체로서의 국가 개념이 희미해지고 다인종, 다문화 시대가 도래하게 됨에 따라 '다문화' '디아스포라' 등에 대한 관심이 증대되었고, 이에 따라 민족에 대한 정의, 즉 민족의 범위나 민족문화 등에 대해 새로운 개념 정립의 필요성이 제기된다."[3] 조국에 대한 회귀 본능이나 민족적 정체성을 지니려고 애쓰기도 하지만, 자신이 몸담고 있는 나라의 일원으로서 지니는 소속감과 그 사회적 구성원으로서의 정체성 또한 잃지 않으려는 이중적 상황에 놓인 '디아스포라'의 처지를 '민족'이라는 용어로는 제대로 담아내기 힘들다.

교통, 무역, 매체의 발전에 따른 혼종과 다문화 시대의 진정한 협력과 상생은 서구적 근대주의와 식민주의의 패러다임을 비판적으로 극복할 때에만 가능할 것인데, 이른바 포스트-근대, 포스트-식민적 패러다임을 통해서만 분산적이고 다층적인 글로벌 시대의 정치적, 경제적, 사회적, 문화적 현상은 올바로 이해될 수 있을 것이다. 본 저서의 키워드인 디아스포라는 이와 같은 문제의식을 적실하게 반영하고

3) Arif Dirlik. *The Postcolonial Aura: Third World Criticism in the Age of Global Capitalism*. Westview Press. 1997. 175.

있다. 피터 차일즈(Peter Childs)의 말처럼 "잃어버린 고향이나 보다 나은 과거에 대한 퇴보적이고 저항적인 주장 대신에 이질성과 복수성에 대한 찬양이 증가한다. 이산은 이제는 친숙해진 다른 용어들, 예컨대 혼종성, 혼합성, 크레올화 등과 나란히 놓일 수 있다. 이 개념들은 억압과 단일논리에 대한 저항과 더불어 이종족 혼교, 이종족 상호 친족 관계의 해방적이고 유쾌한 국면과 문화적 차이를 모두 권장한다."[4] 이처럼 디아스포라는 '공동체와 문화의 분산'을 자신들의 존재상황을 통해 입증해낸다. 디아스포라는 민족주의가 빠질지도 모르는 본질주의적, 혈통주의와 거리를 둔 채 이질성과 혼종성을 사고하도록 독려한다. 이석구의 주장처럼 디아스포라는 "문화적 동일성이나 혈통적 순수성을 내세우는 주류문화의 헤게모니에 도전하는 전복적인 기능을 수행한다."[5]

중심/주변부의 이분법적 사고방식을 통해서 '백인 중산층 남성'의 헤게모니와 이데올로기에 사로잡힌 서구의 근대적 패러다임은 이민족, 이산자들을 주변부에 위치시킴으로써 억압과 차별을 정당화한다. 서구에서 유색인종 디아스포라로 살아간다는 것은 그들의 정체성 형성에 있어서 심각한 왜곡과 혼돈을 야기시킨다. 출신 모국의 정체성과 그들이 생활하는 공간인 서구적 정체성이라는 '이중 정체성' 사이에서 그들은 분열되고, 그렇기 때문에 언제나 탈중심적, 복합-중심적인 문화들과 가치들을 안고 살아가야 한다. 다른 한편으로는 만연해 있는 유색인종에 대한 차별과 그에 따른 반작용으로서의 열등감이 그들을

4) 피터 차일즈, 패트릭 윌리엄스. 『탈식민주의 이론』. 김문환 역. 문예출판사. 2004. 421.

5) 이석구. 『제국과 민족국가 사이에서: 탈식민시대 영어권 문학 다시 읽기』. 한길사. 2011. 503.

괴롭힌다. 살고 있는 공동체로부터 '주변인'으로 취급받고, 다른 한편으로 모국으로부터도 소수자로 취급된다. 서구의 주류문화와 모국의 토착 민족주의는 차별과 배제의 논리를 통해 디아스포라를 주변화시키고 있다는 점에서 비판의 대상이 된다. 스튜어트 홀(Stuart Hall)의 주장처럼 디아스포라 정체성은 차별과 배제의 지배 담론에 맞서 "변형과 차이를 통하여 스스로를 지속적으로 새롭게 생산하고 재생산하는 정체성이다."[6] 그리하여 디아스포라의 삶을 고찰하는 일은 주류 담론에 작동중인 배제, 망각, 차별의 메커니즘을 드러내는 일이며, 주류 담론의 동일성 논리를 내부에서부터 균열을 만들어 해체시키는 작업이 된다. 폴 길로이(Paul Gilroy)의 말처럼 디아스포라는 "끝나지 않은 역사의 정치적이고 윤리적인 역동성에 초점을 맞추는 데 있어서 필수적인 것"[7]이다. 따라서 디아스포라 작가들의 작품이나 디아스포라를 형상화하고 있는 작품들에 관심을 가지는 것은 중심/주변, 보편/특수, 백인/유색인종, 서구/비서구의 이분법에서 벗어나 양 측면을 역동적으로 상호 침투하는 변증법적인 관계로 파악할 가능성을 열어준다. 디아스포라에 주목하는 것은 '타자의 무대화'[8] 현상을 진지하게 주시하면서 '통근대적 세계성(transmodern worldhood)'을 지향하는 일이며, '타자의 이성'[9]을 긍정하는 윤리적인 작업을 의미한다.

---

6) Stuart Hall. "Cultural Identity and Diaspora." *Contemporary Postcolonial Theory: A Reader*. Padmini Mongia ed. Arnold. 1996. 120.

7) Paul Gilroy. *The Black Atlantic: Modernity and Double Consciousness*. Verso. 1999. 80.

8) 임옥희. 『타자로서의 서구: 가야트리 스피박의 『포스트식민 이성 비판』 읽기와 쓰기』. 현암사. 2012. 231.

9) Enrique Dussel. 12.

제2장

전통가족의 붕괴와 새로운 가족의 탄생

: 에이미 탄(Amy Tan)의 『조이 럭 클럽』(Joy Luck Club)

어머니와 소설의 진실

에이미 탄, 2007

『조이럭 클럽』(Joy Luck Club)은 에이미 탄(Amy Tan, 1952.2.19.~)이 쓴 1989년 소설이다. 이 소설은 샌프란시스코에서 조이럭 클럽이라는 모임을 만들어, 다양한 음식과 수다를 즐기면서 약간의 돈과 친목을 위해 중국 마작 게임을 하는 4명의 중국계 미국인 이민자 가족의 이야기를 다루고 있다. 이 책은 4인용 말판 놀이인 마작 게임처럼 4명의 가족에 관한 이야기를 차례로 돌아가며 진행하는 구성을 지니고 있으며, 4개의 부분이 4개의 섹션으로 나누어져 총 16개의 챕터를 구성하고 있다. 세 어머니와 네 딸(쑤안 우는 소설이 시작되기 전에 죽었으며, 그녀의 딸 징메이 우의 회상을 통해 소설에 등장한다.)은 삽화의 형태로 그들의 삶에 대한 이야기를 나누며, 어머니의 이야기와

딸의 이야기가 합쳐짐으로써 비로소 하나의 가족사가 완성된다.

탄은 한 인터뷰에서 "『조이 럭 클럽』을 쓰기 전에 나는 어머니로부터 질문을 받았다. "나는 곧 죽을지도 모르겠구나. 내가 죽으면 너는 무엇을 기억하게 될까?""라고 밝혔다. 그녀의 대답은 책의 헌정 페이지에 나타나는데, 그것은 '소설의 진실 준수'를 강조하는 것이었다. 자서전적 요소가 강한 그녀의 소설 속에서 얼마나 많은 이야기가 실재로 있었던 일일까? 탄은 〈코스모폴리탄〉과의 인터뷰에서 "나의 조각들이 작품 속 모든 딸들에게 나눠져 있지요"라고 말했다. 또한 조이럭 클럽 회원들이 "어머니의 각기 다른 측면들"을 대표한다고 말했다. 다시 말해 작품 속 모든 딸들에게 작가 자신의 모습이 투영되어 있으며, 어머니들 또한 자기 어머니의 다양한 특징들을 나누어 가지고 있다는 것이다.

에이미 탄(Amy Tan, 1952.2.19.~)은 중국계 미국 작가로 '어머니와 딸의 관계'와 '중국계 미국인의 경험'을 주요 작품 주제로 삼고 있다. 그녀의 소설 『조이럭 클럽』은 1993년 웨인 왕(Wayne Wang) 감독에 의해 영화로 만들어질 만큼 대중적인 명성과 인지도를 그녀에게 안겨주었다.

그녀는 캘리포니아 오클랜드에서 태어났으며, 그녀의 아버지는 중국 내전의 혼란을 피해 미국으로 건너온 전기기술자이자 침례교 목사였다. 스위스에서 고등학교를 마친 그녀는 이 기간 동안 어머니 데이지(Daisy)의 과거에 대해서 알게 된다. 어머니가 중국에서 이미 결혼을 한번 한 적이 있으며, 4명의 자녀를 두었고, 이들을 상하이에 남겨두게 되었다는 것이다. 이 사건은 그녀의 첫 번째 소설인 『조이럭 클럽』의 주요 모티브가 되었다. 이 작품에서 묘사하고 있는 것처럼 작가인 탄 또한 어머니와의 관계가 순탄치 않았다. 어느 날인가는 탄의 새 남자친구 문제로 언쟁을 벌이다 그녀의 목에 칼을 겨누며 죽이겠다고 협박을 하기도 했다. 어머니는 그녀가 독립적이기를 원했고, 자립적인 인간이 되어야 한다고 강조했다고 한다. 그러면서도 어머니 자신은 종종 자살을 시도했으며, 탄의 외할머니이기도 한 그녀의 어머니 곁으로 가고 싶다고 말했다고 한다.

탄은 결혼은 하였지만 아이는 가지지 않았는데, 이는 자신이 앓고 있는 우울증을 아이들에게 유전으로 물려주게 되지는 않을까 하는 두려운 마음 뿐 아니라, 외할머니의 자살과 어머니의 수차례에 걸친 자살 시도, 그리고 버클리에서 수학하는 동안 그녀의 룸메이트가 살해당한 사건 등이 영향을 미친 것으로 보인다. 그녀는 캘리포니아 주 샌프란시스코에 거주하며 남편과 함께 살고 있으며 최근에는 그림을 그리며 편안한 노년을 보내고 있다.

탄의 첫 번째 소설 『조이럭 클럽』과 마찬가지로 그녀의 두 번째 소설 『부엌 신의 아내』(The Kitchen God's Wife) 또한 이민 중국인 어머니와 미국 태생의 딸의 관계를 주요 주제로 삼고 있다. 세 번째 소설 『백 개의 비밀 감각』(Hundred Secret Senses)에서 자매들 사이의 관계라는 새로운 주제를 탐색하기도 했으나, 네 번째 소설 『접골사의 딸』(Bonesetter's Daughter)에서 이민 중국 여자와 그녀의 미국에서 태어난 딸의 주제로 다시 돌아간다. 그녀의 작품들은 여러 다른 미디어로도 개작되었는데, 『조이럭 클럽』은 1993년 연극으로 각색되어 무대에 올려졌으며, 같은 해에 영화로도 만들어졌다. 『접골사의 딸』은 2008년에 오페라로 만들어졌고, 아동 도서인 『사과, 중국 샴 고양이』(Sagwa, Chinese Siamese Cat)는 PBS에 방영되는 애니메이션 시리즈로 방영되었다.

이 작품은 다음과 같은 중국 우화의 변형으로 시작한다.

> 그 노부인은 오래 전에 상하이에서, 얼마 안되는 푼돈으로 백조 한 마리를 샀던 일이 생각났다. 그때 백조를 팔던 장사꾼은 이렇게 떠벌렸다.
>
> 「이 새는 예전에 오리였답니다. 거위가 되고 싶어서 목을 늘어뜨리고 있는 사이에, 이처럼 잡아먹기에 아까운 아름다운 백조가 된 거라구요!」 (…)
>
> 그러나 그녀가 미국에 도착했을 때, 이민국 직원은 백조를 빼앗아 버렸고, 어쩔 줄 몰라 양팔을 허우적거리는 그녀에겐 깃털 하나만 남겨 주었다. 그리고 나서 그녀는 너무나 많은 서류를 작성해야 했기 때문에, 왜 그녀가 미국에 건너왔고 무엇을 뒤에 남기고 왔는가를 모두 잊어버렸다.
>
> 이제 그녀는 늙었다. 자라난 딸은 영어만을 하고 슬픔보다는 코카콜라를 더 많이 삼켰다. 그녀는 아주 오랫동안, 딸에게 백조의 깃털을 주면서 「이것은 하찮게 보일지 모르지만 아주 멀리서부터 나의 소중한 꿈을 담아 가지고 온 것이란다」라고 말해 주고 싶었다. 이 말을 딸에게 완벽한 영어로 말해 줄 수 있는 날이 오기를 그녀는 꾹 참고 기다렸다. (23)

중국에는 다음과 같은 말이 있다. 千里送鵝毛, 禮輕情意重. "천리

밖에서 거위 깃털을 선물합니다. 예물은 가볍지만 뜻은 깊습니다"라는 뜻으로 진상한 거위가 중간에 날아가고 깃털만 남은 상황에서 깃털의 가벼움과 하찮음만 보지 말고 거위를 선물한 마음의 무거움을 헤아려 달라는 뜻이다. 저자는 오리가 백조가 되는 자신만의 동화를 만들어낸다. 그녀의 이야기에서 오리는 처음에는 웅장한 거위가 되고 싶어 했다. 이 거위는 언젠가 구운 거위 저녁 식사의 중심이 될 것이다. 아이러니하게도, 오리는 목을 너무 길게 늘이는 바람에 원하는 것 이상을 닮게 되었다. 그것은 백조였다. 마찬가지로, 할머니는 딸이 미국에서 탈바꿈하기를 희망한다. 딸은 변화했지만, 그녀는 어머니와 더 이상 의사소통을 할 수 없는 미국화 된 중국계 미국인 여성이 되어버린 것이다. 오리처럼, 딸은 너무나 많이 바뀌게 됨으로써 그녀의 인생은 영원히 변화해버렸다. 백조는 다시는 오리가 될 수 없다. 마찬가지로 중국 이민자의 딸은 다시는 중국인이 될 수 없으며, 미국 사람일 수도 없다. 백조는 사라졌으며, 그 하나의 남은 깃털은 어머니의 거의 소멸된 기대, 그녀의 희망의 희박한 잔해, 그녀의 치열한 낙관주의와 딸에게 물려줄 풍부한 동양 유산을 상징한다.

이제 4개의 가족, 4개의 모녀 관계에 대해서 알아보자. 혼돈을 피하기 위해 소설의 흐름으로부터 벗어나 각각의 모녀 관계를 독립적으로 살펴보고자 한다.

자식을 포기하는 엄마는 없다: 쑤얀 우 vs 징메이 우

어느 무더운 여름날 밤이었어. 어찌나 덥고 습했던지 나방조차 날개가 무거워져 땅바닥으로 곤두박질할 정도로 그렇게 무덥던 날 밤에,

난 조이럭 클럽을 생각해 냈단다. 어딜 가든지 사람으로 꽉 차서 시원한 공기를 마실만한 곳도 없었고, 또 도저히 참을 수 없는 하수도 냄새가 이층 내 방 창문까지 올라왔는데, 그 냄새는 꼭 내 콧속으로만 들어오는 것 같았어. 밤이고 낮이고 끊임없이 비명 소리가 들려왔지. (…) 그때 나를 움직이도록 도와줄 무슨 일이 필요하다는 생각이 들더구나.

내 마작 테이블에 같이 앉을만한 여자 세 명을 구해보자는 생각을 했지. 한쪽에 한 명씩, 네 명이 필요하니까 말야. 나는 이미 어떤 여자들에게 부탁해야겠다는 걸 마음속으로 정해놓고 있었어. 그들은 모두 나처럼 젊었고, 뭔가 갈망하는 듯한 얼굴을 하고 있었기 때문이야. (30-31) (…)

우린 그냥 두려워서 그랬단다. 모두 불행이란 걸 겪어 본 사람들이었잖니. 하지만 절망한다는 건 이미 잃어버린 것을 되찾고 싶어 하는 심정인 게야. 아니 어쩌면 참을 수 없게 된 상태를 질질 끌고 있는 건지도 몰라. (…) 그래서 우린 스스로에게 물어본 거지. 그럴싸하게 슬픈 얼굴을 하고 우리 자신의 죽음을 가만히 앉아 기다리는 것과 우리 자신의 행복을 택하는 것, 어느 것이 더 나쁜 일이냐고 말야. (32-33)

이 부분은 '조이럭 클럽'이라는 모임이 만들어지게 된 계기를 설명하는 부분이다. 임박한 일본군의 침입으로부터 구이린(계림)으로 도망친 쑤안이 전쟁의 공포를 잠시나마 잊고, 절망에 빠지지 않기 위해서 무엇이라도 해야 한다는 절박한 심정에서 만들게 된 것이다. 쑤안은 자신처럼 젊고, 무언가를 갈망하는 듯한 얼굴을 하고 있는 3명의 여자들과 함께 클럽을 만들게 되는데, 매주 4명의 젊은 여성들이 마작을 하고 빈약한 사치를 나누며, 행복했던 시간에 대해 수다를 떨면서 절망을 이겨내고 희망과 행복을 스스로 만들어간 것이다. 그것은 미국에 이민 온 중국인들의 상황과 비견되면서 디아스포라로서 낯선 곳에서 살아가는 삶의 고단함과 벽에 갇힌 삶의 한계를 실감케 한다.

조이럭 클럽은 말뜻 그대로 즐거움과 행운을 추구하는 적극적 의지의 산물이자, 행복 추구가 개인의 노력만으로는 이루어질 수 없으며, 함께 기쁨과 슬픔을 나누고 싸우고 화해하면서 이해의 폭을 넓히고 어려움에 함께 맞설 때 가능하다는 것을 보여주는 장치라고 할 수 있다.

> 린 아주머니와 어머니는 당신들 자식을 서로 비교하느라 평생을 보낸, 가장 친한 친구이자 가장 맞서는 라이벌이었다. 나는 린 아주머니가 애지중지하는 딸인 웨이벌리 종보다 한 달 먼저 태어났다. 우리가 갓 태어났을 때부터 어머니들은 우리의 배꼽 주름을 비교하고, 누구 귓밥이 더 예쁘게 생겼는지, 무릎이 까졌을 때 누가 얼마나 빨리 낫는지, 누구 머리가 더 숱이 많고 검은지, 일 년에 구두를 몇 켤레나 헤뜨리는지를 비교했다. 그리고 나중에는 웨이벌 리가 얼마나 체스를 잘 두는지, 지난달에는 트로피를 몇 개나 탔고, 그 애 이름이 몇 개 신문에 났으며, 또 시합하러 얼마나 많은 도시에 가보았는지가 관심이었다.
>
> 나는 딸 자랑거리라고는 하나도 없는 어머니께서 린 아주머니가 웨이벌리 자랑을 하는 게 얼마나 듣기 싫으셨을지 안다. 맨 처음 어머니는 내 안에 숨어 있는 재능을 개발해 내려고 애쓰셨다. 우리와 같은 아파트에 은퇴한 늙은 피아노 선생님이 살고 계셨는데 어머니는 그분의 집안일을 해주시고, 그 대신 내가 피아노 레슨을 받고 또 연습하도록 피아노를 쓸 수 있게 해주셨다. 내가 피아노 연주자는커녕 교회 청년 성가대 반주자도 되지 못하자, 어머니는 아인슈타인도 폭탄을 발명할 때까지는 사람들이 지진아라고 생각했다시며 내가 늦되는 애라고 해명하셨다. (51-52)

1944년 국민당 장교의 아내인 쑤얀은 일본군의 침입으로 인해 절망적이고 비참한 전시 상황에서 사정이 비슷한 또래 여인들을 모아

마작 모임인 조이럭 클럽을 시작했다. 어느 날 그녀는 아는 장교로부터 일본군이 몰려오고 있으니 구이린(계림)을 탈출하라는 얘기를 듣고 쌍둥이딸을 데리고 남편이 있는 충칭으로 가게 된다. 그러나 충칭에 도착했을 때 그녀는 짐은 물론이고 쌍둥이 두 딸마저도 잃은 후였다. 미국 여성 선교사에 의해 목숨을 구하게 된 그녀는 1949년 미국으로 건너오게 되었고, 교회에서 만난 비슷한 사연을 지닌 여성들과 조이럭 클럽을 부활시킨다. 그리고 2년 후에 딸 징메이를 낳게 되는데, 징메이에겐 엄마 친구 린도의 딸인 웨이벌리라는 또래의 친구가 있다. 징메이와 웨이벌리는 절친이면서도 엄마들로 인해 언제나 경쟁관계에 놓일 수밖에 없었는데, 징메이는 체스 영재였던 웨이벌리에 대항하기 위해 원치도 않는 피아노를 익혀야 했다. 그러나 스스로 재능이 없다고 생각하는 징메이는 레슨을 열심히 받지 않고, 발전이 더딘 징메이를 대기만성형이라고 다른 아주머니들에게 변명한다.

어머니와 아주머니들의 관계가 경쟁적이기만 했던 것은 아니다. 징메이가 중국에 남겨진 언니들을 만나러 가게 될지도 모른다는 말에 아주머니들이 보여주는 모습은 친자매의 우정과 다를 바 없다. 어머니를 잘 몰라서 언니들에게 해줄 말이 없다고 하자, 아주머니들은 경쟁하듯이 어머니의 장점에 대해서 이야기한다. 안메이 아주머니는 "네 어머니는 네 뼈 속에 있다"고 말하며, 누구랄 것도 없이 어머니가 머리가 아주 좋았다고 말하고, 친절하고, 가족에 충실하며, 희망적이었고, 요리를 아주 잘했다고 쏟아낸다. 이러한 아주머니들의 반응에 징메이는 놀라며 이런 생각에 이르게 된다.

> 그제서야 나는 생각이 났다. 이분들은 모두 놀라고 계시구나. 나에게서 이분들은 당신 딸들의 모습을 보고 계신 거로구나. 당신들이 올

때 갖고 온 모든 진리와 희망에 대해, 나처럼 상관도 하지 않고 또 알지도 못하는 당신 딸들의 모습을, 어머니가 중국말을 하면 답답해 견딜 수 없어 하는 딸들의 모습을, 또 더듬거리는 영어로 뭘 설명해 주면 어머니가 바보라고 생각하는 당신 딸들의 모습을 보시는 것이다. 이분들은 당신 딸들에게는 요행이나 희락이 당신들과 똑같은 의미를 갖고 있지 않다는 것과, 이 꽉 닫힌 미국 태생들의 마음속에 '요행희락'은 한 단어가 아니고, 그런 말은 존재하지도 않는다는 사실을 아시는 것이다. 이분들은 대대로 이어져 내려오는 희망이 뭔지 전혀 모르고 태어날 손자들을 잉태할, 딸들의 모습을 보시는 것이다. (56-57)

아웅다웅 다투고, 질투하고, 시기하며, 경쟁도 하지만, 조이럭 클럽의 어머니들은 친구의 딸들을 자신의 딸로 여기며, 어머니로서의 동질감과 결속력과 공감대를 형성하고 있다. "네 어머니는 네 뼈 속에 있다"는 말은 단순히 생물학적 유전을 의미한다기보다 여성으로서의 삶의 굴곡과 시련의 연속성 및 모성애로 묶인 강력한 연대감을 의미한다. 이 말은 여성에게 가해진 차별과 역경을 뚫고, 새로운 삶과 희망을 위해 이민자의 삶을 선택한 어머니의 강인함을 통해 이국땅에서 정체성을 잃고 절망 속에서 살아가는 딸들에게 스스로를 사랑하고 주체적인 삶에 대한 의지를 키워나가기를 염원하는 마음이 표현된 것이다.

그러나 징메이는 어머니의 마음을 제대로 이해하지 못하고 어머니의 마음에 상처를 준다. 어머니의 강제에 의해서 시작한 피아노를 그만두겠다는 딸과 순종을 강요하는 어머니, 감정이 격해지자 징메이는 해서는 안 될 말을 어머니에게 하게 된다.

「엄마는 저에게 제가 아닌 딴 사람이 되라고 하시는 거에요! 전 결코 엄마가 바라시는 그런 딸이 될 수 없다구요.」

나는 흐느꼈다.

「이 세상에는 단지 두 종류의 딸밖에 없다. 부모에게 순종하는 딸과 제 고집만을 피우는 딸, 이렇게 두 종류야! 그중에서 오직 한 종류의 딸만이 이 집에서 살 수 있어. 순종하는 딸이지!」

어머니는 중국말로 소리치셨다.

「그럼 전 엄마 딸이고 싶지 않아요. 엄마가 제 엄마가 아니었으면 좋겠어요.」

나는 이렇게 외치면서도 좀 두려워졌다. 내 가슴속에서 나쁜 벌레들과 두꺼비, 그리고 찐득찐득한 것들이 기어나오는 듯한 느낌이었다. 그러나 나의 끔찍한 면이 마침내 겉으로 드러났다는 것이 기분 좋기도 했다.

「너무 늦었다. 이젠 어쩔 수 없어.」

어머니는 날카롭게 말씀하셨다.

나는 어머니의 분노가 극에 달했음을 느낄 수 있었다. 바로 그때 나는 어머니가 중국에서 잃어버린 아기들, 우리가 절대로 얘기하지 않는 그 아기들 생각이 났다.

「그럼 태어나지 않았더라면 좋을걸 그랬어요! 죽었으면 좋겠어요! 바로 그 아기들처럼 말예요.」

나는 외쳤다. (192-93)

징메이는 체스 영재였던 웨이벌리에 대항하기 위해 강제로 피아노를 익혀야 했다. 불행인지 다행인지 징메이의 레슨을 맡게 된 퇴직한 피아노 선생님은 귀가 안 들렸다. 징메이는 피아노를 배우고 싶은 열의가 없었기 때문에 눈속임으로 엉터리 교습을 받았고, 그 결과 그녀는 린도와 웨이벌리 앞에서 엉터리 연주를 하게 되고 큰 망신을 당하게 된다. 그러나 쑤얀은 징메이를 포기하지 않고 계속해서 피아노 연습을 강제했다. 이에 반발한 징메이는 엄마가 죽게 만든 두 딸들처럼 자신도 죽어버렸으면 좋겠다고 외치며 쑤얀의 가슴을 아프게 한다.

그 후부터 쑤얀은 징메이에게 피아노를 치라는 말을 한 번도 하지 않는다. 쑤얀은 징메이가 게으르고 기대에 부응하기를 싫어하는 성격이라고 생각하는 반면, 징메이는 어머니가 자신을 신뢰하지 않는다고 여긴다. 이 작품의 핵심 주제 중 하나는 의사소통의 문제이다. 징메이의 아버지 우 씨는 아내가 자신을 표현할 수 없어서 죽었다고 믿는다. 말해지지 않은 생각은 말 그대로 죽음을 초래할 수 있다는 것이다. 징메이 또한 어머니와의 의사소통 문제들에 대해 언급하고 있는데, "나는 처음 들었을 때 이해하지 못한 것은 절대로 기억할 수 없다"고 말한다. 징메이는 어머니가 두 딸을 포기했다고 오해하여 자신도 언제든지 버려질 수 있을 것이라고 생각한다. 그러나 나중에 밝혀진 바, 어머니는 두 아이를 끝까지 지키려고 했으며, 지치고 병에 걸린 자신은 죽더라도 아이들은 살리기 위해 돈과 보물과 함께 아이들을 놓아둘 수밖에 없었다. 끝까지 자식을 지키려 했던 어머니의 본모습에 대한 이해를 통해 징메이는 (돌아가신 후에서야) 어머니와 극적으로 화해하게 된다.

징메이의 오해와는 달리 쑤얀은 아이들을 버린 것이 아니라 살리기 위해 놓아두고 온 것이다.

어머니가 돌아가시고 아버지를 통해 자신의 이름에 담긴 뜻을 알게 되자 그녀는 자신이 어머니에게 어떤 존재였는지를 깨닫게 된다.

> 「제 이름은 어때요? '징메이'는 무슨 뜻이죠?」
> 「네 이름도 특별하지.」
> 아버지는 말씀하신다. 나는 중국 이름치고 특별하지 않은 게 있을까 궁금하다.
> 「'징'은 탁월하다는 '징(精)' 같아. 그저 좋을 정도가 아니라 아주 순

> 수하고 필수적이고 최고의 품질을 갖는 것을 말한다. '징'은 금이나 쌀, 혹은 소금 같은 것에서 불순물을 제거하고 남은 좋은 것을 말해. 그래서 남은 것, 완전히 순수한 것이지. 그리고 '메이(妹)', 이것은 '메이메이'처럼 흔히 쓰는 말인데 '어린 누이'라는 뜻이다.」
>
> 나는 이 말을 생각해 본다. 나의 어머니가 오래 간직하셨던 바람, 즉 나는 다른 딸들의 순수한 면만을 가진 걸로 여겨진 어린 동생이었다. 어머니가 나에 대해 얼마나 실망하셨을까를 생각하니 옛 슬픔이 되살아난다. (388)

징메이의 어머니 이름은 쑤얀이다. 그 이름은 '오래 간직한 바람'이라는 뜻과 '오래 묵은 한'이라는 정반대의 의미를 지니고 있다. 언뜻 정반대의 뜻처럼 보이지만, 사실은 같은 의미를 담고 있는 바, 쑤얀의 오랜 염원이란 잃어버린 두 딸들을 다시 만나는 것이며, 만남이 이루어지지 못한 것에 대한 묵은 한이라는 뜻을 함축한다. 어머니는 절대로 자식을 포기하지 않는다. 징메이의 이름 속에는 찾지 못한 두 언니의 존재가 각인되어 있다. 불순물이 제거된 완전히 순수하고 최고의 품질을 지닌 어린 누이라는 뜻에는 징메이가 잃어버린 두 언니의 순수함을 물려받은 어린 동생이라는 뜻을 나타내는 바, 징메이는 쑤안에게 하나이면서 동시에 셋을 포함하는 존재인 셈이다.

살아생전 어머니의 바람이었던 언니들과의 재회가 마침내 이루어진다. 언니들은 다 자란 징메이를 자랑스럽고 대견하게 바라본다. 징메이는 언니들의 얼굴에서 어머니의 흔적을 발견할 수 없지만, 그들의 모습을 통해 내 몸 속에서, 내 피에 흐르는 중국인의 정체성과 가족에 대한 유대감을 확인하게 된다.

> 언니들과 나는 서로 얼싸안고 웃으면서 서로 눈물을 닦아 주면서

서 있다. 폴라로이드 카메라가 번쩍하더니 아버지가 내게 스냅 사진을 건네주신다. 언니들과 나는 함께 조용히 무슨 모습이 나올까 열심히 지켜본다.

회록색 표면은 갑자기 색이 짙어지면서 선명해지고 밝아지는 우리 셋의 모습으로 바뀐다. 그리고 비록 우리는 말은 하지 않지만, 언니들이나 나나 모두 그것을 보고 있음을 안다. 함께 서 있는 우리 셋을 보니 우리는 어머니를 꼭 닮아 있었다. 마침내 오래 간직했던 자신의 바람을 보느라고 놀라서 크게 뜬 어머니의 눈, 크게 벌어진 어머니의 입을. (398)

징메이는 아버지와 함께 어머니가 잃어버린 언니들을 만나러 중국으로 간다. 그녀는 아빠로부터 어머니가 아기들을 버릴 수밖에 없었던 진짜 사연을 듣게 된다. 일제와의 전쟁 때문에 피난길에 올랐던 엄마는 자신의 죽음이 임박했음을 직감하고, 아기들만이라도 살리기 위해 멀찌감치 떨어져 죽으려 한다. 그러나 자신은 구조되고 아기들과는 생이별하게 된다. 아기들은 늙은 농사꾼 부부에 의해서 발견되어 길러지게 되는데, 이 부부는 아기들을 진심으로 사랑으로 키웠으며, 가족을 찾아주려 했을 때는 주소지로 찾아간 곳이 너무나 변해있었기 때문에 가족들에게 되돌려 줄 수 없게 되었다. 미국에 정착한 후에도 어머니는 끊임없이 지인들을 통해 아이들을 찾으려고 노력했고, 너무 늦기 전에 중국으로 가려고도 했다. 그러나 이미 늦었다는 아버지의 말에 어머니는 실망하게 되고 이것이 마음의 병이 되어 돌아가시게 된다. 이후 어머니의 친구가 우연히 백화점에서 어머니를 똑 닮은 아이

들을 발견하게 되고 징메이는 상하이 공항에 도착한다. 이국땅에서 희망도 의지도 잃어버린 채 적당히 양보하면서 자기주장을 자제하고 살아가는 징메이는 마침내 어머니가 잃어버린 언니들을 만나게 된다. 그리고 자신의 피 속에 흐르고 있는 중국인으로서의 정체성을 가족을 통해 확인하게 된다. 어머니의 오래 간직했던 바람, 즉 잃어버린 두 딸을 찾게 되는 일을 마침내 징메이는 실현시켜 주지만, 결과적으로 어머니의 진짜 바람, 즉 징메이가 중국인으로서의 자신의 정체성을 찾는 일이 실현된 것이다.

너 스스로 결정해야 해: 안메이 슈 vs 로즈 슈 조던

> 네 어미는 조상님들을 존경하지 않았고 가문을 배반했기 때문에 인간 취급도 받을 수 없게 됐어. 넌, 그 어미의 자식이고, 네 어미가 얼마나 천한 것이 됐는지 아마 악마까지도 얕잡아 볼 거다. (61) (…)
>
> 어머니가 내게 와서 용서해 달라고 했기 때문이 아니야. 어머니는 그러지 않았어. 어머니는 내가 죽을 지경에 있을 때 외할머니가 자기를 집 밖으로 내쫓았다고 설명할 필요가 없었지. 나는 다 알고 있었거든. 어머니는 내게, 자기가 하나의 불행과 또 다른 불행을 맞바꾸기 위해서 우 장에게 시집갔다는 말을 할 필요도 없었어. 나는 그것도 알고 있었으니까.
>
> 내가 어머니를 사랑하게 된 이유를 말해주지. 내 자신 속에서 어머니를 보게 되었기 때문이야. 내 피부 속에 들어 있는 어머니, 내 뼈 속에 있는 어머니를 말이다. (66)

안메이는 어렸을 적 아버지를 잃었으며, 얼마 되지 않아 어머니는 부잣집 남자 우 장의 첩이 되어 떠나가게 됨에 따라 외가에서 길러지게 된다. 4살 때 어머니가 집으로 찾아온 적이 있는데, 부정한 짓으로 친정의 명예를 더럽혔다는 이유로 쫓겨나게 되고 소란 법석한 와중에 뜨거운 국이 안메이의 목에 쏟아져 심한 화상을 입게 된다. 심한 부상을 당한 딸을 보고도 쫓겨날 수밖에 없었던 어머니를 증오하도록 안메이는 세뇌를 받으며 자랐지만, 그녀는 어머니를 원망하지 않는다. 그녀가 9살 때 어머니는 외할머니의 임종 직전에 찾아와 외할머니에게 자신의 살점을 잘라 먹이는 지극한 효심을 보였으며, 안메이는 이 일로 인해 어머니를 존경하게 된다. 이후 그녀는 어머니를 따라 우 장의 집에서 살게 되는데, 여기에서 그녀는 어머니가 우 장과 정을 통한 것이 아니라 강간을 당하고 임신까지 하게 되어 어쩔 수 없이 첩이 되었다는 사실을 알게 된다. 아들마저 빼앗기는 수모를 당하며 비참하게 살던 어머니는 유일한 희망인 분가를 요구했지만 받아들여지지 않게 되자 아편을 다량으로 섭취하고 자살하게 된다. 아들을 빼앗긴 어머니처럼 안메이도 나중에 아들을 사고로 잃게 되는데, 이 역사의 반복은 불행으로 묶인 운명 속에서 안메이와 어머니를 강력하게 하나로 묶게 만든다.

한편 로즈는 미국에서 행복한 결혼생활을 영위하지 못하고 있다. 중국남자들과 다른 모습을 지니고 있다는 사실이 지금의 남편인 테드에게 호감을 느낀 중요한 이유가 된다는 고백을 통해서도 알 수 있듯이, 로즈는 이민자로서 스스로를 인종적으로 열등하다고 생각하고 있으며, 백인 문화를 선망한다. 따라서 그녀의 결혼은 내면에서부터 이미 불평등한 관계에 기반하여 시작되었음을 알 수 있다. 테드의 건방지고 고집스러운 성격이 그의 출신성분과 어울려 그를 매력적으로 보이게 만들었다는 로즈의 말을 통해 가정에서의 주도권이 누구에게 있을지를 짐작하게 한다.

「어떻게 하지?」

나는 언제나 그에게 물었다. (…) 처음 여러 해 동안 테드는 우리가 어디로 휴가 갈지를 결정했다. 그는 우리가 어떤 가구를 살지도 결정했다. 아기를 갖는 것은 더 좋은 동네로 이사갈 때까지 기다려야만 한다고 결정한 것도 그였다. 우리는 그런 문제들을 같이 의논하기는 했다. 그러나 항상 결론은 내가 「당신이 결정해요, 테드」라고 말하는 걸로 끝나리라는 것을 우린 알고 있었다. (160-61)

주변부 이민자로서 자존감을 지니고 자기 확신에 찬 삶을 살아가기란 쉽지 않은 일이다. 로즈가 테드에게 호감을 느끼는 것은 단순한 남녀관계의 문제라기보다 문화적 차이를 함축하고 있는 것이라고 볼 수 있다. 주류 백인 남성의 건방짐, 자신감, 고집, 외모는 자신과 같은 부류의 주변부 이민자 중국 남성들에게는 볼 수 없는 성격이었으며, 혹시 볼 수 있다하더라도 비호감에 가까운 성격으로 여겨질 수도 있는 그런 성질의 것이다. 그 결과 로즈는 테드에게 주도권과 결정권을 모두 양도하고 그의 의견에 전적으로 의지하여 살아가게 된다.

테드는 의료 사고 소송에 진 후 - 그것이 그가 태어나서 받은 첫 번째 커다란 충격이었음을 나는 이제야 깨달았다 - 매사를 나에게 결정을 내리라고 강요하기 시작했다. 미국 차를 사야겠다고 생각하느냐, 아니면 일본 차를 사야겠다고 생각하느냐? 종신보험에서 계약 기간 보험으로 바꿔야겠느냐, 아니냐? 무기 밀매자들을 지지하는 후보자들을 어떻게 생각하느냐? 가족에 대해선 어떠냐?

나는 그런 일들에 대해서 찬성 쪽과 반대쪽을 생각해 보았다. 그러나 나중에는 뭐가 뭔지 알 수가 없었다. 한 가지 정답이란 절대로 있을 수 없다고 믿은데다가, 또 틀린 대답들도 많이 있다고 생각했기 때문이었다. 그래서 내가 「당신이 결정해요」 혹은 「상관 안해요」 혹은 「양쪽 다 괜찮아요」라고 대답하면 그는 그때마다 참을 수 없다는 듯이

> 「아냐, 당신이 결정해. 그렇게 책임도 안지고 욕도 안 먹고, 꿩 먹고 알 먹고 할 수는 없어」라고 말하곤 했다. (161-62)

한편 로즈는 14살 때 가족들과 함께 바닷가에 놀러갔다가 자신이 돌보던 4살짜리 막내 빙이 바닷가에서 암초로 빠져 실종되는 사고를 겪었다. 로즈는 이 사건으로 인해 책임을 맡는 것에 공포를 갖게 된다. 로즈는 의대생 테드와 결혼하여 모든 사항을 의논하는 것 같지만 항상 남편의 결정에 따르게 되고 언젠가 부터는 의논조차 하지 않게 된다. 의료 사고 소송에 진 후 남편은 로즈에게 결정을 강요하기 시작했고, 의사 결정과 책임에 공포를 갖고 있던 로즈는 당황하게 된다. 이런 로즈를 점점 참을 수 없게 된 남편은 마침내 그녀에게 이혼을 요구한다.

> 「어떻게 해야 할지는 네 스스로 생각해야 돼. 다른 사람이 네게 말해 주면 넌 해보려고 노력하지도 않을 거다.」
>
> 그리고 어머니는 내가 생각할 시간을 갖도록 부엌에서 나가신다.
>
> 나는 빙에 대해서 생각한다. 나는 그애가 위험하다는 걸 알면서도 놔두지 않았던가. 나는 내 결혼생활에 대해서도 생각해 본다. 파탄의 징조가 분명히 보였다. 그런데도 나는 그대로 내버려두었던 것이다. 그래서 이제 나는 운명이란 것은 반은 기대에 의해서, 반은 부주의에 의해서 형성된다는 것을 알아챘다. (177)

로즈는 자신의 결혼생활이 결국 파국으로 막을 내릴 것이라는 것을 알고 절망한다. 자신이 어떤 노력을 하더라도 파탄 난 결혼생활을 되돌릴 수 없다고 생각하며 아무런 노력도 하려하지 않는다. 그런 딸에게 안메이는 희망이 없을 때조차도 자신의 인생과 운명을 위해서 무언가를 하려고 노력해야만 한다고 말한다. 무엇을 어떻게 하라는 것이 아니라 무엇을 어떻게 할지를 스스로 생각해보라는 것이다. 오래 전 막내 빙이 암초에 빠져 실종되었을 때도 안메이와 로즈는 상반된 태도를 보였다. 수색선까지 동원되고 해가 질 때까지 찾을 수 없었지만, 안메이는 다음 날 해도 뜨기 전 로즈를 데리고 빙을 찾으러 간다. 안메이는 신에게 빌어도 보고 어머니의 유품도 바다에 던져보는 등 마지막까지 포기하는 모습을 보이지 않는다. 반면 로즈는 빙이 위험하다는 것을 알면서도 그냥 놔두었으며, 실종된 동생을 찾을 수 있을 것이라고 기대하지도 않는다. 결혼생활도 마찬가지이다. 파탄의 징조가 있었음에도 그녀는 아무런 노력도 하지 않고 자신의 인생임에도 방관하고 방치했던 것이다. 더 이상 딸의 방관을 두고만 볼 수 없던 어머니의 충고, 자신의 인생과 운명을 위해 스스로 생각하고 스스로 결정해야 한다는 어머니의 충고를 통해 로즈는 자신의 결혼생활의 마지막 결정이 될지도 모르는 이혼 결정을 남편에게 맡겨두지 않고 자신의 의지에 따라 결정하기로 마음먹는다.

> 「벌써 있을 데는 마련했어요.」
> 나는 얼른 말했다. 바로 그 순간 내가 어디에 살아야 할지를 알게 되었기 때문이다. 그는 놀란 듯 눈썹을 치켜 올리더니 웃음지었다. 아주 잠깐 동안 내가 「여기요」하고 말할 때까지.
> 「무슨 소리야?」
> 그는 날카롭게 말했다. 눈썹은 여전히 치켜 올린 채였지만, 이제는 웃고 있지 않았다.
> 「여기 계속 있겠다고 했어요.」
> 나는 다시 크게 말했다.
> 「누가 그래?」
> 그는 팔짱을 끼고 눈을 흘기며 마치 내 얼굴이 금방이라도 일그러져 버릴 것을 알기라도 하듯이 살폈다. 그가 그런 표정을 지으면 나는 겁이 나 말을 더듬거리곤 했다.

그러나 이제 난 아무렇지도 않았다. 두렵지도 않고 걱정도 되지 않았다. (271)

안메이는 여느 다른 어머니와는 다르다. 이혼을 앞둔 딸이 걱정되지만, 그것은 재결합을 원하는 관습적인 요구로 이어지지 않는다. 안메이는 “다시 살도록 해보란 얘기를 하는 게 아냐. 네가 떳떳이 나서서 할 말은 하라는 소리지”라고 분명한 메시지를 로즈에게 전한다. 그것은 재결합이 되었건 이혼이 되었건 떳떳하게 할 말은 하는 주체적이고 당당한 결정권자가 되어야 한다는 것이다. 어머니의 조언에 힘을 얻은 로즈는 결혼 후 처음으로 자신의 목소리로 자신의 의견을 남편에게 피력한다. 이젠 결정하고 책임지는 일에 대해 더 이상 두렵거나 걱정되지 않는다. 로즈는 이혼을 거부하고 그들의 보금자리를 떠나지 않겠다고 말한다.

삶을 꿈꾸듯 사는 게 어떤 것인지 나는 안단다. 다른 사람의 얘기를 듣고, 주위를 살피고, 그리고 꿈에서 깨어나 무슨 일이 벌어졌는지를 이해하려고 해야 한다. 정신과 의사의 도움 없이도 넌 그렇게 할 수 있어.

정신과 의사는 네가 잠에서 깨어나기를 원하지 않아. 그는 너에게 꿈을 더 꾸라고, 연못을 찾아내어 그 속에 눈물을 더 뿌리라고 말하지. 그리고 사실 그 의사는 네 슬픔을 먹고 사는 또 다른 새에 불과한 거야.

우리 어머닌 정말 큰 고통을 겪으셨지. 체면 잃은 것을 감추려 하셨기 때문이야. 하지만 오히려 더 참담하게 되셨을 뿐이고, 마침내는 그걸 감추실 수가 없었어. 그 이상은 아무것도 몰라, 그것이 옛날의 중국이었던 거야. 그 당시 중국 사람들은 다 그랬어. 선택의 여지가 없었지. 마음속에 있는 것을 말할 수도 없었고, 도망갈 수도 없었어. 그게 운명이었으니까.

그러나 이제는 시대가 바뀌었어. 그들은 이제 더 이상 자신의 눈물을 삼키거나, 까치의 놀림을 받을 필요가 없게 된 거지. (331)

유교 문화가 깊게 침윤된 중국에서 여성은 전통적으로 자신의 욕망을 자제하고, 타인의 시선과 평판에 주의를 기울이고 고통을 인내하며 사는 것이 미덕으로 여겨졌다. 미국으로 건너온 안메이는 자신의 딸에게 그와 같은 불공정하고 불평등한 삶을 물려주고 싶지 않았으며, 미국식의 민주주의와 개인주의를 습득함으로써 당당하고 주체적인 삶을 딸이 살아주기를 기대했었다. 그러나 바람과는 달리 로즈는 자신이 걸었던 길과 똑같은 길을 걷고 있지 않은가. 그러나 안메이는 알고 있다. 시대가 바뀌었음을. 여자라는 이유로 더 이상 슬픔 속에서 살아갈 필요가 없다는 것을. 체면 때문에 고통을 인내할 필요가 없다는 것을. 이젠 중국에서조차도 여성들은 더 이상 그런 삶을 살지 않는다는 것을. 그리하여 로즈가 바뀐 세상에서 안메이 자신과 자신의 어머니와 같은 길을 걷지 않아도 된다는 것을. 어머니와 딸이 마침내 소통하고 화해하게 되는데, 안메이는 운명에 맞서고 운명을 개척하는 모습을 로즈에게 기대하였고, 로즈는 이에 응답함으로써 남편의 이혼 요구에 맞설 수 있게 된 것이다.

엄마는 참견이 아니라 대화하고 싶단다 : 린도 종 vs 웨이벌리 종

[혼례날] 나는 내 자신에게 물었어. 인간에게 진실이란 건 무얼까? 나도 강물처럼 색깔을 바꾸면서도 여전히 똑같은 사람일 수 있을까? 그때 커튼이 심하게 흔들리면서, 밖에는 비가 더욱 세차게 내리고 사람들이 소리를 지르며 허둥대는 것이 보였어. 나는 미소를 지었지. 그

리고 나는 그때 처음으로 내가 바람의 힘을 보고있다는 것을 깨달았단다. 바람 그 자체는 볼 수 없지만 나는 그것이 물을 날라 강을 채우고, 땅 모양도 바꾼다는 사실을 안 거야. 사내들을 아우성치게 만들고 껑충거리게 만든다는 것도 말야.

나는 눈물을 닦고 거울을 바라보았어. 그리고 거기에 나타난 것을 보고 깜짝 놀랐지. 나는 아름다운 붉은 옷을 입고 있었는데, 내가 본 것은 그보다 더 귀중한 것이었어. 내가 강하다는 것. 내가 순수하다는 것. 아무도 들여다볼 수 없고, 아무도 내게서 빼앗아 갈 수 없는 참된 생각을 내 속에 품고 있다는 것. 나는 바람과 같은 존재라는 것이었어. (80)

린도는 비록 가난한 집에 태어났지만, 자신의 운명을 스스로 개척할 만큼 똑똑하고 영악한 여성이다. 2살 때 혼담이 정해지고, 12살 때 물난리로 가세가 기울게 되자 정혼한 집에서 살게 된다. 그러나 그곳에서 그녀는 며느리가 아니라 일꾼이나 다름없었다. 그녀는 16살이 되는 해에 어린 남편과 결혼식을 올렸는데, 남편은 여성 기피증이 있었고, 이를 모르는 시어머니는 손주 문제로 린도를 괴롭혔다. 결혼 생활로부터 벗어나기 위해 린도는 조상이 자신의 꿈에 나타나 이 결혼은 잘못된 것이며, 계속 유지할 시엔 남편이 큰 화를 당할 것이라고 꾸며댄다. 또한 집안의 여종이 다른 종의 아이를 가진 것을 알게 되고 꾀를 내어 남편의 진짜 배필은 그 여종이며 남편의 아이를 배고 있다고 말한다. 이렇게 린도는 시댁으로부터 비난을 받지 않았을 뿐 아니라 결혼에 대한 함구를 조건으로 많은 돈을 받고서 탈출하게 된다. 12년 후 미국으로 건너간 그녀는 자신이 직접 결혼 상대를 골라 재치를 부려 결혼에 성공하게 된다. 그녀는 결혼할 생각이 들자 포춘쿠키에 "배우자가 없는 집은 집이 아니다"라는 점괘를 넣어 지금의 남편에게 전해준 것이다.

「다시 체스를 연습할래요.」

나는 어머니께 크게 말했다. 어머니는 웃으면서 뭐 특별히 먹고 싶은 게 있느냐고 물으시겠지 하고 나는 생각했다.

그러나 어머니는 오히려 얼굴을 찌푸리면서, 마치 나의 속셈이 무엇인가를 알아내기라도 하겠다는 듯이 내 눈을 들여다보셨다.

「무엇 때문에 그걸 내게 말하니?」

마침내 어머니는 날카롭게 말씀하셨다.

「넌 그걸 아주 쉽게 생각하는구나. 하루는 그만두었다가 그 다음 날에는 다시 하고, 너한텐 매사가 이런 식이야. 너무 똑똑하니까 아주 쉽고 무척 빠르지.」

「체스를 두겠다고 말하잖아요.」

나는 칭얼거리는 조로 말했다.

「안돼!」

어머니는 소리치셨다. 나는 기절초풍할 정도로 놀랐다.

「이젠 더 이상 그리 쉽지 않아.」 (…)

그 다음 몇 주일, 그리고 나중엔 몇 달, 그리고 몇 해 동안 나는 계속 체스를 두었다. 그러나 옛날의 그런 자신만만한 느낌은 절대로 가질 수가 없었다. 나는 두려움과 필사적인 노력을 가지고 열심히 싸웠다. 시합에 이기면 안도의 한숨을 내쉬며 감사하는 생각이 들었고, 지면 점점 더 두려워져, 마침내는 내가 더 이상 신동이 아니구나, 내 소질을 잃고 말았구나, 그래서 그냥 평범한 인간이 되고 말았구나 하는 공포가 나를 꽉 채우는 것이었다.

몇 해 전만 해도 아주 쉽사리 이길 수 있었던 남자애에게 두 번이나 지고 말았을 때, 나는 체스를 완전히 그만두었다. 내가 열네 살 때의 일이었다. (234-36)

한편 린도의 딸 웨이벌리는 체스 신동으로 지역 사회에 유명세를 타고 있었을 뿐 아니라 어머니의 엄청난 자랑거리가 되었다. 웨이벌리는 어머니가 자신을 자랑거리로 삼는 것이 못마땅하다. 하루는 웨이벌리가 화를 참지 못하고 "왜 저를 이용해서 자랑하시려고 해요? 자랑하고 싶으면 엄마가 직접 체스를 배우면 되잖아요"(132)라고 쏘아붙이며 이제부터 체스를 두지 않겠다고 말한다. 물론 체스를 그만두는 것은 그녀의 진심이 아니었지만, 이후로 어머니 린도는 딸의 체스에 어떠한 관심도 두지 않는다. 제풀에 지친 딸이 이제 다시 체스를 두겠다고 말하자 린도는 "넌 그걸 아주 쉽게 생각하는구나. 하루는 그만두었다가 그 다음날에는 다시 하고, 너한텐 매사가 이런 식이야. 너무 똑똑하니까 아주 쉽고 무척 빠르지"(234)라고 힐난하며 더 이상 그리 쉽게 되지 않을 것이라고 단정한다. 그리고 다시 체스를 시작하게 되었을 때 웨이벌리는 예전처럼 체스를 두지 못하게 된다. 체스 신동으로 알려진 웨이벌리는 자신의 체스 실력과 자신감이 실제로는 어머니의 전폭적인 지지와 신뢰에 기반하고 있다는 사실을 알지 못했던 것이다. 자신의 실력이 어머니의 허영심에 찬 자랑거리가 된 것이 못마땅했던 웨이벌리는 체스를 그만 두겠다고 말하지만, 이에 실망한 어머니가 관심을 가지지 않게 되자 웨이벌리는 자신감을 상실하고 평범한 아이로 전락하고 만다. 이후로 웨이벌리는 어머니로부터 인정을 받고 싶어 하지만, 어머니의 눈치만 보게 되고, 어머니와 자유롭게 대화를 주고받지 못하는 사이가 되고 만다.

> 리치는 나의 모든 은밀한 구석을 다 보았다. 단지 성적으로 은밀한 곳뿐만 아니라 나의 어두운 면, 나의 야비함, 나의 편안함, 자기혐오감, 내가 감춰 두었던 모든 곳을 보았다는 말이다. 그래서 그와 같이 있으면, 나는 완전히 벌거숭이였다. 그리고 이렇게 벌거숭이여서 내 자신을 가장 취약하게 느낄 때 - 틀린 말을 했다가는 나를 영원히 문 밖으로 날아가 버리게 할 수 있을 때 - 그는 항상 옳은 순간에 정확히 옳은 말을 했다. 그는 내가 내 자신을 가리도록 허용하지 않았다. 그는 내

손을 잡고 내 눈을 똑바로 쳐다보면서, 왜 자기가 나를 사랑하는지에 대해 어떤 새로운 것을 말해 주곤 했다.

나는 그렇게 순수한 사랑을 느낀 적이 없었다. 그리고 그것이 어머니에 의해 욕되게 될까 봐 두려웠다. 그래서 나는 리치에 관한 모든 소중한 것들을 하나하나 다 내 머리 속에 보관해서, 필요할 때마다 그 기억들을 하나씩 되살리기로 했다. (240)

웨이벌리는 한 번의 이혼을 겪고 새로 교제하는 남자친구 리치와 결혼을 생각하고 있다. 그녀에 의해 묘사된 리치는 남자친구이자 남편으로서는 완벽한 상대인 듯하다. 나를 꿰뚫어 볼 수 있으며, 나의 취약함을 잘 알고 있고, 옳은 순간에 옳은 말을 해주는 친구였다. 유머감각이 있고, 소년 같은 순수함을 지니고 있다. 그녀는 어머니에게 리치의 장점을 보여주고 결혼이야기를 전하려 하지만 리치가 중국의 식사예절과 어법을 몰라 온통 실수만 하게 된다. 심지어 리치는 식사자리에서 자신이 처신을 잘했다고 생각하기까지 한다. 문화적 차이를 이해하고 상대방 문화를 존중하고 학습하려는 의지나 노력을 리치는 기울이지 않았던 것이다. 이 지점에서 웨이벌리의 리치에 대한 앞선 평가는 새롭게 해석된다. 그는 정말 웨이벌리를 제대로 이해하고 있는 것일까. 한 사람의 내면이 그가 속한 문화적 배경과 불가분의 관계에 있는 것이라면, 웨이벌리의 말처럼 그녀의 어두운 면, 야비함, 편안함, 자기혐오, 감춰둔 모든 곳을 정말로 보았다고 말할 수 있는 것일까.

그날 밤 나는 신경이 곤두선 채 침대에 누워 있었다. 나는 방금 맛본 실패감에다, 리치가 전혀 그걸 알아차리지도 못한다는 사실까지 겹쳐 절망감을 느끼고 있었다. 그는 아주 애처롭게 보였다. '너무 애처로워하시던' 어머니의 바로 그 말! 어머니는 다시 그러시는 것이었다. 내가 희게만 보았던 것에서 검은 것을 보게 만드시는 거였다. 나는 어머니의 수중에 들어 있는 졸(卒)밖에는 되지 못해서 그저 도망칠 수밖에 없고, 어머니는 왕비(后)여서 언제나 앞뒤, 좌우로 움직이며 가차 없이 추격하며, 항상 나의 가장 약한 부분을 찾아내어 공격하시는 것이었다. (246)

어머니와 함께 한 식사자리에서 온통 실수만 저지른 남자친구 리치를 탐탁치 않게 여길까 전전긍긍해 하던 웨이벌리는 더 이상 어머니에게 눈치보고 휘둘리는 것이 싫어 다음 날 결혼 사실을 알리러 간다. 그러나 어머니는 이미 눈치채고 있었으며, 자신의 선택을 존중하고 있다는 것을 알게 된다. 웨이벌리가 정말로 전전긍긍하던 것은 어머니의 인정을 받는 것이었는데, 어머니는 쉽게 인정하기보다는 그녀로 하여금 희게만 보았던 것에서 검은 것을 보게 하고 싶어했던 것이다. 예전의 남자친구 경우 뿐 아니라 리치에 대해서도 웨이벌리는 상대방이 지닌 다양한 장단점들을 제대로 보지 못했다. 웨이벌리는 그러한 자신의 약점을 가장 잘 알고 있는 어머니로부터 겁먹고 도망치기에 바빴던 것이다. 그러나 자신의 선택을 존중하고 인정한 어머니에게서 그녀는 어머니 또한 자신으로부터 인정받고 싶어하는 늙은 여인일 뿐이라는 자각을 하게 된다. "어머니의 측면 공격, 어머니의 비밀 무기, 나의 가장 약한 점을 알아내는 어머니의 무시무시한 능력, 그러나 내가 장벽 너머로 잠깐 들여다본 순간, 나는 정말로 그곳에 무엇이 있는지를 볼 수 있었다. 거기엔 프라이팬을 갑옷으로, 뜨개질 바늘을 칼로 삼고 있는 한 늙은 여인, 당신 딸이 초대해 주기만을 꾹 참고 기다리느라 약간 심술궂게 된 여인만이 있을 뿐이었다."(253) 어머니는 딸을 공격하고 몰아붙이고 무시했던 것이 아니라, 혹여나 딸이 보지 못하고 알지 못한 사람이나 상황의 다른 측면에 대해 다른 관점을 보여줌으로써 실수나 실패를 저지르지 않도록 해주고 싶었던 것이다. 실패했던 결혼, 리치와의 관계 뿐 아니라 어릴 적 체스와 관련된 사건을 보더라도 웨이벌리는 영리하지만 경솔한 면이 있다. 어머니 린도는 그런 딸의 성정이 초래하게 될 잘못을 미리 알려주고 싶은 것이었으며, 이를 통해 딸과 소통하고 싶었던 것이다.

> 그 애가 이렇게 된 것은 내 잘못이다. 나는 우리 애들이 가장 좋은 것만 두 가지를 골라서, 미국 환경과 중국 성격을 가지기를 바랐다. 이 두 가지가 서로 섞일 수 없다는 것을 내가 어떻게 알 수 있었겠는가?
>
> 나는 미국 환경의 좋은 점을 딸에게 가르쳐 왔다. 여기서는 가난하게 태어나도 그것으로 인생이 결정되는 게 아니다. (…) 미국에서는 주어진 환경을 참고 견디라고 할 사람은 아무도 없어.
>
> 딸애는 이런 것들을 배웠다. 그러나 나는 그 애에게 중국인의 성격에 대해서는 가르칠 수 없었다. 어떻게 부모님 말씀에 복종하고 어머니 마음에 귀를 기울여야 하는지, 어떻게 자기 생각을 겉으로 드러내 보이지 않고, 감정을 얼굴에 나타내지 않으면서 기회를 잡을 수 있는지, 왜 쉬운 일은 쫓을 가치가 없는지. 자신의 가치를 알고 그것을 갈고 닦되, 왜 싸구려 반지처럼 번쩍이며 돌아다니지 말아야 하는지. 왜 중국식 사고방식이 제일인지. 이런 것들을 딸에게 가르칠 수가 없었다. (…)
>
> 나는 생각한다. 어떻게 그 애가 어른이 되었는가? 언제 내가 그 애를 포기했는가? (349-50)

린도는 기회의 나라 미국에서 자신의 딸이 좋은 환경에서 성장하기를 바란다. 미국은 기회의 땅이며 가난하게 태어나더라도 부자가 될 수 있으며, 주어진 환경은 참고 견디는 것이 아니라 개척해 가고 변화시키기 위해 존재하는 것이다. 린도는 미국에서 웨이벌리가 중국인의 품성을 지니고 살기를 희망한다. 겸양과 겸손을 지니고 부모에게 복종하고 어머니의 마음을 헤아릴 줄 아는 그런 사람으로 말이다. 그러나 미국 환경과 중국 성격은 서로 섞일 수 없다는 사실을 린도는 알지 못했다. 성격이 환경의 산물이라면, 미국에서 태어나서 자란 사람은 인종이 무엇이던 간에 미국 성격을 지니게 될 뿐이다. 그러니 아무리 어머니라 하더라도 중국식 사고방식을 미국에서 나고 자란 딸에게 가르칠 수는 없는 노릇이다. 그 간극으로 인해 어머니는 딸에게 실망하게 되고 점차 포기하게 된다. 그로부터 모녀관계는 금이 가게 되고 서로 소원해지게 된다. 이 필연적 귀결을 막을 방법은 없는 것일까.

> 나는 우리의 두 얼굴을 생각한다. 나는 내 본심을 생각한다.
> 어느 것이 미국인의 것인가? 어느 것이 중국인의 얼굴일까? 어느 것이 더 좋은가? 만일 하나를 내보인다면, 다른 하나는 항상 희생시켜야 할 것이다.
> 작년에 40년 만에 처음으로 내가 중국에 갔을 때 그와 비슷한 경험을 했다. 나는 화려한 보석들을 떼었고, 요란한 색깔의 옷도 입지 않았었다. 나는 그들이 하는 말을 했고, 그들이 쓰는 돈을 썼다. 그러나 그들은 알아챘다. 그들은 내 얼굴이 순수한 중국 사람의 얼굴이 아니라는 사실을 알았던 것이다. 그들은 외국인에게 하는 것처럼 내게도 비싼 요금을 물렸다.
> 그래서 나는 지금 생각한다. 내가 무엇을 잃었는가? 그 대신 나는 무엇을 얻었는가? 딸은 어떻게 생각하는지 물어봐야겠다고. (368)

미국에서 이민자로 살아가면서 미국에 완전히 동화되지 못한 어머니의 모습은 딸이 볼 때 어눌하고 어색하다. 그 모습을 부끄러워하는 딸아이 때문에 어머니는 자신이 부끄럽고 딸에게는 섭섭하다. 나와 똑같은 딸아이의 모습을 보고 있으면 그 옛날 어머니와 나를 보는 것 같다. 외모 뿐 아니라 내면의 장단점이 나와 똑같은 딸아이를 보는 일은 기쁘고도 서글프다. 나는 중국식 전통을 잃지 않고 살아왔다고 생각했지만, 모국의 사람들이 볼 때 나는 외모만 중국인일 뿐 이방인이다. 미국으로 건너와서 잃은 것은 무엇이고 얻은 것은 무엇인가? 그리고 그것은 딸아이에게도 똑같은 것일까? 자신도 모르게 중국에서 이방인이 되어 버린 자신의 모습을 통해 딸애에게 더 이상 중국적인 미덕을 가르치려 하는 것이 부질없는 것임을 린도는 깨닫는다. 나와 같은 운명에 빠지게 되더라도 웨이벌리가 원하는 삶을 스스로 살 수 있도록 격려하는 것이 더 바람직할 것이다. 린도는 이제 딸의 생각을 물어봐야겠다고 생각한다. 웨이벌리는 아마도 놀랄 것이다. 늘 참견하고 비판하고 반대만 하던 어머니라고 생각하며 피해 다녔던 웨이벌리에게 어머니가 묻게 될 이 질문은 그들의 관계를 교착상태에서 빠져나오게 해 줄지도 모른다.

네 속의 호랑이를 깨워라 : 잉잉 세인트 클레어 : 리나 세인트 클레어

「달의 선녀요? 달의 선녀라구요!」

나는 너무 기뻐서 펄쩍펄쩍 뛰며 말했다. 그리고는 내가 새로 배운 그 말 소리가 너무 듣기 좋은 데 놀라면서, 유모의 소매를 잡아당기며 물었다.

「달의 선녀가 누군데요?」

「창오! 달나라에 사시는데, 오늘만은 우리도 그분을 볼 수 있고, 또 우리의 비밀 소망을 이룰 수 있단다.」

「비밀 소망이 뭐예요?」

「그건 네가 원하면서도 해달라고 말할 수는 없는 거란다.」

「왜 내가 해달라고 말할 수 없나요?」

「그건 왜냐하면 …… 왜냐하면 네가 해달라고 하면 …… 그건 더 이

> 상 비밀 소망이 아니라 자기 욕심이기 때문이야. 내가 가르쳐 주었잖니, 자기에게 필요한 것만 생각하면 잘못이라고! 여자는 절대로 뭘 요구하면 안돼. 그저 듣기만 해야 한단다.」(96-97)

> 「소원이 있어요」라고 나는 속삭이듯 말했으나 그녀는 여전히 내 말을 듣지 못했다. 그래서 나는 더 가까이 다가갔다. 선녀의 얼굴을 볼 수 있도록. 움푹 들어간 뺨, 기름기 흐르는 넓은 코, 번쩍이는 커다란 이빨, 그리고 충혈된 눈. 너무 지친 얼굴이었다. 그녀는 피곤한 듯 가운을 어깨에서 흘러내리게 하고는 가발을 벗어 버렸다. 그리고 비밀 소원이 내 입에서 나오려는 순간 선녀는 나를 쳐다보았는데, 그녀는 이미 남자가 되어 있었다. (114)

잉잉은 4살 때 중추절을 즐기기 위해 가족들과 타이후 호수로 놀러 간다. 폭죽 소리에 놀라 호수에 빠진 그녀는 잃어버린 가족을 찾아 애타게 헤매다가 달의 선녀를 보게 되고 소원을 빌기 위해 따라가지만, 그녀가 남자 배우라는 사실에 충격을 받는다. 달의 선녀에 관한 민담에도 중국 전통에 내재해 있는 여성에 대한 특별한 인식이 녹아 있다. 여자는 절대로 자신의 요구를 입 밖에 내서는 안 된다는 것이 그것이다. 그러나 그러한 주장은 달의 선녀가 실제로는 남자라는 사실만큼이나 허구적이다. 달의 선녀가 여성이 아니듯, 자신의 요구를 입 밖으로 말하면 안 된다는 말 또한 사실이 아니다. 잉잉은 16살 때 고모부의 친구와 결혼했으나 남편은 딴살림을 차렸다. 이에 그녀는 고의로 아이를 유산시키고 시골의 친척 집에서 은둔한다. 그곳에서 10년을 지낸 후 도시 옷가게의 점원으로 일했으며, 여기서 지금의 미국인 남편을 만나 결혼하고 미국으로 건너왔다. 그녀는 죄의식을 느끼면서도 유산을 감행하고 실패한 결혼생활을 청산하는 등 자신의 요구에 충실히 살아왔다.

하지만 잉잉의 딸 리나는 자신의 요구에 충실하지 못한 삶을 살고 있는 것 같다.

> 나는 내가 얼마나 운이 좋은가 하고 느꼈던 것과 그래서 언젠가는 나에게 과분한 이 행운이 빠져 달아나지 않을까 하고 무척 걱정했던 것만이 기억날 뿐이다. 그와 같이 동거하는 모습을 상상하면서 나는 가장 깊숙한 곳에 도사리고 있는 두려움까지 다 떠올렸다. 내게서 나쁜 냄새가 난다고 하지 않을까. 화장실 쓰는 버릇이 엉망이라고 하지 않을까, 음악이나 텔레비전 보는 취향이 형편없다고 하지 않을까 하는 두려움이었다. 나는 해롤드가 어느 날인가 안경을 새로 맞추어 쓰고 아침에 출근해서는 나를 보고 「아니, 당신은 내가 생각하던 그 아가씨가 아닌데!」라고 말하면 어떻게 하나 하는 걱정도 했다. (209)

리나는 28살 때 건축 회사의 음식점 디자인 부서에서 해롤드를 만난다. 리나는 공평하다는 미명 하에 데이트에서 발생하는 모든 비용을 반으로 나누어 냈으며, 심지어는 리나 혼자서 돈을 내기도 한다. 겉으로는 공평한 듯 보이지만, 실제로 리나는 해롤드를 과분한 상대로 생각하고 있었고, 그와 헤어지게 될까봐 걱정하고 있었던 것이다. 다른 여성과는 다른 리나의 이런 모습을 해롤드는 신기해하며 그녀를 특별하다고 말하는데, 이는 타산적인 그의 심성을 잘 드러낸다. 남녀관계에 있어서 비굴한 리나와 계산적인 해롤드는 잘 어울리는 한 쌍이었다. 리나의 권유로 두 사람은 독립해서 회사를 차렸는데 해롤드가 사장, 그녀는 직원으로 일하게 되었다. 그녀의 아이디어로 회사는 점차 커져갔지만 리나는 승진하지 못했고 두 사람의 월급 차는 7배가 되었다. 결혼 후에도 리나와 해롤드는 각기 필요한 것에 대해 공평하게 반으로 나누어 부담을 하며 살아간다.

나는 냉장고 있는 데로 가서 해롤드 쪽에 있던 목록에서 '아이스크림'을 지워 버린다.

「뭐하는 거야?」

「난 그저 더 이상 당신의 아이스크림 값을 내가 물지 말아야 한다고 생각했을 뿐예요.」

그는 재미있다는 듯이 어깨를 으쓱한다.

「좋아.」

「왜 당신은 그렇게 빌어먹을 정도로 공정해야만 해요!」

나는 소리지른다.

해롤드는 잡지를 내려놓더니 입을 벌리고 화가 난 표정을 짓고 있다.

「왜 그래? 뭐가 진짜 문제인지 말하지 그래?」

「나도 몰라요 …… 나도 모른다구요. 모든 게 문제예요 …… 모든 걸 계산하는 우리가요. 같이 쓰는 것, 같이 쓰지 않는 것, 난 이제 지쳤어요. 더하고, 빼고, 공평하게 만들고, 이젠 넌더리가 난다구요.」

「고양이를 원한 건 당신이었잖아.」

「무슨 소릴 하는 거예요?」

「그래, 좋아. 소독하는 사람에 대해 공평하지 못하다고 생각한다면 우리 같이 돈을 내자구.」

「그게 문제가 아니에요!」

「그래 말해 봐, 제발, 뭐가 문제야?」 (221-22)

리나는 어릴 적 트라우마로 인해 아이스크림을 먹지 못한다. 그러나 해롤드가 구입하는 아이스크림 값을 분담하여 지불한다. 자신은 먹지도 못하는 아이스크림 값을 분담하는 모습을 어머니에게 들켜버린 후 어머니로부터 사태를 바로잡으라는 조언을 듣는다. 리나는 '공정'의 함정에 빠진 채 애정도 배려도 없는 자신의 결혼생활을 직시하게 된다. 모든 것을 이룬 것은 리나였지만, 기생충같은 남편 해롤드가 그 성과를 독식하면서 공평함을 구실로 자신의 쪼잔함과 비겁함을 은폐한다. 공평함에 넌더리를 느끼는 리나에게 "고양이를 원한 건 당신이었잖아"라고 말하는 해롤드는 리나의 마음을 전혀 헤아리지 못하고 그녀를 경제적으로 이용만 하고 있다는 사실을 드러낸다. 결혼생활이 평등한 관계에 기반하지 못하고 비굴한 마음 자세로 시작하게 될 때 이와 같은 불평등 구조는 필연적으로 나타나게 되는데, 이는 그녀의 인종적 열등감에서 기인하는 것으로 볼 수 있다.

> 나는 리나에게 내 수치스러운 과거를 말해 줄 것이다. 돈많고 예쁘게 생겼기 때문에 어느 남자에게도 과분한 존재라고 믿던 내가, 하루아침에 내팽개쳐진 물건 신세가 되었고, 열여섯 나이에 볼에서 예쁜 모습이 사라져 버렸다고 그 애에게 말해 주겠다. 수치를 당한 다른 여자들처럼 호수에 내 몸을 던질까 생각했다는 것을, 그리고 그 남자를 너무 증오한 나머지 그의 아기를 내가 죽여 버렸다는 것을 말이다.
> 나는 아기가 태어나기도 전에 내 자궁 속에서 아기를 끄집어내었다. 그때 중국에서는 태어나기 전에 아기를 유산시키는 것이 나쁜 일이 아니었다. 그러나 그때에도 나는 그것이 나쁜 일이라고 생각했다. 그 남자의 첫째 아들의 체액이 내 몸에서 쏟아져 나왔을 때 내 몸은 말할 수 없는 복수심으로 고동쳤기 때문이다. (…)
> 딸에겐 내가 조그맣고 늙은 여자로만 보일 것이다. 그건 그 애가 단지 바깥 눈으로만 보기 때문이다. '추밍', 즉 안을 들여다보는 눈이 없다. 그 애가 '추밍'을 가졌다면, 그 애는 호랑이 부인을 볼 것이고, 정신을 바짝 차리며 두려워할 것이다. (341)

> 그래서 나는 이렇게 하려고 한다. 나는 나의 과거를 한데 끌어모아 잘 보려고 한다. 이미 일어난 일들을 나는 볼 것이다. 그 고통은 내 기질을 느슨하게 끊어 버렸지만, 나는 그 고통이 딱딱해지고 빛나고, 더 투명하게 될 때까지 내 손에 들고 있겠다. 그러면 나의 맹렬함, 나의 황금색 쪽과 나의 검은 쪽이 되돌아올 것이다. 나는 이 날카로운

고통을 가지고 내 딸의 두꺼운 피부를 뚫게 해서, 이애의 호랑이 기질을 풀어놓아야겠다. 그애는 내게 덤벼들 것이다. 이건 두 마리 호랑이의 천성이니까. 그러나 나는 이길 것이고, 그 애에게 내 기질을 줄 수 있을 것이다. 이것이 어머니가 딸을 사랑하는 길이겠지. (347)

이민자 1세대로서 잉잉은 자신의 딸인 리나의 삶을 방치해 왔다. 그것이 자신이 이해하지 못하는 미국식 삶이고, 리나의 선택인 만큼 존중하고 싶었을지 모른다. 그러나 잉잉은 어머니로서 자신의 부끄러운 과거를 말해줌으로써 리나를 일깨우고 싶어한다. 자신이 맹렬하게 자신의 삶을 이끌어왔음을, 아이를 일부러 유산시킨 부끄러운 과거조차도, 자신이 원하는 삶을 실현하기 위한 과정이었음을, 그리하여 딸아이가 포기하지 않고 자신이 원하는 삶을 살아가기를, 충분히 사랑받을 자격이 있다는 사실을 자각하기를. 딸아이는 나의 호랑이 기질을 지니고 있으며, 어머니인 내가 일깨워줄 때까지 그 사실을 모르고 있을 뿐이다. 나의 수치스러운 과거를 이야기해줌으로써 딸아이에게 나의 기질을 물려주고, 이 기질을 통해 자신만의 삶을 살아가도록 하는 일이야말로 어머니가 딸을 사랑하는 방식일 것이라고 잉잉은 생각한다. 어머니와 딸의 소통과 공감을 통해서 딸의 성장과 자각을 도울 수 있는 가능성이 열리게 되는 것이다.

세대갈등과 문화갈등의 상호침투

탄의 작품은 중국계 디아스포라의 삶을 한편에는 어머니 세대와 자녀 세대 간의 세대갈등을 위치시키고 다른 한편에는 중국 전통문화와 미국식 사고방식 간의 문화갈등을 위치시킨 후 갈등의 2축을 혼재시킴으로써 인종적, 문화적으로 주변부에 놓여진 디아스포라에 대한 중층적인 조망을 그려낸다. 『조이럭 클럽』에는 동서문화의 비교, 인종주의, 민족주의, 여성주의 등의 다채로운 시선들이 공존해 있으며, 미국의 백인 남성 주류 문화에 유색인종 여성 주변부 문화를 대립시킴으로써 역사와 문화, 젠더와 세대에 대한 다각적인 인식을 부여하고 있다.

서구에서 활동하는 아시아계 미국인 작가들의 작품들이 탈식민주의의 영향으로 많은 관심을 받고 있긴 하지만, 그들에 대한 평가가 호의적인 것만은 아니다. 제임스 루(James Lu)는 탄의 성공이 백인 독자들을 위해 동양을 오독하고 전유하고 재포장하여 변화하는 이데올로기와 지배문화의 수요에 부응함으로써 얻어진 것이라고 비판한다.[1] 같은 맥락에서 조나단 리(Jonathan Lee)는 에이미 탄의 작품이 "중국 문화유산의 세부 사항을 기억하는 데 있어 심각한 부정확성을 지닐 뿐 아니라 인종적 고정관념과 잘못된 재현을 영속화하는데 공모하고 있다"[2]고 비판한다. 소링 신시아 웡(Sau-ling Cynthia Wong) 또한 탄의 소설이 "진실의 권위를 가진 것처럼 보이지만, 종종 중국적인 것에 대해 미국 태생의 작가의 관점으로 매개된 이해의 산물"[3] 일 뿐이라면서 주류문화의 아시아 문화에 대한 소비 성향에 부합하는 경향을 지니고 있다고 비판한다. 릴리 리(Lily Lee)는 탄의 작품의

1) James Lu. "Enacting Asian American Transformations: An Inter-Ethnic Perspective." *MELUS* 23(4). 1998. 85.
2) Jonathan Lee. *Chinese Americans: The History and Culture of a People*. 2015. 334.
3) Sau-ling Cynthia Wong. *Sugar Sisterhood: Situating the Amy Tan Phenomenon*. 1995. 55.

인기는 대부분 "그녀의 작품이 고정 관념적인 이미지를 재생산하는 것에서 위안을 삼는"[4] 서구 소비자들에 기인한다고 주장한다.

디아스포라 작가들은 통상 자신의 본국을 버리고 미국에 정착한 부모 세대로부터 영향을 받지 않을 수 없다. 그런데 부모 세대가 이민을 선택한 것은 본국을 떠날 수밖에 없는 안좋은 경험 때문일테니, 부모 세대로부터 영향을 받을 수밖에 없는 자녀 세대 작가들에게는 본국에 대한 비판적인 시선이 존재할 수밖에 없다. 부모 세대의 경험은 제한적일 수밖에 없으며, 그들의 기억에는 오류가 있을 수밖에 없고, 또한 그것이 자녀 세대에게 전해질 때 다시 한 번 왜곡을 겪을 수밖에 없다. 그러나 디아스포라 작가들에게 전승된 왜곡된 기억이 실제 역사에 대한 부정이라고 말할 수는 없는데, 역사라는 것이 본질적으로 그것을 기억하는 사람의 관점에서 기억되고 기록되는 지극히 주관적인 것이기 때문이다. 오히려 이와 같은 다양한 관점들이 충분히 축적되고 경쟁함으로써 역사에 대한 인식은 독단에 빠지지 않게 되고 풍요로워지게 될 것이다. 이 작품은 김진경의 말처럼 "인종/민족의 문제와 여성의 문제를 분리하지 않고 복합적으로 다루면서, 남성에 대한 종속적인 관계에 얽매인 제 2의 성으로서의 여성의 측면뿐만 아니라 여성들끼리의 연대를 이루어 현실에 대응하는 창조적이고 주체적인 측면"[5]을 형상화하고 있다는 점에서 반서구중심적이고, 반오리엔탈리즘적이며, 반백인중심적이자, 반남성중심적인 사고의 지평을 넓혀준 작품이라고 평가할 수 있을 것이다. 에스터 미경 김

4) Lily Lee. *中國婦女傳記詞典: The Twentieth Century, 1912-2000*. 2003. 503.

5) 김진경. 「『조이럭 클럽』에 나타난 여성론적 인식과 소수인종 의식의 발현 양상: 어머니와 딸의 관계를 중심으로」. 『미국소설』 14(2). 2007. 45.

(Esther Mikyung Ghymn)의 지적처럼 『조이럭 클럽』은 어머니와 딸과의 관계 회복을 통한 균형있는 여성상을 창조[6]하고 있는데, 특정 세대와 문화에 내재한 고정적 이미지와 관념을 타파함으로써 새로운 디아스포라 정체성을 확립하고 있다는 점을 유의해서 읽어야 할 것이다.

6) Ghymn Esther Mikyung. "Mothers and Daughters". *Critical Insights: The Joy Luck Club by Amy Tan*. Robert C. Evans ed. 2010. 145-53 참조.

제3장

복제인간과 생명윤리의 문제

: 가즈오 이시구로, 『나를 보내지 마』

죽을 거라면 교양과 교육이 왜 필요한가?

가즈오 이시구로

『나를 보내지 마』(Never Let Me Go)의 작가 가즈오 이시구로는 한 인터뷰에서 복제인간을 소재로 작품을 집필한 이유에 대해서 다음과 같이 이야기한다. 즉 "클론이라는 소재의 매력은 독자들로 하여금 즉각적으로 '인간이라는 존재가 무엇을 의미하는가'라고 되묻게 할 수 있다는 점이다. 그건 도스토예프스키적인 질문의 세속적인 버전이기도 하다. 영혼이란 무엇인가."[1] 복제인간은 인간을 비추는 거울인 셈이다. 복제인간에 대한 질문은 곧장 인간에게 되돌아온다. "복제인간에게는 영혼이 있을까?"라는 질문은 "인간에게 영혼이란 무엇인가"라는 질문을 던

1) 김용언. "복제인간, 그들의 삶에 대한 존재론적 고민을 하다 〈네버렛미고〉" http://www.cine21.com/news/view/?mag_id=65510

지기 위한 우회 질문인 셈이다.

또 다른 인터뷰에서 작가는 다음과 같이 말한다. "내 생각에 『네버 렛 미 고』가 대단한 점은 그들이 전혀 반항하지 않으며, 그들이 해주기 바라는 것을 하지 않는다는 것이다. 그들은 자신들의 장기 때문에 살육되는 프로그램을 수동적으로 받아들인다. 나는 우리 대부분이 수동적이기 때문에 여러 면에서 우리는 수동적인 경향이 있어서 우리가 운명을 받아들인다는 그런 아주 강렬한 이미지를 원했다. 아마도 우리는 그 정도로 이런 점을 인정하지 않을 것이다. 그러나 우리는 우리가 생각하고 싶어 하는 것보다 훨씬 더 수동적이다. 우리는 우리에게 주어진 것 같은 운명을 받아들인다. 우리에게 주어진 조건을 받아들인다. 결국 나는 우리는 죽기 마련이고 이걸 벗어날 수 없으며 어느 시점이 지나면 우리 모두는 죽게 되고 영원히 살지 못한다는 사실을 사람들이 어떻게 받아들이는지에 관한 책을 쓰고 싶었던 것 같다. 그 점에 대해 분노하는 여러 가지 방법이 있지만 결국 우리는 그 점을 받아들여야만 하고 그 점에 대한 반응도 가지가지이다. 그래서 나는 『네버 렛 미 고』의 인물들이 우리가 인간의 조건을 받아들이고 노화하고 붕괴되고 죽게 되는 것을 받아들이는 것처럼 그 무시무시한 프로그램에 반응을 보이기를 원했던 것이다."[2] 작가의 인터뷰를 통해서도 알 수 있듯이, 작가가 탐색하는 또

2) Sean Matthews, and Sebastian Groes. *Kazuo Ishiguro: Contemporary Critical*

하나 중요한 화두는 '죽음'이다. 죽음이라는 운명 앞에서 인간들이 이 비극적 운명을 수용하는 다양한 방식과 반응들을 그리고 싶었다는 것이다. 유한자로서의 인간의 조건이 인간의 삶에 미치는 영향을 그린다는 것은 죽음을 통해서 삶의 의미를 재고하고자 하는 작가의 의도를 보여준다.

삶의 이면, 언제나 삶과 떨어지지 않고 삶을 따라다니는 죽음이라는 삶의 그림자를 비추고 있는 『나를 보내지 마』의 구성은 작가로 하여금 어둡지만 기본적인 질문들을 탐색하게 한다. 존 프리먼(John Freeman)은 이 작품이 다음과 같은 물음을 제기한다고 이야기하는데, 그 물음이란 다음과 같은 것이다. "이 일이 당신에게 일어날 것이라는 것을 당신이 알게 된다면 무엇이 진짜 문제가 될까?" 이시구로는 죽음을 언급하면서 다음과 같이 묻는다. "죽기 전에 무엇에 매달리게 될 것이며 무엇을 바로잡고 싶은가?", "무엇을 후회하는가?", "위로가 되는 것은 무엇인가?", "죽기 전에 꼭 해야 한다고 생각하는 것은?", 그리고 질문은 이어진다. "죽을 거라면 교육과 교양은 왜 필요한가?"[3)]

가즈오 이시구로 경(Sir. Kazuo Ishiguro, 石黒一雄)은 일본에서 태어난 영국인 소설가이다. 1954년 일본 나가사키에서 태어나 5살인 1958년에 잉글랜드로 부모와 함께 이주하였다. 장편 『남아 있는 나날』(The Remains of the Day)로 1989년에 맨부커상을 받았으며, 2017년에는 노벨 문학상 수상자로 선정되었다. 이시구로의 소설은 과거를 배경으로 한 것이 많다. 소설 『나를 보내지 마』는 공상과학적인 면모

Perspectives. Continuum. 2009. 124.

3) John Freeman. "Never Let Me Go: A Profile of Kazuo Ishiguro." Conversations with Kazuo Ishiguro. Shaffer, Brian W., and Cynthia F. Wong eds. Mississippi UP. 2008. 197.

에 미래적인 분위기를 띄고 있지만 80년대와 90년대를 배경으로 하고 있으며, 이 때문에 마치 현실 세계와 비슷한 평행 세계를 배경으로 한 것 같은 느낌이다. 네 번째 작품 『위로받지 못한 사람들』(The Unconsoled)은 중앙유럽의 어느 이름 모를 도시를 배경으로 두고 있으며, 『남아 있는 나날』은 제2차 세계 대전이 벌어지던 시기 어느 영국 귀족의 커다란 시골 저택을 무대로 삼고 있다. 가즈오 이시구로의 전문 번역가인 김남주는 한 인터뷰에서 이시구로를 다음과 같이 평가한다.

> "기억의 질감을 굉장히 중요하게 생각하는 작가에요. 전쟁 소설, 풍속 소설, 추리 소설, 심지어는 공상과학 소설, 판타지 소설까지 작품마다 장르를 넘나들면서 기억의 문제를 섬세하게 다뤄요. 절대로 요란하지 않아요. 문장을 꿰맨 흔적이 안 보인다고나 할까요. '인간이란 과연 무엇인가'라는 문학 본령에 닿은 질문을 하는 작가에요. 상징과 함축이 너무 강하지도 않지만, 들여다보면 문장으로 말하는 것 이상의 의미가 행간에 있어요."[4]

노벨 문학상을 수상한 후 한 인터뷰에서 작가는 "우리는 항상 스스로에게 비판적으로 질문해 볼 수 있어야 합니다. 그런 이유로 문학이 중요하다고 생각합니다. 저는 대부분의 문학은 너무 한곳에 치우쳐 과격해지거나 엄숙해지거나 고답적이면 안 된다고 계속 말해야 한다고 생각합니다"[5]라고 말하면서 문학의 비판적인 역할과 사회적 균형

4) 독서신문과의 인터뷰.
http://www.readersnews.com/news/articleView.html?idxno=75970

5) 2017년 노벨문학상 수상 후 NHK와 가진 인터뷰 중에서.
번역은 https://finding-haruki.com/799 참조.

자로서의 역할을 강조하고 있다. 이는 작가의 디아스포라 체험이 한 쪽으로 치우치지 않는 시선을 지닐 수 있게 해 준 덕분으로 보인다. 그는 이민자로서의 자신의 체험에 대해 같은 인터뷰에서 다음과 같이 이야기한다. "전 저의 부모님 밑에서 성장한 방식이 작가가 되는 데 정말 중요했다고 생각해요. 5살 때 아버지의 직업 때문에 나가사키에서 영국으로 이주했습니다. 그런데 부모님은 영국에서 계속 살 생각이 아니라 2년 정도 지나면 다시 일본으로 돌아올 생각이었죠. 그래서 우리는 이민자가 되지 않았어요. 그래서 방문객의 시각으로 영국인들을 보게 되었죠. 전 영국인들의 관습을 존중하도록 가르침을 받았지만, 무조건적으로 그들을 받아들이라고는 기대되지 않았죠. 영국으로 이주한 사람들에게 기대되는 언어 등 표준적인 면에서 볼 때 불행이라고 불릴 수도 있겠죠. 저는 완전히 다른 2개의 사회적 규범이 저에게 존재한다는 것을 항상 이해했으며, 그것이 바로 제가 영국에서 성장한 방식입니다. 언제나 영국인을 거리를 두고 바라봐 왔습니다." 주류문화로부터 거리두기, 존중과 비판의 마음가짐을 동시에 가질 수 있도록 하는 그의 태도가 색다른 시선과 소재에 목말라 있는 세계문학의 지형 속에서 그가 주목받고 있는 이유가 될 것이다.

복제인간을 떠나보내는 복제인간

1990년대 후반의 영국. 여주인공 캐시가 헤일셤(Hailsham)이라는 기숙학교에서 보낸 어린 시절, 학교를 떠나 코티지에서 머물던 시절,

---

https://www3.nhk.or.jp/nhkworld/en/news/backstories/564/

그리고 이후 간병사(carer)로서의 이야기를 추억을 더듬듯 일인칭 시점으로 이야기한다. 1970년대 후반, 어린 캐시(Cathy), 토미(Tommy), 루스(Ruth)가 재학 중인 헤일셤이라는 기숙학교는 다른 학교와는 사뭇 다른 분위기를 지니고 있다. 헤일셤은 수학, 과학 대신에 시와 그림 등의 예술 활동을 중요시하고, 학생들의 작품 중 우수작들을 골라 화랑에 전시하며 학생들은 그것을 자랑스럽게 여긴다. 또한 헤일셤의 선생님들은 학생들에게 건강을 강조하는데, 특히 내면이 건강해야 한다고 강조한다.

어느 날 루시 선생님은 학생들에게 그들 존재에 관한 비밀을 말해준다. 학생들은 장기 기증을 위해 복제된 존재들이며, 20대 후반에는 모든 장기를 기증하고 죽게 된다는 것이다. 루시 선생님은 학생들이 한편으로는 불쌍하고 안쓰러워서, 다른 한편으로는 그들이 자신의 운명과 미래에 대해서 알 권리가 있다고 생각한 것이다.

캐시와 루스는 헤일셤에서 가장 친한 친구이지만, 토미를 두고 미묘한 긴장 관계가 형성된다. 공식적으로 루스와 토미는 연인 사이이지만, 캐시와 토미는 속 깊은 이야기를 나누는 사이로서 나중에 루스가 삶을 마감(complete)한 후, 둘은 연인이 된다. 사실은 캐시와 토미

가 먼저 서로에게 호감을 가지고 있었는데, 이를 질투한 루스가 토미에게 먼저 다가간 것이다. 헤일셤에서 캐시는 토미와 루스의 관계를 그저 바라보며 지낸다.

청년이 된 캐시, 토미, 루스는 코티지로 배치되어 기증자가 되기 전, 간병사로서의 훈련 기간을 보내게 된다. 그곳에서 그들은 복제인간으로서의 자신의 운명을 받아들이고 마음의 준비를 하게 된다. 한편 그들은 처음으로 다른 기숙학교에서 온 복제인간들도 만나게 된다. 먼저 이 곳에 온 선임 커플인 크리시와 로드니는 루스의 원본 모델인 근원자를 보았다고 말한다. 3명의 친구들과 선임 커플은 근원자를 보기 위해 노포크로 향하는데, 화려한 오피스레이디의 외관과는 달리 남편과 불화를 겪는 등 자신이 그려온 모습과 전혀 딴판인 근원자를 보고 실망감과 분노를 감추지 못한다. 루스는 자신들의 근원자들은 인생의 밑바닥에 있는 사람들일 거라고 소리치고 어색한 분위기 속에서 그들은 코티지로 되돌아온다. 이 여행에서 잠시 둘이 남게 된 캐시와 토미는 헤일셤 시절 캐시가 잃어버렸던 카세트테이프를 중고가게에서 구매하게 되고 이 일로 토미에게 고마워한다. 어린 시절부터 비밀스럽게 반복해서 들었던 그 테이프 속의 노래 제목이 바로 주디 브릿지워터의 '네버 렛 미 고'인 것이다.

한편 그들은 코치지의 다른 사람들로부터 '생명 유예'에 대한 이야기를 듣는다. 서로 진심으로 사랑하고 그것을 증명할 수 있다면 장기기증을 3년 동안 유예해준다는 것이다. 토미는 헤일셤에서 마담이 화랑에 그림을 수집해둔 이유가 바로 이 사랑을 증명하기 위한 것이 아닐까 라고 추정하게 되고, 어릴 적 자신의 그림 실력이 형편없어 화랑은 고사하고 친구들로부터 놀림과 따돌림을 당했던 기억에 불안해하며 열심히 그림을 그리게 된다. 그러던 중 루스는 토미와 캐시의 관계를 의심하게 되고 계략을 부려 토미와 캐시를 이간질한다. 루스가 토미의 그림을 쓸모없고 형편없다고 폄하하고 비난할 때 캐시는 토미와의 관계를 오해할까봐 그냥 그 말에 동조했던 적이 있었다. 루스는 토미에게 캐시마저도 그의 그림을 무가치하다고 여긴다며 둘 사이를 어색하게 만든다. 둘과의 관계에서 불편함과 어색함을 느끼던 캐시는 이 일을 계기로 간병사로 지원하게 되고, 코티지를 떠나게 된다.

10년 후 캐시는 많은 복제인간들을 돌보며 그들의 죽음을 곁에서 지켜봤다. 코티지를 떠나온 후 한동안 토미와 루스를 보지 못한 캐시는 헤일셤 출신 로라로부터 루스의 상태가 좋지 않다는 소식과 함께 그녀의 간병사가 되는 것이 어떠냐는 권유를 받게 된다. 이미 두 차례의 기증으로 몸이 약해진 루스와 캐시는 토미를 찾아낸 후 함께 짧은 여행을 떠난다. 여행 중에 루스는 토미와 캐시의 사이를 방해하고 토미를 가로챈 것에 대해서 사과하며 용서를 구한다. 그리고 둘에게 생명 유예를 위해서 마담을 찾아가 보라고 권하며 그녀의 주소를 건네준다. 이후 루스는 삶을 마감하게 되고, 캐시는 토미와 연인이 된다. 기증자였던 토미에게 먼저 적극적으로 구애한 캐시는 완전한 사랑에 위안을 얻는다. 토미는 기증자가 된 이후에도 계속 그림을 그려왔다면서 캐시에게 마담을 찾아가자고 제안한다. 그곳에서 그들은 생명 유예란 존재하지 않으며, 화랑은 복제인간도 인간과 똑같이 영혼을 지닌 존재라는 사실을 증명하기 위해 만들었을 뿐이라는 사실을 듣게 된다. 사실을 확인하게 된 캐시와 토미는 별다른 동요 없이 병원으로 돌아오고 이후 4번째 장기 기증 수술 후 토미도 죽게 된다.

복제인간과 성장소설의 부조화

소설은 캐시라는 주인공의 일인칭 시점에서 기록되고, 그녀의 학창 시절에서부터 간병사가 된 현재까지의 일에 관한 회고를 내용으로 하고 있다. 다소 길게 인용해보자면, 소설은 이렇게 시작한다.

> 내 이름은 캐시 H. 서른한 살이고 11년 이상 간병사 일을 해왔다. 11년이라면 꽤 긴 세월처럼 들릴 것이다. 실제로 그들이 내게 올해 말까지 8개월을 더 일해 주기를 바라고 있으니, 그렇게 되면 내 경력은 거의 12년에 이르게 된다. 내가 간병사로서의 경력을 그렇게 오랫동안 유지한 것이 내가 그 일을 환상적으로 잘해내고 있다는 평가를 받아서 그런 것만은 아니라는 것을 이제 나는 안다. 사실은 아주 훌륭한 간병사인데도 일을 시작한 지 겨우 2-3년 만에 그만두라는 말을 듣는 사람도 있고, 정말이지 공간 낭비일 뿐인 형편없는 간병사인데도 14년 동안 이 일을 계속해 온 사람도 있다. 나는 그런 사람을 적어도 한 명 이상 떠올릴 수 있다. 내 자랑을 하려고 이런 말을 하는 것이 아니다. 다만 사람들이 내가 하는 일에 만족해 왔고, 나 역시 대체로 그렇다는 말을 하고 있는 것뿐이다. 내가 맡은 기증자들은 언제나 기대치 이상의 결과를 보였다. 그들의 회복과정은 인상적일 정도로 양호했고, 심지어는 네 번째 기증을 앞두고서도 '동요 상태'로 판정받은 경우가 거의 없었다. 그렇다. 어쩌면 나는 지금 내 자랑을 하고 있는지도 모르겠다. 하지만 내 일을 잘 해내는 것, 특히 내가 맡은 기증자들을 통제해 '평온 상태'를 유지하게 하는 것은 내게 큰 의미가 있다. 나는 기증자들에 대해 일종의 본능적인 감각을 발동해 왔다. 그들 곁으로 가서 위로해 주어야 할 때, 그들을 혼자 있게 해 주어야 할 때, 그들이 하는 온갖 이야기를 들어 주어야 할 때, 어깨를 으쓱해 보이면서 그런 이야기는 그만하라고 말해야 할 때를 알고 있는 것이다. (13-14)

이 작품의 시공간적 배경은 1990년대 후반의 영국이다. 작품은 캐시라는 복제인간이 간병사로서 11년간 일을 하는 도중에 그만 둘 결심을 하면서 지나온 과거에 대해 회상하는 장면들로 구성되어 있다. 캐시라는 1인칭 화자의 회고로 구성된 이 작품의 매력들 중 하나는 사건이나 진술들의 의미가 처음 언급될 때에는 온전히 이해할 수 없으며, 이어서 벌어지는 사건이나 장면들과 겹쳐지면서 서서히 완전한 모습을 드러낸다는 점이다. 먼저 도입부의 이 장면도 서른 한 살의 캐시가 11년간 간병사 일을 해왔다면 스무 살 때부터 이 일을 한 셈인데, 젊은 여성이 이 일을 이렇게 오래 지속한다는 것은 흔한 일이 아니어서 의구심을 자아낸다. 그녀가 복제인간이라는 사실 또한 처음부터 적시되는 것이 아니라서 사전 정보 없이 작품을 읽게 된다면 한 소녀의 성장소설처럼 읽히기도 할 것이다. 나중에 밝혀지지만, 그녀가 간병사의 일을 그만둔다는 것의 의미는 그녀 생의 마감을 의미한다. 복제인간은 간병사로서의 임무가 끝나면, 스스로 장기를 기증하는 기증자가 되고, 몇 번이 될지 알 수 없지만 거듭되는 기증을 끝으로 존재 이유는 소멸된다. 다시 말해 캐시는 이제 간병사로서의 일을 그만두고 스스로 장기 기증자가 되어 자신의 생을 마감하려는 의지를 드러내고 있다. 그리고 생의 마감에 앞서 지난날의 자신의 과거를 회상해 보려고 하는데, 바로 이와 같은 회상이 이 책의 전체 내용을 구성하고 있는 것이다.

한편 캐시가 자신이 간병사로서 꽤 오랜 기간을 일해 왔고, 이 일에 있어서 평판이 좋다고 말하는 것은 단순한 자기 자랑을 위해서라기보다는 타인에 대한 관찰력이 뛰어나고 타인의 욕망을 읽어내고 이해하는데 있어서 재능이 있기 때문에 작중 화자로서 자신을 신뢰해도 좋다는 의미도 담겨 있다. 그리고 그녀가 친구들이나 선생님들과의 관계에서 세심하게 그들의 마음 속 의도를 읽어내는 장면이나 타인을 불편하게 만들지 않기 위해 적절히 함구하고 적절히 자신의 욕망을 양보하는 장면 등에서 그녀의 말이 거짓이 아니라는 점이 드러난다.

> 당연한 일이지만 요즈음은 안면이 있는 기증자들이 점점 줄고 있어서, 실제로 선택의 폭이 그다지 넓지 않다. 앞서 말한 대로 돌보아야 할 기증자와 깊은 유대감을 갖지 못할 경우 간병사의 일은 훨씬 더 힘들어지게 마련이다. 따라서 이 일을 그리워하게 되겠지만 올해 말로 간병사를 그만두는 것은 그런 점에서도 적절한 것 같다.
>
> 말이 나온 김에 말하자면, 루스는 내가 세 번째인가 네 번째로 선택하게 된 기증자였다. 당시 그녀에겐 이미 다른 간병사가 배정되어 있어서 신경이 좀 쓰였던 기억이 난다. 하지만 나는 결국 그 문제를 해결하고 도버에 있는 회복 센터에서 그녀를 다시 만날 수 있었다. 그 순간 완전히 없어졌다고는 할 수 없는 그녀와 나의 견해차는 그 밖의 다른 것, 다시 말해서 헤일셤에서 함께 성장했다든가 다른 이들이 결코 알지 못할 것을 공유하고 있다는 사실에 비하면 너무나도 하찮게 느껴졌다. 기회가 있을 때마다 내가 과거와 연관이 있는 사람들, 헤일셤 출신자들을 택하려 애쓴 것은 그때부터였던 것 같다.
>
> 그 전까지 여러 해 동안 나는 헤일셤을 과거의 갈피 속에 묻어 버리자고, 그렇게 집요하게 과거를 돌아보아서는 안 된다고 여러 차례 나 자신을 타일러 왔다. (15-16)

캐시는 간병사와 기증자의 관계가 깊은 유대감에 기반해야 한다고 생각한다. 그리고 유대감 형성이 점차 힘들어지게 됨에 따라 이 일을 그만두려고 하고 있다. 미스터리한 것은 안면이 있는 기증자들이 점점 줄고 있다는 표현인데, 그 이유 또한 도입부에서는 밝히고 있지 않다. 나중에 알게 되겠지만, 자신과 같은 복제인간들은 간병사 시기를 거친 후 기증자가 되는데, 간병사 일을 오래 하게 될수록 자신이 알고 지냈던 친구들이 기증자가 되어 죽게 되기 때문에 점점 안면

있는 기증자들은 그 수가 줄 수밖에 없는 것이다. 그리고 자신의 절친이었지만 불편하게 헤어진 루스라는 인물과 그녀와 함께 성장했던 헤일셤 기숙학교가 소개된다. 캐시는 루스와의 견해차를 가지고 있으며, 그 이유로 불편하게 헤어졌지만 간병사와 기증자로서 다시 만나게 되었을 때 그것을 사소한 것이 되어 버렸다고 말한다. 함께 성장하면서 함께 공유했던 추억들 앞에서 불편했던 관계는 아무것도 아닌 게 되어 버린 것이다. 그리고 이를 계기로 그녀는 가급적 헤일셤 출신 자들을 돌보려고 애를 썼는데, 루스와의 견해차가 무엇이었으며, 헤일셤은 어떤 곳이었는지, 어떤 계기로 과거의 갈피 속에 묻어 두려 했던 그때의 기억을 떠올리게 되었는지 독자들로 하여금 궁금증을 자아내게 한다. 하나의 퍼즐 조각이 그 자체로도 의미를 지니지만 전체 퍼즐 조각들과 합쳐졌을 때 비로소 그 의미가 완성되듯이, 캐시는 느린 호흡으로 소중한 과거의 추억을 조심스럽게 하나씩 들춰보며, 기억의 편린들을 맞춰가고 있다.

> 그래서 나는 한 걸음 더 다가가 그의 팔에 손을 얹었다. 나중에 다른 아이들의 말에 따르면 그 애의 행동이 의도적인 것이었다지만, 나는 그렇지 않다는 것을 거의 확신할 수 있었다. 그 애는 줄곧 두 팔을 휘둘러 대고 있었고, 내가 손을 뻗으리라는 것을 알지 못했을 터였다. 어쨌든 휘둘러 대던 그 애의 한쪽 팔이 내 손을 쳐 내며 내 뺨을 후려쳤다. 전혀 아프지는 않았지만 내 입에서는 헉 하는 비명이 터져 나왔고, 내 뒤에 있는 여자애들도 대부분 비명을 질렀다. (…)
>
> 우리가 무리를 지어 다시 걷기 시작했을 때 루스가 내 어깨에 팔을 둘렀다. "적어도 넌 저 애를 조용히 시키는 데는 성공했구나. 너, 괜찮니? 미친놈 같으니라고." 그 애가 말했다. (24-25)

또 한 명의 주요 등장인물인 토미가 처음 모습을 드러내는 부분이다. 토미는 친구들로부터 은근한 따돌림과 배척을 당하고 이에 격분한다. 그 이유 또한 나중에 밝혀지게 되는데, 그는 교환회에 출품할 작품을 만들만큼 미술 실력이 좋지 못하기 때문이다. 엉망으로 그려낸 토미의 코끼리 그림을 본 루시 선생님은 혹여라도 학생이 상처를 받을까 걱정되어 학생들 앞에서 그 그림을 감싸게 되고 이 사건은 학생들로 하여금 비웃음과 분노를 자아내게 된다. 그로 인해 따돌림을 당하던 토미는 분을 삭이지 못하고 고함을 치면서 두 팔을 휘두르고 있는 것이다. 무슨 영문인지 캐시는 이런 토미에게 호감을 가지게 되고, 여자 친구들의 만류에도 불구하고 그의 곁으로 다가가게 된다. 자신에게 다가 온 캐시를 미처 발견하지 못한 토미는 휘두르던 손으로 캐시의 뺨을 가격하게 되고 놀라서 분노를 멈추게 된다. 이 사건은 이후 토미와 캐시를 친구로서 가까운 관계로 발전하게 만드는 계기가 된다. 한편 캐시를 걱정하며 의미심장하게 "적어도 넌 저애를 조용히 시키는 데는 성공했구나,"라고 말하는 루스의 모습은 단순히 캐시를 걱정하고 그녀를 가격한 토미를 비난하는 것처럼 보이지만, 실제로는 토미에 대한 관심을 드러내면서 캐시와 토미가 가까워지는 것을 경계하는 것처럼 보인다. 이 작품을 관통하는 캐시 - 토미 - 루스의 불편한 삼각관계의 시초가 이때 형성되는 것이다.

> 이제 지난날을 돌아보면 그 교환회가 우리에게 왜 그렇게 중요했는지 알 것 같다. 우선 교환회는 판매회를 제외하고는 우리가 개인적인 물건을 구할 수 있는 유일한 기회였다. 다시 말해서 침대 주변의 벽을 장식하거나 가방에 넣어 가지고 다니면서 교실이 바뀔 때마다 책상에 올려놓을 물건이 필요하다면 교환회에서 구할 수 있었다. 아울러 이제 나는 그 교환회가 우리 모두에게 왜 그렇게 미묘한 영향을 끼쳤는지도 알 것 같다. 상대가 자기가 만든 물건을, 그리고 자기가 상대가 만든

물건을 사적인 보물로 삼는 일이 어떻게 관계에 영향을 미치지 않을 수 있겠는가. 토미의 경우가 그 전형적인 예였다. 당시 헤일셤에서 어떤 대접을 받느냐, 얼마나 사랑과 존중을 받느냐 하는 것은 얼마나 훌륭한 물건을 '창조'하느냐에 좌우되었다.

몇 년 전 도버의 회복 센터에서 루스를 간병할 때, 나는 그 애와 함께 자연스럽게 그때의 일을 떠올렸다.

"그거야말로 헤일셤을 그렇게 특별하게 만든 점이었어. 서로의 작품에 가치를 부여하도록 고무하는 것 말이야." 어느 날 루스가 말했다.

"맞아, 하지만 이제 그 교환회를 돌이켜 보면 이상한 점도 많았어. 예를 들면 시가 그랬어. 내 기억으로 소묘나 유화 대신 시를 제출하는 것도 허용되었지. 이상한 건 우리 모두가 그게 당연하다고, 이치에 어긋나지 않는다고 여겼다는 점이야." (30-31)

각종 예술작품들을 학생들에게 만들게 하고 교환회를 통해서 서로의 물건을 구입하게 하는 것은 헤일셤 만의 주요 행사이다. 학생들은 교환회를 중요한 행사로 여겼는데, 교환회를 통해서 자신의 침대와 교실 책상을 꾸밀 수 있기 때문이다. 그리고 이 행사의 또 다른 의미는 학생들 간의 정서적 유대감과 소통을 통한 공동체 의식의 고양이라고 할 수 있는데, 캐시의 회고처럼 "상대가 자기가 만든 물건을, 그리고 자기가 상대가 만든 물건을 사적인 보물로 삼는 일"을 통해 서로의 존재감을 확인하고 인정함으로써 특별한 유대감이 형성되기 때문이다. 앞서 언급한 것처럼 토미는 미술 실력이 좋지 못해서 이 교환회에 출품할만한 작품을 내놓을 수 없었기 때문에 친구들로부터 사랑과 존중을 받을 수 없었던 것이다. 그러나 학교 측에서 생각하는 교환회의 진짜 의도를 학생들은 알 수가 없었는데, 특히 교환회에 소묘나 유화가 아니라 시를 써서 제출해도 된다는 사실은 더욱 이해할 수가 없었다. 어쨌든 헤일셤은 수학이나 과학이 아니라 예술을 강조하는 학교, 예술품을 통해 사랑과 존중을 나누는 학교로서 인식되는데, 이는 일반적으로 생각하는 이상적인 학교의 모습이라고 할 수 있을 것이다. 그러나 이 책의 후반부에 교환회의 진짜 의도가 밝혀지게 되면서 독자들은 교환회의 필요성과 의의에 대해 다시 생각하게 된다.

> [루시] 선생님의 말은, 진심으로 노력하고는 있지만 그다지 창의적으로 될 수 없는 토미의 상태는 지극히 정상이라는 것이었다. 그것 때문에 그에게 벌을 주거나 어떤 식으로든 압력을 가한다면, 학생이든 교사든 간에 그들이 잘못된 것이었다. 그건 토미의 잘못이 아니라고 했다. 선생님 말씀이 맞지만 실제로는 모두들 그것을 자신의 잘못으로 여긴다고 토미가 대꾸하자, 루시 선생님은 한숨을 내쉬고는 창문 밖을 내다보았다. 이윽고 그녀가 다시 입을 열었다.
>
> "그 방법이 너한테 그다지 도움이 되지 않을지도 모르지. 하지만 이것만은 잊지 마. 이곳 헤일셤에서 적어도 한 사람은 그 점에 대해 다르게 생각하고 있다는 걸 말이다. 적어도 난 네가 좋은 학생이고 그동안 알아 온 다른 학생들처럼 훌륭하다고 생각한다. 네가 얼마나 창의적인지는 중요하지 않아." (46-47)

토미와 캐시는 속 깊은 이야기를 나누는 친구관계를 유지한다.

모든 학생들이 창의적이어야 한다는 생각은 얼마나 창의적이지 못한가. 학생 개개인의 능력과 개성, 환경 등에 따라 창의성은 발현되는 시기, 방법, 분야 등이 제각각 다를 수밖에 없다. 따라서 특정 분야에 창의적이지 못하다는 것이 그 자체로 비난받아야 할 사항은 아닌 것이며, 그로 인해 자존감에 상처를 받아서도 안 된다. 창의성만으로 학생을 평가하는 것이야말로 창의성의 참뜻을 제대로 이해하지 못한 처사일 뿐만 아니라 창의성을 말살하는 것이기도 하기 때문이다. 헤일셤에서 일어나는 일들은 이처럼 일반 학교와 관련된 다양한 교육문제들을 포함하고 있다. 이를테면 '교환회에서 소외된 학생들은 차별과 따돌림을 당해 마땅한 것인가. 이 경우 창의적이지 못한 학생들의 자존감을 회복시켜주고 학생집단으로부터 배척당하지 않게 할 수 있는 방법은 무엇인가.' 등의 문제들은 현존하는 교육문제에 대한 심각한 질문들일 수 있다. 그러나 이 책에서는 문제가 더욱 복잡해진다. 루시 선생님의 토미에 대한 염려와 격려는 단순히 열등한 학생을 다독이기 위한 것이 아니다. 선생님이 분노하는 이유는 헤일셤 학교의 창의성 교육과 교환회 같은 것이 도대체 무슨 의미가 있는가 하는 좀더 근원적인 물음에서 기인하는 것이다. 결국에 진짜 인간을 위한 장기 기증자가 될 이 학생들에게 이와 같은 교육이 무슨 필요가 있는가. 예술적 감수성이 풍부하고 창의성이 뛰어난 기증자를 길러내는 일은 도대체 누구를 위한 교육이란 말인가. 결국은 인간을 위한 도구로 쓰이게 될 복제인간에게 인간적인 교육이란 무슨 쓸모가 있겠는가.

남들과 다른 존재로 산다는 것

> 어쨌든 그런 가르침 중 일부는 우리의 내면 어디엔가 침투한 것이 분명하다. 그도 그럴 것이, 그날 그런 경험에 직면했을 즈음 우리의 일부는 어느 정도 그런 일을 기다리고 있었던 것 같다. 대여섯 살 무렵의 어린 시절부터 어떤 목소리가 우리의 뒤통수에 대고, '얼마 지나지 않아 그게 어떤 느낌인지 알게 될 거야.' 하고 속삭여 왔는지도 모른다. 그러니까 우리는 정확히는 모르지만 우리가 다른 사람들과 다르다는 것, 저 바깥세상에는 마담 같은 사람들이 있다는 것, 그들은 우리를 미워하지도 않고 해를 끼치려 하지도 않지만 우리 같은 존재를, 우리가 어떻게 왜 이 세상에 태어났는가를 떠올리는 것만으로도 몸서리치고 우리의 손이 자기들의 손에 스칠까 봐 겁에 질린다는 것을 깨닫게 되는 그런 순간을 기다리고 있었던 셈이다. 우리 자신을 그런 이들의 관점에서 처음으로 일별하는 순간의 느낌은 정말이지 등줄기에 찬물이 끼얹어지는 것 같았다. 매일 걸어 지나가며 비쳐 보던 거울에 갑자기 뭔가 다른 것, 혼돈스럽고 기괴한 뭔가가 비쳐 보이는 것 같은 느낌이라고나 할까. (58-59)

막연히 알고는 있지만 구체적으로 알지 못하고 막연히 안다고 느껴지기만 하는 상황, 실제로 무엇을 의미하는 지 이해할 수 없지만 내면 어딘가에 침투해 있는 느낌, 충분히 알지 못하고 있지만 느낌으로 직감으로 상황을 이해하고 있는 경우가 있을 수 있다. 다른 사람들과 다르다는 것, 그것이 곧장 미움이나 위해로 느껴지지는 않지만, 다르다는 사실 만으로 갑자기 자신과 세상이 낯설어지고 혼돈스럽게 되는 느낌을 가지게 되는 경험을 이야기하고 있는 이 부분은 복제인간으로서의 정체성 혼동과 세상과의 이물감을 표현하고 있다. 이와 같은 내면적 성찰은 일본계 영국작가인 이시구로 특유의 디아스포라 감성을 잘 보여주고 있다. 자신이 속한 사회의 주류가 되지 못하고 변방에서 차이를 부단히 확인하고, 차이가 차별이 되는 현실을 목도하는 일은 이산자들이나 복제인간에게는 드문 일이 아닐 것이다.

> 운동장은 놀고 있는 아이들로 가득 차 있었다. 그들 중 몇몇은 우리보다 훨씬 컸지만, 루스는 나보다 줄곧 한두 걸음 앞서서 그들을 헤치고 목적한 곳을 향해 걸었다. 뜰과 경계를 이루는 철망 가까이에 이르자 그 애는 몸을 돌리고는 말했다.
>
> "됐어. 여기서 타자. 넌 '들장미'를 타."
>
> 나는 그 애가 건네주는 보이지 않는 고삐를 받아 쥐었다. (…)
>
> "너 제럴딘 선생님 좋아하니?"
>
> 실제로 내가 어떤 선생님을 좋아하는지 생각해 본 것은 그때가 처음이었던 것 같다. 이윽고 내가 말했다. "물론 좋아해."
>
> "정말로 그 선생님을 좋아하는 거야? 그 선생님이 특별하다고 생각해? 그 선생님이 너의 가장 소중한 선생님이냐고?"
>
> "응, 그래. 내가 제일 좋아하는 선생님이야."
>
> 루스는 오랫동안 나를 응시하더니 이윽고 말했다. "좋아, 그렇다면 그 선생님의 비밀 경호대에 너도 넣어 줄게." (73-75)

이 장면은 캐시의 친구인 루스가 얼마나 영악하게 또래집단을 형성하고 리드해 가는가를 보여주는 장면이다. 허구의 말을 함께 타자는 제안이나, 제럴딘 선생님이 위험에 처해 있다는 가정을 통해 루스가 확인하고 싶어하는 바는 상대로 하여금 친구가 될 의향이 있는가 하는 것이다. 친구가 될 의사가 있다면 허황하고 뜬금없는 상상력에 공감하기만 하면 될 일이다. 말이 어디 있냐고 묻지 않는 일, 제럴딘 선생님에게 비밀 경호대가 왜 필요하냐고 묻지 않는 일이야말로 친구가 되기 위한 첫 관문을 통과하는 일인 것이다. 루스는 친구 관계에 있어 언제나 주도적이고, 자신을 중심으로 관계를 꾸려낼 능력이 출중하다. 하지만 루스의 이러한 용의주도함은 캐시와 토미의 관계를 질투하고, 토미를 자신의 애인으로 만들고, 결국에는 캐시와 토미를 멀어지게 만드는 결과를 초래하게 된다.

> 내 말이 얼토당토않게 들릴 수도 있을 것이다. 하지만 그 시기의 우리에게 헤일셤 너머의 장소는 어디가 되었든 간에 환상 속의 세계와 흡사했다는 사실을 잊어서는 안 된다. 외부 세상에 대해, 그곳에서 무엇이 가능하고 가능하지 않은지에 대해 당시 우리는 극히 막연한 개념만을 갖고 있었을 뿐이다. 그래서 우리는 노퍽크에 대한 개념을 꼼꼼히 점검해 볼 생각 같은 것은 하지 않았다. 어느 날 저녁 도버 회복센터의 타일 벽으로 된 병실에 앉아 해가 지는 것을 바라보면서 루스가 말한 것처럼 당시 우리에게 중요한 것은 “혹시 귀중한 뭔가를 잃어버렸다 해도, 애써 찾았지만 찾을 수 없었다 해도 일말의 희망을 가질 수 있다는 사실, 어른이 되어 자유롭게 전국을 여행할 수 있을 때 노퍽크에 가서 그것을 찾을 수 있을 거라 여기고 위안을 삼을 수 있었다는 사실”이었다. (99)

인간에게는 아무리 열악하고 힘든 상황에서도 희망을 꿈꾸는 능력이 있으며, 그 희망을 위안으로 삼아 척박한 현실을 이겨내려 애쓴다. 복제인간들은 헤일셤에 갇혀 학교 밖의 세상에 대해서는 알지 못한다. 무지한 외부세계에 대해서는 막연한 공포와 막연한 기대를 동시에 가질 수밖에 없다. ‘노퍽크’(Norfolk) 라는 곳을 영국 전체의 분실물 센터로 상상하는 학생들의 기발함은 미지의 장소에 대해 그들 나름대로 희망적인 의미를 부여하려는 의도를 보여주는 것이라고 볼 수 있다. 루스의 말처럼 언젠가는 잃어버린 것을 찾을 수 있다는 희망이 있다면 소중한 것들을 잃어버린 데 대한 슬픔과 좌절이 조금은 줄어들 수 있기 때문이다.

> 여러분이 자란 곳에서는 어땠는지 몰라도 헤일셤에서는 교사들이 흡연에 정말이지 엄격했다. 확신하건대 그들은 우리가 담배라는 것이 세상에 있다는 것 자체를 모르기를 바랐을 것이다. 하지만 그럴 수는 없었으므로 대신 그들은 담배가 언급될 때마다 일종의 강의를 하곤 했다. 유명 작가나 세계적인 지도자가 손에 담배를 쥔 사진이 나오면 그 수업은 서서히 중단되었다. 『셜록 홈스』 전집 같은 몇몇 고전 작품들이 도서관에 비치되지 않은 이유는 주인공이 담배를 너무 많이 피우기 때문이라는 소문이 돌았고, 담배 피우는 사진이 실린 잡지나 책의 페이지가 찢겨 나가고 없는 경우도 있었다. 그리고 흡연이 사람 몸에 얼마나 무시무시한 영향을 끼치는지 사진으로 보여 주는 수업도 있었다. (…)
>
> "그런 것에 관해서는 너희도 들었을 것이다. 너희는 '학생'들이다. 너희는 …… 좀 특별한 존재들이다. 따라서 각자의 몸과 마음을 건강하게 유지하는 것이 내 경우보다 훨씬 중요하단다." (101-02)

헤일셤의 흡연에 대한 엄격한 규제는 학생들의 건강을 위해서 너무도 당연한 조처일 수 있다. 하지만 자유로운 창의력과 예술적 상상력을 독려하는 학교의 분위기로 볼 때 흡연에 대한 엄격함은 과도한 면이 있는 게 사실이다. 흡연과 관련된 장면이 있다는 이유만으로 수업이 중단되고, 도서관에 도서를 비치하지 않는가 하면 책의 페이지가 찢겨 나가는 분위기에서 학생들은 당연히 흡연을 금지해야 하는 어떤 것으로 생각할만하다. 따라서 선생님에게 흡연을 해 본 적이 있냐는 질문은 학생들 사이에서도 있어서는 안 될 질문이어서 놀라운 것이었지만, 흡연을 해본 적이 있다는 루시 선생님의 대답은 더욱 경악스러운 것이었다. 그러나 루시 선생님은 학생들에게 언제나 솔직한

편이었고, 기증과 관련된 사실을 학생들에게 직시하도록 알려준 선생님이다. 그래서 흡연을 한 적이 있다는 고백은 충격적이지만 이를 고백하는 선생님의 태도는 수긍이 간다. 그런데, 루시 선생님은 학생들의 경우에 흡연이 훨씬 더 나쁜 것이며, 그것은 그들이 특별한 존재여서 그렇다고 말씀을 하신다. '특별한 존재' 즉 장기를 기증해야 할 운명을 타고 난 존재들에게 흡연은 정말로 위험한 것이다. 기증할 장기에 흡연은 직접적인 타격을 가할 것이고, 그렇게 된다면 헤일셤은 기증자 관리를 제대로 하고 있지 않은 것이 되어 비난의 대상이 될 것이기 때문이다. 학생들의 건강을 위하는 것이 건강한 기증자, 다시 말해 우수한 상품이 되도록 하는 일이 되어버리는 아이러니한 상황에 처연한 동정심이 드는 것은 어쩔 수 없을 것이다.

희망을 공상하는 비극

한편 캐시는 이 작품의 제목이기도 한 '네버 렛 미 고'라는 노래를 남몰래 들으며 자신의 상황에 맞지 않는 공상에 빠져들곤 한다.

> 그 노래의 어떤 점이 왜 그렇게 특별하게 여겨졌던 것일까? 가사의 의미를 새기는 대신 나는 "베이비, 베이비, 네버 렛 미 고 ……."라는 후렴구가 흘러나오기를 기다리곤 했다. 그러면서 나는 평생에 걸쳐 간절하게 아기를 바랐으나 아기를 낳을 수 없다는 선고를 받은 어떤 여자를 떠올렸다. 그런데 기적 같은 일이 일어나서 그 여자는 아기를 낳았다. 그 아기를 품에 안고 어르면서 "베이비, 네버 렛 미 고 ……." 하고 노래하는 것이다. 그녀는 한편으로 몹시 행복한 동시에 또 한편으로는 아기가 병에 걸리거나 누군가 아기를 빼앗아 가는 일이 벌어질

지도 모른다는 생각에 겁에 질려 있다. 당시에도 나는 그 노래의 실제 내용은 그렇지 않다는 것, 그런 해석은 그 노래의 나머지 부분과 맞지 않는다는 것을 짐작하고 있었다. 하지만 그래도 상관없었다. 내게 있어서 그 노래는 바로 그런 의미였다. 그래서 기회가 생길 때마다 나는 그 노래를 거듭해서 듣곤 했다. (105)

주디 브릿지워터(Judy Bridgewater)의 'Songs after Dark' 앨범에 수록된 노래 '네버 렛 미 고(Never Let Me Go)'의 가사는 통상적인 연인의 사랑 노래이다.

자기, 날 안아줘요.
그리고 날 떠나보내지 마세요.
키스해 주세요.
그리고 날 떠나지 마세요.
내 마음을 잠궈 버리고, 열쇠는 멀리 던져버려요.
내 사랑을 황홀경으로 채워주세요.
내 마음을 당신의 따뜻한 포옹으로 묶어주세요.
아무도 내 자리를 대신할 수 없다고 말해주세요.
자기, 나에게 말해줘요.
절대로, 절대로, 절대로 ...

Darling, hold me, hold me, hold me
And never, never, never let me go.
Darling, kiss me, kiss me, kiss me
And never, never, never let me go.
Lock my heart, throw away the key
Fill my love with ecstasy.
Bind my heart with your warm embrace
And tell me no one would ever take my place.

캐시. 음악을 들으며 아기를 안고 있는 여인을 떠올린다.

> Darling, tell me, tell me, tell me
> You'll never, never, never

이처럼 흔한 사랑 노래에 캐시는 자신만의 특별한 의미를 부여한다. 우여곡절 끝에 아이를 가진 엄마의 마음을 상상하는가 하면, 베개를 아기삼아 들어 안고 춤을 추는 모습에서 애잔함이 느껴지는 것은 복제인간은 아이를 낳을 수 없기 때문이다. 아이를 낳을 수 없는 여성으로서 단지 장기 기증이라는 목적을 위해 길러지고 있는 캐시의 운명을 이미 알고 있는 독자들이 이 모습을 보게 된다면 그녀에게 가해진 운명이 얼마나 가혹한지 불쌍히 여기며 한탄하게 될 것이다. 그런데 그녀의 운명은 신이나 자연이 정해 준 것이 아니다. 수명 연장과 의학적 치료라는 오롯이 인간 중심적인 편의와 욕망을 채우기 위해 만들어 낸 규칙에 따라 결정된 것이다. 캐시의 아기를 안고 있는 이 장면은 소중한 존재와 헤어지지 않으려는 간절한 염원을 묘사하고 있는 것이지만, 그녀는 태어날 때부터 이미 아기라는 소중한 존재를 가질 수 없기 때문에 더욱 큰 비극감을 연출하고 있다.

> 홈통에서 더 많은 빗물이 쏟아져 선생님의 어깨에 떨어졌지만, 선생님은 의식하지 못하는 것 같았다. "다른 누군가가 너희한테 얘기해주지 않는다면, 내가 말해주마. 전에 말한 것처럼 문제는 너희가 들었으되 듣지 못했다는 거야. 너희는 사태가 어떻게 될 건지 듣긴 했지만, 아무도 진짜 분명하게는 이해하지 못하고 있어. 감히 말하건대 사태가 이런 식으로 흘러가는 데 무척 만족하는 이들도 있지. 하지만 난 그렇지 않아. 너희가 앞으로 삶을 제대로 살아 내려면, 당연히 필요한 사항을 알고 있어야 해. 너희 중 아무도 미국에 갈 수 없고, 너희 중 아무도 영화배우가 될 수 없다. 또 일전에 누군가가 슈퍼마켓에서 일하겠다고 얘기하는 걸 들었는데, 너희 중 아무도 그럴 수 없어. 너희 삶은 이미 정해져 있단다. 성인이 되면, 심지어 중년이 되기 전에 장기 기증을 시작하게 된다. 그거야말로 너희 각자가 태어난 이유지. 너희는 비디오에 나오는 배우들과 같은 인간이 아니야. 나랑도 다른 존재들이다. 너희는 하나의 목적을 위해 이 세상에 태어났고, 한 사람도 예외 없이 미래가 정해져 있지. 그러니까 더 이상 그런 얘기를 해서는 안 된다. 너희는 얼마 안 있어 헤일셤을 떠나야 하고, 머지않아 첫 기증을 위한 준비를 해야 해. 그 사실을 잊어서는 안 된다. 너희가 앞으로 삶을 제대로 살아 내려면, 너희 자신이 누구인지 각자 앞에 어떤 삶이 놓여 있는지 알아야 한다."(118-119)

학생들은 저마다 학교를 졸업하면 어떤 직업을 가지고 무엇을 하며 살아가게 될지에 대해서 지대한 관심을 가지고 있다. 미래의 내가 어떤 직업을 가지게 될까? 나는 누구와 결혼하게 될까? 아이는 몇이나 될까? 부자일까? 가난하게 살게 될까? 몇 살까지 살게 될까? 등의 문제에 관해서 우리는 아무것도 알 수가 없다. 이와 같은 미래에 대한 예측 불가능성은 한편으로는 기대감과 흥분을 다른 한편으로는 불안과 공포를 안겨주는데, 이와 같은 양가적인 측면이 모두 삶의 묘미이자 난점이라고 할 수 있을 것이다. 그런데 역설적으로 미래의 일이 이미 예정되어 있다면? 게다가 그 예정된 상황이 현저하게 기대에 못미친다면? 예를 들어 대체로 20대에 죽게 될 것이며, 죽기 전에는 여러 차례에 걸쳐 나도 모르는 인간을 위해 장기 기증을 해야 하는 운명이라면? 이와 같은 불편한 진실을 미리 알고 있는 것이 더 바람직한 것인가? 아니면 그와 같은 상황에 맞닥뜨리게 될 때까지는 모르고 있는 것이 더 바람직한 것인가? 루시 선생님은 자신 앞에 놓인 운명을 학생들이 직시하기를 바란다. 그래야 앞으로의 삶을 제대로 살아갈 수 있을 것이라고 생각하는 것이다. 예외없이 미래가 정해져 있다면, 과연 제대로 살아간다는 것은 어떤 삶을 말하는 것인가. 이 책은 지속적으로 독자들에게 이와 같은 불편한 질문을 던지고 있다.

잃어버린 근원을 찾아서

"루스, 너한테 물어보고 싶어. 넌 정말 반드시 성교를 해야 할 것 같은 그런 상태가 된 적이 없니? 상대가 누구든 상관없을 정도로 말이야?"

루스는 어깨를 으쓱해 보이고는 말했다. "나한텐 짝이 있잖아. 그러니깐 그런 마음이 생기면 토미랑 하면 되지 뭐."

"그렇겠지. 어쩌면 나만 그런지도 몰라. 거기엔 마음에 들지 않는 뭔가가 있어. 때때로 난 정말, 정말이지 그걸 하고 싶어지거든."

"그건 좀 이상하다, 캐시." 걱정스러운 눈길로 나를 응시하는 루스를 보자 나는 더욱 불안해졌다.

"그러니까 너는 한 번도 그런 상태가 된 적이 없다는 거지?"

그녀는 다시 어깨를 으쓱해 보였다.

"상대가 상관없을 정도가 된 적은 없어. 네 경우는 좀 이상한 것 같아. 캐시. 하지만 곧 괜찮아질 거야."

> "때로는 한동안 잠잠하기도 해. 그러다 갑자기 나타나는 거야. 첫 경우가 바로 그랬어. 남자가 나를 애무하기 시작했을 때 나는 그를 야단치고 싶은 마음뿐이었다고. 그런데 갑자기 그게 어디선가 나타난 거야. 그래서 할 수밖에 없었어." (181)

청소년 시기 학생들은 자신의 몸의 변화에 대해 예민하게 반응한다. 신체적 발육과 변화가 가장 왕성하게 일어나는 시기이며, 2차 성징이 나타나게 되면서 혼란과 두려움을 느끼기도 한다. 캐시 또한 여느 여학생들처럼 자신의 신체와 본능적인 욕망에 대해 호기심을 가지며, 자신의 욕망을 친구와 비교하게 된다. 자신의 욕망이 정상적인 것인지, 다른 친구들에게는 나타나지 않는 현상을 자신만 겪고 있는 것인지 등을 알아가면서 자신의 신체와 자신의 욕망을 객관화하고 이를 통해 스스로를 안심시키게 되는 것이다. 캐시는 자신의 내밀한 육체적 욕망에 대해서 루스와 이야기를 나누고 있다. 상대가 누구든 상관없을 정도로 성욕이 불타오르게 되어 원하지 않는 남자와도 관계를 맺은 적이 있다는 것이다. 이 불쾌하고 마음에 들지 않는 찜찜한 상태일 때가 루스에게는 없었는지 물어보지만 루스는 그 정도로 심한 적은 없었다고 대답한다. 캐시는 루스에게는 토미가 있어서 그런 상태까지는 이르지 않는 것인지, 자신의 경우가 많이 이상한 것인지 불안해하고 있다. 학생들은 건강에 대해서는 유별날 정도로 관심을 두고 교육을 받아왔지만, 이성교제와 성교에 대해서는 교과서적이지만 실질적으로 도움이 되지 않는 교육에 멈춰있었다. 그 결과 급작스럽게 찾아오는 육체적 충동이 자연스러운 것이며 불쾌해하거나 부끄러워할 필요가 없다는 것을 캐시는 알지 못했던 것이다. 한편 루스는, 나중의 고백에서 밝혀지지만, 자신 또한 그런 경험을 한 적이 있음에도 그런 적이 없다고 거짓말을 한다. 자신은 그런 충동에 빠져본 적도 없으며, 적당하고 건강한 성교를 토미와 하고 있다고 말함으로써 캐시로 하여금 성적인 면에서 그녀에게 수치심을 가지게 함으로써 토미 곁으로 가지 못하게 하려는 의도가 깔린 것이다.

> "뭘 찾는 거니, 캐시?"
> "무슨 얘기야? 난 자극적인 사진을 보고 있을 뿐인데."
> "자극 받기 위해서?"
> "그렇게 말할 수도 있겠지." 나는 다 본 잡지를 내려놓고 다음 권의 책장을 넘기기 시작했다. (…)
> "캐시, 그게 아냐……. 음, 만약 성적 자극 때문이라면 그런 식으로 볼 리가 없어. 좀더 주의 깊게 사진을 들여다봐야 한다고. 그렇게 빠르게 넘기면 효과가 없어."
> "여자들한테 어떤 게 효과가 있는지 네가 어떻게 알아? 참, 혹시 루스와 함께 봤을지도 모르겠구나. 미안, 그 생각은 못했어."
> "캐시, 뭘 찾는 거니?" (…) " 넌 성적 자극을 얻기 위해 그러는 게 아니야. 전에도 그랬고 지금도 그래. 네 얼굴에 나타나 있어. 캐시. 그때 찰리 방에서 넌 이상한 표정을 짓고 있었어. 슬픈 것 같기도 하고 겁에 질린 것 같기도 한 표정 말이야." (191-92)

캐시는 포르노 잡지를 열심히 보고 있다. 그러나 성적인 자극을 받기 위해서 보고 있는 것은 아니다. 그녀가 집중해서 보고 있는 것은 잡지 속 여인들의 얼굴이다. 잡지를 보고 있는 모습을 토미에게 들켜버리게 되자, 캐시는 성적인 자극을 얻기 위해 잡지를 보고 있었다고 거짓말을 한다. 이 거짓말은 포르노 잡지를 보는 가장 흔한 이유를 말한 것이기 때문에 가장 속기 쉬운 거짓말일 것이다. 그런데 토미는 캐시의 말이 거짓인 줄 단번에 알아차린다. 최소한 캐시에 대해서만은 주의 깊고 사려심 깊은 토미는 그녀의 얼굴에서 슬픈 것 같기도

하고 겁에 질린 것 같기도 한 표정을 읽어낸다. 성욕과 포르노 잡지에 관련된 이야기는 이 책의 후반부에서 마무리된다.

> 어째서 우리가 자신의 근원자를 찾아내고 싶어 하는가에 대한 질문이 있었다. 자신의 근원자를 찾아내면 그를 통해 앞으로 자기가 어떤 사람이 될 것인지를 짐작할 수 있을 것이라는 생각이 자리 잡고 있었다. 그렇다고 예를 들어 누군가의 근원자가 현재 철도국에서 일한다고 해서 그 역시 나중에 철도국 직원이 될 것이라고 생각했다는 뜻은 아니다. 그렇게 단순하지 않다는 것은 우리 모두 알고 있었다. 그런데도 우리는 모두 정도는 다르지만 자기가 복제되어 나온 근원자를 보게 되면 진짜 자기 자신에 대한 깊은 통찰과 앞으로의 삶을 예측할 수 있을 것이라고 여겼다.
>
> 근원자에 대해 신경을 쓰는 것은 어리석은 일이라고 생각한 학생들도 있었다. 우리의 근원자는 우리를 이 세상에 나오게 하기 위해 기술적으로 필요한 존재였을 뿐, 우리의 삶을 어떻게 만들어 나가느냐 하는 것은 우리 각자의 손에 달려 있다는 것이었다. 루스는 언제나 이런 생각을 가진 편이었고 나 역시 그랬던 것 같다. 그렇다 해도 누구의 근원자든 간에 근원자에 대해 새로운 이야기가 들려올 때마다 그것에 무심할 수는 없었다. (197)

한편 코티지의 선임인 크리시와 로드니 커플은 여행을 하던 도중 루스의 '근원자'를 본 것 같다고 이야기한다. 코티지는 학교를 졸업한 학생들이 간병사가 되기 전에 모여 있는 곳이다. 이곳에는 헤일셤 뿐 아니라 다른 학교를 졸업한 학생들도 함께 모여 있다. 그리고 근원자란 복제인간을 가능하게 만든 일종의 유전적 부모라고 할 수 있다. 부모를 잃은 많은 사람들이 이런저런 이유로 헤어지게 된 자신의 부모를 찾으려 하듯이, 복제인간들 또한 적극적이든 소극적이든 간에 근원자의 존재에 대해서 관심을 가질 수밖에 없다. 근원자에 대해서 복제인간들이 지니는 생각들 중 하나는 근원자를 통해 자기 자신에 대한 깊은 통찰과 미래의 삶에 대한 예측이 가능할 것이라는 것이다. 또 다른 입장은 근원자란 복제를 위한 유전적 원재료의 제공자로서 자신들의 삶과는 무관하다고 보는 것인데 루스와 캐시가 이런 식으로 생각하고 있다. 하지만 그 어느 경우라 하더라도 근원자의 이야기에 무심할 수는 없을 것인데, 도대체 무슨 이유로 자신을 복제한 것일까 라는 근본적인 호기심마저 없앨 수는 없기 때문이다. 인간은 복제인간에 대해, 그것이 자신의 유전적 형질을 물려받은 자식과도 같은 존재임에도 불구하고, 무신경하게 살아가는 반면, 복제인간은 근원자에 대해, 인간에 대해 끊임없이 관심을 가질 수밖에 없다. 그들은 자신들의 삶에 있어서조차 진짜 주인이 아니기 때문이다. 진짜 주인이 아니기 때문에 끊임없이 주인의 눈치를 살피고, 주인의 모습을 통해서 자신의 삶을 예측해야만 하는 가엾은 존재들이 바로 복제인간인 것이다.

> 나는 다른 사람들과 마찬가지로 방금 보고 온 여자가 루스의 근원자라는 데 의문의 여지가 없다고 솔직하게 말할 수 있어서 기뻤다. 실제로 우리 모두는 그 사실에 안도하고 있었다. 분명히 의식한 것은 아니었지만 우리는 실망할 것에 대비하고 있었다. 그러나 이제 코티지로 돌아가면 루스는 자기가 두 눈으로 확인한 그 사실을 떠올리며 격려를 받을 수 있을 테고 우리는 그런 그녀를 지지해 줄 수 있을 터였다. 표면상 그 여자가 영위하고 있는 사무실 생활은 루스가 종종 묘사하던 미래의 꿈과 흡사했다. (223)
>
> "두 분이 처음 그 얘기를 꺼냈을 때 즉각 그렇게 말하고 싶진 않았지만요, 하지만 봐요. 결코 그럴 리가 없잖아요. 절대로, 결단코 그 여자 같은 사람들이 우리의 근원자가 될 리가 없어요. 생각해 봐요. 그

여자가 도대체 왜 그런 걸 하려 들겠어요? 우리 모두 사실을 알고 있고, 바로 그렇기 때문에 그 사실을 회피하고 있는 거예요. 우린 그런 부류의 사람들에게 복제된 게 아니에요. 우리가 복제된 것은 그런 부류의 사람들이 아니라……."

"루스." 내가 엄한 목소리로 그녀의 말허리를 잘랐다. "루스, 그만해."

하지만 그녀는 말을 멈추지 않았다. "우리 모두 알고 있어요. 우리는 부랑자나 인간쓰레기, 창녀, 알코올 중독자, 매춘부, 정신병자나 죄수들로부터 복제된 것예요. 그게 우리의 근원이에요. (…) 누구든 자신의 근원자를 찾고 싶다면, 진짜 그 일을 해내고 싶다면 빈민가로, 쓰레기통으로, 화장실로 가야 한다고 말이에요. 그런 곳들이 우리가 시작된 곳이니까요." (232-33)

크리시와 로드니가 여행 중 봤다는 사무실에서 일하는 여성은 외모 뿐 아니라 루스가 꿈꾸던 미래의 자신의 모습을 똑같이 닮아있었다. 근원자가 자신들의 삶과는 무관하다고 말했던 루스에게마저도 근원자의 이와 같은 성공한 모습은 자신의 삶에 위로와 격려가 되었다. 하지만 그녀의 뒤를 따라 그녀의 대화를 듣게 된 일행들은 그녀가 루스의 근원자가 아니라는 결론을 맺게 된다. 이에 실망한 루스는 분노에 휩싸이게 되며, 근원자에 대한 그들 사이의 오래된 통념을 발설

루스의 근원자를 찾아가 사무실을 들여다보고 있는 학생들

해버린다. 멀쩡하게 잘 살고 있는 사람들은 근원자가 될 리가 없으며, 부랑자, 인간쓰레기, 창녀, 알코올 중독자, 정신병자, 죄수들이나 근원자가 된다는 것이다.

루스의 이와 같은 분노에 찬 이야기는 근거가 없는 것이다. 이러한 주장은 복제인간들 사이에서 떠도는 소문일 뿐이며, 자신들의 낮아진 자존감과 신세한탄이 반영된 지어낸 이야기일 뿐이다. 그들은 근원자의 삶이 자신들에게 반복되지 않는다는 것을 알고 있다. 근원자가 사무직에 종사한다고 해서 자신들이 사무직 직원이 되는 것도 아니며, 근원자가 건강하다고 해서 자신들이 건강하게 살아가게 되는 것도 아니다. 그럼에도 그들 사이에는 근원자의 신원에 관한 근거 없는 소문이 떠돌며, 그들은 암암리에 그것을 믿고 있다.

근원자가 천한 신분이거나 육체적, 정신적으로 문제가 있는 사람들일 것이라는 생각은 그들이 정상적인 인간이 아니라는 인식에서 비롯된 것이다. 마치 인간들 사이에도 피부색이 다르거나, 경제적으로 궁핍하거나, 장애가 있거나, 여성이거나 등을 이유로 열등감을 가진 채 자신을 비하하며 스스로의 존엄과 자존감을 평가절하 하는 경우가 있듯이 말이다. 복제인간들의 이와 같은 무의식적인 자기비하는 우리가 얼마나 차이를 있는 그대로 받아들이지 못하는지, 차이를 구별과 차별의 구실로 삼는데 익숙한지, 남들과 같아지기를 바라는지 등을 알 수 있게 해준다. 베네딕트 앤더슨(Benedict Anderson)이 『상상의 공동체』에서 적절하게 지적하듯이, 인간 공동체의 아이러니는 동질성과 이질성을 대하는 우리의 태도와 깊은 관련이 있다.

새로운 희망을 찾아서

> "내 생각은 이래."하고 토미는 천천히 말했다. "그러니까 선임들이 하는 말이 사실이라고 하자. 헤일셤 출신자들을 위해 특별한 계약 같은 게 마련되어 있다고 하자. 진정으로 사랑에 빠졌다고 여기는 두 사람이 함께 지낼 시간을 요청할 수 있다는 게 사실이라고 가정하자고. 그럴 경우에 말이야, 캐시, 그들의 말이 사실인지 아닌지를 판단할 방법이 있어야 하잖아. 단순히 기증 집행을 연기하기 위해 사랑에 빠졌다고 거짓말하는 경우도 있을 테니까 말이야. 그걸 판단하기가 무척 어렵지 않겠어? 또 자기들은 진정으로 사랑에 빠졌다고 믿지만 사실은 단순히 성적인 관계일 수도 있어. 아니면 한때 잠시 반한 것이든가 말이야. 내 말이 무슨 뜻인지 알지, 캐시? 그 판단은 정말 어려운 문제이니만큼 매번 제대로 가려내기란 아마도 불가능할 거야. 요컨대 내 말의 요점은 결정을 내리는 사람이 누구든 간에, 마담이든 혹은 다른 사람이든 간에 그들에겐 '판단 기준이 될만한 뭔가가 필요하다.'라는 거지." (245-46)

이 부분은 토미와 캐시가 나누는 대화이다. 코티지의 선임이었던 크리시는 헤일셤 출신들은 커플이 진정으로 사랑하고 있다는 것을 증명할 수 있을 경우 장기 기증 유예의 기회가 있다고 말해준다. 이 말을 들은 토미는 헤일셤에서 있었던 '교환회'와 '장기 기증 유예'가 관련성이 있을 것이라고 추론하고 자신의 생각을 캐시에게 들려준다. 헤일셤에서 마담이 학생들의 작품을 전시하기 위해서 화랑을 만들었던 것은 시와 예술작품들을 통해서 진정한 사랑을 구별하기 위해서라는 것이다. 시와 예술작품들은 영혼을 표현하는 수단이기 때문에 후에 사랑에 빠진 커플이 찾아오면, 화랑의 작품들을 통해서 그 진위 여부를 판단한다는 것이다.

물론 토미의 이와 같은 추론은 잘못된 것으로 판명된다. 기증 유예는 존재하지 않으며, 화랑의 목적 또한 토미의 짐작과는 다르다. 헤일셤이 워낙 다른 학교 학생들의 부러움의 대상이었고, 그곳 출신 학생들을 특권층으로 인식하고 있기 때문에 나온 지어낸 이야기였던 것이다. 그럼에도 불구하고 토미는 자신의 추론을 사실이 밝혀질 때까지 믿으며, 헤일셤 시절 화랑에 출품할 그림 한 점 그리지 못한 것을 후회하면서 열심히 그림을 그리게 된다.

> "하지만 그래도 알 수 없는 게 있어, 캐시." 이윽고 그가 다시 말했다. "루스의 말이 맞다 해도 어째서 네가 너의 근원자를 찾기 위해 낡은 포르노 잡지를 뒤적여야 하는 거지? 어째서 너는 그 여자들 중 하나가 네 근원자일 거라고 생각하는 거야?" (…)
>
> "좋아, 토미, 말해 줄게. 내 말을 듣고도 넌 그게 도대체 이치에 맞지 않는다고 여길지도 몰라. 하지만 어쨌든 말해 줄게. 이따금 관계를 갖고 싶어지면 나는 정말이지 강한 성욕을 느끼곤 해. 그런 욕망이 어디에선가 다가와서는 한두 시간 동안 두려울 정도로 강해져. 내가 아는 건 그럴 때면 케퍼스 아저씨하고도 할 수 있을 정도라는 것뿐이야. 그 정도로 지독해. 바로 그래서였어……. 그래서 나는 휴기와 관계를 가졌고 올리버와도 가졌어. 무슨 깊은 뜻이 있어서가 아니었어. 심지어 그들이 좋았던 것도 아니라고. 나로서는 그게 뭔지 모르겠어. 일단 그런 욕망이 지나가면 겁에 질렸지. 그래서 그게 어딘가 다른 곳에서 온 건지도 모른다는 생각이 들기 시작했어. 내 근본적인 존재 방식과 관련이 있는 게 분명하다는 생각 말이야." 나는 말을 끊었다가 토미에게서 아무 말도 나오지 않아 다시 계속했다. "그래서 만약 그런 잡지에서 내 근원자임직한 얼굴을 발견한다면 적어도 그런 현상을 설명할 수 있을 거라고 생각했지. 밖으로 나가 근원자를 찾아보고 싶은 생각은 없어. 그저 왜 내가 그러는지에 대한 설명 같은 걸 찾고 싶었던 것뿐이야."

"나도 이따금 그래. 정말로 그걸 하고 싶을 땐 나도 그렇다고. 솔직히 모두들 그럴 거야. 너만 특별히 다른 건 아닐 거야, 캐시. 사실 난 그런 때가 상당히 많거든……."(253-54)

포르노 잡지를 뒤적이던 캐시와 그 장면을 목격했던 토미의 이야기가 한 걸음 더 진척되면서 캐시가 왜 그런 행동을 했는지 그 원인이 밝혀지게 된다. 앞서 캐시는 루스에게 자신의 참을 수 없는 성적 충동에 대해서 털어놓으며 그게 자신에게만 해당하는 이상한 현상인지를 물었었고, 루스는 자신은 그 정도까지는 아니라고 말함으로써 캐시를 더욱 불안하게 만들었다. 토미의 표현에 따르면 슬프고 겁에 질린 표정으로 포르노 잡지를 뒤적였던 캐시는 포르노 잡지 속에서 자신의 근원자를 찾고 있었던 것이다. 자신의 참을 수 없는 성욕이 자신에게만 나타나는 것이라면, 혹시 자신의 근원자는 창녀일 수도 있지 않을까. 만약 잡지에서 근원자를 발견할 수 있다면 자신의 근거없는 성적 충동을 근원자에 빗대어 설명할 수 있지 않을까 하고 캐시는 생각했던 것이다. 캐시 또한 루스와 마찬가지로 근원자의 신분이 미천할지도 모른다는 가정을 공유하고 있었던 것이다. 이에 대해 토미는 솔직하게 자신도 그럴 때가 있으며, 아마도 모두가 비슷한 상황을 경험했을 것이라고 솔직하게 말한다. 토미의 이와 같은 태도는 루스의 거짓된 태도와 비교되면서 "토미와 루스가 진심어린 사랑을 나누는 사이일까"라는 합리적인 의심을 하게 만든다.

"그래서 말인데 캐시, 토미가 너를 그런 관점에서 보고 있지 않다는 걸 네가 알아야 할 것 같아. 갠 진정으로 너를 좋아하고 괜찮은 사람이라고 여기고 있어. 하지만 너를, 그러니까 여자 친구라는 자리에 어울리는 여자로 보진 않는다는 거야. 게다가……." 루스는 잠시 말을 멈추

> 었다가 한숨을 내쉬었다. "토미가 어떤지 너도 알잖아. 걘 무척 까다로운 편이거든."
> 나는 그녀를 물끄러미 바라보았다. "무슨 뜻이야?"
> "무슨 뜻인지 알잖아. 그러니까 토미는 이 사람 저 사람과 관계를 갖는 여자를 좋아하지 않아. 그냥 걔 취향이 그렇다고. 미안해, 캐시. 하지만 이런 얘기를 너한테 해 두는 게 옳은 일 같아서 말이야."
> 나는 잠시 생각해 본 다음 말했다. "그런 얘길 알아 두는 건 늘 좋은 일이지."
> 루스가 내 팔을 잡는 것이 느껴졌다. "네가 오해하지 않고 받아줄 줄 알았어. 하지만 토미가 너를 더없이 소중하게 생각하고 있다는 걸 잊어선 안 돼. 정말이야." (278)

루스의 간교함이 다시 한번 드러나는 부분이다. 루스는 자신과 연인 사이가 끝나게 된 후에라도 캐시와 토미가 사귀는 것을 용납할 수 없다. 토미는 캐시를 인간으로, 친구로는 좋아하고 소중히 생각하지만, 여자로서는 아니라는 것이다. 그 이유는 캐시가 자신의 알 수 없는 성적 충동 때문에 여러 남자랑 잠자리를 가졌다는 것을 토미가 알고 있기 때문이라는 것이다. 분명 캐시 자신도 그와 같은 사정을 토미에게 이야기한 적이 있고, 아마도 추측이지만 루스도 토미에게 이 사실을 이야기했을 것이다. 그러니 캐시로서는 루스의 이와 같은 주장을 반박할 명분이 없다. 캐시는 자신의 치부를 드러내면서까지 도움을 구하고자 했지만, 자신의 가장 친한 친구는 그 치부를 이용하여 자신과 토미의 관계를 갈라놓으려 한 것이다.

어쨌든 캐시 입장에서는 루스에게도 토미에게도 성적으로 문란한 분별없는 존재가 되어버렸다는 자괴감이 들게 되어버렸다. 이 장면을 계기로 캐시는 코티지를 먼저 떠나버리게 되고 한동안 캐시는 루스와 토미를 만나지 못하게 된다. 간병사로서의 생활을 이어가던 중 혜일셤의 친구로부터 루스가 장기 기증을 하게 되었다는 소식을 접하게 되고, 그 친구의 권유로 캐시는 루스의 간병사가 된다. 헤어지는 과정이 매끄럽지는 않았지만 루스는 학창시절의 가장 친한 친구였고, 루스가 장기 기증을 시작했다는 것은 곧 그녀가 앞으로 살게 될 날이 얼마 남지 않았다는 것을 의미하는 것이기도 하기 때문에, 캐시는 친구의 권유를 받아들이게 된다.

캐시와 다시 재회하게 된 루스는 먼저 캐시에게 용서를 구한다. 캐시가 성적 충동에 대해서 심각하게 걱정하고 고민하다가 루스에게 이 사실을 털어놓고 조언을 구했을 때, 루스는 솔직하게 자신도 그렇다는 사실을 알려주었어야 했는데 그렇게 하지 않음으로써 캐시를 계속 고민하게 만들었다는 것이다. "네가 그것 때문에 얼마나 걱정하는지 나는 알고 있었어. 그때 너한테 말했어야 했어. 나도 그렇다고 털어놓았어야 했다고. 이제 너는 그게 극히 정상이라는 걸 깨달았을 거야. 하지만 당시에는 그렇지 못했던 만큼 내가 말해 주었어야 했어. 토미와 커플이었는데도 때때로 다른 남자와 그걸 하지 않을 수 없었다고, 코티지에 있는 동안 적어도 세 사람과 그랬다고 너한테 털어놓았어야 했다고"(318) 루스는 때늦은 사과를 하게 된다. 그런데 루스가 캐시에게 용서를 빌어야 하는 것이 또 있다.

> "내가 저지른 제일 큰 잘못은 너와 토미 사이를 줄곧 갈라놓았다는 거야. (…) 그건 내가 저지른 잘못 중 가장 끔찍한 짓이야. (…) 그걸 용서해 달라는 말조차 못하겠어. 맙소사, 머릿속에서 얼마나 여러 번 이런 얘기를 했는지 몰라. 실제로 이 얘기를 하고 있다는 게 믿기지 않는군. 너희 둘은 줄곧 함께 있었어야 했어. 그런 사실을 몰랐던 게 아니야. 나는 아주 오래전부터 그 사실을 알고 있었어. 그런데도 줄곧 너희 둘을 떼어 놓았지. 너희 둘에게 그런 나를 용서하라는 게 아니

야. 내가 하려는 건 그런 게 아니야. 내가 원하는 건 이제라도 사태를 바로잡는 거야. 내가 엉망으로 만들어 놓은 걸 너희가 바로잡으려는 거라고."

"무슨 뜻이야, 루스?" 토미가 물었다. "사태를 바로잡으라니 그게 무슨 뜻이야?" 그의 목소리는 부드러웠고 어린아이 같은 호기심에 차 있었다. 내게서 흐느낌이 터져 나온 것은 바로 그래서였던 것 같다.

"캐시, 내 말 들어 봐. 토미와 함께 집행 연기를 신청해서 허가를 받는 거야. 너희 둘이라면 할 수 있어. 틀림없이 할 수 있을 거라고." (319-20)

루스가 저지른 더 나쁜 잘못은 캐시와 토미를 줄곧 갈라놓으려 했다는 것이다. 독자들은 이미 여러 차례에 걸쳐 루스가 자신의 영특한 머리를 캐시와 토미를 이간질하는 데 사용했음을 알고 있다. 루스는 캐시와 토미 사이에 형성된 신뢰와 우정이 사랑으로 발전하지 못하도록 막고 있었을 뿐 아니라 그 사이에 끼어들어 자신이 토미를 차지했었다. 루스는 캐시와 토미가 누구보다도 잘 어울리는 한 쌍이 될 수 있을 거라는 사실을 알면서도 캐시를 향한 질투 때문에 그들을 갈라놓은 것이다. 그들 앞에 놓인 삶의 길이가 그리 길지 않다는 사실을 생각한다면 루스의 사과와 고백은 너무 때늦은 감이 있다.

루스는 이러한 자신의 잘못이 용서받을 수 없을 만큼 크다는 사실을 너무도 잘 알고 있다. 그래서 이제 캐시와 토미 둘이서 자신이 엉망으로 만들어 놓은 잘못을 바로 잡으라고 권유한다. 그것이 그녀가 조금이라도 용서받을 수 있는 유일한 방법이 될 것이라고 루스는 생각했다. 즉 캐시와 토미가 진실 된 사랑을 나누는 사이가 될 수 있으니, 집행 연기를 신청해서 둘이 함께 더 오래 사랑을 나누라는 것이다. 자신이 어렵게 마담의 집주소를 알아냈으니 마담에게 가서 둘의 사랑을 증명하게 된다면, 그들은 집행 연기를 받을 수 있을 것이라고 루스는 말한다. 죽음이 임박해서야 루스는 진심어린 후회와 반성을 하게 되고, 자신의 잘못을 속죄하고 사태를 바로잡기 위해 마담의 주소를 알아내는 노력을 기울였던 것이다.

희망이란 원래부터 없었다

캐시와 토미는 루스가 알려준 주소로 마담을 찾아간다. 그곳에서 그들은 함께 있던 에밀리 선생님을 만나게 되고, 그녀를 통해 집행 유예에 관한 진실을 알게 된다.

> "그렇다면 집행 연기란 게 아예 없다는 건가요? 선생님이 하실 수 있는 일이 전혀 없나요?"
>
> 그녀는 천천히 고개를 내저었다. "그 소문은 사실이 아니란다. 안됐구나. 정말 안됐어."
>
> 토미가 불쑥 물었다. "그 얘기가 사실이었던 적은 있나요? 헤일셤이 문을 닫기 전에 말이에요."
>
> 에밀리 선생님은 이번에도 고개를 내저었다. "그런 일은 없었단다. 모닝데일 스캔들이 일어나기 전, 그리고 헤일셤이 좀 더 인도적이고 진보된 방식으로 사태를 헤쳐 나갈 수 있음을 보여 주는 본보기로 간주되던 동안에도 그런 일은 없었어. 이런 일은 명확하게 말하는 편이 가장 좋지. 그 달콤한 얘기는 그저 달콤한 소문일 뿐이다. 예전에도 지금도 말이야. 오, 얘야. 혹시 장식장을 가지러 사람들이 온 게 아닐까?" (354)

결과적으로 집행 연기란 제도는 아예 없는 것이며, 학생들의 희망

섞인 바람이 그러한 소문을 사실로 믿게 만든 것 같다고 에밀리 선생님은 설명한다. 처음에는 그 거짓된 소문을 봉쇄하려고 애를 썼지만, 나중에는 꿈과 환상을 가지고 살아가는 것도 나쁘지 않을 것 같다고, 그러한 희망을 가지고 살아가는 것이 해가 되지는 않을 것 같아서 그 소문을 그냥 내버려두어도 괜찮겠다고 생각했다는 것이다. 진지하게 희망을 품었던 캐시와 토미를 동정하고 연민하는 것 같던 에밀리 선생님은 장식장을 가지러 온 사람들이 오는지에 대해서 더욱 신경을 쓴다. 자신의 학생들이 얼마나 큰 실의에 빠졌을까를 걱정하기보다 장식장에 더 신경을 쓰는 에밀리 선생님의 모습을 통해 헤일셤의 교육방식과 교육이념이 위선적인 것임을 알 수 있게 된다.

헤일셤이 특별한 학교로, 그곳 출신 학생들이 특별한 존재로 받아들여진 것은 그들의 교육방식이 다른 학교들과 달랐기 때문에 생겨나게 된 것이다. 그들은 기존의 기증 프로그램이 진행되는 방식을 비판하고 '인간적이고 교양있는' 교육 프로그램을 만들어서 복제인간이 단순히 의학 재료를 공급하기 위한 존재가 아니라는 것을 보여주려 했다. 그들의 교육 프로그램은 인기를 끌게 되었으며, 정치권과 종교계로부터 많은 관심과 후원을 받게 되었다. 이러한 관심과 후원을 받게 된 계기는 바로 학생들이 예술작품들과 시를 사람들에게 보여 주는 것이었다. 선생님들은 가장 잘된 작품들을 선별해 특별 전시회를 열고, 전국 규모의 대형 이벤트를 조직하여 많은 지원을 받게 된다. "여깁니다, 보세요! 이 작품 좀 보시라고요! 이런 아이들을 두고 보통 인간보다 열등한 존재라고 할 수 있겠습니까?"(359)라는 호소가 받아들여지게 되고 학교는 많은 지원과 전국적 명성을 동시에 얻게 된다.

에밀리 선생님은 복제인간도 영혼이 있는 존재들이며, 그에 걸맞은 교육환경을 제공해야 한다는 교육이념을 가지고 있었다. 이를 증명하기 위해 이들은 헤일셤의 학생들로부터 시와 예술작품을 제출하도록 했고, 이를 일반 인간들에게 전시함으로써 복제인간들에게 좀 더 나은 성장 환경과 인간적인 처우를 받을 수 있도록 하려 했다는 것이다.

에밀리 선생님의 이야기는 일견 인간적이고 진보적인 세계관을 반영하고 있는 것처럼 보인다. 이해를 돕기 위해 먼저 헤일셤이 출범할 당시의 상황에 대해 알아볼 필요가 있다.

> "오늘날 네 관점에서 보자면 말이다, 캐시, 네가 어리둥절해하는 건 충분히 이해할 수 있다. 하지만 사태를 역사적 맥락에서 파악해야 해. 세계대전이 끝나고 1950년대 초에 접어들자 과학의 약진이 얼마나 빠르게 이루어졌던지, 사소하고 민감한 문제 같은 건 제기되거나 환기될 여유가 없었단다. 그러다 갑자기 온갖 새로운 가능성이 우리 앞에 펼쳐졌지. 전에는 불치병으로 간주되던 많은 병들로부터 벗어날 수 있는 방법들 말이다. 온 세상이 주목하고 바라던 일이었지. 오랜 세월 동안 사람들은 인간의 이식용 장기가 밑도 끝도 없이 불쑥 생기는 거라고, 진공실 같은 곳에서 배양되는 거라고 믿고 싶어 했단다. (…) '학생들'에 대해 관심을 갖게 된 건 그때 이르러서야. 그 무렵이 되자 그들은 너희가 어떻게 사육되는지, 너희 같은 존재가 꼭 있었어야 했는지를 생각하기 시작했다. 하지만 그 무렵엔 이미 엎질러진 물이었어. 이 과정을 되돌릴 수 있는 방법이 없었단다. 장기 교체로 암을 치유할 수 있게 된 세상에서 어떻게 그 치료를 포기하고 희망 없는 과거로 돌아갈 수 있겠니? 후퇴라는 건 있을 수 없었지. 사람들은 너희 존재를 거북하게 여겼지만, 그들의 더 큰 관심은 자기 자녀나 배우자, 부모 또는 친구를 암이나 심장병이나 운동 세포 질환에서 구하는 거였단다. 그래서 너희는 아주 오랫동안 어두운 그림자 속에 머물러 있었지. 사람들은 최선을 다해 되도록 너희 존재를 생각하지 않으려 했단다. 그럴 수 있었던 건 너희가 우리와는 별개의 존재라고, 인간 이하의 존재들이라고 스스로에게 납득시켰기 때문이지. 그것이 우리의 작은 운동이 시작되기 전의 실상이었단다. 우리가 무엇에 맞서야 했는지 알겠지?" (360)

에밀리 선생님의 이야기는 우리에게 새로운 윤리적 문제를 제기한다. 우리가 복제인간을 만들 수 있다면 우리는 그들을 영혼을 지닌 인격체로 봐야 할 것인가? 복제인간은 인간을 위한 도구로 사용되어도 아무런 문제가 없는 것인가? 내 가족, 친척, 친구를 구할 수 있다는 희망이 생기자마자 복제인간을 치료 도구로 간주해 버리는 결정을 포기하기란 쉽지 않다. 복제인간이 인간들처럼 말하고 생각하고 감정을 지니고 있다는 사실을 외면해야만 그들을 도구화하는 인간의 행위는 정당화된다. 되돌리기 힘든 선택 앞에서 헤일셤이 채택한 방식은 복제인간에게 인간적인 환경을 제공하는 것이었다. 복제인간을 인간을 위한 도구로 사용해서는 안된다고 말하지 못하고, 도구로 희생되기 전까지 좋은 환경을 제공하는 것으로 타협하고 스스로를 정당화시킨 것이다.

이와 같은 해석은 헤일셤을 최대한 호의적인 관점에서 이해한 방식이다. 실제로는 좋은 환경에서 자란 소나 돼지가 더욱 맛있고 건강에 좋은 고기를 제공하는 것처럼, 좋은 환경에서 성장한 복제인간이 더욱 건강하고 신선한 장기를 제공하기 때문에 그들의 환경이 문제가 되는 것은 아닌가. 헤일셤의 교육방식은 진정 인간적인 것인가 아니면 인간중심적인 것인가. 그것도 아니라면 기금 마련을 위한 세련된 인기상품을 위해 인간주의를 이용한 것인가?

과학 기술의 발전은 이제 새로운 윤리적 질문을 우리에게 던지고 있다. AI로 대변되는 4차산업혁명 시대를 맞이한 인류 앞에 던져진 존재론적, 철학적 고민을 이 책은 던져주고 있는 것이다. 어쨌든 헤일셤은 폐교가 되었고, 집행 유예는 처음부터 있지도 않은 것이 밝혀졌다. 캐시와 토미는 실망하여 병원으로 돌아오게 되고, 얼마 안 있어 토미도 기증자로서의 생을 마감하게 된다. 캐시 또한 내년에는 기증자가 될 것이며, 머지않아 생을 마감하게 될 것이다.

복제인간과 생명윤리

가즈오 이시구로의 『나를 보내지 마』는 복제인간을 통해 인간의 운명과 과학 기술 시대의 윤리라는 난해한 질문을 독자들에게 던져준다. 우리는 캐시와 그녀의 친구들, 그리고 그들의 학창시절에 관한 이야기를 들으면서 여느 청소년의 이야기와 다를 바 없는 성장소설의 느낌을 받게 된다. 손영도의 지적처럼 "이시구로는 의도적으로 캐시를 화자로 설정하여 복제인간에 대해서나 복제인간들이 경험한 과거의 이야기를 하고자 하는 것이 아니라 한 인간의 정서적 각성에 의한 저장된 기억을 회상하게 하고, 그리고 불완전한 기억이지만 최대한 양심적으로 기억하게 해서 그녀의 정체성과 그 형성 과정을 보여줌으로써 그녀의 처지를 이해하게 되고 그녀를 통해 독자 자신을 돌아보고 자신의 삶을 되짚어 볼 수 있는 기회를 주고자 한다."[6] 20여 년으로 압축된 복제인간의 생명주기는 인간의 삶 또한 그리 길지 않다는 사실을 상징적으로 보여주며, 장기 기증이라는 복제인간의 처연한 운명을 바라보며, 인간 조건의 비극성을 제고하게 만든다. 복제인간이 장기 기증을 숙명으로 받아들이며 별다른 심적 동요나 저항을 드러내지 않는 모습을 통해 현대인 또한 그들이 처한 삶의 불합리하고 비윤리적 상황들을 별다른 저항감 없이 수동적으로 받아들이고 체념한 채 살아가고 있는 것은 아닌가 반성하게 만든다.

한편 복제인간의 문제는 4차산업혁명시대의 새로운 윤리 문제를 제기한다. 『사이엔스』의 저자 유발 하라리의 말처럼 인류는 현대에

---

6) 손영도, 「가즈오 이시구로의 소설 『네버 렛 미 고』 연구: 기억과 감정의 내러티브」, 『국제언어문학』 38, 2017, p.343.

이르기까지 지구상의 다른 종 친구들을 너무도 가혹하고 잔인하게 취급해왔다. 침략자나 정복자의 행태를 이제 인간이 만들어낸 복제인간에게 아무런 반성도 없이 자행하려 하고 있다. 복제인간은 아직 실현되지 않은 미래의 일이지만, 미래를 미리 준비하는 성찰적이고 반성적인 윤리 규범을 고민하지 않는다면 더 큰 혼란과 실수를 반복하게 될 지도 모른다. 김선희는 "복제인간도 하나의 독립적인 인격이라면 본체인간이나 타인을 위한 수단으로 사용될 수 없다는 것은 자명하다. 도덕적 인격공동체에 부과되는 칸트의 도덕률은 복제인간에게도 적용된다. 즉 일란성 쌍둥이의 인격성을 의심하지 않듯 이 복제인간의 인격성을 의심하지 않는다면, 우리는 복제인간들을 독립적인 인격으로 간주해야 하며 그렇게 대우해야 할 도덕적 이유를 갖는다. 이것은 단지 장기와 조직을 제공할 (그러고 나서 폐기할) 목적으로 한 개체를 복제 하는 것이 왜 비도덕적이며 혐오스러운 생각인지 잘 보여준다. 복제인간은 독립적 인격으로서, 본체인간에 종속된 존재로 간주되거나 단지 도구적인 수단으로 사용되어선 안 되며 정당한 이유 없이 복제인간을 차별화해서도 안 된다. 한 인격을 오직 장기제공의 수단으로 사용할 수 없으며 그런 이유로 복제를 시도하는 것은 비도덕적인 행위로 금지되어야 할 것이다"[7]라고 단언하고 있지만, 가까운 미래의 인류가 실용과 이윤을 버리고 도덕과 공존을 선택할 지는 미지수다. 그런데 좀더 생각해 봐야 할 사실은 실용과 이윤(을 추구하는 권력)을 위해 우리 인간 스스로가 자신을 도구로 삼아온 것은 아닌가 하는 점이다. 박경서는 이러한 문제의식을 선명하게 지적하고 있는데, 그에 따르면, "복제인간들은 일반 청소년의 학창시절

7) 김선희, 「복제인간과 인격의 문제」, 『철학연구』 49, 2000, p.263.

처럼 호기심 있고, 사소한 다툼을 하고, 서로 사랑하고, 선생님을 동경하고 동료를 질투하는 등 보통의 인간과 같은 삶을 사는 인간집단에 포함되지만 결국 보통의 인간을 위해 장기를 제공하는 복제인간일 뿐이라는 즉, 포함되지만 배제되는 '호모 사케르'의 운명으로 살아나가야한다. 작가 이시구로는 헤일셤의 복제인간들의 삶을 통해 누구라도 국가권력의 관리체제 하에 놓일 수 있는 '생명권력'의 가능성을 상정하고 있다."[8] 『나를 보내지 마』를 읽어 내려가다 보면, 복제인간을 통해 우리는 자아정체성이 훈육될 수 있으며, 외부로부터 주어질 수 있는 것이라는 사실, 내 삶의 내용과 운명을 스스로 개척해갈 수 있다는 것은 환상일 뿐이라는 비극적 통찰에 이르게 된다.

---

8) 박경서, 「생명정치와 국가권력」, 『신영어영문학』 71, 2018, p.40.

제4장

불안정한 이민자의 욕망

: 슌하오 리우(유순호), 『뉴욕좀비』

욕망의 도시, 뉴욕의 가장자리에서

작가는 연합뉴스와의 인터뷰에서 이 작품의 집필동기를 다음과 같이 설명한다. “매춘업에 종사하는 한 한인 여성이 손님에게 폭행당하고 경찰서에 불려왔던 적이 있었다. 지인의 소개로 경찰서까지 가서 통역하고 신원

뉴욕 퀸즈타운 플러싱에서 슌하오 리우

보증을 해주게 됐다”면서 “그 여성에게서 뉴욕 매춘산업, 마약 등의 실상을 알게 됐고 언젠가는 이를 소재로 쓰고 싶었다”고 말한다. ‘뉴욕’이 현대 자본주의의 상징적 도시라고 봤을 때, ‘뉴욕 좀비’라는 제목은 현대 자본주의에 대한 비판적 문제의식을 담고 있을 것이라고 충분히 예측해 볼 수 있을 것이다. 현대의 문화 코드에서 좀비는 과학

기술에 대한 맹신을 비판하고, 목적도 방향도 없이 살아가는 현대인들의 끔찍한 자화상을 충격적으로 비유하기 위해 등장하는 존재이기 때문이다. 작가는 물질주의와 개인주의에 빠져 살아가는 현대인들을 총체적으로 조망하고자 하는 야심을 이미 이 작품의 제목을 통해서 드러내고 있는 셈이다.

작가노트에서 그는 "내 삶은 본능에 잠재한 천사와 야수 사이의 싸움이었다. (…) 내가 가장 고독하고 외로울 때 야수는 천사의 얼굴을 밟고 선 것도 모자라 또 다른 욕망으로 나를 유혹했다. 나와 함께 이 욕망의 열차에 올라탔던 사람도 아주 많았다. 달리는 열차의 차창 밖을 향한 내 시선, 어쩌면 우리 모두의 시선은 늘 가진 것이 많은 자에게로 향해 있었던 것이 아닌가 싶다"라고 적고 있다. 이민자로서 풍족하지 않은 삶, 주류 백인들의 시선을 언제나 의식하고 살아야 하는 주변인으로서의 삶, 삶은 언제나 충족되지 않은 욕망의 덫에 사로잡혀 있고, 작가의 내면에 잠재해 있는 천사와 악마는 작가를 끊임없이 유혹하고 있다. 욕망의 유혹에 관해 솔직한 이야기를 털어놓기 위해 작가는 이 작품을 집필했다고 그 동기를 밝히고 있는데, 독자들은 그의 진솔한 이야기를 통해 미국 이민자의 삶과 욕망의 단면을 들여다 볼 수 있다.

작품 뒤에 포함된 이미옥의 평론 「에로티시즘을 통한 좀비의 사랑과 죽음의 변주곡」에는 다음과 같이 작가를 소개하고 있다.

> 슌하오 리우는 이미 30년 넘게 소설을 써온 베테랑 소설가이지만 아직 한국 독자들에게 잘 알려지지 않은 신예작가와 다름없다. 그의 이력은 그의 소설만큼이나 독특하다. 연변의 작은 마을에서 출생하여 열여섯 살에 이미 소설가가 되었으며, 18년 동안 도보 답사를 통한 역사 연구와 자료 수집을 통해 《비운의 장군》, 《만주 항일 파르티잔》과

같은 역사 소설을 출간했고 그런 노력을 밑거름 삼아 《김일성 평전》 작업을 했다.

리우는 중국에서 태어난 한국인으로 현재는 뉴욕에 거주하는 재미교포 작가이다. 열여섯 살이 되는 1980년 희곡 『숲속의 메아리』로 문단에 등장하여 주목을 받았고, 2001년 국제펜클럽 한국본부 중국 연변지역위원회와 중국 조선족사이버문학가협회를 발족하여 대표를 맡았다. 그러나 당시 정부에 의해 '사회주의 문화시장을 교란한다'는 죄목으로 강제 등록 취소되고 활동이 금지되는 등의 정치적 압력을 등지고 2002년 미국으로 망명하게 된다. 뉴욕으로 이주한 후 정치, 역사, 문화 칼럼과 수필, 소설 등 다양한 형식의 작품 활동을 왕성하게 이어가고 있다.

순하오 리우의 또 다른 흥미로운 저서로는 『김일성 평전』을 꼽을 수 있다. 출판사 리뷰에 따르면, "저자는 2002년도 도미(渡美)하기 직전까지 중국에서 살면서 김일성의 항일투쟁사를 연구 집필하기 위하여 장장 20여 년에 가까운 시간을 들여 중국 동북지방을 답사하였고, 무릇 김일성과 관련 있는 중국인 생존자들과 이미 타계한 연고자들의 가족들을 포함하여 백여 명에 달하는 관련자들을 일일이 찾아다니면서 인터뷰를 진행하였다. 그 과정에서 주로 지자가 발견해낸 김일성의 '쌩얼', 즉 전혀 치장(또는 과장)이 되지 않는 김일성의 민낯과 만나게 되었다고 한다. 이 책을 통하여 실제의 김일성은 결코 북한에서 신처럼 떠받들고 있는 김일성과는 하늘과 땅 차이처럼 거리가 멀다는 사실 외에도, 한편으로는 남한에서처럼 '가짜'로, 또는 '별 볼 일 없는 아주 초라한 존재'로 매도되고 격하되어 있는 사실과도 아주 다르다는 것을 단 한 점의 의혹도 남기지 않고 모조리 파헤치고 있다.” 이와 같은 이력을 통해서 알 수 있는 것은, 작가는 사실에 대한 집요한 탐구 정신을 소유하고 있으며, 이념적 편견에 치우치지 않으려는 중립적 자세를 시종일관 유지하려 한다는 점이다. 이러한 특징들은 미국으로의 망명 이후 더욱 강화되면서, 이념과 인종에 대한 아무런 편견 없이, 다양한 이민자들의 삶과 이야기들을 세밀하고 섬세하게 그려내고 있다. 작가는 “한민족의 삶 자체가 세계를 무대로 살아가는 디아스포라로 볼 수” 있으며, “한국 문학의 지평을 넓히기 위해서는 풍부한 ‘이민 문학’이 반드시 뒷받침돼야” 한다고 주장한다.

백인 여성을 향한 탐욕적인 시선들

“아저씨, 신부님이 방금 뭐라고 했어?”

“루시가 예쁘다고 했단다.”

나는 그냥 간단하게 의미만 알려주었지만 샹샹은 절레절레 머리를 저었다. (…)

“신부님이 루시를 예쁘다고 칭찬하셨대요.”

수녀들 사이에서 이렇게 떠돌던 말은 “신부님께서 루시를 얼마나 예뻐하는지 몰라요.”라고 와전되었다. 주일 미사가 끝나면 그 다음 주일까지 신부가 강론 도중에 어느 수녀한테 눈길을 주었고 이름을 몇 번 언급했으며, 친교 시간에는 어느 수녀랑 마주 서서 커피를 마셨다는 등의 별스러울 것도 없는 내용이 수녀들 입담에 오르내리는 정도였으니 루시에 대한 이 정도의 찬사는 적어도 몇 개월 동안 이슈 거리가 될 만했다.

“신부님, 저에 대해 진짜로 그렇게 생각하시는 건가요?”

루시는 호기심이 가득한 눈길로 신부 얼굴을 바라보았다. 신부의 본명은 클레타 페레즈였다. 페레즈 신부는 황망히 머리를 끄떡였다.

> "아, 루시. 그건 사실이라오."
> 그러자 루시는 다시 한 번 확인하려는 듯이 물었다.
> "제가 별로 예쁘지 않은 건 저도 알아요. 설마 반대로 말씀하신 것은 아니시지요?"
> 루시의 당돌한 질문에 신부는 여간 당황해하지 않았다.
> 당황한 건 나도 마찬가지였다. 나에게 루시는 천사나 다름없었다. 남녀 문제에서도 루시는 천사처럼 깔끔했다. 그녀의 남자는 내가 아는 한, 과거에 맨해튼 소호 남쪽 트라이베카의 한 액자가게에서 파트타임으로 일할 때 만났던 젊은 아티스트 그레고리 보내트 뿐이다. 그는 휠체어에서 생활한 지 4년째 접어든 상이군인 출신이었다. (10-11)

작품의 주요 등장인물들 중 하나인 루시는 금발에 파란색 눈을 가진 백인 여성으로 아름다운 외모를 지니고 있다. 페레즈 신부는 루시와 그레고리 부부에게 물심양면으로 많은 도움을 준 인물인데, 그것이 신도에 대한 순수한 호의에서 나온 것으로 보기 힘들다. 신부가 자기 신도의 외모에 대해서 칭찬하는 것은 흔한 일이 아닐뿐더러 오해의 여지가 있기 때문에 금기시된다. 주인공 화자인 리우가 샹샹에게 루시를 그냥 이쁘다고 칭찬했다고만 말했지만, 실제로는 "화장 안 한 여자가 더 예쁘다고 하면 남자들은 새빨간 거짓말이라고 하겠지만, 루시 자매라면 남자들이 할 말이 없겠어요."(9)라고 말한 것을 그렇게 번역해 준 것이다. 이러한 말은 흔히 남자들이 여성에게 호감을 피력하거나 소위 작업을 걸 때 하는 말로서 오해의 소지가 다분하다고 할 수 있다. 실제로 페레즈 신부는 루시에게 이성적인 유혹을 느끼게 되는데, 이는 종교가 세속화된 현상을 비판적으로 묘사하는 부분이라고 볼 수 있다. 그리고 수녀들이 신부의 관심과 언행에 민감하게 반응한다는 말 또한 수녀와 신부의 관계가 세속적인 남녀관계로 변질되어 있음을 보여준다. 다르게 보자면, 인간 사회란 장소와 성격을 불문하고 남녀관계로부터 자유로울 수 없다는 것을 나타내는 것이기도 하다.

한편 루시에 대한 관심은 작중 화자인 리우에게도 예외일 수 없는데, 그는 루시를 천사라고 부르는가 하면, 남녀 문제가 깔끔하다고 치켜세운다. 그녀가 천사인 이유는 상이군인의 아내라는 육체적인 의미가 내포되어 있기도 하며, 나중에 화자와 연인 관계로 발전하기 때문에 그의 주장은 과장된 것이라고 할 수 있다. 일반적으로 남성이 자신의 관념 속에서 과장된 형상으로 자신이 사랑하는 여성을 상상하고 있을 때 그의 진술은 허구적이며 믿을 수 없는 경우가 더 많다. 결혼은 했지만 남편이 하반신을 쓸 수 없는 상이군인이고 별다른 남녀문제에 휩싸인 적이 없는 루시에게 뭇 남성들이 보여주는 호감 자체가 지극히 남성중심적인 시선일 따름인 것이다.

> 루시와 그레고리가 사랑하는 사이로까지 발전한 계기는 이 전쟁이 발발하기 며칠 전에 있었던 반전 시위 때문이었다. 경찰은 센트럴파크의 잔디밭을 훼손했다는 죄목으로 시위대 핵심 멤버들을 체포하려고 출동했으며, 오전 10시쯤에 시위대를 강제 해산시켰다. 루시는 마침 퍼포먼스 중이었다. 그레고리가 냈던 아이디어로 시위대 참가자들에게 입고 있던 치마를 한 자락씩 찢어서 나눠주었다. 근처에서 지켜보던 경찰이 치마가 계속 짧아져 팬티까지 보이게 되면 체포하겠다고 으름장을 놓았다. 그러자 루시는 다시 등과 가슴 쪽 옷을 찢기 시작했다. 평소 노브라였던 루시는 이날도 노브라 차림이어서 금세 가슴이 드러났다.
>
> "남녀 모두에게 토플리스 권리를 달라."
>
> "전쟁이 선정적이지, 내 가슴은 선정적이지 않다."
>
> 이런 슬로건을 내걸고 뉴욕의 젊은 여자들이 당당하게 가슴을 드러내놓고 거리를 활보할 수 있게 된 건 그로부터 10여 년 뒤였다. 뉴욕주는 2013년부터 여성의 상반신 노출을 합법화했다. 루시는 자신이야말

로 오늘의 '고 토플리스 데이(Go Topless Day)'를 있게 한 선각자의 하나였다고 자랑스러워한다. (12-13)

루시와 그레고리는 제2차 걸프전이 발발했던 2003년에 반전 시위를 하던 도중에 만나서 연인으로 발전하게 된다. 그들은 함께 뉴욕 근처의 한 뮤지엄 아트스쿨에서 만났고, 루시는 파슨스 인근 한 갤러리에서 일하고 있었으며, 그레고리는 NYU 피셔스쿨 석사과정에 다닐 때 걸프전이 발생하여 '평화와 정의를 위한 연대'에 가입하여 활동하였다.

반전 시위의 퍼포먼스로 치마를 찢는 것은 권력의 권위를 대변하는 법의 권위를 조롱하기 위한 것이며, 자신의 치부를 드러내면서까지 자신의 주장을 관철시키려는 의지의 산물이기도 하다. 루시와 그레고리가 반전 시위에 참여했다는 사실은 그들이 평화를 사랑하고 정의를 지키려는 진보적이고 진취적인 인물임을 보여준다. 특히 평소에 노브라 차림을 하고 다니는 루시의 모습은 관습적 구속을 싫어하는 자유로운 영혼의 소유자임을 잘 보여준다. 특히 우스갯소리로 자신이 '고 토플리스 데이'의 선각자라고 말하는 부분은 양성평등에 관한 그녀의 분명한 입장을 보여주는 것이기도 하다. 이 지점에서 우리는 앞으로 전개될 남성적 시선과 욕망이 그녀의 자유와 평등에 대한 욕망과 충돌하게 될 것임을 짐작할 수 있다. '고 토플리스'의 주장은 '당신의 가슴을 자유롭게 하라! 당

Go Topless Day는 미국 여성의 참정권이 처음으로 보장된 1920년 8월 26일을 기념하여 매년 8월 26일에 개최된다.

신의 마음을 자유롭게 하라!(Free Your Breasts! Free Your Mind!)'로 요약할 수 있다. 여성 또한 남성과 마찬가지로 헌법에 보장된 권리, 즉 공공장소에서 상의를 벗고 다닐 수 있는 권리를 누릴 수 있어야 한다는 것인데, 남녀평등의 지평이 노동과 인권을 거쳐 문화와 생활 속으로 지평을 넓혀가는 상징적인 주장이라고 할 수 있다.

한편 그레고리는 1차 걸프전 참전 용사를 만나 전쟁터의 실상을 듣게 되고 갑자기 입대를 신청했다고 한다. 그리고 파병된 이라크에서 지뢰를 밟게 되어 하반신이 날아가게 되고 상반신과 목숨만 부지한 채 돌아오게 되었고, 이와 같은 모순적인 행위가 무엇으로부터 기인하게 되었는지는 나중에 밝혀지게 된다. 어쨌든 이 시위를 취재하기 위해 현장에 기자로 참여했던 리우는 루시를 이곳에서 처음 보게 된다.

> 여기까지 얘기하다 루시는 갑자기 티셔츠를 훌렁 벗었다. 등이 온통 상처투성이였다. 그레고리가 채찍질한 거라고 했다. 이리저리 찢긴 상처에서 피가 흘러나와 말라붙은 등을 상상하니 끔찍했다. 채찍질 당할 때면 루시는 주문에라도 걸린 듯 이불을 뒤집어쓰고 꼼짝하지 않았다고 했다.
>
> "참 이상하게도 그렇게 맞아도 아프지 않았어요."
>
> 내 상상과 달리 그렇게 말하는 루시는 무엇엔가 홀린 표정이었다.
>
> 그레고리가 처음부터 무작정 채찍질을 한 것이 아니었던 모양이다. 그레고리는 두 손을 목발처럼 사용했다. 두 손을 바닥에 짚고 휠체어에서 뛰어내려 루시 곁으로 다가왔다. 마음이 급하면 침팬지가 점프하듯 두 손에 힘을 주어 몸을 훌쩍 날리기도 했다. 그레고리의 몸이 루시 엉덩이에 올라탈 때면 루시는 본능적으로 두 다리를 한껏 벌려주기도 했다. 하반신 대신 그의 상반신을 그대로 몸 안으로 받아들일 수 없는 자신이 안타까울 따름이었다. 그레고리는 때로는 혀로, 때로는 손으로, 때로는 뭉툭한 상반신으로 그녀를 애무했다.

"정말 미칠 것만 같았어요. 제가 참지 못하고 신음을 내면 그레고리는 채찍을 휘둘러요. 그러면 불개미 수천 마리가 몸 위에서 바글거리는 느낌이에요. 저는 채찍 손잡이가 남자 성기처럼 생겨서 그걸 제 질속에 밀어 넣을 줄 알았어요. 그런데 한 번도 그렇게 하지 않았어요. 왜 그랬을까요? 제 몸이 계속 처녀로 남아 있길 바란 걸까요? 남자들은 모두 바보 같아요. 그때 전 이미 처녀가 아니었어요. 고등학생 때 몇 번 경험했거든요. 가방에 늘 콘돔이 있었어요. 우리 학교에는 저처럼 금발에 푸른 눈의 여자애가 많지 않았어요. 남자애들은 모두 저랑 자고 싶어 했어요." (19-20)

그레고리는 자신이 루시를 성적으로 만족시켜 줄 수 없는 상황이 되자 한편으로는 주변의 남자들과의 관계를 의심하고 다른 한편으로는 루시를 채찍질한다. 이와 같은 그레고리의 행태는 자신의 불행과 장애에 대한 분노와 자책에서 비롯된 것이다. 상반신만으로 루시에게 다가가는 그레고리의 모습은 애처롭고 안타깝다고 할 수 있는데, 루시는 그레고리의 이러한 폭력을 묵묵히 감내하며 받아들인다. 이불을 뒤집어쓰고 꼼짝도 하지 않고 채찍질을 받아들이는 루시는 그렇게 맞는 것이 하나도 아프지 않다고 말한다. 이것은 루시가 그레고리의 아픔과 분노를 함께 나누는 방식이면서 동시에 그와 같은 폭력을 내면적으로 정당화하는 방식이기도 하다. 그녀는 남편이 성적으로 자신을 만족시켜 줄 수 없음에도 불구하고 성적인 욕망이 생기는 것에 대해 죄의식을 느낀다. 천한 사생아라는 미천한 신분에 대한 자격지심은 자신의 욕망을 불경스럽고 더러운 것으로 여기도록 만들었으며, 자신을 채찍질 당해 마땅한 존재로 비하하게 된 것이다.

자신의 몸이 계속 처녀로 남아 있길 그레고리가 원했던 건 아닐까라고 말하다가 이야기는 맥락 없이 자신이 예전부터 남자들에게 인기가 많았으며, 이미 처녀가 아니라고 말하는 부분으로 자유연상된다. 남자들이 모두 바보같은 건 객관적 사실일수도 루시의 주관적 판단일수도 있지만, 그녀는 자신이 성적인 대상으로 인기가 많은 것을 항상 신경 씀으로써 자신마저도 스스로를 성적으로 대상화한다.

> 페레즈 신부처럼 고상한 미국인은 처음이었다. 신부는 성경과 관련한 강론을 많이 하지 않았다. 신앙과 영어가 왜 필요한지를 늘 강조했다.
>
> "여러분도 미국 주류사회에 충분히 진출할 수 있습니다. 신앙과 영어, 두 가지 기본만 갖추면 됩니다. 언제라도 여러분 앞을 가로막은 장벽을 허물 수 있습니다."
>
> 미사가 끝나자 한 한국인이 사람들을 비집고 루시에게 다가왔다.
>
> "This place seems even more beautiful when you're here."
>
> (이 곳은 왠지 당신이 있어 더 아름다운 것 같아요.)
>
> 미국인 못지않은 유창한 영어로 루시를 칭찬한 사람은 얼마 전 플러싱에 차 정비소를 연 한국계 미국인 김기중이었다. (…) 나이가 마흔에 가까웠던 그는 한국 여자 열댓 명과 연애했지만 아직 미혼이었다.
>
> "한국 여자와 연애할 순 있지만 결혼까지는 하기 싫어요. 결혼은 꼭 다른 인종과 할 거예요."
>
> "자넨 다른 사람과 거꾸로구먼. 남들은 연애는 다른 인종과 해도 결혼은 꼭 한국 사람과 한다던데. 왜 이러시나? 장가들지 않기로 아예 작정한 건가?"
>
> 내가 핀잔했더니 그가 정색하고 속내를 드러냈다.
>
> "형님, 저는 진짜입니다. 그냥 한국 여자하고 결혼할 거면 뭐 하러 미국에 살겠습니까. 결혼해서라도 미국 주류사회에 진출하고 싶은 게 평생의 꿈입니다. 형님은 그렇지 않으신가 봅니다." (20-21)

이 작품의 배경은 뉴욕시 퀸즈타운의 플러싱 구역이다. 맨하튼의 화려함과 풍요로움, 성공의 아이콘을 늘상 부러워하며, 자신들도 주류가 되고자 하는 꿈을 포기하지 않고 살아간다. 페레즈 신부의 강론은 이와 같은 배경을 이해하고 듣는다면 지극히 현실적이다. 너의 삶을 업그레이드 하고 싶다면 신앙을 가지고 영어를 배우라는 것이다. 신앙은 더 이상 믿음의 문제가 아니라 미국의 주류사회에 들어가기 위해서 지녀야 할 필수 자격증 같은 것이다.

뉴욕 퀸즈의 플러싱(Flushing)지역

연애는 한국 여자와 할 수 있지만 결혼은 백인과 하고 싶어하는 아는 동생 김기중은 미국 비주류의 욕망을 날 것 그대로 드러낸다. 결혼은 이제 사랑과 결부된 행위가 아니라 주류사회에 진출하는 수단으로 전락한 것이다. 비주류의 삶에서 진정한 사랑은 사치품이거나 불필요한 것으로 인식된다. 사랑 없이 상대방을 출세의 도구로 여기는 존재, 상대를 이용하고 물어뜯으며 나의 삶을 꾸려나가는 존재들은 좀비와 다를 바 없다. 좀비같은 김기중에게 루시는 외면적으로도 아름답겠지만, 자신의 출세 욕망에 비추어봤을 땐 더욱 아름다운 존재일 수 밖에 없다. 이곳이 당신이 있어 더 아름답다는 말은 그래서 단순한 사탕발림이나 거짓된 유혹의 말이 아니라, 기중의 욕망이 투사된 진심어린 표현이라고 할 수 있을 것이다.

아메리카 드림을 찾아서 왔으나……

샹샹은 어엿하게 보이려고 애를 썼다. 당장 갈아입을 옷가지도 없는 처지였지만, 비굴하지 않고 당당하게 말했다.

"아저씨가 저를 도와주시면, 내년부터 일해서 다 갚을게요."

"어휴, 지금 이 다락방 꼬락서니만 봐도 감이 잡히지 않니? 여기에 트렁크를 맡겨놓고 다른 곳으로 일하러 간 아줌마들이 모두 몇 명인 줄 아니? 지금 네가 입은 옷도 그 아줌마들 트렁크에서 꺼낸거야. 내 처지로는 당장 너를 플러싱까지 데려온 브로커 비용 500달러조차도 대주기 벅차다." (…)

이렇게 샹샹의 두 달 치 방세와 간단한 살림도구, 입을 옷가지 몇 개를 마련하느라 하룻밤 사이에 2,000달러를 날렸다. 지갑도 은행계좌도 텅텅 비어버리고 말았다.

'어이쿠, 영웅이 미인을 구하는 것도 아니고, 당장 제집 쌀독 바닥나는 줄도 모르고 한바탕 잘난 척하다가 이게 무슨 꼴이람?'

돈이 이렇게까지 없었던 적은 이때가 처음이었다. 한주 내내 싸구려 라면만 먹으면서 주급이 나오는 금요일 오후만 기다렸다.

그만둔 지 한참 되었던 아르바이트도 다시 시작하기로 했다. 매주 금요일과 토요일에 파트타임 했던 트라이베카의 액자가게로 염치없지만 다시 찾아갔다. (28-29)

샹샹은 부모님과 함께 미국으로 밀입국을 시도하다가 혼자 미국에 던져진 아직은 미성년인 중국인 소녀이다. 리우의 동생과 학교친구였던 그녀는 리우의 도움으로 미국에 정착하게 된다. 밀입국과 이를 도와주는 브로커, 돈으로 거래되는 밀입국자의 상황 등은 이민과 이주와 관련된 미국의 실상을 잘 보여주는 것 같다. 리우는 영주권도 없이 살아가는 딱한 처지에 놓이게 된 밀입국자들을 자신의 사비를 털어서 도와주고 있다. 리우의 집에 트렁크를 맡겨두고 돈을 벌기 위해 이곳저곳에서 일하는 밀입국자들은 미국에서 힘들고 더럽고 위험한 저임금 노동에 투입된다. 밀입국 과정에 드는 비용이나 밀입국 과정에서 경찰에 붙잡힌 가족을 빼내기 위한 돈을 벌기 위해 때로는 성매매를 할 수밖에 없는 여성들도 생기게 된다. 화려하고 풍요로운 자본주의의 상징 뉴욕의 주변부에 사는 소수인종들의 삶은 고난하고 빈곤하고 비참하다. 리우는 기자이자 작가로서 그 스스로도 망명하여 살고 있기 때문에 이들의 아픔을 그냥 지나칠 수가 없었다. 리우의 도움을 받는 대표적인 인물이 바로 샹샹이라는 중국 여성과 채희라는 한국인 여성이다. 리우는 코리언 차이니즈 아메리칸이기 때문에 중국 출신과 한국 출신의 밀입국자들을 모두 외면할 수 없는 것이다. 리우는 이처럼 호의와 선의를 지닌 인물로서 세간의 좋은 평판을 유지하며 살아간다. 그러나 성인군자와 같은 그의 겉모습과는 달리 그는 내면의 욕망과 힘겹게 싸우고 있는데, 작가는 이와 같은 인간의 양면성이야말로 인간의 본질이라고 이야기하고 있다.

> 내가 이렇게 제멋대로 갖다 붙였는데도 모두 감탄했다.
>
> 아! 생명, 사랑, 젊음, 여자라니 이 얼마나 멋진 해석인가. 두툼한 장편소설도 아닌, 한 점의 드로잉에 불과한데도, 이렇게 깊은 철학을 내포하고 있다니. 사람들은 단 한 점만으로 그런 심오한 사상을 표현해낼 수 있는 미술 자체의 위대함에 감탄했던 것 같다. (…)
>
> 전시가 열리고 얼마 지나지 않았을 때, 주류 언론들은 올해 첼시에서 경매 최고가를 경신한, EJ 화백의 〈카즈믹(Cosmic)〉, 또는 〈움(Womb)〉으로 제목을 단 이 작품에 대해 격찬했다. 그 다음 달 세계적으로 권위 있는 드로잉 전문 월간지에서는 두 제목을 하나로 합쳐 아예 〈카즈믹 움〉으로 작품을 소개했다.
>
> 카즈믹은 우주, 움은 자궁이다. EJ 화백의 유작은 〈우주의 자궁〉이라는 멋진 이름으로 그해 첼시를 뜨겁게 달군 최고의 화제작이 되었다.
>
> 그런데 조한나와 시실리아는 이때 일에 관해 어디서 주워들은 소식인지, 한참 와전된 이야기를 주고받고 있었다.

"그게 글쎄, 있잖아요. 원래는 EJ가 배추를 그린 그림이었다네요. 액자가게에서 파트타임으로 일하는 어떤 바보 같은 작자가 와이어를 잘못 달아서 액자의 탑과 바텀을 바꿔놓았다지 뭐예요. 그러니까 거꾸로 걸린 배추 그림을 보고 정신 나간 비평가들이 제멋대로 생명이니, 사랑이니 온갖 의미를 붙여대면서 결국 〈카즈믹 움〉이라는 어마어마한 이름까지 달았대요." (38-39)

이 장면은 다소 유머러스한 부분이기도 한데, 과연 '예술이라는 것에 대한 객관적이고 공평한 평가나 판단이 가능한가'라는 의문이 드는 장면이다. EJ 화백의 제목도 없고, 의미를 파악하기도 힘든 그림을 보고 리우는 그 작품이 파란색과 붉은색을 절묘하게 조화시켜 생명과 사랑을 표현하고 있다고 말한다. 생명과 사랑, 젊음과 여성을 상징하는 이 그림은 갤러리를 거쳐 〈우주의 자궁〉이라는 거창한 이름을 달고 평단의 호평을 받으며 비싼 값에 팔리게 되었다. 그러나 실상은 화가가 고향에 내려가 배추를 그린 것일 뿐이다. EJ가 미국 오기 전 들른 고향에 가을배추가 한창 자라고 있어 그 배추를 그렸다고 아내에게 말하는 장면이 나오면서 배추에 관한 소문이 사실임이 입증된다.

그가 진지하게 그린 그림은 아무도 알아주지 않는데, 장난삼아 그린 그림은 높이 평가받는다. 아내 에리카의 냉소적인 한탄과는 정반대로 그림은 정말 잘 팔렸고, 훗날 이 돈은 루시의 학자금으로 쓰이게 된다. 리우가 루시의 은인이 된 셈이다. 인연은 이처럼 의외적이다.

한편 루시는 어릴 적부터 자신이 혼혈인 것이 너무도 싫었다. 백인 어머니에 동양인 아버지를 두고 있으니 당연히 자신이 혼혈일 것이라고 생각했다. 루시는 혼혈로 또래 친구들에게 놀림을 당할까봐 노심초사했고 악몽을 꾸기까지 한다.

'이 더러운 여자가 나를 이런 잡종으로 만들어 버린 거야.'

루시가 엄마에게 내린 최종판결이었다.

그 이후 루시는 독립했다. 처음 혼자 지낼 때는 시도 때도 없이 〈튀기〉에 등장하는, 절반은 고양이고 절반은 양인 별난 짐승이 자기일지도 모른다는 악몽에 시달렸다. 하지만 루시는 보통 혼혈아들처럼 아빠와 엄마를 절반씩 닮아 가지 않았다. 금발, 푸른 눈, 흰 피부, 게르만계나 켈트계일 가능성은 있었지만 결코 아메라시안은 아니었다.

그때부터 루시는 아빠가 한국인이라는 사실을 누구한테도 말할 수 없었다. 그렇게 이야기하면 누구라도 그녀의 엄마가 한국인 남편 몰래 다른 남자와 관계해서 낳은 딸이라고 의심할 터였기 때문이다. 혼혈에 따른 혹심한 차별은 겪지 않아 다행이라고 여겼지만, 한편으론 생부에 관해 한 번도 이야기해주지 않는 엄마에게 불만이 많았다. (54)

루시가 혼혈이라는 사실에 괴로워하는 이유는 인종의 용광로라고 불리는 미국이지만 혼혈과 유색인종에 대한 차별이 여전히 존재하고 있기 때문이다. 루시는 자신이 혼혈로 태어난 것을 엄마 에리카의 탓으로 여기고 원망한다. 그러나 그녀는 성장하면서 아메라시안의 특징을 전혀 보이지 않는다. 에리카는 남편 EJ가 조교랑 바람을 피웠다는 사실을 알게 되고, 자신도 남편에게 복수하기 위해 맞바람을 폈는데, 그때 낳은 아이가 루시인 것이다. 루시는 혼혈이라고 놀림을 받지 않아도 되는 상황에 내심 안도하면서도, 아빠가 한국인이라는 사실을 말할 수 없었는데, 그 사실이 알려지게 된다면 혼외자의 자식인 것이 들통나버리기 때문이다. 한편으론 혼혈이 아닌 것이 다행이기도 하지만 아버지가 누구인지도 모르는 어머니의 부정의 결과물인 것도 서글프기는 마찬가지이다.

그런데 EJ는 루시가 자신의 자식이 아닌 것을 알고도 친딸처럼 사랑으로 대해주었다. 자신에게 자상하고 평소에도 성질을 부리지 않는

착한 아빠의 이미지를 간직한 루시가 볼 때, 억척스러운 엄마는 아빠에게 폭군이나 다름없었다. 급기야 생선가게에 들어온 도둑을 따라가서 붙잡지 않았다는 이유로 생선을 기절시킬 때 쓰는 고무망치로 아빠의 뒤통수를 후려치게 되었는데, EJ는 이 사건을 계기로 집을 나가게 된 것이다. 고무망치로 얻어맞은 EJ는 "아, 바로 지금이다." '이 바보야. 이 지긋지긋한 삶을 지금 때려치우지 않고 또 어느 때를 기다린단 말이냐!'(68)라고 결심하며 가출을 한 뒤 자취를 감춘 채 노숙자의 삶을 살게 된다. 집을 나서면서 EJ는 "아빠는 죄를 많이 지었으니 고해하러 간단다."(69)라고 루시에게 말했는데, 가출은 그에게 가족에 대한 속죄이자 무능력하게 아내에게 얹혀사는 비루한 삶을 끝내려는 의지로 해석될 수 있을 것이다.

> 영원히 되돌아보고 싶지 않은 쓰린 기억이었다.
>
> 아내가 먼저 미국으로 돌아간 뒤 얼마 지나지 않아 해고된 EJ는 한국의 지방대 몇 곳에서 시간 강사로 생계를 꾸리는 한편 계속 작품을 만들었다. 하지만 몇 년 지나자 그의 작품을 전시하겠다고 나서는 갤러리가 더는 없었다. 미대 교수가 제자와의 불륜으로 교수직을 잃고 나면, 작품 활동 역시 막대한 영향을 받을 수밖에 없는 게 현실이었다. 그러나 EJ 작품이 한국에서 거의 팔리지 않았을 뿐만 아니라 대부분 갤러리에서 꺼린 데는 다른 이유가 있었다.
>
> 어떤 때는 트럭만큼 큰 것을 '엎어놓으면 부처님 뒤통수가 되고 그냥 보면 귀가 되는 작품'이라고 소개하면서 전시해 달라고 하는가 하면, 어떤 때는 아이들 장난감처럼 자그마한 것을 소개하면서 이 작품은 '빛' 또는 '바늘구멍'이라고 설명했는데, 실제로 그것을 알아보는 사람은 작가 본인 외엔 아무도 없었던 것이다. 그렇게 몇 해가 흐르자 강의할 곳도 없고 작품도 팔리지 않자 EJ는 미국으로 돌아갔다. 이제는 그가 명문 컬럼비아대 대학원을 나와 한국 대학에서 모교 역사상

최연소 교수로 임명되었던 굉장히 촉망받는 설치작가였다는 사실을 아는 사람은 아무도 없었다. (63-64)

한국에서 미대를 졸업하고 미국 컬럼비아 대학에 유학을 온 EJ는 아르바이트를 하던 네일가게 주인의 딸인 에리카를 만나게 된다. 뉴욕에서 가장 못사는 동네 중 하나인 퀸즈타운, 그중에서도 가장 수준이 낮은 플러싱에서 고등학교도 제대로 졸업 못한 에리카에게 EJ는 신분 상승을 위한 유일한 구세주였고, 그와 결혼하기 위해 "몸과 마음과 돈과 젊음"을 바쳐 그를 내조했다. 마침내 한국에서 모교 역사상 최연소 교수가 되었지만, 남편 EJ는 제자와 바람이 난 것이다. 스승과 제자의 흔해 빠진 로맨스로 치부하고 눈감아 주기에는 그간의 고생과 첫 아이의 사산 등 상처가 너무 깊었다. 결국 가위를 들고 남편의 학교를 찾아가게 된다. 이들의 행적은 소문이 나게 되고 EJ는 불륜을 저지른 부도덕한 교수로 낙인찍혀 교수직을 박탈당하게 된다. 교수직을 잃게 되면서 미술 활동에도 타격을 입게 되고, 그의 작품은 전시되지도 팔리지도 않게 된다.

그의 작품이 평가받지 못하는 더 큰 이유는 스캔들보다는 그의 기이한 태도 때문이다. 그는 도무지 미술관계자들을 설득할 의지가 없어 보였는데, 그 결과 그의 작품을 온진히 이해힐 수 있는 사람은 그 자신뿐이게 되었다. 어떻게 보면 미술 작품은 작가의 설득력 있는 해설과 무관하다고 할 수 없다. 그의 설치 작품들은 너무도 난해하고 기이할 뿐 아니라 평단을 설득하고 공감을 얻기 위한 그의 노력마저도 부재한 까닭에 점차 잊혀지게 된 것이다. 그의 작품 〈우주의 자궁〉이 리우를 만나 - 비록 엉터리였긴 하지만 - 그럴듯한 설명과 해석을 얻게 되자 평단의 극찬을 받은 사실은 아이러니하게도 점차 난해해져 가는 미술계의 현실을 반영하고 있는 것 같아 씁쓸함을 자아낸다.

자유와 욕망을 찾아서

EJ의 부정과 에리카의 맞바람이 초래한 불행한 결혼생활은 루시의 자존감에 깊은 상처를 남긴다. 앞서 보았던 것처럼 어릴 적 그녀는 혼혈이라는 사실에 전전긍긍했고, 나중에는 사생아라는 사실이 그녀를 괴롭혔다. 출생의 비밀에 관한 그녀의 상처는 엉뚱한 욕망을 내면에서 불타오르게 만들었다.

> 루시는 그날 호숫가에서 자신의 비밀을 페레즈 신부에게 털어놓고 나서부터는 마음의 열병을 앓기 시작했다. '불타는 열병'이었다.
>
> '성적인 접촉이 금지된 신부와 영적으로 하나 되는 길로 겁 없이 걸어가도 되는 걸까?'
>
> 끝없이 자신에게 반문하던 루시는 문득 강렬한 자신감이 생겼다.
>
> '비록 천한 사생아로 태어났지만, 나에게는 귀족 같은 금발과 푸른 눈이 있어. 마음먹고 꾸미면 얼마든지 화려하고 섹시하게 보일 거야. 비록 나이는 서른 가깝지만 난 여전히 젊고 건강하고 섹시해.'
>
> 그녀 스스로도 이해할 수 없는 논리적 비약이었지만, 자신감은 그녀를 '불타는 열병' 속으로 떠밀었다. 이미 너무 깊숙이 신부에게 빠져들었다. 설사 그레고리가 자기 마음을 눈치채고 경계한다 해도 어느 날 꿈같은 순간이 들이닥친다면, 절대 거절하지 않고 행복하게 그 순간을 경험하고 싶었다. 그때부터 그녀는 샤워를 마친 다음에도 한동안 거울 앞에 멍하니 서서 자신의 몸 여기저기를 살펴보곤 했다. 늘 보던 익숙한 몸이지만 구석구석까지 살펴보기는 처음이었다.
>
> "거울 안에서 발가벗은 내가 나를 바라보고 있었어요." (72-73)

루시는 페레즈 신부에게 자신의 아버지가 한국인이라는 사실을 털어놓는다. 페레즈 신부는 루시와 영적으로 하나가 되자는 제안을 하고 루시는 그 말의 뜻이 무엇인지에 대해 고민한다. 그리고 그녀는 신부의 말을 육체의 결합으로 받아들이고, 신부의 제안을 받아들이기로 결심한다. 그녀는 금발에 푸른 눈을 가진 자신의 외모에 자신감을 가지게 되는데, 외모에 관한 자신감은 그녀가 사생아이기 때문에 지닐 수 있는 것이다. 지금껏 사생아라는 사실이 그녀의 치부로 작용했었다면 이제 그녀는 그것을 자신감으로 받아들이려 한다.

프로이트가 '억압된 것은 반드시 회귀한다'라고 말했던 상황이 발생한 것인데, 루시의 이러한 심리적 과정은 억눌린 자존감에 대한 일종의 오기이자 반항에서 비롯된 것이며, 오기와 반항은 일탈에 대한 용기를 제공한다. 그녀 스스로도 이해할 수 없는 이러한 심리적 과정을 겪은 후, 영혼의 하나됨을 육체의 하나됨으로 해석한 것이 정확한 것인지에 대해서 확신할 수 없지만, 그와 같은 해석에 자신을 내맡기기로 결심하게 된다.

다른 한편으로는 루시는 그레고리와의 결혼생활만으로는 자신의 욕망을 채울 수 없기 때문에 위험을 감수하고서라도 기꺼이 신부와 육체적 관계를 맺고자 한다. 이렇게 마음을 먹게 되자 그녀는 익숙하지만 낯선 자신의 몸을 여기저기 구석구석 살펴보게 된다. '발가벗은 내가 나를 바라본다'는 말은 자신의 욕망을 감추지 않고 솔직해진 자신과 대면하게 된다는 말을 의미한다. 그녀는 마침내 그레고리의 욕망에 자신을 가두지 않고 자신의 욕망을 직시하며, 자신의 욕망을 추구하기 위한 준비를 마친 것이다.

어느 날부터인가 그레고리는 루시 앞에서 자신을 낮추기 시작했다.

그동안 자신이 몸통 절반까지 잃어버리는 위기를 겪은 것은 젊은 시절, 하루라도 빨리 성공하여 이름을 날리고 싶었던 마음에서 비롯되었음을 깨달은 것이다.

'나 자신의 그릇 크기만큼 살아야 했어. 실제보다 더 커지려다가 그만 '구멍'에 빠져버린 거지.'

그레고리는 휠체어에 앉아서 조금씩 자기에게서 멀어져 가는 아내 루시의 변화를 지켜보며 작품의 주요 모티브를 구상했다. 이미 자신을 살아 있으나 죽은 자와 다를 것 없는, 좀비 정도로 여겼다. 나보다 나를 작게 만들었다면, 이 구멍에서 무난히 빠져나갔을 텐데, 그렇게 하지 못해 좀비가 되어 버렸다고 자책했다.

'그래 맞다. 내 위기는 나보다 큰 나를 보여주려다 생겼다. 지금이라도 먼지처럼 작아질 수만 있다면 위기를 분명 극복하게 될 것이다.' (80)

그레고리는 전쟁터에 나가 하반신을 잃는 부상을 당했음에도 불구하고 자신에게 닥친 불행을 극복하고 미술가로서 재기하기 위해서 노력한다. 그러면서 그는 자신이 이와 같은 불행을 당하게 된 이유에 대해서 성찰한다. 그가 참전한 이유에 대해 다른 핑계를 대고 진실을 외면해 왔지만, 결국은 '돈' 때문이었던 것, 그로 인해 반전 시위에 참석했던 자신을 기만했던 것이 원인임을 인정하게 된다. 하루빨리 성공하여 이름을 날리고 싶었으며 성공과 출세를 위해서는 돈이 필요하다는 사실. 이러한 욕망으로 인해 그는 자신의 그릇에 과분한 명성과 출세를 꿈꾸게 되었고, 그 결과는 참담한 부상이었던 것이다.

이와 같은 자성을 통해 그는 먼지만큼 작아지려 한다. 죄를 지었으니 고해하러 간다는 EJ의 말에 공감하며, 욕심과 욕망으로 가득했던 자신을 참회하는 심정으로 창작에 매진하려는 것이다. 그가 착안해 낸 것은 바로 '좀비'였는데, 상반신과 하반신이 잘려버린 자기 자신을 좀비로 형상화하려 한 것이다. 루시와 리우는 그레고리의 창작을 함께 도와주게 되는데, 이 일로 둘은 급속히 가까워지게 되고 불륜을 저지르는 사이가 된다. 이들은 오로지 피를 향해 달려드는 좀비를 형상화하기 위해 만났으나 스스로 욕망을 향해 달려드는 좀비가 되어버린 것이다. 그러나 아직 그들은 만나지 못했고, 루시는 아직 페레즈 신부에게 매달려 있다. 루시는 그레고리 몰래 페레즈 신부를 모텔에서 만난다. 그레고리는 루시에 대한 의처증이 생겨 그녀를 추적하는 앱 뿐만 아니라 가방과 구두에 도청장치를 달아두었다. 그런데 모텔에서 엿들은 대화는 그레고리의 상상과는 다른 방향으로 흘러간다.

> "신부님, 이대로는 못 가요."하고 루시가 신부에게 매달리는 소리가 울려왔다.
>
> 그레고리는 당황스러웠다. 계속 이대로 엿듣다가는 진짜 어떤 일을 저지를지 모른다는 생각에 두려웠다. 이미 둘이 관계했을 거라고 여겼는데, 루시가 떠나려는 페레즈에게 매달리고 있었다.
>
> "루시, 여기서 멈춰야 해요."
>
> "저를 구원해주시면 안 되나요? 영혼으로 하나가 되자고 먼저 말씀하셨잖아요."
>
> "영혼으로 하나 되는 것과 육체로 부정해지는 건 다른 문제예요. 나는 당신을 구제할 사명이 있습니다."
>
> 구세주의 존귀하신 어머니,
> 영원으로 열린 하늘의 문이시며,
> 바다의 별이시여,
> 넘어지는 백성 도와 일으켜 세우소서.
> 당신의 거룩한 창조주를 낳으시니
> 온 누리 놀라나이다.

> 가브리엘의 입에서 나온 인사를 받으신 후에도
> 전과 같이 동정이신 이여,
> 죄인들을 어여삐 여기소서.
>
> "이제 저는 어떻게 해야 하나요?"
> "하나라도 숨김없이 당신의 모든 이야기를 나한테 들려주세요. 당신의 보속을 약속하겠습니다. 당신을 위해 통회 기도를 바치겠습니다."
> 그러나 신부의 목소리는 떨리고 있었다. 그는 이미 기도하면서 자신이 한 여자에게 '넘어지는 백성'임을 인정했고 자신을 '죄인'이라 불렀다. 섹스의 유혹에서 벗어나기 위해 필사적으로 노력하고 있었다. (85-86)

신부와 아내가 필경 부정한 짓을 저지를 거라 생각했지만, 페레즈는 안겨드는 루시를 제지한다. 루시는 육체적 결합을 구원이라고 말하지만, 페레즈는 부정해지는 것이라고 거절한다. 루시는 "신부님이 원한 건 하이먼(처녀막)일지도"(75) 모른다고 속으로 생각하며, 처녀가 아닌 걸 알고서는 부정한 여자로 판단한 것으로 짐작하고는 분노한다. 하지만 페레즈는 잠시 육체적으로 루시에게 유혹되었으나, 이 유혹에서 벗어나기 위해 필사적으로 애쓰고 있을 뿐이다.

유혹에서 벗어나기 위해서 페레즈는 루시에게 그녀 자신에 대한 모든 이야기를 들려달라고 말한다. 한 인간을 성적인 도구로 여기지 않기 위해서는 그에게서 인간적인 면모를 확인해야 한다. 그 사람의 성장 과정과 과거 이야기를 들으며, 함께 웃고, 울고, 분노하고, 즐거워하다 보면, 어느새 성적 대상이 아니라 한 인간을 마주하고 있음을 깨닫게 된다. 따라서 루시는 자신에 관한 아무 이야기나 하면 되는 것이었다. 페레즈가 알고 싶어하는 것이 무엇인지, 그를 잡기 위해서 무슨 이야기를 해야 할지 몰랐지만, 루시는 어느새 자유롭게 기억나는 대로 이야기를 하게 된다. 이야기를 들려주면 보속을 약속하겠다던 페레즈의 말은 실현되었다. 페레즈는 성공적으로(?) 루시를 향한 육체적 욕망으로부터 벗어났으며, 루시 또한 자신의 이야기를 하고 난 후 그레고리에 순종하지 않게 되었으며, "이번에는 꼭 새로운 인생을 시작해야 해. 안 그럼 진짜 끝장이야."(79)라고 다짐하게 된 것이다.

"미스터 리우, 나를 곤란하게 만들진 않을 거죠? 맞죠?"
미국 사람들의 모호한 질문법에 익숙한 나 역시 모호하게 대답했다.
"사랑하면서 동시에 현명해질 수는 없잖아요."
"그럼 어떻게 하면 되나요? 이 감정이 뭔지 모르겠어요."
"그냥 부딪치고 보는 거죠, 뭐."
"제가 그렇게 해도 되는지 아닌지 몰라서요."
"당신이 바보가 되지 않는다면, 저는 얼마든지 그 바보 역할을 뛰어넘을 수 있을 거예요."
내가 훨씬 더 모호하게 대답해 버리자 루시가 말했다.
"그럼, 그냥 해보는 거예요. 당신 알지요?"
"그야 물론이죠."
나는 머리를 끄떡이며 가볍게 그녀를 끌어당겼다. 그녀를 내 어깨에 기대게 하고 싶었다. 하지만 그녀는 머뭇거리며 쉽게 안기려 하지 않았다. 조금 전 병풍을 사이에 두고 보여준 태도와는 딴판이었다. '한번 해보는 것'이라고 약속까지 했는데도 그녀의 몸이 굳어지는 이유를 추측할 수 있었다.
'이 여자는 몸과 마음이 얼마나 서로 갈등하고 있는 것인가.'
나는 잡아당기던 걸 멈추고 어깨에 손을 얹은 채 다정하게 쓰다듬으며 말을 이어갔다.
"걱정하지 말고, 마음을 편히 가져요. 힘들어하지 말아요." (…)
"사랑은 홍역 같아요. 누구나 한 번씩 심하게 앓아요. 하지만 다음에 또 걸릴까 두려워할 필요가 없지요. 사랑도 그래요. 큐피트는 같은 가슴에 화살을 두 번 쏘지 않는다고 해요." (110-11)

그레고리에게 순종하지 않겠다던 다짐을 하고 새로운 인생을 시작하기로 결심한 루시는 자신을 도와 〈좀비〉를 함께 준비하던 리우에게 이끌린다. 리우는 오래전부터 루시를 천사라고 생각하며 그녀를 흠모해 왔다. 충동적으로 루시의 귀와 얼굴을 쓰다듬게 되자 루시는 그의 손가락을 강하게 깨문다. 손가락을 강하게 깨무는 행위는 리우의 행동으로 자신의 육체적 욕망이 비로소 눈을 뜨게 되는 오랜만이면서 낯선 감각적 각성에 대한 반응이다. 스스로 놀랍기도 하면서 이 자극에로 나아가기 위한 각오의 의미가 혼재되어 있다. 루시는 각오를 하면서도 갈등하고 있다. 그냥 한 번 해보는 것이라고 약속했음에도 루시의 몸은 경직되어 있고 리우의 손길에 온전히 자신을 내맡기지 못한다. 그러나 조금씩 마음의 경계를 풀면서 그렇게 둘은 육체적으로 하나가 되어 간다.

루시와 리우가 육체적 욕망에 빠져 서로를 탐닉하게 된다. 그들은 육체적 관계를 이어가지만, 루시는 이 관계에 대해 끊임없이 갈등한다.

섹스하는 동안 루시는 예쁜 각시인형을 떠올렸다. 눈앞이 잘 보이지 않는 게 눈물 때문인지 땀 때문인지 알 수 없었다. 체위를 바꾸어 성기와 돌기가 부딪치는 모습을 보고 싶었다. 처음엔 조금 겁이 나긴 했다. 이 쾌감과 흥분이 성기와 돌기가 부딪치는 순간 순식간에 사라져버릴까 봐 눈을 꼭 감아버렸다.

루시의 두 팔이 내 등을 꽉 부둥켜안았던 것도 바로 그 순간이었을 것이다.

> 아. 예쁜 각시인형, 불쌍해서 어떡하니. 벌써 저녁 어스름이 내리고 밤도 곧 올 건데.
>
> 그녀는 느닷없이 눈앞에 떠오른 안데르센의 〈그림 없는 그림책〉 속의 그 밤, 그 인형을 떠올렸다. 인형으로 바뀌어 버린 자기의 예쁜 외음부 돌기가 성기에 짓뭉개지는 모습을 보면서, 음모 속에서 방울 달린 삼각모자를 쓴 작은 요정들이 우르르 몰려나와 손가락으로 돌기를 가리키며 낄낄대는 듯했다.
>
> 아이는 얼마나 무서웠을까.
> '하지만 우리가 잘못한 게 없다면 나쁜 귀신이 우리를 해치진 않을 거야. 그런데 뭔가 잘못을 저지른 게 있지 않을까.'
> 아이는 잠시 생각했어.
> "아, 있다. 다리에 빨간 천 조각을 매단 가엾은 새끼오리를 보고 웃은 적 있었지."
>
> 그녀가 페이스북에 올린 글은 안데르센 동화 〈그림 없는 그림책〉의 스물두 번째 밤 이야기였다. 나는 그다음 섹스를 하면서 비로소 '예쁜 각시인형'이 무엇을 가리키는지 알 수 있었다. (114-16)

안데르센의 〈그림없는 그림책〉은 시골에서 서울로 이주한 외로운 화기를 위해 자신이 보고 들은 새미있는 이야기블 전해주는 33편의 짤막한 달의 이야기들로 구성되어 있다. 22번째 이야기인 각시 인형 이야기는 전형적인 권선징악의 이야기가 아니다. 어릴 적 마주한 난관 앞에 느끼게 되는 공포와 불안을 해소하기 위해 아이는 지금 이 시련이 예전에 내가 저지른 잘못 때문일거라고 생각함으로써 그 공포와 불안을 견디게 되는 심리를 이야기하고 있다. 이러한 '합당한 징벌'을 통해 아이는 스스로 어려움을 감당하고 헤쳐나가는 성장을 이루게 되는 것이다.

섹스를 하는 동안 루시가 각시인형을 떠올린 것은 자신의 욕망을 향해가는 루시의 불안과 공포를 의미한다. 그것은 분명 불륜이며, 그레고리를 배신하는 행위이다. 하지만 그것은 또한 자신의 내면의 목소리에 귀를 기울이고 자신의 행복을 추구하는 일이기도 하다. 루시가 느끼는 쾌감과 흥분은 성기의 부딪힘으로 인해 사라질까 두려워할 만큼 간절히 바라왔던 욕망이며 충만한 느낌이지만, 다른 한편으로 그것은 불륜과 배신에 대한 비난과 죄의식을 동반하는 것이기도 하다. 자신의 불안과 공포가 자신이 지은 죄로 인한 것임을 인정함으로써 루시는 불안과 공포를 제어할 수 있게 되는 것이다.

그럼에도 불구하고 가엾은 루시는 자신의 선택을 스스로에게 납득시키기 위해 깊이 고민한다. 그리고 그 고민을 자신의 페이스북에 올려놓는다. 다음은 루시가 적은 글의 일부이다. 제목은 '빛을 건축하다'이다.

> 사랑하는 남자와의 흥분을 계속 이어가는 것만이 내 궁극의 목적이 아님을 미리 말해둔다. 아주 넓게 구심점도 없이 흩뿌려져 있는 은하의 별들처럼 나는 내 사랑을 온 세계에 스프레드 아웃 하고 싶다. 분산과 결집을 끊임없이 반복하며 나 자신이 그 안에서 사랑하며 성장하고 싶다.
>
> 어느 날 신은 그 같은 장난을 그만하라고 권고할지도 모른다. 그러나 나는 거부할 것이다. 남들이 다 하는 그런 사랑은 무의미하다고, 무의미를 좇기 보다는 나만의 사랑에 깊이 몰입하여 가슴으로 다시 녹여내고 싶다. 남녀의 들뜬 흥분의 빛이 아니라 둘이 함께 접혀 틈을 찾아 이동하듯 돌아가는 그런 사랑을 만들고 싶다. 눈에 보이지 않는 흥분 가운데 남자와 여자, 자연과 인공이 무리 없이 접히고 천사와 뱀이 화해할 것이다.
>
> 나의 길, 그 길은 사방으로 트였고 나와 함께 그 길을 걷는 사람은 새로운 맵을 작성하는 여행자이다. 그리하여 나의 사랑과 사랑으로 지은 남자와 함께 접힘의 아름다움을 노래하고 싶다. 틈은 반드시 벌어진다. 그 틈새

> 로 들어올 빛을 건축하는 일은 철학이나 과학이 아니다. 지각 경험이나 상상이 아니다. 빛과 틈으로 짓는 이 건축물에 형이하학으로 숨 쉬는 나의 부족한 사유를 담으려 한다.
>
> 아직은 분출구를 찾지 못한 나. 내가 사랑하는 남자와의 밀착과 포개짐으로 더는 출구가 없어 보이는 공간에서 틈새 찾는 일을 한 번 해보려고 한다. (125-26)

리우와의 연인관계가 시작되고 루시는 새로운 경험에 대해서 스스로에게 의미를 부여하고자 한다. 루시는 자신이 단순히 육체적 쾌락과 흥분을 위해 새로운 남자를 만난 것이 아님을 강변하면서, 그 남자와의 관계를 통해 사랑과 성장을 함께 하고 싶다고 말한다. 이 관계는 윤리적이지 못하기에 신이 그만두라고 말할지 모르겠지만 루시는 그와 같은 권고를 거부한다. 그것을 루시는 '틈을 찾는 일' '새로운 여행을 위한 지도를 작성하는 일' '접힘의 아름다움을 노래하는 일' 그리고 '출구가 없어 보이는 공간에서 틈새를 찾는 일'이라고 비유적으로 표현하고 있다. 자신은 흔한 남녀의 흥분 관계에 사로잡혀 있는 것이 아니라 새로운 자아를 이 관계를 통해 찾으려 한다는 것이다.

무의미하게 출구도 없이 어제와 같은 오늘을 살며, 오늘과 같은 내일을 기대하는 막힌 삶 속에서 그녀는 자신의 욕망을 사랑하고, 자신이 원하는 것을 얻기 위해 틀을 깨고, 그것이 설령 비난받을 일일지라도 자신만의 사랑으로 생의 새로운 의미와 자아를 찾고자 한다. 자신의 꽉 막힌 공간에서 자그마한 틈새라도 벌려놓을 수 있다면 찬란한 빛이 폭포수처럼 쏟아져 들어올 것이라고 루시는 생각한다. 그녀의 자유분방한 기질이 리우와의 관계를 통해 비로소 다시금 생명력을 얻고 삶의 의지를 불태우는 계기를 마련하게 된 것이다.

욕망과의 조우를 통한 각성

그러나 20여 일 간의 짧은 불꽃같은 열병의 시기가 지난 후 그들은 자연스럽게 멀어지게 되는데, 그레고리가 뉴욕으로 돌아오게 되면서, 그들의 만남은 차츰 불편해지고 불안해지게 되기 때문이다. 불편하고 불안한 상황은 사람을 초조하게 만들고 사소한 것에도 짜증을 내게 만든다. 그러나 더욱 직접적인 원인은 불편함이나 불안감이 아니다.

> "오, 하느님 맙소사. 내가 사실대로 말하면 당신은 기분 나쁠 거예요. 아무래도 안 되겠어요."
> "절대 기분 나빠 하지 않을 거예요."
> 나는 다시 약속했다. 그러자 루시는 사뭇 진지한 표정으로 대답했다.
> "요즘 며칠 동안 체위를 바꿨잖아요. 그럴 때면 당신이 아니라 내가 그레고리로 변해버린 것 같아요. 무섭기까지 했어요."
> 이 말에 그만 어안이 벙벙해지고 말았다.
> "그럼 나는 누구인가요?"
> "당신이야 그냥 당신이지요."
> "아닐 텐데요, 내가 당신으로, 루시로 바뀐 게 아닌가요?"
> 내가 넘겨짚자 루시는 깜짝 놀라 손으로 입을 틀어막았다. 손에 묻어 있던 흑연 가루가 그녀의 입술 주변에 시꺼멓게 묻었다.
> "어떻게 아셨어요?"
> "아, 정말이었군요."
> 이번에는 내가 놀랐다. (171-72)

루시는 충격적인 이야기를 리우에게 전한다. 관계를 맺는 동안 자신이 그레고리가 된 것 같은 느낌이 들며, 리우에게서 자신의 모습을 본다는 것이다. 이와 같은 착각은 루시의 그레고리에 대한 연민과 공감에서 나온다. 루시는 육체적 욕망을 갈구하는 자신의 모습에서 그레고리의 욕망을 보게 된다. 결코 충족되지 않는, 그럼에도 불구하고 다시금 갈망하게 되는 인간의 욕망이란 불구의 몸이 된 그레고리나 자신이나 마찬가지가 아닌가. 그리고 그런 자신을 끝없이 탐하는 리우의 모습에서 루시는 자신의 모습을 보게 되는 것이다.

결국 인간의 욕망은 충족되지 않으며, 충족되지 않은 욕망을 끝없이 추구하는 인간의 모습은 좀비를 닮아있다. 타인을 향해 끝없이 달려들며 타인의 육체를 물어뜯으며 살아가는 좀비의 모습과 육체적 욕망을 충족시키기 위해 타인에게 끊임없이 달려들며 타인의 육체를 탐하는 인간의 모습은 그리 달라 보이지 않는다. 그래서 섹스 도중 문득 바라본 상대방의 모습에서 탐욕스런 자신의 모습을 보게 되고, 자신을 향해 충족되지 못한 욕망에 고통스러워하며 채찍을 휘두르던 그레고리의 모습을 보게 되는 것이다. 타인 의존적인 개인의 욕망은 끝없는 원환을 그리게 될 것이며, 그 원환 속에서 욕망은 충족되지 못한 채 육체로부터 미끄러진다.

넬리 아르캉은 자신의 경험을 바탕으로 『창녀』라는 책을 집필했다.

한계를 알지 못하는 욕망에 대한 이야기는 넬리 아르캉(Nelly Arcan)을 인용하면서 더욱 본격화된다. 작가는 현대 도시 남성의 삶에 짙게 드리운 욕망의 그림자를 아르캉의 목소리를 빌어 비판하고 있다. 리우는 채희에게 아르캉의 한 대목을 읽어준다.

이 책을 읽으면서 채희에게서 넬리 아르캉의 그림자를 발견한 적이 없지는 않았다. 언제나 씩씩한 채희는 넬리와 같은 일을 해오면서도, 처음 시작하기 전 계속 울상이던 모습과는 다르게 이후에는 한 번도 내 앞에서 기가 죽거나 우울한 모습을 보여준 적이 없다. 오히려 화까지 벌컥벌컥 잘 내곤 하는 모습이 사랑스럽게 보이기까지 했다.

나는 채희에게 정색하고 물었다.

"너 이 책 궁금해?"

"응, 진짜 궁금해. 오빠가 사전까지 펼쳐놓고 이 책을 읽고 있잖아. 책 속에 무슨 줄을 이렇게나 많이 그어놓았어?"

채희는 진짜로 궁금한 듯했다.

"좋아 그러면 여기 줄을 그어놓은 곳부터 번역해줄게. 한 번 들어봐."

> 사정하지 못해 끊임없이 앙탈 부리는 수많은 자지, 다 고갈되어 더는 느끼려야 느낄 수도 없는데 무작정 달아오르라고 요구하는 욕정을 상대한다는 게 과연 어떤 건지 상상도 하지 못할 거야. 집요한 애무에 시달리는 가운데 몸에 박힌 가시처럼 느껴지는 클리토리스, 뭐든 과잉은 과잉일 뿐이라는 생각은 죽어도 하기 싫어하는 쾌락의 횡포, 여자가 주고받을 수 있는 것에도 그 한계가 있는 법이라는 생각일랑 도통 하기 싫어하는 이놈의 남자들은 정녕 어떻게 생겨먹은 족속인지….

채희는 경악했다. (186-87)

넬리 아르캉은 2001년부터 캐나다 몬트리올에서 5년 동안 매춘에 종사한 체험을 바탕으로 소설 『창녀』를 2005년에 발표해 주목을 받았으며, 프랑스 문학계로부터 '메디치상(Prix Médicis)'과 '페미나상(Prix Fémina)'을 동시에 수상했다. 그녀는 매춘과 관련된 사건을 이야기로 꾸미기보다, 매춘에 관련된 자신의 생각을 덤덤하게 거리를 두고 그리고 있다. 그녀에게 가족은 위선적이며, 미디어는 성을 왜곡한다. 사회는 위선적인 윤리를 강요하며, 남성은 이중적인 잣대로 여성을 대하는 존재들이다. 소설은 과잉을 인정하지 않는 쾌락의 속성과 이를 이중적이고 위선적으로 다루는 사회의 기만에 대해서 고발한다.

채희는 앞서 언급된 적이 있는, 일하러 가기 위해 트렁크 가방을 리우의 집에 맡겨둔 여성들 중의 하나이다. 그녀는 마사지 일을 한다고 말하지만 실제로는 성매매를 하고 있다. 채희는 리우를 은인이자 남자로 생각하고 있다. 리우는 이 사실을 알면서도 그녀에게 마음을 내어 주지 않는데, 온통 루시에게 마음을 빼앗겼기 때문이다.

> "나는 너희들에게 왜 남자가 필요한지 모르겠어. 지겹지도 않아? 어떻게 또 남자가 필요한 거지?"
> 채희는 바로 내 말을 바로잡는다.
> "남자 아니고 애인."
> "글쎄, 남자애인."
> 나도 말꼬리를 잡고 늘어진다.
> "남자 아니고 애인이라니까."
> 채희는 끝까지 남자와 애인을 분리하려 한다.
> "네가 말하는 애인은 중성이야?"
> "이 일을 하는 여자들도 진짜 남자가 그립단 말이야."
> "글쎄, 그걸 이해하지 못하겠다고. 한 며칠 쉬고 일 나가서 또 수십 명씩 벌거벗은 남자들을 주무르면서도 남자가 그립다니, 그게 말이 되냐고."
> 채희는 호 하고 한숨을 내쉬었다.
> "일하러 가서 만나는 남자들은 남자 아니야."
> "남자 아니면 뭔데?"
> "그냥 쿨쿨 자는 돼지, 아니면 잡아서 엎어놓은 고깃덩어리." (…)
> "정말 충격이야. 멋쟁이 뉴욕 신사들이 돼지나 고깃덩어리 정도로 여겨지는 걸 알고나 있을까, (…)" (200-01)

채희는 몸을 팔아서 빚을 갚고 고향의 남편에게 아이의 양육비를 보내는 억척 어멈으로 언제나 밝고 쾌활하다. 그리고 자신에게 짐을 맡기고 잠을 잘 수 있는 방을 빌려주는 리우에게 언제나 고마워한다. 그녀는 스스럼없이 리우 앞에서 옷을 갈아입고 자기 애인이 되어줄 것을 공공연하게 요구한다. 채희는 몸을 팔면서도 애인이 있어야 한다고 주장한다. 비록 몸을 파는 여자라 하더라도 '진짜 남자'가 그립다는 것이다. 일터에서 만나는 남자는 그녀에게 남자가 아니다. 채희에게 진짜 남자란 자신의 욕망에만 충실한 남자가 아니라 여성의 욕망을 이해하고 인정할 줄 아는 남자다. 자기밖에 모르는 남자는 돼지이거나 고깃덩어리일 뿐이라는 채희의 말에서 매춘에 의한 섹스와 연인 간의 섹스는 확연히 구분된다. 진정한 사랑을 알지 못하는 리우는 채희의 이 말에 충격을 받는다. 더 나아가 멋쟁이 뉴욕 신사, 주류사회의 성공한 남자들, 비주류 집단을 무시하고 차별하며 자신의 우월성을 자신하는 백인 남성들은 그들의 육체적 욕망을 충족하기 위해 비주류 유색인 여성과 몸을 섞는다. 주류사회의 남성들의 이중성을 간파한 채희는 졸지에 그들을 돼지나 고깃덩어리로 취급함으로써 백인들의 우월주의가 얼마나 망상적인 것인지를 폭로하고, 남성과 여성, 백인과 유색인, 신사와 창녀의 위치를 경쾌하게 전도시킨다.

리우는 채희의 삶을 진심으로 동정하고 이해한다. 그녀의 성매매는 생존과 생계의 방편일 뿐이다. 한편으로는 그녀를 위해 다른 한편으로는 현대인의 위선적 사고를 비판하기 위해 리우는 글을 써 내려간다. 〈창녀예찬〉이라고 이름붙인 글의 일부분을 소개하면 다음과 같다.

> 하지만 생각해 보라.
> 일단 돈은 잠시 제쳐놓더라도, 옷을 잘 벗는 창녀가 얼마나 오랜 세월동

안 남자들에게 끼친 게 많고, 세상에 끼친 게 많고, 나아가 인류 자체에 끼친 게 많겠는가. 돈 때문에 뱀처럼 내 몸 위로 기어오르는 창녀라 하더라도, 그녀는 불행한 인류를 위해 행복한 첫 혈(血)을 만들었으므로 절대 멸시할 수 없다. 그래서 나는 창녀와 섹스를 시작할 때, 하늘을 나는 솔개 같은 숭고한 기상과 정신이 창녀에게서 드러남을 보게 된다. 창녀는 몸만 팔고 절대로 영혼은 팔지 않는다. 시간당 몸을 내어놓음으로써 오로지 제한된 돈만 받는다. 창녀는 평생 영혼까지 팔아가면서 무제한으로 백성들을 사취(詐取)하는 무리와는 전혀 다른 존재다.

생계를 꾸리기 위해 몸을 팔지언정, 영혼과 육신(肉身) 모두를 바쳐서 스스로를 노예화하지 않는 자존은 또 얼마나 아름다운가. 그러므로 나는 창녀야말로 우리 시대 정인군자들의 삶의 표본이 되기에 전혀 부끄럽지 않다고 생각한다.

어디 그뿐인가. 더욱 위대한 것도 있다. 창녀는 언제나 진실을 말하고 진실을 행한다. 진한 화장으로 얼굴을 가렸다고 해서 그들이 거짓을 말할 것이라고 속단하지 마라. 얼마나 많은 정치인, 예술인, 학자, 교수들이 매일 진실을 말하지 못하고 살며, 결국 진실을 말하는 타인까지도 진실을 말하지 못하게 하고 있는가. 그래서 차라리 진실 없는 세상을 재미없게 살 바에는 하룻밤이라도 진실을 말하는 창녀의 말에 귀 기울이는 게 낫다. (203-04)

이 글은 넬리 아르캉의 소설에 대한 답변이자 채희의 인생에 대한 긍정이라고 할 수 있다. 이 글은 언뜻 보기에 창녀를 예찬하는 글로 보이지만 실제로는 사회 곳곳에 암약하고 있는 위선, 가식, 거짓에 대한 풍자로 가득하다. 창녀는 몸을 팔 뿐 영혼까지 팔지는 않는다. 우리 사회에 돈과 권력을 위해 영혼마저도 쉽게 팔아치워버리는 인간들이 얼마나 많은가. 약속된 돈만 받을 뿐 더 이상의 갈취나 사취는 없다. 잉여가치를 편취하고 노동력을 착취하는 부르주아들과는 차원이 다른, 가장 깨끗하고 공정한 자본주의 거래의 모범생들이 아닌가.

거짓과 위선으로 가득 찬 정치인, 예술인, 학자, 교수들과는 달리 창녀는 돈만 내놓으면 몸을 가질 수 있다는 약속을 반드시 지키는 신뢰할 수 있는 사람들이다. 리우의 감탄처럼 창녀가 멋진 것은, 이 사회의 다른 구성원들, 특히 주류의 권력과 돈과 명망 있는 자들이 창녀만큼도 솔직하고 진실하게 살아가고 있지 못하기 때문이다.

사랑 앞에 머뭇거리는 디아스포라 자의식

리우는 점차 채희의 매력에 빠지게 되고 그녀에게 사랑의 감정을 느끼게 된다. 그러나 이 사랑 또한 이루어지지 못한다.

> 나는 그녀의 이런 모습에 빠져들기 시작했던 것 같다. 처음에는 '저 애는 정말 씩씩해. 어쩜 저렇게 지칠 줄도 모를까.'하고 감탄하다가, '웃음도 헤프고, 울음도 헤프니 종잡을 수 있어야 말이지.'로 넘어가다가, 드디어 '아, 웃음이고 울음이고 할 것 없이 내면에는 온통 아픔과 슬픔뿐이구나!'로 결론 내렸다. 이혼한 남편 이야기를 하다가 땅바닥에 털썩 주저앉아 울음을 터뜨릴 때 만져보았던 그녀의 어깨가 너무 앙상하다고 느끼면서 나는 채희에게 반했다.
>
> 슬프게도 헤어져야 할 시간이 가까워져 오고 있을 무렵이기도 했다. 루시를 소유할 수 없었던 허탈감이 결국 이민자 신분이었던 나 자신에 대한 모멸감, 슬픔, 분노 같은 감정으로 이어진 듯싶었는데, 채희와 함께 지내면서 나 자신도 조금씩 치유되고 있었다. (232-33)

다소 진부해 보이지만 리우는 루시와 채희를 각각 자연에 비유하고 있다. 루시를 "좁고 깊게 흐르는 계곡물"로 표현한 반면, 채희는 "졸졸거리고 흐르는 시냇물"로 묘사한다. 좁고 깊은 계곡물은 위험하고 그 깊이를 쉽게 가늠할 수 없다. 그리하여 가까이 다가가기 힘들 뿐 아니라 계곡물 속에서 편하고 안전하게 쉴 수도 없다. 리우에게 루시는 불안과 불편을 동반하면서도 가까이 가고 싶은 생각이 들 만큼 매력적인 인물이다. 한편 채희는 소란스럽다가도 조용해지고 차분하다가도 요란해지는 시냇물 같은 인물인데, 시냇물의 매력은 새소리와 바람소리를 부르는 힘이 있으며, 끊어질 듯 이어지는 생명력이 있는 존재이다. 시냇물은 접근하기 용이하고 위안과 휴식을 준다.

리우는 채희를 물심양면으로 돕고 있지만 영주권을 얻기 위해서 고군분투하는 그녀를 위해서 (그녀의 간절한 바람에도 불구하고) 위장 결혼이라는 간편한 해결책은 제공하지 않는다. 리우는 채희를 진심으로 돕고 싶어 하지만 그녀를 자신의 삶 속으로 끌어들이지 않는다. 그것은 채희가 몸을 팔고 있어서가 아니다. 루시를 향한 열병, 즉 디아스포라 이민자로서 '백인 여성을 향한 선망' 때문이다. 루시가 리우에게 그토록 매력적이었던 것은 그녀가 백인 여성이기 때문이며, 루시를 소유할 수 없었던 이유 또한 이민자로서의 자격지심 때문이었다. 루시를 소유할 수 없게 되자 리우는 이민자로서의 모멸감, 슬픔, 분노 등으로 인해 고통스러워하다가 채희를 통해 치유되게 된다. 자신의 슬픔과 채희의 슬픔이 오버랩되며 공감하게 되면서 비로소 채희가 여자로 보이게 된 것이다.

그러나 채희는 딸이 한국에서 유학을 오게 되고 이혼한 남편도 따라오게 되면서 리우와의 미래를 포기하게 된다. 포기해야만 하는 상황이 되자 사랑의 감정을 확인하는 리우는 이번에도 채희를 잡지 못하고 놓아주게 된다. 그는 자신의 사랑 앞에 당당히 나서지 못하고 비겁하게 한 발 물러나는 모습을 보인다.

> 징그러울 정도로 활짝 펼쳐 보인 딜루카이의 성기에 비해 릴리스의 자세 자체는 굉장히 흥미롭다. 물론 뒤로 돌아가서 엉덩이부터 먼저 들여다본다면 징그럽기는 매한가지일지 모르겠지만, 릴리스의 매력은 앞에서 보이는 예쁜 젖가슴과 옆으로 보이는 푸른 눈이다. 살아 있는 사람이 아닐까 싶을 정도로 형형한 그의 눈빛을 받으며 엉덩이를 살짝 든 나체를 마주하면, 민망함을 넘어 두려움이 들어 한두 발짝 물러서게 된다.
>
> '그래, 나는 원한과 분노에 찬 글을 써서 남의 눈에 날 것이 아니라, 바로 나 스스로의 마음속에 숨어 있는 그 무서움이 무엇인지에 대해서 고민했어야 했어. 그랬더라면 이렇게 낯선 미국 땅에서 망명자로 살아가게 되는 일은 없었을 것이다. 그리고 훨씬 더 수준 높은 글을 썼을지도 모른다.' (245)

리우는 중국에 있을 때 문학단체 결성과 관련하여 권력으로부터 미움을 받게 되고 이후 활동이 제한되자 미국으로 망명하게 된다. 자신의 자전적 일화가 많이 포함된 이 소설에서 그는 중국에서의 문학 활동을 회상하며 원한과 분노에 찬 글을 써서 남의 눈에 났었다고 말한다. 체제에 대해 비판적이었던 그의 문필가로서의 이력은 망명을 거쳐 비판의 칼날을 자신에게로 돌려세운다. "나 스스로의 마음 속에

릴리스(Lilith), 메트로폴리탄 미술관

딜루카이(Dilukai), 메트로폴리탄 미술관

숨어있는 무서움"에 대해 연구하고 성찰했어야 한다는 것이다. 딜루카이와 릴리스를 보고 두려움을 느낀 후 이와 같은 독백이 이어지게 되는데, 리우의 두려움은 어디에서 오는 것일까. 그것은 활짝 다리를 벌리고 자신의 성기를 거침없이 드러낸 여성들의 모습을 보게 되면서, 성욕이라는 원초적이고 본질적인 욕망과 대면한 데 따른 두려움을 의미한다.

딜루카이는 악마를 막아주고, 릴리스는 아담에게 순종하지 않는다. 여성의 욕망은 남성의 지배물이 아니며, 남자들이 아무리 애를 쓰더라도 그들에게 종속되지 않는다. 그것이 사실이라면 남성들은 여성의 욕망에 대해서 완전히 착각을 하고있는 것이며, 여성의 욕망을 알지 못하는 남자는 여성을 완전히 이해하지도 온전히 사랑할 수도 없는 존재가 되어버린다. 아울러 이 대담하게 열려있는 여성의 욕망 앞에서 리우는 이제껏 은폐해 온 자신의 욕망과 대면하게 되며 이와 같은 사실을 두렵게 받아들이게 되는 것이다. 리우는 말한다. "누구한테도 종속되려 하지 않는 진짜 괴물은 릴리스나 네가 아닌 바로 나야."(246)

> 채희는 진심으로 나한테 고마워했다.
> "그동안 정말 고마웠어. 진짜야. 오빠랑 같이 살 인연은 아닐지 몰라도 평생 오빠를 잊지 않을 거야. 딸애가 온 다음에는 자주 만나지 못하겠지만, 계속 오빠 가까이 있을 거야. 절대 오빠를 '밤의 괴물'로 두지는 않을 거야."
> 이렇게 채희는 나를 릴리스 취급했다. 어쩌면 진짜로 이브한테 아담을 빼앗기고 혼자 거리를 방황하는 고독한 릴리스로 굴러떨어질 날이 점점 코앞까지 다가오고 있음을 미리 암시라도 해주었던 건 아닐까. (250)

채희는 멕시코를 통해 미국으로 밀입국했다. 밀입국의 사연은 저마다 다양하며 눈물 없이는 들을 수 없는 장편 대하 서사시를 방불케 한다. 세계 인종의 집합소인 미국은 이처럼 저마다의 상처와 아픔을 가슴 속에 안고 살아가는 다양한 인간들이 모인 곳이다. 대수롭지 않은 듯 밀입국 때의 일을 이야기하지만, 채희가 겪은 일은 눈물겹고 안타깝다. 목숨을 걸고 국경을 넘는 과정에서 이민 여성들은 돈을 갈취당하기도 했으며 성적인 폭력마저도 감당해야 했다. 인정 많고 자애로운 리우의 도움이 없었다면 채희는 몸뿐만이 아니라 마음까지도 피폐해져 버렸을 것이다. 도움을 빌미로 채희의 육체를 거래하지 않은 것은 리우가 성인군자여서 그런 것이 아니라 그와 같은 유혹을 이겨냈기 때문이다. 물론 유혹을 떨쳐버리는 데 있어 루시의 존재가 큰 역할을 하긴 했지만, 채희의 고통과 슬픔에 공감하면서 리우는 채희를 비로소 사랑하게 된다. 그러나 채희는 딸과 함께 살아야 하고, 리우는 채희라는 아담을 빼앗긴 릴리스의 신세가 되어버렸다. 릴리스의 별명을 빗대 '밤의 괴물'이 되지 않게 해주겠다는 채희의 말은 가끔씩 리우의 욕정을 해결해 주겠다는 의미겠지만, 그 말은 진정한 위로라기보다는 앞으로 다가올 고독에 대한 암시로 들릴 뿐이다. 욕정이 해결된다고 해서 고독하지 않은 것은 아니니까.

리우의 주변에는 또 한 명의 여인이 있었다. 그녀 또한 리우의 도움으로 미국에 정착한 여성인데, 그녀는 루시와 채희와의 일을 알면서도 리우와 함께 살려고 마음먹었다. 그러나 샹샹에게 잠시 흔들리기는 했지만, 리우는 샹샹을 떠나보낸다.

> 샹샹이 떠난 뒤 꽤 오랜 시간이 지나고야 루시의 푸른 눈과 금발을 이상화하여 내 주위 여자들에게 내멋대로 투사해 왔음을 깨달았다. 나

아가 육체의 쾌락과 정신의 평강이 주는 즐거움 사이에서 마음을 정하지 못하고 있었다. 그러다 보니 정신이 내 육신을 완벽하게 지배한다는 느낌이 들 때조차도 정작 정신으로 해결할 수 없는 결핍, 다시 말해 육체에서 정신화하지 못한 것에 대한 목마름으로 방황하고 있었던 것이었다. (…)

"나뭇잎 한 장이 노랗게 말라버렸다면, 나무 전체가 알면서도 조용히 입을 다물었기 때문입니다. 죄인이 잘못을 저질렀다면, 그대들 모두에게 숨겨진 의지가 있었기 때문입니다."

지브란은 죄를 이런 식으로 표현했다. 개인의 잘못보다는 사회 전체의 잘못을 지적한다. 나는 구절을 읽으며 이렇게 아전인수격으로 리메이크해 보았다.

"루시와 채희라는 나뭇잎 두 장이 노랗게 말라갈 때, 사회 전체가 알면서도 조용히 입을 다물었다. 만약 내가 죄인이라면, 나 같은 모든 남자에게 숨겨진 의지가 있었기 때문이 아니었겠나." (266-67)

샹샹은 자신을 도와준 리우에게 늘 감사한 마음이다. 가능하다면 리우와 결혼을 해서 그를 위해 살고 싶어한다. 백인 여성과 결혼하여 주류사회로의 신분상승을 원했던 기중은 여러 여자들과 연애를 하느라 돈을 탕진하고 그녀의 돈을 얼마간 받는 조건으로 샹샹과 위장결혼을 한다. 기중과의 결혼으로 영주권을 얻은 샹샹은 얼마 안있어 그와 이혼한다. 샹샹 또한 리우와 함께 살 결심을 했지만 리우는 이마저도 받아들이지 않는다.

욕망의 도시는 유령을 생산한다

루시, 채희, 샹샹이 모두 떠난 후 육체적 욕망의 목마름에 괴로워하다가 칼린 지브란의 《예언자》를 읽던 중 리우는 위의 구절을 발견하게 된다. 나뭇잎 한 장이 시들어간다면 그것은 나무 전체가 그것을 묵인했기 때문이라는 구절을 보고, 루시와 채희를 떠올린다. 루시와 채희가 고통과 슬픔으로 시들어간다면, 그것은 남자들 모두의 숨겨진 의지 때문이라는 생각을 하게 된다. 남자들의 숨겨진 의지, 즉 그녀들을 성적으로 대상화함으로써 그녀들의 욕망과 행복을 외면하는 일에 공모하는 것. 그래서 리우는 자신이 도와준 여인들 중 한 명 정도는 남녀관계로 발전하지 않는 게 좋겠다는 생각에 샹샹을 여성으로서 멀리 두게 된다. '나는 정말 이 아이만큼은 진심으로 도와주어야 한다.'(268)라고 리우는 생각한다.

> "화둬면 뭐해. 아저씨한테는 그런 일 하던 여자는 여자가 맞고 나는 여자가 아니라면서. 남자들은 왜 모두 그래요? 그러잖아도 얼마 전 우리 가게에 왔던 어떤 손님이 그랬어. 여기 뉴욕에는 혼자 사는 남자들이 그런 여자들한테 퍼넣고 있는 돈만 해도 엄청나다고. 그러니까 그런 여자들만 살판 난 거잖아?"
>
> 샹샹 말대로 뉴욕의 성 산업 규모는 실로 엄청나다. 골목마다 사창가요, 한 아파트 단지에 최소한 수십 명씩 그 일을 하는 여자들이 살고 있다. 얼마 전 뉴욕에서 발행된 몇몇 중국계 신문에서는 뉴욕시 전체도 아니고 퀸즈 지역 중국인 사회의 매매춘 성 산업 규모가 연간 1억 달러에 달한다는 기사를 내보내기도 했다. (275-76)

샹샹을 여자로 보지 않는다고 말하자 그녀는 자신이 위장 결혼한 더러운 여자라서 그러냐고 되묻는다. 채희가 몸을 팔았었지만 그런 것으로 채희를 무시한 적이 없는 걸 보지 않았느냐며 리우는 항변한다. 리우의 항변에 샹샹은 엉뚱한 이야기로 비약한다. 남자들은 자기 같은 여자를 이뻐하면서도 여자로 보지 않는 반면, 몸을 파는 여자들에게는 엄청난 돈을 퍼넣는다는 말을 들었다는 것이다. 샹샹의 볼멘소리에 리우는 뉴욕의 성 산업에 대해서 생각을 떠올린다. 퀸즈 지역의 중국인 커뮤니티에서만 성 산업의 규모가 연간 1억 달러에 달한다는 기사가 기억났던 것이다. 뉴욕 전체로 확대해 보면 실로 그 규모는 엄청날 것인데, 뉴욕은 '섹스 앤 더 시티(Sex and the City)'가 아니라 '섹스 시티(Sex City)'의 본거지로 불러야 할 것이다. 비단 뉴욕에만 특별한 현상이 아니라면, 전 세계의 대도시들이 그야말로 매춘으로 유지되고 있다고 봐도 무방할 것 같다. 욕망이 거래되고 소비되는 도시 속에서 진정한 사랑은 퇴색되고 설 자리를 잃어버린다. 사랑을 찾아 헤매는 도시인들은 욕망이 대신한 그 자리에서 거짓 사랑을 상상하며 욕망의 배설에 몸을 맡긴다. 이보다 더 지독한 좀비를 본 적이 있는가.

> 나는 핸드폰으로 루시의 페이스북을 열고 인형 사진을 보여주면서 웨이터에게 물었다.
> "네, 엘마라고 했던 것 같은데."
> 그러자 웨이터는 머리를 끄떡였다.
> "네, 맞습니다. 엘마 샌즈입니다. 우리 레스토랑 지하에 살아요."
> "네? 지하라니요?"
> 내가 깜짝 놀라니 웨이터가 설명했다.
> "자세한 건 사장님에게 다시 물어보십시오. 우리 레스토랑 지하에 200년 전에 사용하던 옛날 우물이 있습니다. 엘마 샌즈는 그 우물에 사는 유령이랍니다. 저희는 한 번도 본 적이 없지만 사장님은 여러 번 보았다고 합디다. 이 페이스북 사진도 화가들이 소문 듣고 찾아와서 그린 것입니다." (337)

오랜 시간이 지나 한 번의 짧은 만남과 짧은 섹스 후 다시 헤어졌던 루시는 엘마라는 이름으로 리우의 페이스북에 댓글을 단다. 가끔 볼 수 있을 것이라 말하며 짧은 메시지를 주고 받을 때 받은 주소로 리우는 찾아간다. 그 주소지에는 레스토랑이 있었다. 그곳에서 엘마라는 여자를 찾으니 웨이터는 레스토랑 지하에 있는 200년 된 우물에 살고 있는 귀신이라고 말한다. 루시가 귀신이 된 것이거나, 귀신의 이름을 빌어 페이스북의 별명으로 사용하고 있는 것이거나. 레스토랑 주인인 마리아 할머니는 우물에서 시신으로 발견된 처녀의 이름이 엘마 샌즈이며, 그녀의 살인범을 변호해 무죄를 만들어 준 두 변호사에게 엘마가 원혼이 되어 복수한 이야기를 들려준다. 루시는 왜 엘마로 프로필 이름을 지은 것일까. 엘마와 자신의 처지가 비슷하다고 여겼던 것일까. 루시는 사랑했던 남자들로부터 모두 배신을 당했다. 그레고리는 불구가 되어 그녀를 의심했고, 페레즈는 신부라는 이유로 그녀를 돌려세웠으며, 리우는 이민자라는 자격지심에 루시를 놓아주었다. 루시는 사랑받지 못하고 살아가는 자신을 귀신과 동일시하고 있는지도 모른다. 마리아 할머니의 다음과 같은 말은 의미심장하다. "요즘은 온통 귀신 세상인 걸 알고 계신가요? 엘마 샌즈뿐이 아니에요. 얼마 전 애런 버[변호사 중 한 명의 딸]의 딸도 귀신이 되어 나타났다고 합니다. 웨스트 포 스트리트에 애런 버가 살던 옛집이 있는데, 레스토랑으로 바뀌었어요. 거기서도 술잔이 자꾸 흔들리고 벽에 걸어 놓은 그림 액자들이 걸핏하면 땅에 떨어져요. 얼마 전에는 유리 재떨이 바닥에 그 딸의 눈이 커다랗게 나타났대요. (…) 하여튼 나한테 주소가 있으니 관심 있으면 한번 가 보세요. 내가 보기에 선생은 귀신과 통하는 사람 같습니다만…."(345) 뉴욕은 온통 귀신의 세상이 되어 버렸다. 애런 버의 딸은 아버지의 잘못된 변호로 배에서 실종되어 억울하게 죽은 여인이다. 좀비들로 가득한 뉴욕에 귀신이 나타난다고 한들 놀라울 것은 없다. 욕망을 좇아 배회하는 좀비들과 욕망에 희생된 귀신의 동거를 어찌 어색하다고 할 수 있겠는가. 또 한 명의 좀비인 리우는 귀신과 잘 통할 수밖에.

> 그때 검은색 옷차림의 여자가 골목 끝으로 지나가는 게 눈에 띄었다. 루시였다. 몸매나 낯익은 걸음걸이나 영락없는 루시였다. 나는 "루시!"하고 소리쳐 불렀다. 루시는, 아니 여자는 잠시 멈추고 내 쪽을 바라보고 희미하게 웃는 듯하더니 계속 걸어갔다. 골목 안에 있는 내 좁은 시야에서 여자가 사라지자 나도 빠른 걸음으로 골목 밖으로 나갔다. 골목 밖은 직각으로 만나는 다른 골목이 양옆으로 30m 정도씩 뻗어 있었다. 무슨 걸음이 그리 빠른지 여자는 그사이에 벌써 왼쪽 골목 모퉁이를 막 돌려던 참이었다.
> 나는 다시 루시 이름을 부르며 전속력으로 뛰어갔다. 여자가 사라진 모퉁이에는 아무도 없었다. 뉴욕의 높은 건물들이 짙은 그림자를 드리운 골목길 어둠 속으로 마치 연기처럼 흩어져버린 듯 루시는 보이지 않았다. 하늘로 사라졌을 리 만무한데도 나는 달리 더 살필 데가 없어 하늘을 올려다보았다. 무심한 눈송이들만 얼굴을 덮쳐왔다.
> 그때 뒤에서 너무 낯익은 여자 목소리가 들려왔다, 곧이어 내 오른 어깨에 얼음장같이 차가운 그 여자 손이 얹혔다. 그 여자가 말을 건네왔다.
> "리우, 나를 찾고 있나요?" (347-48)

소설의 마지막은 루시와의 재회로 마무리된다. 엘마가 이끼를 입고 있다고 했으니 검은색 옷차림의 그녀는 루시임에 틀림이 없다. 마치 숨바꼭질하듯이 루시를 뒤쫓아 갔지만 그녀를 찾을 수 없었다. 마치 연기처럼 사라진 루시가 등 뒤에서 나를 부른다. 내가 루시를 찾은 것이 아니라 루시가 나를 찾은 것이다. 그녀의 손은 얼음장같이 차가웠다. 눈 내리는 크리스마스이브의 차가운 날씨 때문인지, 루시가 귀신이 되어버린 것인지는 알 수 없다. 루시와의 새로운 이야기가 앞으로 다른 지면을 통해 소개될 것이기 때문에 결론은 지연될 수밖에 없겠다.

당신은 좀비가 아니라고?

이 작품은 중국에서 태어난 한국계 미국인 디아스포라 작가의 뉴욕 체험을 깊은 사색과 창의적 통찰력을 통해 진솔한 필치로 전달하고 있다. 작가의 이력만큼이나 다양한 내용들과 주제들이 펼쳐지고 있어서 독자들에게 스토리를 따라가는 즐거움 못지않게, 주어진 주제에 대해서 숙고할 수 있는 기회를 제공한다. 매춘과 욕망과 불륜이 만연되어 있는 현대의 도시 공간에서 진정한 사랑의 의미와 삶의 의의에 대해서 곱씹을 때면 이 소설의 무게가 만만치 않음을 실감할 수 있다.

주인공 리우를 둘러싼 3명의 여성, 루시, 채희, 샹샹은 저마다의 삶의 이력를 지닌 채 리우에게 각기 다른 의미로 다가간다. 루시는 사생아라는 콤플렉스로 인해 자신의 욕망을 억압하고 살아가다가 리우와의 만남을 통해 자유를 얻게 된다. 그러나 그녀는 결국 남편 그레고리에게 돌아가게 되는데, 이는 그레고리에 대한 연민과 불륜에 대한 자책 때문인 것처럼 보인다. 루시를 향한 리우의 욕망은 디아스포라로서의 백인 여성에 대한 환상에 기인한 것처럼 보이며, 떠나는 루시를 잡지 못하는 모습을 보면 인종적 차별의식이 스스로를 검열하고 있는 것 같다.

한편 채희는 비록 성매매로 살아가고 있지만 그녀의 방책을 비난할 수 없는데, 고국에 있는 딸의 양육을 위한 고육지책임을 알고 있기 때문이다. 채희의 당당하고 씩씩한 모습 이면에 감춰진 아픔과 고통을 공감하고 리우는 그녀에게 사랑을 느끼지만 채희의 딸이 미국으로 건너오게 되면서 채희를 포기하게 된다. 채희 또한 리우의 성품에 그를 남자로 느끼지만, 리우보다 딸을 선택함으로써 자신보다는 딸에게 헌신하는 일관된 모습을 보여준다.

미성년자로 미국에 건너온 샹샹은 리우의 도움으로 미국에 안착하게 되는데, 그녀는 성인이 된 후에도 리우가 자신을 여자로 보지 않는 것에 불만이 있다. 하지만 리우는 자신의 선행이 아무런 보답에 대한 기대없이 행해진 순수한 것임을 샹샹을 통해 스스로에게 증명하고 싶었다. 스스로에게 강제한 도덕적 마지노선을 지킴으로써 리우는 결국 혼자 남게 되지만, 후회는 하지 않는다.

현대 도시의 화려한 외관에 가려진 가난하고 소외되고 차별받는 주변부 소수집단의 일상 속에도 도시의 욕망은 넘쳐난다. 욕망이 돈으로 아무렇지도 않게 거래되는 곳, 돈이 욕망을 정당화하는 유일한 수단인 곳에서 성욕과 사랑은 구별하기 어렵다. 다양한 인종이 함께 살고 있으나, 인종들 사이에 놓여진 장벽은 생각보다 뛰어넘거나 부수기 어려우며, 주류 문화를 동경하는 주변인들은 이러한 현실에서 소외되고 초라한 자신을 발견할 뿐이다. 글로벌리즘은 텅빈 기표처럼 공허하게 울려 퍼지고, 인종, 계급, 젠더 간의 차별과 분리를 해결해 줄 보이지 않는 손은 정말로 보이지 않는다. 이와 같은 상황에서 작가는 이 작품을 통해 우리에게 “무엇을 욕망해야 하는가? 내가 욕망하는 것이 허상이 아니라는 증거는 어디에 있는가? 나의 진짜 욕망은 무엇인가?”와 같은 본질적인 물음을 제기하고 있다. 작가는 혐오와 선망의 모순 속에서 살아가는 경계인의 삶을 진솔하게 보여주면서 독자들에게 묻고 있다. “그렇다면 당신들은 어떠하신가?”

제5장

사라진 신뢰와 배려를 찾아서

: 호시노 도모유키星野智幸, 『오레오레』俺俺

사회문제를 기발한 상상력으로 재해석하다

작가 호시노 도모유키

이 책의 역자인 서혜영은 '옮긴이의 말'에서 다음과 같이 이 작품을 평가하고 있다. "독자적 존재였던 내가 개인으로서의 정체성이 희박해지면서 마치 좀비처럼 동일한 생각과 동일한 행동을 하는 '나'로 변해가는 설정은 얼핏 카프카의 《변신》을 생각나게 한다. 단, 카프카의 《변신》이 20세기로 넘어오는 자본주의 체제 속에서 개인이 마주하는 존재의 불안, '죽음만이 그대를 자유케 하리라'라는 개인의 실존적 비극을 그렸다면, 이 작품은 21세기로 넘어오는 글로벌 자본주의 혹은 신자유주의 시대에서 개인의 존재 자체에 대해 제기되는 불안, '죽음조차도 그대를 자유케 할 수 없는' 근본적인 불안을 그렸다고 할 수 있다."

『오레오레』라는 책 제목은 일본에서 커다란 사회문제로 대두되고

있는 일명 'オレオレ詐欺(오레오레 사기)'에서 유래한 말이다. 전화 사기, 즉 보이스피싱을 일본에서는 '오레오레(オレオレ, '나'를 뜻하는 일본말) 사기'라고 하는데, 사기꾼들이 가족인 것처럼 전화를 걸어 "오레오레(おれおれ·나야 나)"라고 속이고 통장으로 급히 돈을 보내라고 요구하는 데서 유래한 말이다. 이 사기 수법은 특히 노인들에게 효과적인데, 귀가 어둡고 판단력이 떨어지며 자식이나 손자들에 대한 걱정 때문에 허둥지둥하다가 속아 넘어가게 된다. 그러나 이 책은 히토시라는 노인이 젊었던 시절 겪었던 이야기를 청년 세대들에게 전하는 설정으로, 젊은이들에게 '오레오레'에 당해서는 안 된다고 경고하고 있다. 이 때 '오레오레'는 단순히 보이스피싱을 의미하는 것이 아니다. 그것은 나의 정체성을 망각하게 하려는 모든 사회적 시도들에 대한 경고를 의미한다. 나의 정체성, 나다움을 나로부터 앗아가려는 자들이 누구인지, 그들의 의도는 무엇인지, 어떻게 하면 빼앗기지 않을 수 있는지 등을 독서를 통해 알아볼 수 있을 것이다.

1965년 미국 로스앤젤레스에서 태어나 세 살이 되기 전에 가족과 함께 일본으로 돌아온 작가는 와세다 대학교 문학부를 졸업한 후 산케이 신문사에서 기자로 활동했다. 두 번에 걸쳐 멕시코에 유학을 다녀온 그는 한동안 스페인 영화를 일본어로 번역하는 일을 하기도 했다. 1997년 그는 첫 번째 소설 『마지막 한숨』(The Last Gasp)을 출간하여 제34회 문예상(Bungei Prize)을 수상했다. 2000년에는 두 번째 소설인 『깨어나라고 인어는 노래한다』(Mermaid Sings Wake Up)로 미시마유키오상을, 2003년에는 『판타지스타』(Fantasista)로 노마 문학 신인상(Noma Literary New Face Prize)을 수상했다. 이후 그는 소설, 논픽션, 에세이, 신문 및 잡지 논평 등 장르를 가리지 않고 다수의 작품들을 출간했는데, 특히 단편 소설 「모래 행성」(Sand

Planet)으로 2002년에 아쿠타가와상을 수상했다. 2011년에는 포스트모더니즘 세계에서 정체성의 의미를 탐구하는 소설 『오레오레』로 제5회 오에 겐자부로상을 수상하며 '문학성 있는 작가'로 확실히 자리매김하게 되었는데, 오에 겐자부로는 "호시노 도모유키는 보기 드문 '소설적 상상력을 갖춘 젊은 작가'다"라며 자신을 이을 재목으로 인정한 바 있다.

소설에서 화자는 장난으로 시작한 보이스피싱 장난전화의 설정 인물로 자신의 삶이 이끌려가는 초현실적인 경험을 하게 되는데, 이것은 사회의 가장자리로 확장되는 정체성 도용의 연쇄 반응을 일으키고, 종국에는 아무도 자신이 누구인지 정확히 알지 못하게 되는 위험한 세상을 만들게 된다는 이야기이다. 2014년에 호시노는 『천일야화』를 바탕으로 한 『밤은 끝나지 않았다』(The Night Is Not Over)로 요미우리상을 수상했으며, 2018년에는 『염』(焰)이라는 작품으로 타니자키상을 수상하는 등 지금도 왕성한 활동을 이어가고 있다.

악의 없이 이어지는 거짓말

사진 전문학교를 나와 전자제품 매장인 '메가톤'에서 카메라 판매점원으로 일하는 '작중 화자인 나, 나가노 히토시는 단골로 애용하는 맥도날드에서 옆자리 손님이었던 히야마 다이키의 휴대전화를 우연히 습득해 놓고는 돌려주지 않는다. 특별한 악의나 목적도 없이 그냥 한 행동이었을 뿐이다. 때마침 다이키의 어머니가 전화를 하게 되고, 히토시는 다이키인 척 해보는데, 어머니는 의심하지 않는다. 거짓말은 거짓말을 낳는다고 이런저런 거짓말로 대화를 이어가던 중에 의

도치 않게 어머니에게 돈을 보내 달라고 요구하게 된다. '오레오레 사기'와도 같은 상황이 되어버린 것이다.

이 작은 사기 이야기는 예기치 않은 상황으로 흘러가는데, 다이키의 어머니가 히토시의 집에 방문하게 되고, 어머니는 히토시를 자신의 아들인 다이키로 여기게 된다. 신종 사기이거나 함정이라고 생각하고 솔직하게 자신의 잘못을 시인해 보지만 어머니는 히토시를 다이키로 철석같이 믿고 있다. 혼란에 빠진 히토시는 자신의 진짜 어머니 집에 찾아가 보지만, 거기에는 또 다른 히토시가 어머니와 함께 살고 있다. 게다가 어머니는 자신을 알아보지 못하고 내쫓으려 한다. 히토시의 어머니는 그를 알아보지 못하지만, 집 안에 있던 히토시는 이 상황을 이해하고 히토시와 만나기로 약속한다. 사실은 대학생 히토시가 지난주에도 찾아왔었으며, 나이나 하는 일, 옷이나 헤어스타일은 다르지만 자신들은 모두 똑같이 생긴 히토시들이라는 사실을 알아챘다. 세 사람의 히토시, 그들은 타인들이 아니라 모두 히토시이기 때문에 같은 버릇을 지니고 있을 뿐만 아니라 서로의 생각이나 감정 등을 쉽게 이해하고 공감하게 된다. 속마음을 알 수 없는 타인들과 함께 있는 것보다 '나'들로 이루어진 '우리'끼리 있는 것에 만족감을 느끼고 만남을 지속하기로 약속한다. 그러나 물론 이러한 교류는 안정적일 수 없는데, 나의 약점까지도 서로 잘 알고 있는 또 다른 '나'가 불편할 뿐만 아니라 증오스럽기까지 하게 된다. 그 증오가 또 다른 나를 향해 있지만, 그것이 결국에는 자신의 모습이기 때문에 증오는 결국 자기혐오에서 오는 것이라고 할 수 있다. 게다가 세 사람 이외에도 또 다른 **나**들이 계속해서 생겨나게 되면서, **나**들의 증오는 또 다른 **나**들 전체를 대상으로 하게 되고, 결국에는 서로를 잡아먹게 되는 공포스러운 상황에 빠지게 된다. 결국 마지막 남은 또 다른 나에게 잡아먹히게 되는 나를 인정함으로써 또 다른 나를 통해 부활하게 되는 것으로 소설은 마무리된다.

이 작품은 총 6개의 장으로 구성되어 있다. 우연히 습득한 전화를 통해 다이키의 어머니에게 돈을 갈취하는 '사기', 내가 아닌 또 다른 나와의 만남을 통해 기쁨과 위안을 얻는 '각성', 무한히 계속해서 늘어가는 무수한 나들을 공포스럽게 확인하는 '증식', 증식의 무한대로의 팽창이 초래한 나의 존재와 공동체 일반의 '붕괴', 나의 죽음과 다른 나들을 통해 지속되고 연장되는 나의 삶을 그린 '전생(轉生)', 마지막으로 죽음에 이르러 비로소 존재의 의미를 찾음으로써 증오의 살육을 멈추게 되는 '부활' 등이 그것이다. 이와 같은 구성을 통해 작가는 정체성을 잃고 살아가는 현대인들의 무의미한 삶을 초현실적인 상상력을 통해 충격적인 설정을 통해 보여주고 있다. 나의 지속적인 증식, 중첩, 갈등, 삭제는 이미지 복제시대의 포스트모던한 존재론적 문제의식을 이미저리를 통해 보여주는 것으로서, 집단 속에서 개인의 가치를 잃고 살아가는 현대인에게 의미 있는 울림을 전해 준다. '자신이 누구인지 잊지 마라.'

> 휴대전화를 슬쩍한 것은 어쩌다 보니 그렇게 된 것일 뿐, 의도적으로 한 일은 결코 아니었나. 훔쳐서 뭘 하겠다는 생각도 없었다. 맥도날드의 카운터 자리에서 내 왼쪽에 앉아 있던 남자가 무심코 자기 휴대전화를 내 쟁반에 올려놓았던 게 화근이었다. 내가 쟁반을 그 사람이 앉은 왼쪽으로 깊이 밀어놓은 바람에 아마 자기 쟁반으로 착각했던 모양이다. 나는 자리에서 일어설 때까지도 몰랐다가 쟁반을 들어 올리면서야 비로소 그 감색 휴대전화가 쟁반 위에 놓여 있다는 것을 알았다.
> (…)
> 나는 그자의 휴대전화가 놓인 쟁반을 든 채로 자리를 떠났다.

> 그러니까 그날, 목요일 낮, 나는 아침 겸 점심을 먹으러 맥도날드에 들른 거였다. 대형 가전제품 판매장 '메가톤'에서 일하는 나는 월요일과 목요일이 휴일이다.
>
> 아점을 먹고 맥도날드를 나온 나는 히요시 역 빌딩 3층에 있는 '덴이치 서점'에 들어가 한참 동안 카메라 잡지를 읽었다. 그런 다음 역 앞 큰길가에 있는 편의점에 들러 저녁식사용 도시락을 사 가지고 20분 정도 걸어서 아파트로 돌아와 주머니의 내용물을 고타쓰 위에 꺼내 놓았다. (9-10)

이 부분은 작품의 도입부로서 소위 '오레오레' 사기 사건이 일어나게 된 배경을 설명하는 부분이다. 작중 화자이자 주인공인 히토시는 도쿄 인근의 가와사키시의 대형 전자매장에서 카메라 판매를 담당하는 점원으로 일을 한다. 맥도날드와 편의점은 혼자 사는 현대의 싱글 남녀가 가장 자주 이용하는 곳으로 개인주의적 삶의 상징적 공간이라고 할 수 있다. 평상시와 다름없이 맥도날드에서 아침 겸 점심을 먹고 있었는데, 마침 옆자리에 앉아있던 사람의 휴대전화가 나의 쟁반에 놓이게 된다. 히토시는 자리에서 일어서다가 그 사실을 알게 되었는데, 휴대전화의 주인인 옆 사람이 일행과 열띤 이야기를 하고 있어서 돌려주지 못하고 집으로 가져오게 된다. 그냥 버리려 하였으나 휴대전화의 최신 메일을 들여다보게 된다. 이 모든 일은 히토시의 계획하에서 일어난 일이 아니다. 그는 우연히도 자기 쟁반으로 넘어온 휴대전화를 애써 돌려주려 하지 않았을 뿐이고, 최신 메일을 보게 된 것도 때마침 메일 수신 알람이 울렸기 때문에 별 생각 없이 하게 된 일이다.

주인공의 이와 같은 성정은 현대인의 전형적인 무기력하고 무관심한 모습을 보여준다. 남의 일에 가급적 참견하지 않고, 남의 호의 또한 기꺼이 받지 않는다. 친절은 피곤한 일상을 살아가는 데 사치일 뿐이며, 나의 반복되는 일상이 흔들리지 않기를 바란다. 그는 남의 휴대전화를 몰래 가져왔지만, 적극적으로 훔친 것도 아니며 휴대전화에 관심이 있는 것도 아니다. 늘 하듯이 서점에 들러 카메라 관련 책을 읽고, 집에 돌아오는 길에 편의점에 들러 저녁거리 도시락을 싸 들고 올 때까지 그는 휴대전화에 대해서 까맣게 잊고 있었다. 집에서 휴대전화를 발견한 뒤에도 몰래 가져왔던 것을 성가시게 여기며 내다 버릴 생각을 한다. 사건의 발단을 아무런 의지나 목적 없이 이루어진 우발적인 해프닝으로 봐야하겠지만, 이 해프닝이 종결되려는 찰라 휴대전화 주인, 즉 다이키의 어머니로부터 전화가 걸려오게 되면서 사건은 종잡을 수 없는 방향으로 흘러간다.

히토시는 자신의 목소리를 알아채지 못한 '어머니'에게 결국에는 돈을 요구하게 되고, '어머니'는 돈을 송금함으로써 사기 사건으로 이어진다. 그는 '어머니'의 전화에 기분을 좀 맞춰드리려 했던 것뿐인데, 거짓말이 이어지게 되면서 마치 보이스피싱처럼 돈을 강탈하게 된 것이다. 의도치 않게. 그리고 그는 이 일이 사기 사건이 되어 경찰에 잡혀가지는 않을까 걱정하지만 이마저도 곧 잊게 된다.

가족이라는 이름의 악연

한편 히토시는 술자리에서 아버지와의 불편한 관계에 대해서 이야기한다.

"결국 저렇게 가고 싶어 하니 사진학교에 인생을 걸어보게 하는 것도 좋지 않겠느냐고 어머니가 거들어줘서 아버지도 어쩔 수 없이 꺾였지만요. 그런데 내가 졸업 후 카메라맨이 되지 못하니까, 아버지는 의기양양해져서 말했어요. '내가 말한 대로지 않느냐. 그러니까 대학에 갔어야 하는 건데. 지금 와서 뭘 어떻게 하겠니. 이제는 너 스스로 알아서 해라.' 나도 만만하게 생각한 카메라맨이 못 된 게 엄청 쇼크였어요. 어떻게 해야 좋을지 몰라서 멍한 상태로 아르바이트를 하러 다녔는데, 취직은 어떻게 할 거냐, 장래에 대해서 생각은 하고 있는 거냐, 몰아대는 거예요. 아픈 데를 계속 찌른 거죠. '히토시, 너나 나나 무슨 재능 같은 게 없는 건 똑같아. 그러니까 착실하게 월급쟁이로 살 수밖에 없다고. 그깟 꿈 좀 깨진 것 가지고 얼빠진 놈처럼 굴지 마라. 월급쟁이를 하면서도 꿈에 다가갈 길은 얼마든지 있어. 나를 봐라. 내 경우는 자동차 개발자가 되지는 못했지만 좋아하는 자동차를 팔면서 충실한 생활인으로 살고 있잖니.' 그러지를 않나. 그런 말 정말 화났어요. 난 알고 있었거든요. 아버지가 자동차 같은 거 요만큼도 좋아하지 않고, 자동차 딜러도 하기 싫은데 억지로 하고 있다는 걸. 어머니랑 부부싸움 할 때, '난 하기 싫은 걸 참아가면서 이런 일을 하는 거라고. 가족을 부양해야 하지 않았다면 난 지금쯤 도예가가 되어 있을 거야!' 하고 고함치는 소리를 들었거든요. 실제로 아버지는 영업 성적도 그리 뛰어나지 않은, 출세 못한 월급쟁이였어요. 그런 아버지한테 그런 소릴 듣는 게 난 정말 싫었어요. 자기 문제도 해결하지 못하면서 남의 말이나 하고 말이지요." (26-27)

회사에서 직속 상사인 다지마와 껄끄러운 관계를 이어가던 어느 날 그의 업무방식에 대해 잔소리를 해대던 다지마에게 히토시는 실수를 가장해 그의 얼굴을 머리로 박아버리는 사건을 일으키고 만다. 근무를 마치고 히토시를 위로하기 위해서 술자리를 가지게 된 동료들과의 대화에서 이런저런 이야기를 이어가던 중 아버지에 대한 이야기를 나눈다.

그는 아버지와의 불화로 집을 나와 혼자 살게 되었는데, 그 이유는 어느 가정에서나 흔히 볼 수 있는 자식의 진학과 진로에 관련된 문제 때문이었다. 부모가 자식에게 하는 이야기는 의도가 어떻든 간에 모순투성이다. 자신이 하고 싶은 일을 하면서 사는 것이 행복이라고 말해 놓고, 좋아하는 사진 관련 전문학교에 갔다고 혼을 낸다. 번듯한 대학에 가서 졸업장이라도 따놓으라는 것이다. 졸업 후 취직을 하지 못하고 아르바이트를 전전하자 의기양양하게 자식을 무시하며 정규직으로 취직하지 못한 자식을 나무란다. 자신을 예로 들면서 충실한 가장임을 인정받으려 한다.

그러나 자식은 아버지가 소위 잘나가는 월급쟁이가 아니며 아버지 본인도 하기 싫은 일을 억지로 참으며 하고 있다는 것을 알고 있다. 무시당하는 자식은 아버지가 억지로 참고서 그 일을 하고 있다는 사실에 대해서 고마워하거나 연민하지 않는다. 아버지와 아들 간에 상호 존중과 신뢰가 무너져 있는 것이다. 이 장면은 앞으로 전개될 현대 가족의 붕괴 모습을 보여주는 하나의 단초가 된다.

> "아아, 둘이 닮은 거 같아."
> "농담이죠?"
> "꼭 농담만도 아니야. 히도시나 다지미니 둘 다 순수하거든. 순수한 사람이 상처를 안고 있으면 좀 어두워지는 게 아닌가 하는 생각이 드는데."
> "정말이네, 그 말을 듣고 보니 확실히 닮은 것 같기도 해요."
> 풍선 야소키치가 고개를 끄덕인다.
> "전혀." 나는 부정했다.
> "다지마도 입사 당시에는 긍정적인 태도를 가진 호감 가는 청년이었어. 그 자식, 능력 있고 요령이 좋잖아. 그러다 보니까 사람들이 저 편한 대로 이 일 저 일 시켰단 말이야. 다지마는 점점 자기가 정당하게

인정받지 못한다는 생각을 하게 되고, 그게 쌓여 비뚤어져 버린 거야. 나만이 할 수 있는 영역이 있다고 자부했는데, 그게 실은 누구나 다 할 수 있는 일이란 걸 알고 상처 입은 거지. 그래서 카메라 분야의 전문가로 취급받는 히토시가 더 맘에 들지 않는 걸 거야."

"미나미 선배, 오늘은 침울한 나를 격려해주기 위해 한잔하자고 한 거 아니에요? 이렇게 자꾸만 더 몰아칠 거면 난 집에 갈래요."

"가, 가라고. 히토시가 징징대니까 우리도 이제 그만 집에 가자."

나는 히요시 역 개찰구에서 미나미 선배와 야소키치에게 잘 가라고 인사했다. 미나미 선배는 헤어질 때 한 번 더, "다지마에 대해서는 신경 꺼. 너무 의식하면 히토시도 다지마가 돼버릴 테니까" 하고 나를 위로해줬다. "오늘 저 상처 입었어요. 이제 녹다운이에요." 나는 원망스럽다는 듯이 말하고 돌아섰다. (31-32)

술자리에서의 앞선 대화가 가족의 불화를 주제로 하고 있다면, 이어지는 대화는 회사 생활의 힘든 점을 단적으로 보여주고 있다. 취직을 하게 되면 누구나 자신의 능력에 대한 정당한 평가를 받고 싶어 한다. 그러나 현실은 녹록지 않다. 능력 있고 요령 좋다고 알려지게 되면, 동료나 상사들은 자기 편한 대로 그 사람을 이용하려 든다. 인정받기 위해 그러한 일들을 해결하다 보면, 정작 그 공로는 다른 사람들에게 돌아간다. 이용만 당하고 인정은 받지 못한다는 생각이 들게 되면서 긍정적이었던 청년은 점차 날카롭고 예민한 중년 사원이 된다. 내가 없어도 회사는 돌아가고, 내가 하는 일은 나만이 할 수 있는 일이 아니라 누구나 할 수 있는 일이란 것을 알게 되면서, 상처를 받게 되고, 조직 속에서 나를 감추려 든다. 내가 드러나는 경우는 칭찬보다는 비난을 하기 위해서라는 것을 너무나 잘 알고 있기 때문이다.

그러던 중 자신보다 똑똑하고 능력 있는 후배가 들어오게 되면,

자신도 똑같이 그의 능력을 이용하려 들게 되지만, 그의 능력을 정당하게 평가해주지는 않는다. 이와 같은 직장 생활의 전형적인 모습과 전형적인 회사 내 인간관계가 다지마와 히토시의 관계를 통해 드러나고 있는 것이다. 히토시는 자신이 다지마와 닮은 점이 있다는 사실에 불같이 화를 낸다. 자신이 가장 경멸하는 상사의 모습과 닮았다고 말하는 것에 절대로 동의할 수 없기 때문이다. 그러나 미나미 선배는 헤어질 때 다시 한 번 "너무 의식하면 히토시도 다지마가 돼버릴" 것이라고 경고한다. 그리고 이 경고는 사건이 진행되면서 현실이 된다.

> "오랜만에 만나서 기껏 한다는 소리가 '나는 아들이 아니에요'라는 말밖에 없니? 그래, 부모를 남 취급하려거든 그렇게 해라. 나야 어차피 지금까지도 내쳐져 있었으니 뭐가 달라지겠니. 그 대신 엄마도 이제 안 참는다. 내가 얼굴을 들이밀 일이 아니라고 생각했기 때문에 네가 먼저 말해주기를 기다렸는데, 더는 못 참겠다. 묻고 싶은 걸 물어봐야겠어. 마미코하고는 결혼을 할 거니 말 거니?"
> 내가 대답할 수 있는 사항이 아니었다. 무슨 말을 해야 할지 몰라 허둥댈 뿐이다.
> "그래, 불리하니까 또 입을 다물어버리는구나. 뭐, 그래도 좋아. 어미는 없는 걸로 치고 넌 네 인생을 만들어가라." (35-36)

히토시는 자신을 다이키로 믿고 있는 '어머니'에게 사실을 털어놓기로 결심한다. 그렇게 된다면 모든 것이 해프닝 이전으로 돌아가게 될 것이라고 믿으면서. 그러나 '어머니'는 히토시를 다이키로 철썩같이 믿으며, 부모 자식 간에 연을 끊기 위해서 그런 말을 하는 것이냐고 섭섭해한다. 그러면서도 마미코와의 결혼은 어떻게 되는 건지 물어본다. '어머니'는 왜 자신을 남 취급하는지 궁금해 하지 않으며, 자신의 궁금증을 해결하는 일에 관심을 보일 뿐이다. 다이키의 '어머니'는 전형적인 아들바라기의 모습을 하고 있지만, 그 모습은 어머니의 관점과 어머니의 방식으로만 관철되고 있어서 오히려 아들과의 대화를 단절시킨다. 한편 취직과 관련된 과거에 대해서 어머니는 사과한다. 취직을 포기하지 않게 하기 위해서 다이키를 몰아붙인 것이었으며, 지금은 아들에 대해 자랑스러워하고 있다고, 그리고 그 때의 일에 대해 반성하고 있으니 자신을 용서해달라고 말한다. 사과하는 '어머니'의 모습은 다혈질적이고 개인주의적인 히토시의 어머니와 비교를 이룬다. 그러나 과거에 대한 반성에 너무 골몰한 나머지 현재의 아들 모습을 올바르게 보고 있지 못하다는 점에서 이 상황은 아이러니하게 받아들여진다.

또 다른 나와 만나다

다이키의 '어머니'가 히토시를 다이키로 착각하는 기이한 일이 발생하게 되면서, 히토시는 자신의 집에 가보기로 결심한다.

> "네?" 어머니의 기운찬 목소리가 들렸다. 나는 인터폰 카메라에 얼굴을 한껏 가까이 대고서 "나예요, 히토시요." 하고 익살을 떨었다.
> "또 왔네! 적당히 좀 하세요."
> 어머니는 느닷없이 나에게 호통을 쳤다. 무방비였던 나는 너무 당황하여 어쩔 줄을 몰랐다.
> "'또'라니, 나, 오래간만에 왔는데. 아아, 너무 오랜만에 와서 그렇게 비꼬아 말하는 거예요? 확실히 꽤 오랫동안 집에 안 오긴 했지만. 뭐,

좀 봐줘요." (…)

"어쨌든 돌아가요. 돌아가지 않으면 또 요전번 같은 일이 벌어질 테니까." 어머니의 목소리는 공격성으로 가득 차 있었다.

"그래서 이렇게 집에 왔잖아요. 이 집 말고 어디로 돌아가라는 거예요. 오랫동안 소식도 없다가 예고 없이 갑자기 집에 돌아왔으니, 화가 나는 것도 당연하겠지요. 사과할게요. 잘못했어요."

나는 카메라를 향해 진지한 태도로 머리를 숙였다.

"어떤 이유를 댄다 해도 난 당신을 몰라요." (…)

문이 열렸다. 나는 조금 물러섰다. "당신, 스토커 짓은 범죄라는 거 몰라?" 하면서 젊은 남자가 나타났다. 나는 그 자리에 얼어붙었다. 그 녀석은 오늘 내가 지겹도록 봐온 남자였다. 즉, **나**였다. (55-56)

히토시는 자신과 똑같이 생긴 히토시를 만나고 놀란다.

진짜 어머니가 있을 것이라고 생각하고 방문한 자신의 집에서 히토시는 또 한 번 충격에 빠지게 되는데, 어머니가 자신을 알아보지 못하고 오히려 경찰에 신고할 것이라고 겁을 주어 내쫓으려 한다. 자신이 너무 오랜만에 찾아와서 어머니가 화가 나서 그런 것일 거라고 생각하며 히토시는 사과하지만 어머니는 계속해서 모르는 사람으로 취급한다. 그런데 "또 왔네"라는 말을 통해 아들이라고 찾아온 것이 자신만이 아니라는 사실도 알게 된다. 뒤이어 문을 열고 나오는 그 집의 아들을 본 순간 히토시는 깜짝 놀라게 되는데, 그것은 다름 아닌 바로 자신과 꼭 닮은 또 다른 히토시였기 때문이다. 이제 상황은 새로운 국면으로 향해 가게 되는데, 단순히 사람을 착각해서 잘못 알아보는 것이 문제가 아니라 또 다른 나와 대면하게 되었기 때문이다.

> 문 그늘에서 지켜보던 어머니가 **나**를 쿡쿡 찌르며 "아니, 뭔 얘기가 그렇게 길어? 정신 차려. 같은 사람인 게 분명해. 이런 장난을 치는 사람이 또 어디 있다고 그래. 빨리 쫓아버려" 하고 속삭였다. 그 말이 내 귀에 그대로 들려왔다. 어머니의 목소리는 너무 또렷또렷하여 비밀이야기가 되지 않는다.
>
> **나**는 언짢은 말투로 "됐으니까 나한테 맡기세요" 하고 어머니를 제어했다. 어머니는 고개를 끄덕거린 뒤에도 나를 노려보며 "어서 빨리 가지 않으면, 이번엔 정말로 경찰을 부를 거예요" 하고 말했다. 그때 **나**는 어머니에 대한 혐오감을 얼굴에 노골적으로 드러냈다. 고통으로 얼굴이 일그러졌다고 해도 좋을 정도였다. 그리고 퉁명스럽게 "명함" 하면서 나에게 손을 내밀었다. (60-61)

나와 똑 닮은 또 다른 **나**가 내 앞에 있다면 어떤 느낌이 들까. 당황스럽고 혼란스러울 것이다. 그런데 단순히 외모만 닮은 것이 아니라 또 다른 내가 자신이 진짜 나라고 한다면? 그리고 나의 어머니가 나를 알아보지 못하고 나와 닮은 **나**만을 아들로 알아본다면? 카메라를 들고나와 사기꾼으로 나를 고발하겠다고 으름장을 놓는 어머니의 눈에 나는 아들로 보이지 않는 모양이다. 혼란과 당황을 넘어 고통스럽기까지 한 히토시는 지난주, 지지난주에 자신처럼 이 집을 찾아온 대학생 녀석이 있었다는 사실도 듣게 된다. 사기를 치기 위해 누군가 전화를 걸어 '나야 나'라고 말할 때마다 나는 한 명씩 늘어나는 셈이다. 결국 히토시가 전화를 받아 자신이 다이키라고 참칭했으니 또 다른 히토시들이 등장하는 것은 자신이 저지른 일에 대한 벌을 받고 있는 셈이다. 그러나 그 벌은 경찰을 통한 공권력으로 해결하는 통상적인 방법으로 집행되지 않는다. 또 다른 나인 '히토시'들을 등장시킴으로써 '나야 나'라는 그 말을 그대로 실현해 놓는다. 한편 또 다른 나인 히토시는 나를 그냥 내쫓지 않고 명함을 달라고 말한다. 차후에 만남의 기회를 가지자는 뜻으로 이해되는데, 또 다른 나들과의 만남이 어떻게 사태를 진행시킬지 궁금해지는 대목이다.

> "그래도 난 상관없어. 다만 엄마는 널 인정 않고 내쫓을 테지. 내가 우리 집에 사는 건 엄마랑 아버지가 나를 히토시라고 생각하기 때문일 뿐이야. 사람이 바뀌어도 엄마랑 아버지가 그 사람을 히토시라고 생각하면 일상은 계속되는 거야. 그 정도일 뿐이라고. 회사 일하고 같아. 인사이동이 있어도, 담당이 내가 아니라 다른 사람으로 바뀌어도, 업무만 돌아가면 일상은 계속돼. 그러니까 어쩌면 나는 몇 대째쯤 되는 히토시일지도 몰라. 난 계속 이 집에서 살아온 히토시였다고 착각하고 있지만, 실은 그게 의외로 최근 일이고, 뭐랄까, 길게 뻗은 길이 있다고 치면 실물로서의 길은 겨우 몇 미터이고, 나머지는 그려놓은 무대 배경이라든가 CG 같은 걸지도." (73)

또 다른 나인 히토시와 드디어 만나게 된다. 그는 히토시에게 다이키로 살아가라고 권유한다. 사람들 모두가 자신을 다이키로 인식하고 있다면 그러한 현실을 받아들이고 다이키로 살아갈 수밖에 없지 않느냐는 것이다. 이 말에 무언가 꿍꿍이가 있지 않나는 항변에 또 다른 나인 히토시는 지금 이와 같은 상황이 혼란스럽고 자기 자신에 대한 자신감도 떨어지게 만든다고 푸념한다. 외모가 똑같은 히토시들이 많이 있다면, 다음번에 자신을 보고 '넌 내 아들이 아니야'라고 말한다 한들 어떻게 증명할 것이며 항변할 것인가. '이 집에서 쭉 살아온 것이 정말 나인가'라는 생각에 이르자 모든 것이 모호해졌다는 것이다. 사람이 바뀌어도 부모님들이 그를 히토시라고 생각한다면 나는 쫓겨나게 되고, 그가 히토시의 자리를 차지한 채 일상은 바뀌지 않을 것이다.

이러한 인식은 사회의 부속품으로 살아가는 현대인의 자의식을 잘 반영하고 있다. 아들이나 딸로서 나의 역할을 누군가가 잘 수행하고 있고, 그를 부모님이 자신들의 자녀라고 생각한다면, 내가 되었건 누가 되었건 회사의 업무만 문제없이 잘 돌아간다면, 그 자리 그곳에 반드시 내가 있어야 할 필요성 따위는 더 이상 없는 셈이다. 사회에 대한 기능주의적 인식이 팽배한 곳에서 개인의 가치와 고유성은 사라지게 된다.

> 결혼하고 싶은지 어떤지 나는 잘 모르겠다. 그런 기회가 오지도 않으니까 심각하게 생각할 마음도 안 든다. 다만 결혼한다 쳐도 상대는 내 분수에 맞는 평범한 여자일 것이 분명하고, 결국 어머니 아버지 같은 부부가 되는 게 고작일 것이다. 그런 가정을 이루고 싶은 생각은 전혀 없다. 오히려 그런 부부가 양산되는 사이클을 끊어버리고 싶은 심정이다. 그러면 나 같은 아이도 태어나지 않을 테니까.
>
> 아니, 아이 같은 건 아무래도 좋고, 사실 문제는 내가 누구하고도 함께 살고 싶지 않다는 데에 있다. 매일매일 종류를 바꿔봤자 거기서 거기인 편의점 도시락이나 맥도날드 햄버거를 홀로 먹는 생활은 비참하고 한심하다. 하지만 그것은 먹이니까 괜찮다. 혼자 있을 때의 나는 전원이 꺼진 물체이니까, 그냥 망가지지 않을 정도로 최소한의 연료 보급만 해둬도 충분하다. 그러니까 지금 먹는 것 이상의 맛있는 음식 같은 건 안 먹어도 좋다. 진짜 문제는 전원이 켜져 있을 때 일어난다. 그때는 정해진 틀에 사로잡혀 살아 있는 나를 이해하려 하지 않는 부모와 한데 섞여 살며 그들에게 나를 이해시키기 위해 계속 노력해야 한다. 나는 끊임없이 나로 있어야 하는 것이다. 살아 있는 동안 내내 그래야 하면 정신이 돌아버리기 때문에, 스위치를 끌 필요가 있다. 그래서 나는 스위치를 끌 수 있는 혼자만의 시간을 소중히 여긴다. 혼자

의 시간, 내가 전원을 끄고 나이기를 그만두는 시간에 나는 편안해진다. 그러나 누군가가 있으면 나는 전원이 켜진 상태여야 하며 깨어 있는 내내 나로 있어야 한다. 오로지 잠들어 있는 동안만 전원을 끌 수 있다. 그건 끔찍한 일이다. (77-78)

흔히 말하는 'N포 세대'의 사고방식을 이보다 더 잘 표현할 수 있을까. 히토시는 결혼에 대해서 회의적이다. 결혼을 포기하는 이유는 자신과 같은 별 볼일 없는 남자는 별 볼일 없는 여자를 만날 수밖에 없기 때문이고, 별 볼일 없는 결혼생활을 유지하면서, 별 볼일 없는 나를 닮은 아이를 낳을 수밖에 없기 때문이다. 이 악순환의 사이클에 동참하는 것보다 차라리 조금 외롭고 비참해 보이더라도 혼자서 살아가는 것이 훨씬 낫다.

혼자 있을 땐 아무도 의식하지 않고 누구를 위해 애쓰지 않고 전원을 끈 채로 편안하게 지낼 수 있기 때문이다. 나에게 기대하는 나다움에 부합하기 위해 전전긍긍할 필요도 없고, 상대방의 마음을 읽어내기 위해 노심초사할 필요도 없다. '스위치를 끌 수 있는 혼자만의 시간'에 더 익숙한 혼술, 혼밥 세대들이 공유하고 있는 이와 같은 인생관은 타인에 대한 무관심과 관계 맺기에 대한 거부감을 드러낸다. 나와 다른 남을 부단히 의식하면서, 타인의 시선에 자신을 맞추기 위해 애쓰는 일이 주는 피로감으로부터 해방되는 것이야말로 가장 나다운 삶을 살아가는 일이 아니겠는가. 생각이 이렇게 흐르게 되자 부모님으로부터 쫓겨났던 자신보다 부모님과 함께 살고 있는 또 다른 히토시가 불쌍하게 느껴진다.

"비교할 게 뭐 있어. 가족은 타인의 시작. 그 이상도 이하도 아니야."
"야아아, 히토시씨 말에 이제 뭔가 힘이 느껴지는데."

"이제 막 가족과 연은 끊었으니까. 이제야 겨우 숨통이 트여."
"부모에게서 벗어나고 싶다고 하더니 결국 실천에 옮긴 거네."
"내가 한 말을 기억하고 있었어?"
"당연하지. 겨우 일주일 전에 들은 말이잖아. 나랑 대학생을 만나고 나서 결심을 굳힌 거야?"
히토시는 "그야 뭐" 하고 고개를 끄덕였다.
"요전번에도 말했지만, 우리 양친은 나에 대해서 제대로 아는 게 없어. 왜냐하면 태어나서 지금까지 자기들이 보고 싶은 식으로밖에는 나를 봐오지 않았으니까. 자기들이 알고 싶지 않은 건 무시하고 지나가는 거야. 어쩔 수 없다고 포기하고 살다가 너희가 우리 집에 온 뒤로는 더 이상 그냥 넘어갈 수가 없게 됐어." (114-15)

마침내 3명의 히토시가 만났다. 남이 아닌 또 다른 **나**들과 만나는 일은 유쾌하고 즐거웠다. 나를 이해하지 못하는 남이 아니라 습관과 생각과 느낌을 함께 공유하고 있는 또 다른 **나**들과 함께 있기 때문이다. 내 생각을 이해시키려고 애쓰거나, 남의 생각을 이해하려고 노력할 필요가 없다. 또 다른 **나**들과 있는 것은 혼자 있으면서 전원을 끈 상태로 있는 것이나 다름이 없기 때문에 편안하고 숨통이 트이는 느낌이다. 서로의 생각을 쉽게 이해할 수 있으니 인간관계에 대해서 자신감도 생긴다. '오프' 상태로 함께 있는 것. 그야말로 가장 이상적인 상황이 아닌가.

3명의 히토시는 **나들**과 함께 있어서 행복하다.

히토시가 불쌍하다고 생각했던 또 다른 히토시, 부모님과 함께 살고 있는 히토시는 결국 집을 나온 모양이다. 또 다른 히토시는 부모님이 자신을 그들이 보고 싶은 대로만 보려고 하고 자기들이 알고 싶은 것만 알려고 하며 그렇지 않은 것은 무시해 버린다고 토로한다. 어쩔 수 없이 함께 살아왔지만 또 다른 히토시들을 보고 더 이상 참을 수 없게 되어버렸다고 그는 말한다. 이 부분은 가족의 붕괴, 특히 그중에서도 부모 세대와 자녀 세대 간의 상호고립과 갈등을 지적하는 부분이다. 부모는 사회의 가치와 기준을 자식 세대에 전하는 일차적인 매개자들이며, 자식에 대한 사랑이라는 이름으로 매개의 역할을 정당화한다. 자식은 자신에 대한 부모의 기대에 부응함으로써 사랑에 보답하고 자식 된 도리를 수행할 의무를 지닌다. 기대와 의무의 행복한 결합이 내면으로부터 붕괴하게 되는 것이다.

"난 반대였어요. 별 생각 없이 호세이 대학을 지망했다가 합격했다는 소식을 듣고 좋아했더니, 하루카가 '바보 아냐?' 그러더라고요. 아, 하루카는 한 살 아래 여동생인데요. 나더러 부모님한테 세뇌당했다는 거예요. '엄마 아빠는 중학교 때부터 저녁 식사 자리에서든, 어디서든, 야구나 뭐 그런 걸 화제로 삼아서 일부러 호세이 대학 얘기를 많이 하곤 했어. 오빠는 스스로의 판단으로 그 대학을 선택한 줄 알겠지만 실은 부모가 골라준 거야. 한심한 건 오빠가 그 사실을 눈치채지 못하고 있다는 거지.' 그렇게 말했어요. 하루카는 날카로운 아이예요. 걔가 본 대로 내가 호세이 대학에 다니는 희생이라는 건 그 사람들한테는 일종의 루이비통 가방 비슷한 거였어요." 대학생은 굳은 얼굴로 그렇게 말하고 마른 입술을 핥았다.

"형제 중 동생 쪽은 말이지, 형에게서 미리 선례를 보니까 세상을 사는 데 더 약삭빨라지게 되어 있어. 봐, 나한테는 형이라는 반면교사가 있었지만 형한테는 아무도 없었잖아. 우리 부모는 형에게 '개성적, 개성적' 하며 소리를 높였지만 정작 자신들은 다른 사람의 흉내를 내고 다른 사람의 시선만을 마음에 두고 사는 평범한 속물에 지나지 않았어. 세상이 온통 속물들로 가득 차 있다 보니, 자기들이 얼마나 괴물인지 전혀 모르며 사는 거야. 평범한 사람이란 게 사실은 제일 괴물인 거지. 그런 사람들에게 둘러싸인 형인데, 어떻게 개성적인 삶을 배울 수 있겠어? 개성적으로 산다는 게 뭔지 어떻게 배우겠어?" (119-20)

자녀 세대의 부모 세대에 대한 신랄한 비판이 계속 이어진다. 부모님의 자식에 대한 과도한 기대는 자녀들에게 부담이 될 뿐만 아니라 모순적으로 느껴진다. 하루카에 따르면, 대학생 오빠 히토시는 어릴 적부터 줄곧 호세이 대학에 갈 수밖에 없도록 부모님들로부터 지속적으로 세뇌를 당해 왔다는 것이다. 자연스럽게 대화를 호세이 대학 쪽으로 유도하고, 그 대학에 대한 호감을 드러내는 과정을 반복함으로써 그 대학에 대한 호감이 생기게 되고 진로를 결정할 때 우선적으로 고려하게 된다는 것이다.

자식의 학벌이 부모에게는 자랑거리가 되는 게 당연하겠지만, 일종의 '루이비통 가방' 같은 역할을 한다는 것은 단순한 자랑거리가 아니라 부모의 허영심을 충족시키는 수단으로 전락한다는 의미가 된다. 부모들은 개성 있게 살라고 입으로는 말하지만, 막상 자신의 자녀가 개성 있는 선택을 하였을 때는 이를 반대하고 만류한다. 개성 있게 살라는 말을 의미도 모른 채 다른 부모나 남들을 따라 반복했던 것뿐이었다. 이런 몰개성적인 속물근성이 자녀들에게는 부담과 상처가 된다. 개성적으로 사는 사람을 주위에서 본 적이 없는데 어떻게 개성적으로 살 수가 있겠는가.

대학생 히토시와 히로시 형에 관한 이야기를 하면서 서로들 크게 다르지 않은 삶을 살아왔음을 느낀다. 그들은 누구나 나와 비슷한 상처를 가진 또 다른 나일 뿐이다. 우리는 크게 다른 존재가 아닌 것이다. 3명의 히토시들은 이심전심으로 서로 통하는, 말하지 않아도 서로 잘 알고 이해하는 사이가 된 것이 기쁘다. '말이 필요 없을 정도로 서로 잘 이해하는 사이'라는 꿈만 같던 이야기가 그들끼리 함께 있을 때 가능하다는 사실이 무엇보다 좋다.

이 장면에서는 타인과의 관계 맺기를 힘들어하고 두려워하는 히토시의 진솔한 내면이 드러나고 있다. 기뻐하는 그의 모습에서 대인관계로 인해 상처받았던 과거의 행적들이 오버랩되면서 연민과 씁쓸함이 동시에 느껴진다. "상대가 나 자신일지도 모른다는 생각은 아무도 하지 않으니까 서로 이해해보려고도 하지 않게 되고, 결국은 서로 이해 못하는"(126) 사이가 된다는 말이 뼈아프다. '역지사지'의 정신, 결국 너도 나인데, 나도 너와 같은 상황에 얼마든지 처할 수 있는데, '아프냐, 나도 아프다'라고 말할 수 있는 공감 능력. 현대가 겪고 있는 이와 같은 결핍이 결국에는 자신을 고립시키고 스스로를 외롭게 만든다.

또 다른 나를 만나는 괴로움

그러나 이제 상황이 바뀌었다. 여기 모인 3명의 히토시들 외에 밖에는 수많은 '**나**'들이 존재한다. 그들과는 100% 서로 이해할 수 있을 것이다. 히토시는 무수히 많이 존재하는 또 다른 히토시들을 생각하면서 희망을 부풀린다. "내일부터 세계가 변하겠군"이라며 희망을 품어보지만, 세계는 히토시가 기대하는 것과는 정반대 방향으로 변하기 시작한다.

> 나는 고개를 끄덕였다. 영상도 아니고 언어도 아닌 희미한 장면이 내 머릿속에서 재현되고 있었다. 그것은 상대 여자의 몸에 상처를 입

힐 정도는 아니지만, 마음에는 평생 깊은 상처를 입히는, 차마 중학생 정도의 아이가 했다고 할 수 없는 파렴치하기 그지없는 행위의 잔영이었다. 그것이 잊혀가던 내 기억인지 나오의 기억인지 구별이 되지 않았다. 그 장면을 머릿속에서 떨쳐내자 이번엔 맹렬한 슬픔이 덮쳐왔다.

"나오, 그렇게 한 건 너의 자의가 아니었어. 너를 노여움에 돌아버리게 해서 그런 행위를 하지 않을 수 없게 만든 다른 녀석들의 획책이 문제였어. 더러운 건 그 녀석들이야. 네 속에 그런 마음이 있었던 게 아니라고. 넌 그때에도 여전히 이지메에 시달리고 있었던 거야." 히토시가 종교인 같은 말투로 설교했다.

"그런 말 안 해도 돼요. 그런 짓을 한 건 나예요. 행위는 사라지지 않아요. 정말로 내 속에 그런 마음이 전혀 없었다면 그런 짓은 하지 않았을 거예요."

나오는 울부짖는 어조로 말했다.

"그건 분명 우리 셋이 함께 한 거야. 너 혼자 그런 게 아니야. 우리 셋 모두의 안에 있는 거라고. 그러니까 우리가 함께 극복해야 해. 혼자서는 힘들어도 셋이 함께라면 극복할 수 있겠지?" (156)

대학생 히토시, 즉 나오의 어린 시절에 관해 이야기를 나누고 있다. 어릴 적, 학급에서는 이지메를 퇴치하기 위해서 회의를 개최한 적이 있다. 그리고 기발한 제안이 나오게 되는데, '일주일씩 돌아가며 이지메를 당하게 해보자, 그럼으로써 이지메를 당하는 것이 얼마나 상처가 되고 고통스러운지를 알게 된다면 다시는 이지메를 하지 않을 것이다'라는 것이다. 그 의견은 받아들여지고 드디어 나오의 차례가 되었을 때, 그는 상상 이상으로 괴로웠고, 자기 차례가 지난 후에도 그 상처가 지워지지 않았다. 그리고 그 상처를 잊기 위해, 그리고 자신이 당한 만큼 되갚아 주기 위해 다음 차례의 학급 친구에게 더욱 처절한 이지메를 가한다. 고통은 아무리 자주 겪어도 면역이 생기지 않는다.

다음에 올 고통에 대해 더욱 큰 공포를 느끼고 고통에 힘들어할 뿐이다. 아울러 타인과 세상에 대해 적개심을 가지게 되며, 스스로 파괴적이고 공격적인 성향을 내면에 키워갈 뿐이다. 한편 나오의 아픔과 죄의식에 함께 부채의식을 지니면서도 그에게 위로와 도움이 되고 있음을 내심 즐거워하는 모습에서 어쩔 수 없는 인간의 양면성을 볼 수 있다.

> "네가 믿든 안 믿든 상관없는데, 난 그런 유의 체험을 이미 했어. 네가 아직 요시노야의 아르바이트생이었을 때야. 요시노야에서 보고 바로 알아챘지. 그래서 너한테 마음을 썼던 거야. 하지만 그 뒤에 난 나 자신들과 사이가 험악해지면서 지옥을 경험했어. 다행히 바로 그들에게서 멀어졌기 때문에 최악의 체험은 겪지 않은 채 끝났지만, 난 깨달았지. 나 자신이라고 해서 무조건 믿어서는 안 된다는 것을 말이야."
> (…)
> "유치하군. 자기 자신에게만 받아들여지는 사람들이 끼리끼리 모여서 서로 상처를 핥고, 세상하고는 다르니 어쩌니 하고 있으면 거기에 네가 말하는 진심이 있다는 거야? 그게 뭐가 진심이야. 그건 오합지중이야. 오합지중이 얼마나 추한지 난 이미 봤어. 난 너보다 훨씬 멀리까지 가 있다고. 그런 유치한 관계는 버려. 그런 수준 낮은 희열에 잠겨 있으면 나중에 파멸이 왔을 때 한 줌도 안 남을걸. 난 딱 한 번만 충고한다. 이 얘기도 두 번 다시 안 해." (167-68)

한편 히토시는 자신이 그토록 싫어하는 직장 상사 다지마가 또 다른 히토시라는 사실을 알게 된다. 그리고 다지마가 또 다른 자신이라면 이제 더 이상 그와 갈등할 이유가 없다고 생각하며 그를 받아들일 수 있을 것이라고 말한다. 그러나 그 사실을 다지마 또한 이미 알고 있는 듯한데, 그는 그 사실에 별다른 의미부여를 하지 않는다. 그리고 '나에 대한 근본적인 거절을 하게 될' 것이라는 알 수 없는 이야기를 한다. 다지마가 들려주는 이야기에 따르

다지마 상사는 자기자신에게만 받아들여지는 사람이 되어서는 안된다고 충고한다

면, "나 자신들과의 사이가 험악해지면서 지옥을 경험했"으며, "나 자신이라고 해서 무조건 믿어서는 안 된다"는 것이다. 다지마의 경고는 이후 벌어질 사건에 대한 복선의 역할을 한다. 실제로 히토시는 자기의 기대와 달리 이후 지옥 같은 일을 겪게 된다.

'자기 자신에게만 받아들여지는 사람'이 된다는 다지마의 말은 결국 아무에게도 받아들여지지 않는 사람이라는 뜻으로 풀이된다. 타인에게 받아들여지지 않는 사람이란 유아적인 퇴행에 빠진 아집이 강한 인간이라는 뜻이기 때문이다. 결국 나 밖에는 모르는 사람, 타인에게 마음의 문을 걸어 잠그는 사람, 소통과 배려와 양보를 모르는 사람, 결과적으로 그런 사람들이 모여 있다면 그 무리는 까마귀 떼가 아니고 무엇이겠는가. 이와 같은 유아적 개인주의는 종국에는 자기 자신에 대한 부정으로 귀결된다. 자기 자신마저도 신뢰하지 못하고 스스로에게 회의적이고 부정적인 사람이 될 수밖에 없기 때문이다.

"다이키 넌 그 자리의 분위기에 물드는 것 말고는 아무것도 생각 안 한다고 해도 좋을 정도잖아."

누군가 그렇게 말했던 게 생각났다. 언제 누가 그런 말을 했는지는 기억이 안 나는데, 어쨌든 그 말대로다. 나는 늘 주위의 색깔에 물들 뿐 아무것도 스스로 선택한 적이 없다. 탈세 방법을 알려준 것도 내가 그렇게 하고 싶어서 주도한 게 아니고, 어쩔 수 없는 괴로운 결단 끝에 맡은 일도 아니다. 그런 상황이 눈앞에 펼쳐지면 나는 그냥 따를 뿐인 거다. 그러니까 나 같은 건 없는 거나 마찬가지다.

정어리의 이미지가 떠올랐다. 자유자재로 바다를 헤엄치는 것 같지만, 실은 나는 주위의 정어리에 맞춰서 몸을 움직이고 있을 뿐이다. 리더가 있어서 움직임을 결정하는 게 아니다. 모든 정어리가 주위를 따라 한 결과 전체적으로는 구름같이 부풀거나 줄어들거나 옆으로 흘러가거나 오로지 멀리 헤엄쳐 가거나 하는 것이다. 거기에 자신의 생각은 없다. 무리에서 떨어져 나가면 잡아먹힌다. 그러니까 나는 주위의 정어리에게 뒤처지지 않도록 열심히 움직인다. 전후좌우 위아래 어디를 봐도 같은 정어리, 정어리. 그러는 사이 어느 정어리가 자신인지 모르게 된다. 자신이 거기에 있는지 없는지조차도. (185)

다이키가 된 히토시는 자신을 드러내거나 자기주장을 하는 일과는 거리가 먼 인물이다. 조직과 집단 내에서 언제나 '대세'를 따름으로써 분위기에 편승할 뿐, 개인적인 의견으로 인해 비판을 받거나 따돌림을 당할까 두렵기 때문이다. 마치 카멜레온처럼 늘 주위의 색깔에 맞춰 자신의 색깔을 잊은 채 살아가다 보면, 도대체 나란 존재는 있기나 한 것인가 회의가 든다. 히토시는 자신에 대해서 "누구에게도 악의 같은 건 없다. 나도 나니까 잘 안다. 모든 것이 단지 그때의 흐름이나 환경이나 우연으로 결정되는 거다. 그냥 그렇게 된 것뿐이다. 선택할 수 있는 게 없다. 자신의 힘으로 할 수 있는 건 아무것도 없다. 그러니까 나에게는 선택의지가 없다. 선택의지는 빼앗겼다. 아니, 처음부터 주어지지 않았다. 나는 선택의지가 없는 생물이다."(230-31)라고 자신에 대한 평가에 동의한다.

히토시의 정어리 비유는 절묘하다. 외부에서 본다면, 모양과 크기를 달리하며 함께 그룹을 이뤄 바다를 헤엄쳐 다니는 정어리 떼는 훌륭하고 아름다운 조직의 모습처럼 보일지도 모른다. 그러나 실상은 다르다. 목적도 방향도 없이 다만 그 무리에서 낙오되면 잡아먹히기 때문에 하나같이 열심히 함께 헤엄치고 있을 뿐이다. 그리고 정어리 같은 삶은 재생산된다. 가스미 누나의 아기, 히토시의 조카인 쇼의 모습을 보니, 그 아기 또한 히토시 즉 또 다른 나의 모습을 하고 있는 것이다. 또 다른 히토시로 자라도록 운명 지어진 쇼의 모습을 통해 우리는 개인이 삭제되고 조직만 남은 현대인의 삶의 모습에 씁쓸함을 금할 수 없게 된다.

> 다음 뉴스는 치한에 대한 재판 소식이었다. 공립중학교의 교장이 상습적인 추행을 하다가 통근 중에 붙잡혔는데, 조사 결과 다른 중학교 여학생과 매매춘 행위를 했다는 사실도 발각되었고 재판 결과 징역 4년의 실형 판결이 내려졌다는 아주 흔한 사건이었다. 그런데 화면에 비친 피고인 교장, 재판장, 뉴스를 보도하는 젊은 기자가 모두 **나**였다.
>
> "그제는 오모테산도 거리에서 무고한 사람 네 명을 '묻지마식 살인'으로 죽인 **나**의 재판이 있었어" 하고 히토시가 말했다. "피고와 재판관, 변호인까지 모두 **나**였지. 안 좋은 건 전부 나였어. 나를 싹 없애버리면 이 세상은 깨끗해질지도 몰라. 뭐, 그 전에 세상은 **나**만으로 꽉 차게 되겠지만. 그렇다면 우리 천하겠지." (189-90)

마침내 다지마가 경고한 상황이 도래한다. 생활보호 신청자들을 위한 서류 업무를 맡은 공무원 히토시는 또 다른 '**나**'들의 모습에 환멸감을 느끼기 시작한다. 처음에 그는 자신이 또 다른 '**나**'들을 도울 수 있다는 사실에 스스로를 의미 있는 존재로 여기게 되었으나, 점차 무능하고 의존적인 신청자들의 모습에서 자기 자신을 봐야 한다는 현실 때문에 자기 환멸에 빠지게 된 것이다. 그들 뿐만이 아니다. 상습적인 성추행과 성매매를 일삼다가 발각된 교장, 그를 재판하는 재판관과 변호인, 이 사실을 보도하는 기자, 이들 모두가 또 다른 '**나**'들인 것이다. 그리하여 '**나**'들만 세상에서 없어진다면, 이 세상은 깨끗해질 것이라고 생각하게 된다.

환멸스러운 '나'들로 가득한 세상, 별다른 노력 없이도 서로를 이해하고 속마음을 알 수 있는 존재들로 가득한 세상은 유토피아인 것처럼 보이지만, 그 '나'들이 모두 환멸스러운 내면을 가지고 있는 존재들이라면, 그리고 그 '나'들이 모두 자기환멸에 빠져 있다면, 그 세상은 다지마가 말한 지옥 같은 세상이 될 것이다.

> "나도 뚜껑이 열릴 것 같다고. 한계를 넘어섰어. 왜 내가 벌레 같은 나의 무리 때문에 이렇게 몰려야 되느냐고. 웃기지 말라고 해. 어지러이 여기저기서 나타나서, 남의 흉내나 내느라 제대로 홀로서기도 못하는 팔푼이 주제에 나인 척하고 말이야. 난 네 녀석들하고는 달라. 이런 게 아냐. 이런 싸구려, 대량생산된 실패작하고는 다르다고. 네 녀석들 같은 규격 미달이 무수하게 나오기 때문에 내 가치까지 떨어지는 거야. 똑같이 취급되는 건 이제 싫어. 더 이상 안 참을 거야. 용납 못해. 전부 부숴버릴 거야." (193-94)

공무원 히토시의 자기 환멸이 마침내 폭발하면서 3명의 히토시 모임 '나의산'은 파괴된다. 대학생 히토시 나오는 자신의 학교 친구이자 또 다른 '나'인 미조노구치를 모임에 데려오고 싶어한다. 그러나 히토시는 그의 합류를 거부하고 그에게 냉성하게 대한다. 그런데 미조노구치는 또 다른 '나'이기 때문에 미조노구치를 냉대하는 것은 자기 자신을 냉대하는 것이나 마찬가지이다. 히토시의 이와 같은 행동은 3명의 히토시들 모두에게 자기 환멸과 자기 불신을 지니게 하는 계기가 된다.

공무원 히토시는 자신이 벌레같고 무능하며 줏대도 없는 팔푼이 같은 또 다른 '나'들과 자신이 같은 존재라는 것이 지긋지긋하고 참을 수 없다. 그들과 자신이 같은 존재라는 사실이 자신의 가치를 떨어뜨리고 그들처럼 패배자 취급을 받는 원인이라는 생각이 들었기 때문이다. 이제 이 모임, 아니 더 나아가 '나'들로 이루어진 이 세상을 파괴하고 싶은 생각이 들 뿐이다.

나를 삭제하려는 나에게 당하다

이제 지옥은 '위험한 지옥', '서바이벌 전쟁터'가 된다. 자신을 향한, 그와 동시에 세상을 향한 파괴 욕구를 히토시가 지니게 되었다면, 이 세상에 존재하는 모든 또 다른 '나'들도 같은 욕구를 지니게 되었기 때문이다. 이제 누구도 믿을 수 없고, 늘 주위를 경계하며 다녀야 하고, 예기치 않은 습격으로부터 자신을 지키거나 숨기며 살아가야 한다. 일순간 방심한다면, 나는 '나'로부터 불의의 일격을 당하게 될 것이니까.

> 문득 생각이 나서 '오늘' '사망' '수' 등을 검색어창에 쳐봤다. 각지의 경찰 통계가 나온다. 그것들을 들여다보다가 살인 통계는 2년쯤 전부터 발표하게 됐다는 것을 알았다. 미처 다 보도할 수 없는 수의 살상사건이 일상적으로 일어나고, 그렇다고 전혀 보도를 안 할 수는 없어서 우선 통계수치로라도 발표하게 된 모양이다. 그리고 '자살'이나 '살인'이라는 말이 몹시 자극적이어서 어감을 부드럽게 하기 위해 '자사' '타사'라는 용어를 사용하게 되었다고 한다. 그래도 용어가 아직 섬뜩하다고 해서 지금은 '삭제'라는 말로 대체되기 시작했다고 한다. (217)

우려하던 일이 현실이 되었다. 결국 나오가 살해된 것이다. 나오는 또 다른 '**나**' 히토시이기 때문에, 마치 내가 죽은 것처럼 느껴진다. 죽은 나오를 보게 되면서 내가 죽은 것처럼 느껴지고, 나는 죽은 나를 바라보는 유령처럼 느껴진다. 죽은 나를 보면서 누구에게도 좌우되지 않고 어떻게 해도 흔들리지 않는 나를 느끼게 된다. 죽어야만 주위의 색깔에 자신의 색깔을 맞추는 일을 멈출 수 있는 것 같다.

나오의 죽음은 이제 나의 죽음을 겨냥할 것이다. 나는 위험하다. 그래서 살해당한 또 다른 '**나**'들을 검색해 본다. 그런데 보도에는 통계수치로만 발표가 되어있다. 미처 다 보도할 수 없을 만큼 많은 살상사건이 일상적으로 일어나기 때문이다. 나도 모르는 사이에, 나의 무관심 속에서 그렇게 많은 살인과 상해가 발생하고 있었다. 내가 위험하다고 느끼기 오래전부터 이미 나는 언제나 위험 속에서 살았던 것이고, 타인의 위험에 눈 감고 있었던 것일지도 모른다.

어감을 부드럽게 하기 위해 '자살'이나 '살인'이라는 용어 대신 '자사' '타사'라는 용어를 사용한단다. 어감이 부드러우면 일어난 일의 끔찍함도 부드럽게 느껴지는 것일까. 일상적으로 일어나는 살상사건을 어떻게 하면 줄일 수 있을까를 고민하고 보도해야 할 권력과 언론의 이러한 발상은 '눈 가리고 아웅'하는 격이다. 그래도 섬뜩하다며 이제는 '삭제'라는 용어를 사용한다니, 사람을 마치 컴퓨터의 불필요한 파일인 양 취급하는 것 같다.

> 이유는 분명하다. <u>우리</u>는 태어난 이래 이런 삶밖에 살아오지 않았기 때문이다. 나 자신은 쓰레기라는 생각에 빠져 살면서, 자신은 쓰레기가 아니라는 사실을 증명하기 위해 자신보다 더 쓰레기인 녀석을 만드는 데 온 힘을 다한다. 그렇게 밑으로 밑으로만 나선을 그리며 내려가는 삶밖에 몰랐기 때문에, 히토시는 우리가 <u>나의산</u>에서 경험한 유대라는 현실을 끝내 믿지 못하고 이전의 삶으로 도망친 것이다. <u>우리</u>를 길

들인 그 자동적인 삶은 그토록 강력하게 우리를 지배한다. (…)

나에게는 이미 내가 확실하게 안다고 할 수 있는 사람이 아무도 없다는 느낌이다. 누가 친구이고 누가 회사 동료이고 누가 어머니이고 누가 아버지이고 누가 형제인지, 나로서는 이제 알 수 없다. 그래서 나 자신이 누구인지도 모른다. 모든 윤곽이 점선으로 되어있다. 다만 오로지 같은 나일 뿐, 바깥이든 집 안이든 전철 안에서든 눈에 보이는 것은 오직 나, 나, 나. 자기 자신으로 뒤덮인 곳에서 서로 상처 입히고 서로 삭제하고 있다. 누구보다도 서로 잘 이해할 수 있는 자신을 누구보다도 잔혹하게 괴롭히고 있다. 옆도 돌아보지 않고 똑바로 오직 절명을 향해 돌진하고 있다. (220-21)

이제 나를 또 다른 '나'들과 이어주는 유대감은 사라지고, 환멸과 자기 파괴의 충동만 남게 되었다. 3명의 히토시들만이 아니다. 그들로 대변되는 우리 모두의 삶이 별반 다르지 않다. 한편으로는 자신을 비하하면서, 다른 한편으로는 자신보다 못한 존재를 만들어내고 낙인찍으며 우리는 바닥을 향해 함께 추락해 왔던 것이다. 자기 비하와 타인에 대한 멸시는 마치 동전의 양면과 같아서 둘 모두를 파괴시킨다. 타인은 오목거울로 비추는 순간, 타인 또한 그 거울로 나를 바라보게 되기 때문이다.

이제 모든 '나'들은 서로를 삭제하고자 하는 충동으로 가득 차 있다. 충동으로 가득 찬 '나'들을 구별할 방법이 없다. 친구도, 동료도, 부모도, 형제도 구별할 수 없으니 나 자신이 누구인지도 알 길이 없다. 다만 누구보다도 서로를 잘 이해하기 때문에 누구보다도 잔혹하게 서로를 괴롭히는 방법을 알고 있을 따름이다. 마치 브레이크 없는 폭주 기관차처럼 서로의 삭제를 향해 마주 달릴 뿐이다. 결과는 파국이다.

놀랍게도 다른 통행인 누구도 나의 상황에 주의를 기울이지 않았다. 이쪽은 계단에서 굴러 떨어질 뻔했는데도 녀석들은 아무 일 없다는 듯 질서정연하게 계단을 내려간다. 물론 나를 넘어뜨리려 했던 나에 대해서도 아무런 조치를 하려 들지 않는다. 붙잡으려는 사람도 없고 역무원에게 알리는 사람도 없다. 멈춰 서지도 않는다. 그 녀석과 나를 보려고도 않는다. 우리가 투명한 걸까, 그게 아니라면 통행인은 움직이는 무대배경인 걸까, 아니면 너무나도 흔하게 벌어지는 일이라서 누구의 눈에도 머물지 않는 걸까.

이런 식으로 53명이 죽어가는구나. (…)

이런 식으로 나와 나가 서로 상대를 잘못 알거나 잘못 알지 않거나 하면서 상대를 지우고 있는 것이다. 어제 죽은 53명은 모두 나였다.

이 얼마나 위험한 세상인가! 여하튼 눈에 보이는 사람들이 온통 나 투성이라서 언제 어떻게 잘못 보여 사라질지 알 수가 없다. (222-23)

현대인들은 타인의 삶에 될 수 있으면 관여하려 하지 않는다. 남으로부터의 간섭도 가급적 받으려 하지 않는다. 그래서 도움을 청하는 타인의 시선을 애써 외면하고, 불의에 눈 감으며 가능한 한 빨리 그 자리를 피하려 한다. 타인으로부터 일정한 거리를 유지하는 것이 바로 현대인의 질서의식을 잘 보여주는 것이다. 그래서 내가 누군가로부터 공격을 받아 계단에서 굴러떨어질 뻔하더라도 나의 안위를 묻지 않으며, 가해자를 잡으려 하지도 않는다. 그들에게 좋은 것이든 나쁜 것이든 영향을 주지 않는 한 나는 그들에게 투명인간 혹은 무대배경일 뿐이다.

'이러한 무관심 속에서 보도에 났던 53명도 죽어갔던 것이구나.' 라고 히토시는 생각한다. 그들에겐 오늘 내가 계단에서 굴러떨어져 죽었다 하더라도 그들과는 상관없는 일이 될 것이며, 상관없는 일이기 때문에 아무 일도 안 일어난 것과 마찬가지가 된다. 나의 무관심 속에 어제 죽은 53명과 그들의 무관심 속에 오늘 죽을 뻔했던 나는 그래서 모두 동일인이다. 무관심 속에서 죽어갔지만, 아무에게도 기억되지 않는 죽음이 되어 죽음 자체가 일어나지 않은 일이 되는 세상에서 살아가는 일은 얼마나 위험한 일인가. 나는 아무도 모르는 상태에서 언제든지 그야말로 쥐도 새도 모르게 삭제될 수 있으며, 그 일은 아무에게도 아무런 의미가 없는 일로 망각될 것이다. 아니, 아무도 기억한 적이 없기 때문에, 망각될 일 조차도 일어나지 않게 될 것이다.

히토시는 다음과 같이 개탄한다. "나는 어렴풋이 깨닫고 있었다. 나를 삭제해도 아무런 의미가 없다는 사실을. 왜냐하면 내가 죽어도 죽은 사실 자체가 없었던 것으로 되기 때문이다. 죽었다는 사실이 누구에게도 기억되지 않으니 결국 그런 사실은 없었던 것으로 되어버리는 것이다. 그런데도 나는 나를 삭제해버렸다. 모두 그게 무의미하다는 것을 알고 있는데도 질리지도 않고 우리끼리 서로서로 삭제한다. 우리는 그렇게 바보인가?"(276) 나는 살아 있지만 이미 죽어있다.

이제 히토시는 아무도 믿을 수 없게 되었다. 누가 나에게 적의나 살의를 가지고 있는지 알 수가 없기 때문이다. 그리고 내가 위험에 처하더라도 나를 도와주거나 구해줄 사람이 없다는 사실도 알고 있기 때문이다. 익명의 타인에 대한 막연한 공포, 나는 너를 해칠 의사가 없다는, 그리고 너도 나를 해칠 의사가 없다는 상호신뢰는 자신에 대한 환멸과 불신으로 인해 이미 깨어져 버렸다.

> 거기까지 생각하다가 갑자기 깨달았다. 다른 나들도 나와 마찬가지다. 나처럼 어디를 가야 좋을지 모르고 있고, 자신이 누구인지도 애매한 거다. 우선 배를 채우고 싶어서 가까운 가게를 찾아 들어가는데, 그때 자기도 모르게 자신에게 친숙한 맥도날드를 선택한 것이다. 그리고

어찌할 바 몰라 하는 자신을 들키고 싶지 않아, 평온한 일상을 보내고 있다는 포즈를 필사적으로 연기하는 것이다.

이쪽저쪽 주머니에는 나이프니 망치니 스프레이니 하는 호신용 무기를 은밀히 숨겨서 언제라도 손에 쥘 수 있게 준비하고 있을 터이다. 나도 지금 그렇게 하면서 빅맥을 먹고 있으니까. 만약 그것이 총이라면 벌써 내갈기고 있는 **나**가 있어도 이상하지 않다.

하지만 실제로는 아무도 내갈기지 않겠지. 모두가 다 같은 **나**인 무리 속에서 나만 튀고 싶지 않기 때문이다. 서로가 생각하는 것을 잘 알고 있을 때는 먼저 움직이는 쪽이 '아웃'이다. 누구나 이 긴장을 깰 수 있는 계기를 절실히 원하고 있지만 자기 자신이 그 계기가 되고 싶지는 않다. 계기가 되면 그 즉시 희생양이 되어 모두에 의해 삭제될 테니까. (258-59)

맥도날드는 현대인의 고립되고 소외된 삶을 표현하는 상징적인 공간이다. 히토시는 "사람이 많은 역 앞에 도달하여 맥도날드의 빨간색과 노란색이 눈에 들어왔을 때, 드디어 나를 꼼짝 못하게 하던 주술이 풀렸다. 조난 중에 사람이 사는 섬을 발견한 것 같은 기분이었다. 눈물까지 차오른다. 일단은 살았다. 맥도날드는 나의 진짜 집이다. 어디를 가도 동일한 인테리어로 나를 편안하게 맞아준다."(239)라고 맥도날드에 대한 느낌을 설명한 바 있다. 그런데 그곳은 히토시에게만 친숙하고 편안한 곳이 아니다. 그곳에서 홀로 햄버거를 먹으며, 현대인들은 스스로 선택한 자신의 평온한 일상이 안락하게 유지되고 있음을 연기한다. 그리고 이곳에는 서로의 일상에 대한 무언의 불가침 조약을 맺고 있다. 누구라도 나의 일상에 침입해 들어온다면 결사항전의 각오로 그를 물리칠 마음의 준비를 하고 있다. 먼저 공격하는 쪽이 삭제되는 이 게임의 암묵적인 룰이 이 연기되는 평온함을 유지시켜 준다.

하지만 보이지 않는 곳에 저마다의 무기를 숨기고 있을지 누가 알겠는가. 침입자가 나를 공격함으로써 함께 아웃 될 수도 있는 가능성으로부터 자신을 지켜야 하지 않겠는가. 그래서 가장 훌륭한 연기는 마치 아무런 무기도 소지하고 있지 않은 것처럼 연기하는 것이다. 서로를 향한 공격성을 가장 잘 은폐하는 것은 그 공격성을 자신에게 향하게 하는 것이다. 서로를 침범하지 않도록 예의와 매너를 엄격하고 혹독하게 훈육함으로써 일상의 평화는 유지되는 것이다.

그러나 이와 같이 유지되는 평화는 그리 오래가지 못한다. 평화의 전당은 살얼음판 위에 건설되어 있다. 훈육을 견디지 못하는 자신에 대한 환멸과 자신을 멸시하는 타인에 대한 원망은 마침내 살얼음을 녹이고, 그 위에 건설된 평화의 전당은 붕괴된다. 현대인의 평화로운 일상은 늘 위태롭고 그 내면 깊숙이 불안과 공포가 자리 잡고 있다는 사실을 작가는 맥도날드라는 공간을 통해 우리에게 실감 나게 보여주고 있다.

> 그랬다. 나는 살기 위해서 이런 즉흥극만을 계속해왔다. 부모와는 언제나 이런 대화뿐이었다. 형식적일 뿐이고 서로의 절실함은 건드리지 않는 무의미한 대화. 부모하고만 그런 게 아니다. 형제나 친구나 직장 동료나 다른 모든 인간과의 관계에서 나는 이런 즉흥극의 관계밖에 쌓아오지 않았다. 예를 들면…….
>
> 구체적인 예가 하나도 생각나지 않는다. 형제도 친구도 동료도 누구 한 사람 생각나지 않는다. 그 녀석들하고 24시간 건성으로 만나는 사이였던 것은 확실하게 기억나는데, 그 녀석들이 누구인지 얼굴도 이름도 목소리도 주고받은 말도, 무엇 하나 기억나지 않는다.
>
> 하긴 당연한 일이다. 이렇게 아무 생각 없이 입에서 뱉어지는 대로 무의미한 대화나 나누며 살았으니 무엇인들 기억할 수 있겠는가. 그런 공허한 말에 바탕을 둔 인간관계, 그런 건 없는 거나 마찬가지 아닌가.

그건 죽은 거라고 해도 좋다.

우리니까 그런 거다. 서로 간에 그런 관계밖에 만들지 못하기 때문에 **나**인 거다. (268-69)

히토시는 모두가 '**나**'가 된 현실에 직면하여 자신의 인간관계를 되돌아본다. 자신이 이제껏 해왔던 타인들과의 대화는 자신의 내면에서 나오는 진실된 것이 아니라, 타인에게 맞춰진, 분위기를 부드럽게 유지하기 위한, 어색한 관계를 모면하기 위한, 본심과는 전혀 관련없는 그런 '속이 빈 껍데기' 같은 것들 뿐이었다. 그래서 히토시는 자신의 대화를 '즉흥극'이라고 부른다. 즉흥적으로 분위기에 맞추고, 타인의 눈치를 보며, 어색함을 회피하기 위해서 그때그때 지어내는 즉흥극일 뿐이라는 것이다.

자신의 진심이 어떤 경우에라도 흔들림 없이 표현되는 '대본'이라고 한다면, 히토시의 대화에는 대본이 아예 존재하지 않는다. 이러한 거짓 대화에는 내 본심이 들어있지 않으니, 내가 존재하지 않는다. 아니 어쩌면 내 마음속에 그들의 말이 들어와 나에게 영향을 주고 나를 변화시키고 그렇게 성장한 내가 다시 내 본심을 다해 그들과 대화하지 않았으니, 내가 존재하지 않는 것이 아니라 그들이 존재하지 않는 것일지도 모른다.

내 기억 속에는 이러한 상황을 이해하기 쉽게 설명할 사례 하나 들어있지 않다. 난 건성으로 듣고, 생각 없이 말을 뱉으며, 주의를 기울이지 않고, 마음에도 담아 둔 적이 없다. 내 마음속에 그들이 없으니, 결국 그들 또한 '**나**'와 다를 바가 없다. 히토시의 이와 같은 반성은 현대인의 속 빈 인간관계를 투명하게 보여주는 것 같아 부끄럽다. 가식적인 태도와 표정으로 무장한 채, 영혼없는 격식과 인사말을 앞세워, 환심과 호감으로 포장된 공허하고 텅 빈 대화에 식상했던 적이 없는가. 대화를 할수록 상대방의 진심은 점점 더 파악하기 어려워지고, 말을 더 많이 할수록 내 진심이 오해받고 있다는 느낌을 받은 적이 없는가. 그리하여 내 진심과는 관계없이 적당한 거리를 두고 상대방이 가장 잘 이해할 수 있는 방식으로 대화함으로써 오해를 최소화하는 것이 최고의 화술이라고 조언을 들었던 적은 없는가.

삭제의 순간 존재의 가치를 깨닫다

현대인의 고독과 소외는 의사소통의 부재에서 발생한다. 아니 좀더 심각하게 말하자면 현대인의 고독과 소외는 의사소통에의 의지의 부재에서 발생한다. 우리는 점점 더 스스로를 자기만의 방 안에 감금시킴으로써 안전하다고 느끼는 바보가 되어가는지도 모른다.

> 아아, 결국 이런 거였다. 나도 실은 이렇게 **나**를 계속 먹어왔다는 것을 이제야 알 것 같았다.
>
> 결국 나는 **나**를 경멸하니까 먹을 수 있었던 거다. 이런 저속한 패거리와 나는 다르다고 생각했기 때문에 그 육신을 먹을 수 있었다. 하지만 실제로는 먹고 있는 게 자신의 육신이니까 결국은 나 자신이 경멸의 대상인 셈이다. 이렇게 인육을 먹는 시시한 나를 먹는 나는 더욱 시시해져서, 먹으면 먹을수록 나 자신의 가치는 떨어지고 결국 쓰레기가 되어버린다. 쓰레기를 경멸하면 할수록 나는 쓰레기들과는 다르다는 것을 증명하고 싶은 마음이 더욱 커져서 자신을 삭제하고 먹어치운다. (299)

먹고 먹히는 약육강식의 세계. 승자독식 구조의 경쟁 시스템 속에서 우리는 잡아먹히지 않기 위해 다른 누군가를 잡아먹고 있다. 안 그런 척 하지만 실제로는 나도 이 경쟁의 틈바구니 속에서 누군가를 먹고 있었던 거다. 나는 충분히 먹을 자격이 있다고, 나의 승리는 당연한 것이라고, 나는 패배자들인 너희들과 다르다고 생각하면서 나도 누군가의 인육을 먹고 살아가고 있는 것이다. 비유적인 표현이지만 내가 먹고 있는 인육은 나보다 못한 인간의 것이니, 그것을 먹을수록 나도 점점 못한 인간이 되어간다. 나보다 못한 인간이 되었으니 이제는 내가 먹힐 차례이다. 서로를 뜯어먹으며 함께 경멸의 대상으로 전락하는 이 악순환은 파멸에 이를 때까지 계속될 것이다. 반전이 일어나지 않는다면.

> 아, 잠깐. 왜 이렇게 가슴이 벌렁거리지? 충분하다니? 그렇게 간단히 말하고 넘어갈 문제가 아니다. 내가 이렇게까지 누군가에게 필요했었던 적이 지금까지 한 번이라도 있었는가? 나는 지금 누군가에게 절실하게 요구되고 있고, 또 그 요구에 완벽하게 응답하고 있다. 내 인생에 언제 이런 적이 있었는가.
>
> 내 안에서 자랑스러운 감정이 커져 나올 듯이 부풀어 올랐다. 나는 터무니없는 충실감을 느꼈다.
>
> 맞아. 나는 지금 다른 사람에게 도움이 되고 있는 거야! 이게 녀석의 보복이든 뭐든, 나는 어쨌든 녀석이 살기 위해 필요한 영양분이 되어있다. 나는 지금 진심으로 필요한 존재가 되어있다! 나에게는 존재의 의미가 있다!
>
> 나는 이미 죽었지만, '지금까지 살아 있길 잘했다' 하고 느꼈다. 살아 있었던 보람이 있었다. 그런 생각에 이르니 먹히는 것이 쾌감으로 느껴졌다. (…)
>
> 나는 지금 나 자신의 소중함을 느낀다. 나 자신이 진정 가치 있는 존재임을 믿을 수 있다!

이제 뭔가가 온 거다. 바닥을 친 거다. 악순환은 역회전하기 시작했다. 이제 나는 제대로 돌 것이다. (300-01)

히토시는 자기가 먹히게 되면서 새로운 각성을 하게 된다. 내 살을 간절히 뜯어먹고 있는 또 다른 '**나**'에게 지금 이 순간 소중한 존재가 되었다는 사실에 쾌감과 존재 의의를 느끼게 된 것이다. 마치 좀비처럼 남의 살과 피를 향해 맹목적으로 돌진하던 내가 이제 또 다른 나에게 나의 피와 살을 기꺼이 내어 놓는다. 그러면서 그를 위해 영양분이 되고 있는 자신, 누군가로부터 진심으로 필요한 존재가 되는 자신에게 감격해한다. 죽음에 이르러서야 자신이 지닌 존재의 의미를 깨달은 것이다. 지금껏 이렇게 살아 있었기 때문에 먹힐 수도 있는 것이니 참으로 살아 있길 잘했다는 생각에 도달하면서 먹히는 것의 쾌감, 말하자면 희생의 즐거움을 체험하게 된다. 약육강식의 정글 법칙이 나의 내면에서 부정되고 희생을 통한 행복의 충만함을 느끼게 되면서 "기적이 일어났다. 지금까지 **나**를 먹어오면서 이런 일은 처음이다. 나는 먹고 있었을 텐데, 먹힌 나가 되어있었다. 아니, 반대일지도 모른다. 먹히던 나가 먹은 나가 된 거다. 어느 쪽이라도 좋다. 나에게는 이미 그런 게 구별되지 않는다. 나의 인격이 두 개가 된 것도 아니요, 어느 한쪽으로 기운 것도 아니다. 어쨌든 먹은 나는 먹힌 나가 느꼈던 환희와 분을 몸으로 느낀다. 먹기 전에 느꼈던, 복수심에 불타던 증오는 깨끗이 녹아버렸다."(303)

나와 다른 '**나**'들이 서로를 잡아먹는 파국적인 결말에 다다를 때쯤 히토시는 자신에 대한 경멸을 멈추게 된다. 먹고 먹히는 무한 경쟁 속에서 나는 포식자가 되려고만 해왔구나, 먹히지 않기 위해 나란 존재를 숨기고 피해만 다녔구나, 살아남기 위해서는 어쩔 수 없는 선택이었어, 아니, 이것은 나의 선택이었다기보다는 선택을 강요당하며 살았던 거야. 그러니 난 잘못이 없어. 너희들 잘못이야. 너희들이 싫어. 이 세상에 나만 있었으면 좋겠다. 나 같은 사람들로만 세상이 이루어져 있다면 얼마나 좋을까. 오해받을까 봐 걱정하지 않아도 되고, 노력하지 않아도 서로 이해할 수 있으니 말이야. 히토시의 바람이 현실이 된다. 그러나 그것은 유토피아가 아니라 디스토피아였다. 세상이 또 다른 '나'들로 가득해지자 이제는 나와 '나'가 경쟁하는 상황이 되어버렸다. 이미 이 소원은 나 자신에 대한 환멸과 세상에 대한 원망에서 시작된 것이기 때문에, 목숨을 건 약육강식의 경쟁은 여전히 피할 수 없는 것이다. 마지막 하나 남은 '나'에게 먹히게 된 상황에서 히토시는 생각한다. 누군가가 나를 이렇게 간절히 필요로 한 적이 있었던가, 내가 누군가에게 이토록 도움이 되었던 적이 있었던가, 이제야 내가 살아 있는 이유를 알게 된 것 같다, '살아 있길 잘했다.' 내가 나라서 정말 다행이다. 마지막 남은 또 다른 '나'가 나를 먹어치웠으니, 그리고 세상이 '나'들로만 이루어지길 더 이상 바라지 않게 되었으니 이제 홀로 남은 나는 더 이상 증식되지 않는다. 타인은 타인으로 남아 있다. 나는 이제 타인을 완벽히 다 알려고 하지 않는다. 이해하려고 노력하고, 노력한 만큼 이해하면 되는 것이다. 그것으로 충분하다. 중요한 것은 자신이 누구인지를 잊지 않는 것이다. 내가 나를 잊고 남의 눈치를 보면서 나를 숨기고 살 때, 남이 나의 자리를 호시탐탐 노리고, '오레오레(나야 나)'라고 말하며 내 자리를 빼앗으려 할 것이다. 타인과 조직에 더 이상 너 자신을 맞추려 노력하지 마라. 너의 색깔, 너의 본심으로 타인과 대화하라. 때로는 오해도 받고, 분위기도 어색해지겠지만, 진심 어린 대화야말로 상대방을 존중하고 너 자신을 존중하는 방식이다. 자신이 누구인지 잊지 말라는 마지막 히토시의 당부는 자기 존중을 기반으로 하는 타자와의 관계 형성이라는 지극히 상호주체적 비전을 독자들에게 제시하고 있다.

개인이 삭제된 사회에서 자아 찾기

일본은 우리와 다른 독특한 사회분위기를 지니고 있다. 그것은 남에게 폐를 끼치면 안된다는 문화인데, 이 당연한 문명사회의 에티켓은 좀더 깊숙이 들여다보면 전체주의의 위장된 버전처럼 느껴진다. 일본문화는 개인보다는 조직을 더 중요시하며, 조직에 해를 끼친다고 판단되면, 조직의 이름으로 집단 린치를 가한다. 이 판단의 주체가 합리적이고 비판적인 시민사회의 공론이 아니라, 지배 권력의 지배 이데올로기가 주류적인 인식의 패턴이 될 때, 일본의 공론장은 종종 터무니없고 엉뚱한 방향으로 흘러가기도 한다. 대표적인 것이 코로나19 바이러스를 대하는 일본 대중의 태도이다. 확진자가 다녀간 것으로 의심되는 병원에서 당국에 철저한 역학조사를 의뢰하면, 지역사회의 불안을 조장한다는 미명하에 그 병원을 이지메한다. 지역 내에 코로나19 환자와 가족의 집이 누군가가 던진 돌과 낙서 등으로 피해본 사례도 있으며, 30여명의 확진자가 발생한 교토산업대학에는 학생 신상정보를 캐내려는 전화가 빗발치고 '불을 지르겠다', '죽이겠다' 등의 협박도 쏟아졌다고 한다. 현장에서 분투중인 의료진에 대한 혐오도 만연한데, 의료진 가족에 대한 괴롭힘이 발생하는가 하면, '현장에서 일하는 간호사가 택시 승차거부를 당하고, 간호사 자녀는 보육원 등원이 거부되거나 등원할 경우 왕따를 당'하기도 한다는 것이다.

일본의 집단주의는 소수에 대한 배려보다는 집단의 이익과 명예를 더 소중히 여기는 이른바 '멸사봉공'의 이데올로기에 기초하고 있어, 집단 내에서 튀지 않고 적응하는 것이 사회생활을 하는데 무엇보다 소중한 덕목이 된다. 이와 같은 사회적 분위기 속에서 '자신이 누구인지 잊지마라'는 작가의 메시지는 전근대의 잔재로 남아있는 전체주의, 집단주의적 일본문화에 대한 비판적 문제의식을 잘 보여주고 있다. 경쟁과 생존의 틈바구니 속에서 살아남는 것이 유일한 목표가 되어버린 세대, 대화와 소통이 단절되고, 협력과 공존의 가치가 실종된 현대인의 삶의 양식 속에서 개인은 점점 고립되고 소외되어 간다. 집단의 눈치를 보면서 개인은 점점 위축되어 가고, 타인과 관계 맺는 일은 점점 더 힘들어진다. 부모 세대는 자식들에게 자신들의 기대에 부응할 것을 강요하고, 직장에서는 커다란 기계의 부속품처럼 취급된다. 연애도, 친구를 만나는 일도 피곤한 나의 일상에 피로감을 더할 뿐이다. 사회 속에서 고립된 나는 주어진 일상의 외부를 꿈꾸지 못하고 무기력하게 하루를 견딜 뿐이다. 잡아먹히지 않기 위해서 다른 사람을 잡아먹으려 하고, 내가 낮아지지 않기 위해서 다른 사람들을 깍아 내리는 무한 악순환 속에서 나는 점점 작아지며, 낮아지고, 쓰레기가 되어 간다.

이와 같은 부정과 혐오의 수레바퀴를 반대로 돌리기 위해서 작가는 나 자신에 대한 혐오와 타자에 대한 두려움을 극복하라고 주문한다. 자기혐오가 자아존중과 자기애로 바뀌는 순간 타인에 대한 두려움도 사라진다. 타인의 생각을 완전히 이해하고 알아내려는 생각은 자신에 대한 자신감이 부족하기 때문이다. 타인은 눈치를 봐야 할 대상이 아니라 때로는 협력하고 때로는 다투면서 함께 성장하고 발전하는 또 다른 나일뿐이다. 나만의 울타리를 만들어 그 속에서 안주하며 타인을 경계하고 스스로를 고립시키는 일을 그만두어야 한다.

타인에게 유의미한 사람이 되기 위해서는 내가 먼저 나를 인정해야 한다. 나의 개성과 나의 노력과 나의 인격을 믿으며, 나 자신을 먼저 성찰할 때, 타자와의 관계의 길이 열리게 된다. 그 길로 누군가는 먼저 걸어나와야 하지 않겠는가. 일본사회에 던지는 작가의 화두는 비단 일본 뿐 아니라 현대인들에게 공통된 문제인 소외와 자아 상실이라는 중요한 문제의식을 제공하며, 자신을 돌아볼 수 있는 기회를 제공한다.

제6장

서구인의 오리엔탈리즘이 극복되는 과정

: 재니스 리(Janice Y. K. Lee), 『피아노 교사』

잘 몰랐던 홍콩의 일제 강점

재니스 리는 홍콩 출신 재미 한인 2세라는 특이한 출생배경을 가지고 있다.

홍콩 출신 재미 한인 2세 소설가 재니스 리(한국이름 이윤경)는 2009년 1월 첫 소설 『피아노 교사』(The Piano Teacher)를 펴내 2주 만에 뉴욕타임스의 소설 부문 '베스트셀러 11'에 올랐고, 전 세계 23개국 출판사를 통해 21개 언어로 번역 출간되는 등 단숨에 베스트셀러 작가 반열에 올랐다. 1972년 홍콩에서 태어나 그곳에서 중학교까지 다닌 그는 미국으로 건너가 최근 물의를 빚고 있는 나경원 아들 문제로 인해 한국에서는 유명해진 명문 세인트폴 고등학교를 졸업하고, 하버드대 영문과를 졸업한 후, 뉴욕시립대학교 헌터 칼리지 대학원에서 재미동포 소설가로 잘 알려진 이창래 교수로부터 사사를 받았다. 본격 소설가가 되기 전 그녀는 여성

전문 잡지사인 〈엘르〉에서 피처 에디터(feature editor)로 5년간 재직했는데, 그 기간 동안 글쓰기의 기본과 테크닉을 배웠고, 많은 책을 읽었으며, 많은 작가들을 만나고 북 파티에도 참석하는 등 에디터로서의 경험을 통해 직업 작가가 되기 위한 초석을 닦았다.

교보문고에서 진행된 작가와의 만남을 정리한 글에 따르면, "대개 한인 2세 작가들이 반쪽짜리 한국인으로서의 정체성에 대한 데뷔작을 쓰는데 반해 재니스 리는 이를 가볍게 이탈했다. 그의 주인공들은 영국 식민지 시절 홍콩에서 살았던 영국인들과 중국인이다. 그들은 이국적인 배경을 바탕으로 전쟁통에서 삶의 매혹과 절망을 매우 입체적인 방식으로 뚫고 지나간다. 이것이 〈피아노 교사〉가 단순히 러브스토리를 넘어 인간의 야만성까지 포획한 굵직한 소설이라 할 수 있는 이유다."

작가는 〈오마이뉴스〉와의 인터뷰에서 이 작품에 대한 집필 동기를 다음과 같이 설명하고 있다. "놀라웠던 것은 2차 대전 시기의 홍콩의 세계에 관해 읽으면서 알게 된 것으로 영국인들이 특권을 누리면서 호화로운 삶을 살았다는 점인데요, 많은 하인들을 두고 커다란 저택에 살며, 영국의 식민지였던 홍콩에서 멋진 삶을 살고 있었지요. 그러다가 2차 대전이 터지고 일본이 침략을 하게 되면서 이들의 삶이 하루 만에 완전히 바뀌게 되지요. 일본 침략 이후에 이 사람들은 수용소에 갇히게 되고 기본적으로 감옥에 있게 된 것이지요. 그 이야기는 굉장히 특별했어요. 전 홍콩에서 자라면서 그전에 이런 이야기를 전혀 들었던 적이 없었어요. 홍콩에서는 홍콩 역사를 가르치지 않으니까요. 왜냐하면, 홍콩이 영국 식민지이던 시절에는 영국 역사를 가르쳤고, 물론 중국에 반환된 지금은 중국 역사를 가르치지만, 홍콩의 역사는 사람들에게 별로 알려져 있지 않지요. 그래서 저는 그 이야기에 매료되었고 이 시기에 관해 쓰기로 마음먹었지요." 가까운 이웃이면서도 잘 알려지지 않았던 일제 강점기 홍콩의 역사, 그 역사가 들려주는 탈식민주의적인 이야기는 일제의 고통을 겪은 우리에게 깊은 공감을 자아낸다.

홍콩전투와 진퇴양난의 식민주의

이 작품을 더 잘 이해하기 위해서는 우리에게는 낯선 '홍콩전투'에 대해서 알아둘 필요가 있다. 1839년에 청(淸) 왕조의 승인으로 이루어진 아편 수입 금지안은 중국과 영국과의 제1차 아편 전쟁을 낳았다. 홍콩섬은 1841년 영국군에 의해 점령되었고, 난징조약으로 중국으로부터 정식으로 양도되었다. 이듬해에 영국은 빅토리아 시티의 건립과 함께 총독부를 신설하였다. 이후 홍콩은 빅토리아 문화를 빠르게 홍콩에 안착시켰으며, 자유무역항으로서의 입지를 이용해 빠르게 성장하였다. 그러나 2차 세계대전의 화마로부터 피해갈 수는 없었는데, 홍콩은 일본제국주의의 지배하에 놓이게 된다. 홍콩 전투(香港保衛戰, Battle of Hong Kong) 혹은 홍콩 방어전은 제2차 세계대전 중인 1941년 12월 8일부터 1941년 12월 25일까지 홍콩에서 일본군과 영국군 간에 벌어진 전투를 말한다.

불과 18일 만에 홍콩은 함락되고 만다. 일본군은 잘 정비되어 있었고 빈틈없이 전투를 준비해왔다. 한편 홍콩은 본국인 영국의 윈스턴 처칠과 그의 전시 내각으로부터 아무런 지원도 받지 못했다. 게다가 홍콩군은 영국, 인도, 캐나다 출신의 다국적군으로 급하게 구성되어 제대로 된 전투 준비를 할 수가 없었다. 패배는 명약관화(明若觀

火)한 것이었으나 함락은 예상보다 빨랐다. 진주만 공격이 개시된 같은 날 오전에 홍콩을 선전포고 없이 기습적으로 공격하였기 때문에 이 공격은 국제법을 저촉한 행위에 해당한다. 홍콩이 일본제국에게 지배받는 동안 시민들은 강제적인 배급에 의한 식량 부족에 시달렸고, 전쟁 국채 발행을 위한 통화 환율 정책의 강제로 엄청난 인플레이션을 겪었다. 전쟁 전 홍콩의 인구는 160만이었으나, 영국이 식민지 지배권을 회복한 1945년 8월에는 거의 60만으로 줄었다. 종전 후 홍콩은 중국으로부터 많은 인구가 유입되는 등 빠르게 전시 이전의 상태로 회복하였다. 이후 중국에서는 중화인민공화국이 수립되면서 홍콩의 중국 반환 문제를 꾸준히 영국에 제기하였으며, 1984년에 양국은 1997년에 홍콩의 주권을 영국에서 중국으로 이전하는 것에 동의하는 조약에 서명하였다. 이 조약은 홍콩이 50년 동안 법과 자치권을 유지하는 특별 행정 구역으로 지정될 것이라고 명시되어 있다. 2019년부터 이어지고 있는 홍콩 민주화 운동은 겉으로는 '범죄인 인도 조약'에 따른 갈등으로 보이지만, 속내를 들여다보면 영국식 자유민주주의에 익숙한 홍콩시민들과 중국식 공산주의 정책과의 갈등 혹은 경제적으로는 독립되어 있지만, 정치, 군사적으로는 중국에 속해 있는 역사적 아이러니가 반영된 복잡한 상황으로 인해 촉발되었다고 할 수 있다.

이 책은 총 3부로 구성되어 있으며, 그중 제2부는 1941년부터 1945년까지 홍콩이 일본제국에 의해서 점령당했던 시기를 다루고 있다. 이 책은 영국인 윌 트루스데일을 중심으로 점령기 연인이었던 트루디와 해방 후 연인 클레어와의 관계를 중심축으로 구성되어 있다. 그러나 이 책이 집중적으로 조망하고 있는 것은 '홍콩의 식민지 역사'라고 할 수 있는데, 전쟁과 일본제국에 의한 피식민지 체험이 이들의 관계를 관통하고 있기 때문이다. 이 책은 1940년대와 1950년대를 번갈아 보여주면서, 식민 이전과 식민 이후가 상호 어떻게 연관되는지를 긴장감 있게 풀어내고 있다. 이 책의 또 다른 흥미로운 점은 '크라운 컬렉션'이라는 홍콩의 보물을 둘러싸고 벌어지는 미스터리를 추적하는 것이다. 영국과 일본과 중국이 앞다투어 차지하려 했던 크라운 컬렉션은 전쟁과 식민주의의 탐욕이 인간성을 말살시키고 서로를 파멸로 몰아넣는 매개체 역할을 함과 동시에 이 이야기를 끌고 나가는 추동력으로 작용한다는 점에서 상징적 의미가 크다.

본국에서 가난하게 생활하던 클레어는 남편 마틴을 따라 홍콩에 정착한다. 식민지에 대한 편견으로 가득 찬 클레어는 부유한 중국인 첸 가족의 딸인 로켓의 피아노 교사가 되면서 홍콩의 상류사회에 진입하게 된다. 그곳에서 윌이라는 중년의 영국인을 만나게 되고 그와 사랑에 빠지면서 그녀는 홍콩의 과거와 연루되게 된다. 윌은 홍콩에 도착한 지 얼마 되지 않아 트루디라는 매력적인 여인과 사랑에 빠지게 된다. 포르투갈 출신의 엄마와 중국인 아빠 사이의 혼혈인 트루디는 거침없는 기품과 특유의 지적 매력과 당돌한 상상력으로 홍콩의 상류 사교계를 휩쓸던 여인이었는데, 윌의 순수하고 정직한 모습에 매료된다. 행복하고 풍요로운 그들의 연인관계는 일본제국의 침입으로 인해 산산조각이 나게 된다. 영국인이었던 윌은 수용소에 갇히게 되고, 트루디는 한편으로는 살아남기 위해, 다른 한편으로는 윌을 수용소에서 빼내기 위해 헌병대 장군인 오츠보와 가까이 지낸다. 오츠보는 트루디를 이용하여 크라운 컬렉션의 행방을 수소문하고 윌에게 협조를 구하지만, 윌은 적을 돕는 행위라고 여겨 단숨에 거절한다. 한편 크라운 컬렉션의 위치를 알고 있던 빅터 첸은 이 보물을 다른 곳으로 빼돌리고 오츠보에게 트루디가 보물의 위치를 알고 있으면서 숨기고 있다는 거짓 정보를 흘린다. 상류사회의 일원이자 보물의 행방을 알고 있던 또 다른 영국 여인 에드위나는 영국에 대한 애국심에서 빅터의 거짓말이 사실이라고 거짓 증언을 하게 되고, 트루디는 오츠보에 의해 살해된다. 클레어는 윌에게 더 이상 과거에 얽매이지 말라고 충고하지만, 윌은 자신의 생존을 위해 트루디의 도움을 뿌리치고 수용소 안에서 자신의 안위에만 집착했던 것에 자책하며, 과거는 지울 수 없는 것이라고 말한다. 클레어는 윌이 과거로 인해 자신을 진심으로 사랑할 수 없는 사람이라고 생각하고 그를 떠난다. 그리고 트루디를 배신한 홍콩의 상류사회에 심한 모멸감을 느끼고 그곳으로부터 벗어나 현지인들과 함께 생활하며 비로소 마음의 평안을 얻는다.

클레어, 홍콩 상류사회에 진입하다

작품은 이렇게 시작된다.

> 1952년 5월
>
> 그 일은 우연히 시작되었다. 작은 헤렌드 토끼 인형이 그녀의 가방 안으로 떨어졌던 것이다. 피아노 레슨이 끝나고 악보를 챙기던 클레어는 잘못해 피아노 위에 있던 인형을 쳤고, 그 바람에 스타인웨이 피아노 위 레이스 받침대에 놓여 있던 자기 인형이 클레어의 큼직한 가죽 가방 안으로 떨어져 들어갔다. 그 이후 상황은 클레어 자신조차 이해할 수 없는 것이었다. 로켓은 건반을 보고 있었기 때문에 무슨 일이 일어났는지 눈치채지 못했다. 클레어는 그냥……… 그 자리를 떴다. 밖으로 나와 버스를 기다릴 때에야 자신이 무슨 짓을 했는지 깨달았다.

하지만 이제는 너무 늦었다. 그녀는 집으로 가서 그 값비싼 자기 인형을 옷장 속에 숨겨놓았다. (15)

이전에도 중국인을 많이 만나본 건 아니었지만, 클레어가 영국의 대도시에서 봤던 중국인은 대부분 레스토랑에서 서빙을 하거나 세탁소에서 다림질을 했다. 물론 홍콩에도 그런 부류의 중국인은 많았다. 하지만 정말 놀라운 것은 부유층 중국인의 모습이었다. 그들은 피부색만 다를 뿐 완전히 영국인처럼 보였다. 언젠가 글로스터 호텔 현관 계단에서 기다리다가 목격한 롤스로이스에서 중국인이 내리는 광경, 혹은 비즈니스 슈트를 입은 중국인 남자들이 영국인 남자들과 함께 점심을 먹으며 동등하게 대화하는 광경 등은 정말 놀라웠다. 클레어는 이런 세계가 존재한다는 것을 알지 못했다. 그리고 로켓을 통해 클레어도 중국인 부유층의 세계에 발을 들이게 되었다. (22)

이 작품의 도입부로서 날짜가 마치 일기처럼 매 에피소드마다 적혀 있다. 1950년대는 홍콩이 이제 막 일본제국의 침략으로부터 벗어나 빠른 속도로 재건하던 시기이다. 홍콩 수도국으로 발령이 난 남편을 따라 홍콩으로 오게 된 클레어는, 그녀의 어머니에 따르면, 순진하고 선의를 지닌 사람이다. 그러나 클레어는 그녀가 가진 선의에 비해 세상을 바라보는 데 있어서는 지나치게 무지하다. 무지하다기보다는 철저하게 서구중심의 교육을 받은 평범한 여성이다. 그녀는 철저하게 '영국식'인데, 영국 정부가 식민지를 위해 많은 일을 한다거나, 현지 주민의 삶을 향상시키고 있는데도 고마운 줄 모른다거나, 중국인들이 자기들끼리만 감싸고 돈다는 말 등은 그녀가 얼마나 식민주의적 사고방식에 빠져 있는가를 여실히 보여준다.

게다가 현지인들은 모두 가난하고 천한 일만 할 것이라는 편견, 그로 인해 롤스로이스에서 내리는 중국인이나 영국인과 동등하게 대화하는 중국인을 보고 놀라는 장면 등은 그녀가 동양인에 대해 매우 편협한 생각을 지니고 있음을 잘 보여준다. 그리고 피아노 교사가 되면서 그녀는 중국인 상류사회로 걸어 들어가게 되는데, 이 일로 인해 그녀는 완전히 새로운 사람으로 변모하게 된다.

1952년 5월

"영국에 계셨어요?" 클레어가 예의상 물었다.

"베일리얼에서 공부했어요." 그는 넥타이를 흔들어 보이며 말했다. 이제 보니 그 대학 넥타이였다. 클레어는 빅터가 바로 이 말을 하기 위해 지금까지 기다렸나보다고 생각했다. "그런데 멜로디는 웰슬리를 나왔으니, 우리 부부는 각자 다른 교육체제의 산물인 셈이죠. 나는 영국을 옹호하지만, 멜로디는 미국을 좋아합니다."

"정말 그렇겠군요." 클레어가 작은 소리로 말했다. 첸 부인이 돌아와 남편 곁에 앉았다. 아마가 뒤따라 들어오더니 클레어에게 냅킨 한 장을 건넸다. 푸른색 수레국화가 수놓인 것이었다.

"예쁘네요." 클레어는 수놓인 리넨을 자세히 살펴보았다.

"아일랜드산이에요!" 첸 부인이 말했다. "방금 입수했답니다."

"나도 얼마 전에 중국제 식탁보를 샀어요." 클레어가 말했다. "아름다운 레이스 컷워크예요."

"그런 걸 아일랜드 제품과 비교하면 안 되죠." 첸 부인이 말했다. "중국제는 아주 조잡하잖아요."

빅터 첸은 재미있다는 표정으로 아내를 바라보았다.

"여자들이란!" 그는 클레어를 보며 말했다. 또 다른 아마가 음료가 놓인 쟁반을 들고 들어왔다.

클레어는 소다수를 조금 마셨다. 입안에 탄산거품이 느껴졌다. 빅터 첸이 다음 말을 기다리듯 그녀를 바라보았다.

"공산주의자들은 엄청난 위협이죠." 클레어가 말했다. 모임에 갈 때마다 사람들이 그런 이야기를 했기 때문이다.

빅터 첸이 웃었다.

"물론 그렇죠! 하지만 당신하고 멜로디가 공산주의자를 어떻게 하겠습니까?"

"여보, 잠자코 있어요. 짓궂게 굴지 말고." 그의 아내는 이렇게 말하고 잔을 들어 한 모금 마셨다. 빅터가 그녀를 지켜보더니 말했다.

"여보, 지금 뭘 마시는 거야?"

"그냥 칵테일이에요." 아내가 말했다. "정말 지겨운 하루였다구요." 변명하는 듯한 말투였다.

그리고 잠시 침묵이 흘렀다. (32-33)

클레어는 첸 부부의 어린 딸 로켓의 피아노 수업을 마치고 첸 부부와 대화를 나누게 된다. 그리고 빅터는 영국에서, 멜로디는 미국에서 유학을 했었다는 사실을 알게 된다. 이들은 중국인이면서도 중국산은 조잡하다고 말하며, 영국을 옹호하고 미국을 사랑한다고 말한다. 클레어의 말에 대한 빅터의 짓궂은 장난식의 반응을 보면, 그들은 중국인이면서 중국에 대한 애정이 없으며, 공산화된 중국에 대해 위협을 느끼지도 그렇다고 동의하지도 않는 듯하다. 그야말로 상류사회의 자신감 있는 글로벌리즘이 잘 드러나는 대목이며, 이들은 남부러울 것 없는 삶을 살고 있는 듯하다.

그러나 첸 가족의 불안 요소가 슬쩍 비춰지는데, 칵테일을 마시고 있는 멜로디를 향해 무엇을 마시는 거냐고 묻는 장면이 바로 그것이다. 그냥 칵테일이라는 대답은 술이 아니라는 뜻으로 평소 멜로디가 술에 자주 의지했으며, 빅터가 주의를 기울여야 할 만큼 심각한 상태에 이르렀다는 사실을 보여주는 것이다. 불안하게 지켜지는 가족의 안녕 이면에 놓인 비밀에 대한 암시는 이후에 플롯이 전개됨에 따라 그 이유가 밝혀지게 된다.

1952년 5월

하지만 정작 중요한 것은 홍콩에 온 이후 그녀 자신이 변했다는 점이다. 열대기후의 무엇인가가 그녀의 외모를 숙성시켜 모든 것을 조화롭게 만들었다. 다른 영국 여자들이 열기를 견디지 못해 시들어가는 데 반해, 클레어는 마치 온실 속 화초처럼 피어나기 시작했다. 열대의 햇빛을 받은 머리카락은 색이 연해져 거의 금발로 바뀌었다. 땀을 많이 흘리지 않는 탓에 피부는 땀에 젖었다기보다는 이슬을 머금은 듯 싱싱해 보였다. 체중이 줄면서 몸이 단단해졌고 눈은 푸른 수레국화색으로 반짝였다. 마틴도 그런 말을 한 적이 있었다. 당신에겐 열대기후가 잘 맞는다고. 디너파티에 참석하면, 남자들이 필요 이상으로 오랫동안 그녀를 쳐다보고, 다가와 말을 걸고, 그녀의 등에 손을 얹곤 했다. 그녀는 파티에서 대화하는 법과 음식점에서 당당하게 주문하는 법을 배워갔다. 영국을 떠날 당시의 소녀 같은 모습을 벗고, 마침내 여인이 된 듯한 느낌이었다. 드디어, 진정한 여자가 된 기분이었다.

그리고 그다음 주, 로켓의 레슨이 끝난 뒤 자기 토끼 인형이 그녀의 가방 안으로 떨어졌던 것이다. (37)

클레어는 홍콩에 온 이후 자신의 변화를 감지한다. 그것은 일차적으로는 외모에 대한 자신감이다. 그녀는 다른 영국인들과는 달리 이곳 기후에 잘 적응하고 있을 뿐만 아니라 이곳 기후로 인해 싱싱하고 성숙하게 보이기까지 한다. 다른 한편으로는 그녀는 이제 상류사회의 디너파티에 참석할 만큼 사회적 지위가 상승되었다. 변할 것 같지 않던 고국에서의 지루한 가난에서 마침내 벗어나게 된 것이다. 물가의 차이로 인해 이곳에서는 아마라는 하녀를 고용할 수 있고, 현지 주민들과 차별화되는 삶을 살면서, 영국인 상류사회의 일원이 되어 있는 것이다.

그러나 그녀에게는 딱 한 가지 결핍된 것이 있었다. 그것은 상류사회에 걸맞는 옷이나 악세서리나 장신구 등을 가지기에는 충분히 부자가 아니었다. 식민지 환경과 상류사회로의 편입은 그녀의 허영심을 부쩍 신장시켰지만, 허영심에 걸맞는 재산을 가지고 있지 못한 것이다. 우연히 첸의 집에서 자신의 가방에 떨어진 토끼 인형을 아무도 알아차리지 못하자, 그녀는 이번에는 과감히 멜로디의 스카프를 훔치게 된다. 스카프는 그녀의 허영심을 충족시키기에 충분할 만큼 아름답고 비싸다. 클레어는 양심의 가책을 전혀 느끼지 못하고 스카프를 맨 자신의 매력적인 모습에 매료된다. 가책은 모험심으로 포장되고 만족감은 용기를 배가시킨다. 그녀는 이제 더욱 과감해지고 그녀의 도둑질은 계속된다. 그리고 혐의는 하녀에게로 돌아가게 되고, 도둑으로 몰린 하녀는 억울하게도 쫓겨나가게 된다. 이 또한 익숙한 편견이다. 하녀는 의례 도둑질을 한다는 계급적 편견이, 이곳 홍콩에서는 인종적 편견과 겹쳐진다. 영국인이 도둑질을 할 것이라고는 상상조차 하지 않는 것이다.

트루디와 윌의 운명적 만남

1941년 6월

시작은 그런 식이다. 영사관에서 열린 파티. 그녀의 경쾌한 웃음소리. 술잔이 쏟아져 드레스가 젖는다. 손수건이 황급히 내밀어진다. 그녀는 다른 사람들 – 큰 소리로 떠들어대는 포동포동한 특정 계급의 여자들 – 중에서 단연 날씬한 그레이하운드다. 그는 그녀를 만나고 싶은 게 아니다. 그녀 같은 부류의 – 시폰과 샴페인이 전부이고 그 아래에는 아무것도 없는 – 여자는 믿지 않는다. 하지만 그녀는 그의 술잔을

쳐서 자신의 실크 시프트드레스 위에 쏟고("또 실수했네." 그녀가 말한다. "나는 홍콩에서 가장 덤벙대는 사람이야.") 자기 멋대로 남자를 파우더룸까지 에스코트하게 하고, 열심히 화장을 고치며 남자에게 질문을 퍼붓는다.

그녀는 유명하다. 어머니는 포르투갈 출신 미녀에 아버지는 무역과 대부업으로 성공한 상하이 출신 백만장자로, 아주 잘 알려진 부부이다.

"마침내 새로운 사람을 만났군! 우리는 첫눈에 알아볼 수 있다고요. 당신도 알겠지만. 한 세월 동안 똑 같은 얼굴만 만나왔죠. 우리는 새로운 피 냄새를 맡는 덴 천재예요. 왜냐하면 우리 사회는 비참하리만치 규모가 작고, 서로에 대해 끔찍하리만치 신물이 나있거든요. 실제로 부두에 나가 배에서 내리는 새로운 사람들을 끌고 오기도 한다니까요. 온 지 얼마 안 됐죠? 그렇죠? 직장은 구했어요?" 여자는 남자를 욕조 가장자리에 앉혀놓은 채 립스틱을 덧칠하며 묻는다. "홍콩에 온 이유는 재미를 위해? 아니면 돈?"

"아시아 석유회사에서 일합니다." 남자는 그저 웃기는 신참처럼 보일까봐 경계하며 말한다. "그리고 돈을 벌기 위해 온 게 맞아요." 하지만 그건 사실이 아니다. 어머니가 돈이 많으니까. (42-43)

다소 길게 인용된 이 장면은 윌과 트루디가 처음 만나는 장면이다. 영국 상류사회 파티의 현장에 석유회사에서 일하는 윌이 참석하게 된다. 윌은 부유한 여인들에게 관심이 없다. 그들은 외모에서부터 계급적 특징을 드러낸다. 한결같이 포동포동한 외모뿐만 아니라 그들은 먹고 마시는 것을 제외하고는 별다르게 하는 일이 없는 존재들로서 윌은 아마도 그들을 혐오하는 것 같다. 그런데 날씬한 '그레이하운드'가 눈에 들어온다. 그녀의 외모가 남다른 것은 단지 날씬함 때문만은 아니다. 그녀는 혼혈인이다. 그녀는 포르투갈계 어머니와 중국계 아버지 사이에서 태어났다. 그녀를 돋보이게 만드는 것은 외모뿐만이 아니라 그녀의 관습적이지도 상식적이지도 않은 언행에 있다. 그녀는 일부러 윌의 바지에 술을 쏟고, 강제로 파우더룸으로 따라오게 만든다. 그리고 거침없이 파티에 신물이 난다고 말하며 단도직입적으로 홍콩에 온 이유를 묻는다. 그녀의 당당한 태도와 독특한 화술에 윌은 자신도 모르게 빠져들게 되고, 둘은 곧장 연인이 된다.

> 1941년 6월
>
> "그리고 저 남자." 트루디는 점잔을 빼고 앉아 있는 영국 남자를 가리킨다. "저 남자는 따분함 그 자체야. 무슨 미술사학자라는데, 계속 크라운 컬렉션 얘기만 하고 있어. 하지만 크라운 컬렉션은 영국 식민지라면 거의 다 갖고 있는 거잖아. 관공서에 소장하기 위해 식민지에서 입수하든가 아니면 본국에서 실어오는 유명한 그림이나 조각상, 뭐 그런 것들 말이야. 홍콩의 크라운 컬렉션은 외관상 꽤나 대단한 모양이야. 그래서 저 남자는 전쟁이 터지면 그 보물이 어떻게 될까봐 걱정이 산더미야." 그녀는 인상을 찌푸린다. "게다가 완전 고집불통이라니까." (47-48)

트루디와 친해지게 되면서 윌은 상류사회의 여러 인사들에 대한 정보를 그녀로부터 듣게 된다. 크라운 컬렉션이라는 말이 처음으로 등장하게 되는데, 이것은 나중에 트루디의 운명을 좌우하는 결정적인 물건이 된다. 크라운 컬렉션은 식민지로부터 약탈하는 보물을 일컫는 것으로 홍콩의 보물은 그중에서도 꽤나 가치 있는 것으로 여겨진다.

그리고 두 명의 중요한 등장인물이 소개되고 있는데, 하나는 트루디의 사촌 도미닉으로 그녀의 베스트프렌드이다. 전쟁이 일어난 후에 트루디에게 먹을 것을 가져다주는 등 그녀에게 많은 도움을 베푼다.

또 한 명은 빅터 첸으로 트루디의 사촌인 멜로디의 남편이다. 우리는 앞서 클레어와의 대화를 통해 빅터 첸이 자신에 대해서 상당한 자부심을 지닌 사람이며 멜로디와는 아직은 알 수 없는 문제가 있음을 알고 있다. 트루디가 소개하는 빅터 첸의 모습도 앞선 인상과 그리 다르지 않음을 알 수 있는데, 그는 자신을 대단히 중요한 사람이라고 생각하지만 실제로는 지겹고 따분한 사람일 뿐이며, 멜로디가 빅터를 만난 후로 불행하게 지낸다는 것이다. 첸 가족은 피아노 교사인 클레어 뿐만 아니라 친척이 되는 트루디와도 깊은 관계를 지닌 핵심적인 인물로 부상하게 된다.

1941년 6월

골반이 좁고 발이 조그마한 트루디의 몸은 마치 어린아이 같다. 판자처럼 납작하고 가슴은 전혀 부풀지 않았다. 팔뚝은 손목만큼이나 가늘고, 차분한 갈색 머릿결은 매끄럽고, 서구적인 큰 눈에는 쌍꺼풀이 졌다. 그녀는 몸에 꼭 맞는 원피스, 가끔은 치파오, 아니면 슬림한 튜닉에 통 좁은 바지를 입고, 늘 굽 없는 실크 슬리퍼를 신는다. 골드나 브라운 계열의 립스틱을 칠하고, 생머리는 어깨까지 내려오며, 눈에는 검은색 아이라인을 그렸다. 어떤 행사에서든 트루디는 다른 여자들, 즉 흐르듯 찰랑이는 스커트를 입고 정성스레 파마한 헤어스타일에 빨간 립스틱을 칠한 여자들과는 전혀 다른 모습이다. 그녀는 찬사를 싫어한다. 사람들이 그녀에게 미인이라고 말하면, 즉시 이렇게 대답한다. "하지만 나는 콧수염이 있는 걸요." 사실 그렇다. 햇빛을 받으면 연한 황금색 콧수염이 보이곤 한다. 트루디는 늘 신문지상에 오르내린다. 그녀의 설명에 따르면, 그녀가 미인이기 때문이라기보다는 그녀의 아버지 때문이라고 한다. "그런 점에서 홍콩은 매우 실용적이야. 돈만 많으면 어느 여자든 미인이 되니까." 그녀는 종종 파티에 초대받은 유일한 중국인이기도 하다. 하지만 자신은 진정한 중국인이 아니라고 말한다. 실제로는 어느 특정 민족도 아니라는 것이다. 그녀는 모든 인종이며, 모든 곳에서 초대를 받는다. 프랑스 스포츠서클, 아메리칸 컨트리클럽, 독일 가든클럽, 그 모든 곳에서 명예회원으로 그녀를 받아들인다. (50-51)

"나를 좋아하는 사람은 아무도 없어." 그녀가 말한다. "중국인은 내가 완전한 중국인으로 행동하지 않는다고 싫어하고, 유럽인은 내 외모가 전혀 유럽인 같지 않다고 싫어하고, 아빠는 내가 자식의 의무를 다 하지 않는다고 싫어해. 당신은 어때? 나를 좋아해?" (56)

트루디의 모습은 홍콩과 닮았다. 홍콩은 영국의 영토에 속하지만 원래는 중국의 땅이다. 홍콩은 아시아 내의 영국영토로서 아시아의 혼혈인 같은 존재다. 홍콩은 영국이면서 중국이고, 영국도 아니고 중국도 아닌, 그러므로 아시아에서는 별스럽고 특이한 존재처럼 취급된다. 물질적 풍요와 선진화된 제도에 대해서 칭찬하지만, 중국으로부터 떨어져나와 식민화된 도시라는 사실에 못마땅해 하는 이중적 시선을 홍콩은 감내해야만 한다.

이와 유사하게 트루디는 상류층 여성이지만, 다른 상류층 여성들과는 다른 외모를 지니고 있으며, 옷차림과 스타일에 있어서도 차별화된다. 그녀는 일반적인 상류층 여성들과는 달리 찬사를 싫어하고 겸손하다. 그녀는 영국인 파티에 초대받는 유일한 중국인이면서, 순수 중국 혈통으로 인정받지 못한다. 중국인이면서 중국인이 아닌, 다양한 국적의 사교모임에 초대받는 그녀의 모습은 홍콩을

1940년 빅토리아 시티의 모습. 동양에서는 가장 빠르게 서구식 사회가 자리를 잡은 도시이다.

상징적으로 대변한다. 그녀는 모든 곳에서 초대받지만, 그녀를 진정으로 좋아하는 사람은 없다. 그녀는 부러움의 대상이기도 하지만, 다른 한편으로는 시기의 대상이기도 하다. 그녀의 이러한 양면적 존재성은 그녀를 높은 곳으로 인도하기도 하지만, 그녀를 사정없이 추락하게 만드는 계기가 되기도 한다.

> 1952년 6월
>
> 그녀는 다른 사람이 되고 싶었다. 과거의 클레어는 촌스럽고 무지한 듯했다. 총독관저에서 열린 파티에 갔을 때나 그립스 바에서 샴페인을 마실 때 보니, 그녀가 아는 여자들은 모두 실크 드레스를 입고 있었다. 클레어는 전혀 다른 세상, 이제껏 존재한다는 것조차 몰랐던 새로운 세계를 목격했다. 뭐라고 이름 붙일 수는 없지만, 그녀는 자신의 무엇인가가 드러나려 한다는 것을 느꼈다. 마치 그녀 내부의 또 다른 클레어가 밖으로 나오려는 것 같았다. 아침에 다른 사람의 화려함으로 치장하는 이 시간 동안 클레어는 그 세계의 일부인 척 가장할 수 있었다. (70-71)

클레어는 어머니의 우려와는 달리 식민지 홍콩에서 상류사회의 화려함에 현혹되어 허영심이라는 망상에 사로잡힌다. 그녀가 마틴과의 결혼을 선택하고 홍콩행을 결정하게 된 것은 그를 사랑해서가 아니었다. 영국에서의 삶이 보잘것없이 지루하며 아무런 희망도 없었기 때문이다.

그런데 홍콩은 그녀에게 차원이 다른 새로운 세계에 눈을 뜨게 만들었다. 촌스럽고 무지했던 그녀가 이제는 화려하고 우아한 귀부인이 된 것이다. 그녀는 화려함과 우아함으로 치장하기 위해 멜로디의 물건을 훔쳐왔다. 무려 서른 개가 넘는 값비싼 물건들을 훔치게 된 그녀는 그 물건들이 자신을 다른 존재가 되게 해줄 것이라고 믿는다. 그녀의 허영심은 단순히 그녀의 외모에 대한 것 뿐 아니라 그런 물건들을 소유함으로써 자신이 여행과 예술과 책과 요트에 대해서도 잘 아는 교양있는 여성인 것처럼 보이게 만들 정도로 심각한 상태에 이르게 된다. 클레어의 신분 상승에 대한 욕구는 자신의 출신배경과 가난으로부터 나온 것이며, 그녀는 답답한 일상으로부터의 자유로운 일탈을 꿈꾸고 있다. 영혼의 자유가 물질적 풍요에 기인한 것이 아닐테지만, 클레어는 신분 상승의 허상에 기대어 거짓된 자유를 만끽하고 있는 것이다.

클레어와 윌, 부정한 연인이 되다

1952년 6월

갑자기 남자의 얼굴에 긴장한 표정이 떠올랐다.
"당신 향수 맘에 드는데요." 윌이 클레어에게 말했다. "재스민이죠?"
"맞아요. 고마워요."
"온 지 얼마 안 되죠?"
"네, 한 달 됐어요."
"마음에 들어요?"
"동양에서 살게 되리라곤 상상도 못했는데, 이렇게 여기 와 있네요."
"오, 클레어. 상상력을 좀 더 가졌어야 했네." 아멜리아는 이렇게 말하면서 웨이터에게 술을 한잔 더 가져다 달라고 손짓했다.
클레어는 또 다시 얼굴을 붉혔다. 아멜리아는 오늘 상태가 꽤 좋았다.
"아직 세상물정을 잘 모르는 사람을 만나니 좋군요." 윌이 말했다. "여자들은 너무 세속적이라 지겹거든요."
아멜리아는 술잔을 집으려 몸을 돌렸기 때문에 이 말을 듣지 못했다. 잠시 침묵이 흘렀지만 클레어는 신경 쓰지 않았다. (…)

갑자기 윌이 손을 뻗더니 클레어의 얼굴로 흘러내린 머리카락을 천천히 귀 뒤로 넘겨주었다. 마치 오래전부터 그녀를 알고 있었다는 듯한, 소유욕이 묻어나는 제스처였다. (…)

"나는 오늘로 스물여덟이 됐어요." 클레어는 이렇게 말하면서도 자기가 왜 그런 말을 하는지 알지 못했다.

"나는 마흔셋이오." 남자는 고개를 끄덕였다. "아주 늙었지." (80-81)

클레어와 윌이 처음 만나는 장면으로 클레어는 윌에게 급속히 빠져들게 된다. 그의 잘생긴 외모와 향수에 대한 칭찬, 세속적이지 않다는 말, 머리카락을 넘겨주는 행동 등을 통해 여타의 상류사회 남성들로부터 느껴보지 못한 강한 이끌림을 느끼게 된다. 남편 마틴과 애정으로 강하게 결합되어 있지 못한 클레어는 상류사회로의 진입만으로는 충족되지 않는 결핍된 욕망을 지니고 있었을 것이며, 도둑질로 인해 담대해진 클레어는 윌과의 관계에서 또 다른 모험심을 느꼈을 것이다. 한편 윌은 클레어의 향수 냄새를 맡고 긴장하게 되는데, 이는 트루디의 향수와 같은 향이었기 때문이다. 윌은 홍콩에 온 지 얼마 되지 않은 그녀의 순진하고 무지한 모습에 관심을 보이게 되는데, 이는 홍콩에 처음 왔을 때의 자신의 모습을 보는 것 같은 일종의 동류의식 때문이다.

1952년 9월

"당신에게는 홍콩이 잘 맞는 모양이오."

클레어는 얼굴을 붉히며 그의 무례함을 지적하려 했지만 말이 제대로 나오지 않았다.

"그렇게 수줍어하지 말아요." 윌이 말했다. "내 생각에………" 그는 마치 그녀의 과거를 알고 있다는 듯 말을 시작했다. "내 생각에 당신은 언제나 아름다웠지만 한 번도 그 아름다움을 스스로 인정한 적도 제대로 활용해본 적도 없는 것 같소. 자신에 아름다움을 어떻게 해야 하는지도 몰랐고 당신 어머니도 도와주지 않았겠지. 어쩌면 어머니는 샘을 냈을 거요. 아니면 자신도 젊었을 땐 아름다웠기 때문에 그것의 덧없음을 비통해 했는지도 모르고."

"지금 무슨 말을 하는 건지 하나도 모르겠군요." 클레어가 말했다.

"나는 오랫동안 당신 같은 여자들을 봐왔소. 영국에서 건너와 도대체 뭘 해야 할지 모르는 여자들을. 당신도 달라질 수 있소. 이 기회를 활용해 다른 사람이 되어봐요." (99)

쏟아지는 폭우로 인해 우연히 다시 만나게 된 윌은 클레어에게 통찰력있는 이야기를 건넨다. 먼저 그는 클레어의 아름다움에 대해 이야기한다. 클레어는 언제나 늘 아름답지만, 정작 자신은 그것을 자각하지 못한 삶을 살아온 것이 아니냐는 것이다. 영국에서 무기력하게 살아왔던 자신을 꿰뚫어보는 것 같은 이 말에 클레어는 당황한다. 그런 다음 윌은 클레어가 이곳에서 무엇을 해야할 지 모르고 있는 것 같다고 말한 후, 이 기회를 잘 이용해서 다른 사람이 되도록 노력해 보라고 말한다. '다른 사람이 되는 것'은 클레어가 정말로 간절히 원했던 것이 아닌가. 도둑질을 해서라도 다른 사람이 되는 망상을 실현해 보려고 했던 클레어는 마치 자신의 속마음을 들킨 것처럼 당황스럽고 부끄러웠다. 그와 동시에 윌에게 깊숙이 끌려들어가게 된다. 이 사람이라면 내가 진정으로 바라는 것이 무엇인지 알아봐 줄 것이고, 그것을 가질 수 있도록 도와줄 것이라는 생각이 든 것이다.

클레어는 영국이었다면 꿈도 꾸지 못했을 것들을 바라고 있다. 자신이 있어야 할 곳인 영국이었다면, 클레어는 남들의 시선과 평판을 신경쓰면서 자신을 드러내지 않은 채 조신하게 주어진 역할에 만족하며 살았을 것이다. 그녀가 원하는 것은 지금까지의 자신과는 다른 사람이 되는 것, 지금까지의 삶의 굴레를 벗고 완전히 새로운 사람으로 태어나는 것이다. 이른 바 '자유로운 영혼'이 되는 것. 클레어는 그 출발을 홍콩에서 시작하게 되었으며, 첫 번째 롤모델은 홍콩 내 영국 상류사회의 여인들이다. 물질적 풍요와 상승된 신분이 그녀를 지금까지와는 다른 사람으로 보이게 만든다. 훔쳐온 고가의 물건들은 그녀를 더욱 빛나게 만들어 준다. 클레어는 허영심이 가득한 속물이 되어간다. 그리고 맞은편에서 윌이 기다리고 있다. 그녀는 자신이 탐내서는 안되는 것을 자기 것으로 만드는데 이미 익숙해져 있다. 이번에는 윌이 클레어의 목표대상이 된다. 새로운 사람을 만나게 된다면 그 사람으로 인해 나도 새로운 사람이 될 수 있을까. 기대 섞인 흥분이 클레어를 감싸고, 비에 젖은 옷을 갈아입기 위해 자신의 집으로 가자는 윌의 제안에 일말의 저항도 없이 클레어는 따라가게 된다.

1952년 9월

자신이 아닌 다른 사람이 될 수 있다고 느꼈던 순간들이 있었다. (…) 칵테일 파티에서 갑자기 손에 들고 있던 술잔을 부숴버리고 싶은 충동을 느꼈던 순간, 그녀는 변화할 수 있다는 가능성을 감지했다. 하지만 결코 술잔을 부숴버리지는 못했다. 자신 안에 감춰져 있는 또 하나의 클레어가 종종 부상했다 가라앉곤 하는 동안 변화 가능성의 탄성(彈性)은 점차 줄어 들어갔다.

그때 윌이 나타났던 것이다. 두 사람에 관한 이야기만 아니라면 클레어는 무엇이든 자신의 생각을 말할 수 있었고, 윌은 그런 이야기를 듣고도 놀라지 않았다. 윌은 이전의 클레어를 알지 못했다. 그녀는 새로운 사람이었다. 불륜을 저지를 수 있는 사람, 상스럽거나 혹은 냉소적이거나 혹은 현명할 수도 있는 새로운 사람. 그래서 윌은 전혀 놀라

> 지 않았다. 그 남자와 그 여자는 서로의 문맥에서 벗어나 있었다. 그녀는 새로운 사람이었다. 때때로 그녀는 자기가 사랑에 빠진 상대는 바로 이 새로운 인물이 아닐까 생각했다. 자신은 새로운 클레어와 불륜에 빠진 것이고, 윌은 단지 조역일 뿐이라고. (116-17)

옷을 갈아입고 식당에서 식사를 한 후, 그들은 키스를 하게 되고 이후 연인으로 발전하게 된다. 클레어에게 윌과의 관계는 곧 불륜을 의미한다. 그녀는 윌에게 걷잡을 수 없이 빠지게 되자 스스로를 정당화하기 위해 자신을 추방된 자, 과거와는 다른 여자로 합리화한다. 영국에서는 도리를 지키고 살아왔지만, 그곳에서의 삶은 그리 행복하지 않았다. 그리고 난 영국으로부터 추방되었기 때문에, 이곳에서는 영국의 윤리를 지킬 필요가 없다. 나는 추방된 자니까 이곳에서는 나는 이전의 나와 완전히 다른 여자다. 홍콩에 와서 이전과는 다른 삶을 살고 있지만, 이곳에서도 제약은 존재했다. 상류사회에서도 각인된 자신의 이미지가 스스로 운신의 폭을 좁혔고, 변화는 가능성으로만 존재하고 있었다. 분출되는 내면의 욕망을 감추고 억제하며 살아오다가 마침내 윌을 만나게 된 것이다. 윌에게는 어떠한 이야기도 할 수 있었으며, 과거의 자신과 현재의 자신을 비교하며 움츠러들 필요가 없었다. 윌은 현재의 나를 있는 그대로 받아들여주었고, 그녀는 윌을 통해 자신이 새로운 사람이 되었다는 사실을 확인할 수 있었다. 그래서 그녀는 생각한다. 내가 정말 사랑하는 사람은 완전히 새로운 사람이 된 클레어 자신이 아닌가. 나의 불륜 상대는 윌이 아니라 새롭게 변모한 나 자신이 아닌가 하고. 그렇게 느껴질 만큼 클레어는 자신의 변화를 실감한다. 새로운 사람이 되라고 충고한 윌과의 관계를 통해서 클레어는 새로운 사람으로 거듭나고 있는 것이다. 그리고 그것은 윌이 애초에 의도한 것은 아니었다.

다시 사건은 과거로 돌아간다. 1941년 12월, 일본의 공급이 임박했다는 소문이 흉흉하게 홍콩을 돌아다니고 있었다. 저마다 곧 닥쳐올 미래에 대해서 예상해보기도 하고, 일어날 사태에 대해서 전망하기도 하는 가운데 홍콩에는 전운이 감돈다.

일제의 침략에 굴복한 홍콩과 홍콩의 상류사회

마침내 전쟁이 발발한다. 폭탄 터지는 소리가 점점 가까워지고 사람들은 당황하고 혼돈에 빠진다. 일본은 진주만을 공격한 바로 그날 홍콩 공습을 감행한다. 선전포고도 없이 일어난 전쟁이 어떻게 진행될지 사람들은 판단이 서지 않는다. 진주만 공습이 그들에게 유리한 것인지 아니면 불리한 것인지 사람들은 예측할 수 없다. 도미닉은 영국의 식민지로 있는 것보다 일본의 식민지가 되는 것이 더 나을 수도 있다고 말한다. 근거는 없다. 최소한 같은 동양인이니까. 도미닉의 말이 농담이 아닌 이유는 개인적 체험으로 인한 영국에 대한 그의 반감 때문이다. 그와 동시에 이것은 흔한 일본제국의 논리이기도 하다. 서양 제국으로부터 아시아를 구하자. 아무튼 홍콩은 일본군에 제대로 저항해보지 못하고 함락되고 만다. 일본군은 홍콩에 비행기 포격을 퍼붓는다.

1941년 12월 15일

윌은 의식의 경계를 넘나든다.

그는 흰색 원피스를 입은 트루디를 본다. 마치 간호사처럼, 마치 신부처럼, 마치 수의를 입은 것처럼. 그녀는 그의 이마를 닦아준다. 하지만 그녀의 머리카락은 금발이다. 그녀는 트루디가 아니다.

> "잘 들어요." 불가사의한 제인 레식이 속삭인다. "당신은 의용군에서 일했던 게 아니에요. 그냥 민간인으로 거리를 걷다가 폭탄 파편을 맞은 거예요." 그녀는 윌이 전쟁포로수용소로 가는 것을 원치 않는다. 누가 어디로 갈지는 명확하지 않지만, 민간인이라면 군인보다는 나은 취급을 받을 것이라고 생각한다. 윌은 고개를 끄덕인다. 그녀의 말을 이해하고, 그다음엔 잊어버린다. 그녀는 매일 똑같은 말을 윌에게 한다. 마치 그의 생명을 구해주는 주문인 것처럼. (152)

윌은 에버스와 함께 중국인 군인들을 태워주고 도심을 걷다가 비행기 폭격에 당해 부상을 입는다. 같이 있던 에버스는 죽게 되고, 윌은 다리에 부상을 입게 된다. 그는 수차례 의식을 잃었다가 다시 찾게 되고, 간호사 레식은 윌에게 의용군이 아니라 길가는 시민이었다고 말하라고 몇 번이고 다짐을 하는데, 그 덕분에 나중에 처우가 덜 혹독한 민간인용 일반 수용소에 갇히게 된다. 일어나려던 윌은 자신이 다리를 전다는 사실을 알게 되고, 놀란다. 그는 트루디 집으로 가고자 하고, 트루디는 자신의 집이 아니라 앤젤린의 집에 있으며, 오늘 늦게 면회를 올 것이라고 말한다. 동료가 죽고, 자신은 다리에 부상을 입어 절뚝거리며 걸어야 되고, 트루디는 자신의 집이 아니라 앤젤린의 집에 거주하고 있다. 이때의 부상으로 윌은 평생 다리를 절게 되는데, 이 장면은 전쟁의 참혹함이 실감되는 출발점이며, 그들의 삶이 붕괴되는 시작 지점이기도 하다.

> 1941년 12월 15일
>
> 어떤 전단지에는 중국인 여성이 뚱뚱한 영국 남자 무릎에 앉아 있는데, 영국인은 오랫동안 당산들의 여자를 겁탈해왔으며 이제는 그걸 멈춰야 한다는 식의 내용이 적혀 있다고 트루디가 설명해준다.

"흠…… 이건 당신하고 나를 그린 거잖아?" 그녀는 윌의 무릎에 앉아 그의 목에 팔을 두르고 눈을 깜빡이며 묻는다. "아저씨, 저한테 술 한잔 사줄래요?"

"그건 나하고 프레더릭이야, 이 바보야." 앤젤린이 말한다. "그 남자가 얼마나 뚱뚱한지 보라고." 앤젤린의 입에서 남편 이야기가 나온 건 실로 며칠 만이다.

또 다른 전단지에는 동양인 두 명이 마주 보며 악수를 하고 있다. "일본인과 중국인은 형제입니다. 저항하지 말고 우리 편으로 합류하세요." 앤젤린이 번역해준다.

"저 사람들은 난징대학살을 잊은 모양이네." 트루디가 말한다. "그때는 형제애가 그다지 없었잖아?" (164)

'대동아공영권'은 일본제국이 주변국 침략을 정당화하는 논리이다. 서양 제국의 침입으로부터 아시아를 지키기 위해 아시아 국가들이 일본을 중심으로 하나가 되어야 한다는 것이다. 서구 제국주의의 지배로부터 자유를 되찾고 평화와 번영을 함께 누릴 수 있는 새로운 국제 질서를 만든다는 논리는 외견상 그럴듯해 보이지만, 그들이 침략한 나라에서 저지른 만행과 착취, 폭력적 정책은 그들의 논리가 완전히 허구이며, 일본 제국주의의 침략이 서구 제국주의의 침략과 다르지 않다는 사실을 증명한다. 중국인 여성이 영국 남자의 무릎 위에 앉으나 일본 남자의 무릎 위에 앉으나 달라질 것은 없다. 일본과 중국은 형제라고 말하지만, 일본은 30만 명에서 100만 명에 이르는 중국인을 학살하고 생체실험까지 자행한 난징대학살의 주범이다. 트루디와 윌과 앤젤린은 일본의 전단지를 비웃고 조롱하면서 다가올 전쟁의 공포를 잠시나마 잊으려 하고, 도미닉은 절친인 트루디에게 먹을 것을 챙겨주기 위해 수완을 발휘한다. 저마다의 방식으로 전쟁에 맞서고 있지만, 맞서는 개인들은 나약하고 위태롭다.

1941년 12월 26일

"끔찍한 일이야. 그들은 때때로 짐승이 된다니까. 수녀들이 겁탈당했고, 다른 간호사들도 마찬가지였소. 그걸 막으려던 의사들은 총검에 찔렸지. 병원 근무자들은 원래 건드리지 않기로 되어 있는 거 아니오. 하지만 그 피에 굶주린 집단에겐 말해봤자 아무 소용이 없소. 드루 맥나마라가 그곳에서 난장판을 처리하고 있고, 책임자들은 체포됐지만, 지금은 모든 것이 엉망진창이오. 헤이그조약에 따르면 경찰이 질서 유지를 하도록 되어 있지요. 우리의 친밀한 홍콩 경찰이 말이오. 하지만 경찰은 눈에 띄지 않소. 외부세계는 완전히 광란 그 자체라고 할 수 있소. 일본군은 영국 경찰 일부를 고용해 영사관 경비를 맡겼는데, 그들은 아이러니라는 개념이 뭔지 모르는 것 같소."

거빈스는 계속 말한다. "중국인과 인도인은 자유롭게 통행하도록 해줘야 해요. 트루디의 친척인 빅터 첸은 그 사이에서 폭력과 약탈을 약화시키는 등 중재자 역할을 잘해내고 있소. 중립적인 유럽인은 안전을 보장받아야 하는데, 그게 좀 민감한 부분이오. 일본놈들은 완차이 사창가를 휩쓴 것도 모자라 매춘부를 요구하고 있소. 바라건대 그렇게 해서 그들의 에너지가 조금이라도 소진된다면 좋겠지만. 만약 술 취했거나 미친 군인을 만난다면, 그들은 당신의 머리를 향해 총검을 휘둘러댈 거요. 머리가 잘려나가는 것 따위는 신경 쓰지도 않지. 그들은 거리에서 마주치는 누구에게나 돈과 손목시계와 보석을 내놓으라고 협박해요. 29일에는 승전 축하 퍼레이드를 연다고 하더군." (179-80)

전쟁에 승리한 일본군은 홍콩에서 갖은 약탈과 겁탈을 자행한다. 종교는 존중받지 못하여 수녀가 겁탈을 당하고, 인도주의 정신은 폐기되어 의사와 간호사는 총칼 앞에 쓰러진다. 치안을 담당하는 경찰은 일본군을 위한 치안에 이용되고, 일본군은 전리품으로 돈과 손목시계와 매춘부를 요구한다. 전쟁터에서 인간은 모두 짐승이 된다. 가

1941년 12월, 영국군의 항복 후 홍콩 퀸스로드를 일본군이 진군 중이다.

해자는 폭력성을 자제하지 못하고 탐욕을 감추지 않는다는 점에 짐승이 되고, 피해자는 사람으로서의 기본적인 권리도 누리지 못하고 탐욕과 폭력 앞에 노출된다는 점에서 짐승이 된다. 짐승이 인간을 짐승 취급함으로써 모두 짐승이 되어버리는 것이다.

1942년 1월 4일

"하지만 다수의 중국인은 영국인이 무례하고 거만하고 자신들의 유산을 지나치게 높이 평가한다고 생각해. 유산으로 따지자면 우리 것이 역사도 훨씬 길고 내용도 풍부하거든. 게다가 영국인은 끔찍할 정도로 구두쇠야. 나는 저녁을 먹은 다음 영국 남자가 계산서를 집어드는 걸 한 번도 본 적이 없어. 가장 가난한 중국인이라도 자기가 초대한 누군가가 음식값을 내면 부끄러워하는데. 참 이상해. 그렇게 생각하지 않아? 나는 우리 방식이 훨씬 마음에 들어. 우리 중국인은 바보가 아니야. 우리는 이곳의 영국인 대부분이 자기네 나라라면 엄두도 못 낼 수준으로 살고 있다는 걸 알아. 이곳에서 왕처럼 살 수 있는 건 그들의 화폐가 우리 화폐보다 가치가 높아서 훨씬 더 많은 노동력을 살 수 있기 때문이야. 그래서 자기들은 이곳의 영주이고 우리는 농노라고 생각하지. 하지만 그들이 본국으로 돌아갔을 때 여기에서처럼 풍요로운 삶을 누릴 수 없다는 사실이 바뀌는 건 아니야. 그 사람들은 빌린 돈을 가지고 가장된 신분으로 살아가는 거야. 월, 당신은 그다지 영국인 같지 않아. 당신은 실수에 너그럽고, 친절하고 겸손하니까. 당신네 민족 대부분과 당신이 닮지 않았다는 사실이 정말 기뻐." (193)

앞서 언급했듯이 트루디는 포르투갈계 어머니와 중국계 아버지 사이에서 태어난 혼혈인이다. 그녀에게는 동양인의 피와 서양인의 피가 섞여 있다. 따라서 영국과 중국의 관계에 대한 그녀의 입장은 객관적이고 공평하다고 할 수 있다. 그녀는 영국인들이 중국인에 대해 가지고 있는 우월의식이 터무니없는 것이라고 비판한다. 식민 제국의 원조이자 종주국인 영국인은 중국인들이 볼 때, 무례하고 거만하고 자신들의 유산에 자부심이 높다. 지금의 미국인들이 전 세계적으로 그런 인상을 심어주듯이 당대의 슈퍼파워 국가의 국민들은 약소국과 피식민국에 대한 존중심이 부족하다. 한 국가가 약탈국이 된다는 것은 그들의 문화에 인본주의와 평등과 평화와 호혜의 정신이 현저히 부족하다는 것을 드러낸다. 그와 같은 약탈국의 문화적 유산이라는 것은 스스로 인정하든 그렇지 않든 간에 비루하고 천박한 것이 분명할진대 약탈국의 국민은 자부심보다 수치심을 거만함보다는 미안함을 느껴야 마땅할 것이다.

그럼에도 불구하고 군사적 우위와 물질적 풍요를 앞세워 그들은 피식민국을 열등하게 여기고, 식민지에서의 물질적으로 우월한 삶을 당연히 누려야 할 천부적인 권리로 생각한다. 이미 현지인들에게 인심을 잃은 영국인에게 무슨 일이 일어나든 그들은 동정하거나 연민하지 않는다. 현지인에게 군림하던 영국인이 일본인에게 위해를 당한다 한들 그들에게 신경 쓸 사람이 누가 있겠는가. 오히려 인과응보라고 생각할 수도 있지 않겠는가. 물론 이러한 주장은 트루디의 주관적인 판단에서 나온 것일 뿐이지만, 홍콩이 원래부터 영국의 소유였고, 일본이 이를 빼앗았다고 생각하는 것은 문제가 있다. 홍콩은 이렇게 단순히 사태를 바라보기에는 복잡한 역사적 상흔을 안고 있기 때문이다. 한편 트루디의 말을 통해 윌의 성품이 드러나는데, 그는 관대하고 친절하며 겸손한 사람이다. 그리고 영국인은 닮지 않은 이러한 성격이 트루디가 윌에게 매혹된 이유이다. 그러나 이러한 개인의 덕목은 윌의 민족정체성과 충돌하며 트루디를 파멸로 몰아넣는다.

1942년 1월 21일

"전쟁이란 사람을 낯선 방향으로 몰고 가니까. 어쩌면 도미닉에겐 가장 좋은 일이 일어난 건지도 몰라. 이제야 자신을 발견한 것 같거든." 트루디가 웃는다. 기괴한 웃음이다.

"도미닉은 조심해야 할 거야. 전쟁이 끝나면, 자신이 한 일을 설명해야만 할 테니까. 빅터 역시 마찬가지고."

"도미닉은 그런 식으로 생각하지 않아. 언제나 현재에만 충실해. 당신도 알잖아. 빅터는 좀 다르지. 틀림없이 자기가 한 일의 흔적을 말끔히 지워버릴 거야."

"어쨌든 도미닉에게 앞날을 생각해야 한다고 얘기해주는 게 좋겠는데. 빅터를 조심하라는 말도."

트루디는 참을 수 없다는 듯 손을 내젓는다. "그건 그렇고, 나 어느 일본인의 부름을 받았어." 그녀가 말한다. "오츠보라는 남자인데 리젠트 스위트에 살고, 헌병대 소속이야. 그런 사람을 알고 있으면 좋을 거라는 말을 들었어. 옷깃에 국화 모양의 특별한 핀을 꽂고 있는데, 헌병대라는 표시래. 그 남자는 내가 영어를 가르쳐줬으면 하는 것 같아. 당신 생각은 어때? 하는 게 좋을까?"

"당신도 그러지 않을 거잖아." 윌이 말한다. "적의 가장 친한 친구가 될 생각이야?"

"그 말 불쾌한데." 그녀가 말한다. "당신은 내가 어떤 사람인지 잘 알잖아." (…)

"과연 안전할까?" (230-31)

'전쟁은 사람을 낯선 방향으로 몰고간다'는 트루디의 말은 언제나 진실이다. 도미닉과 빅터, 트루디와 윌은 각자 자신의 방식대로 전쟁을 이용하거나 참아내기 위해 노력하고 있다. 빅터는 전쟁마저도 자신의 이익을 위해 이용할 줄 아는 인물이다. 그는 영향력 있는 일본인과 결탁해 이권 사업을 확장해 간다. 명백히 불법적인 특권을 이용하는 사업일텐데 빅터는 도미닉을 앞세우고 자신의 이름은 감추는 명민한 방식으로 이익을 편취하고 자신의 위법을 은폐한다. 트루디는 헌병대의 오츠보에게 영어를 가르쳐준다는 명목으로 일본군과 친해지려 한다. 반면 윌은 도미닉과 빅터의 행태가 못마땅하다. 훗날 전쟁이 끝나고 일본군이 물러가면, 도미닉과 빅터는 자신들의 친일행각에 책임을 져야 할 것이라고 윌은 말한다.

윌의 이와 같은 반응은 윤리적이고 민족주의적 입장에서 바람직한 것처럼 보이지만, 그의 생각은 지극히 영국중심적인 사고방식에서 나온 반응일 뿐이다. 홍콩이 원래부터 영국의 영토였다면 윌의 말에는 아무런 문제가 없다. 그러나 영국 또한 홍콩을 중국으로부터 강제로 빼앗은 것이 아닌가. 그렇다면 현재 영국에 우호적이고 협력적인 사람들은 중국 입장에서 볼 때 민족반역자가 아닌가. 따라서 윌의 이야기는 공허하고 비현실적이다. 일본에 협력했다는 사실은 친영 진영으로부터는 지탄의 대상이 되겠지만, 현지인들에게는 친일이나 친영이나 별반 차이가 없지 않겠는가. 현지인들이 영국에 완전히 동화가 되어버렸다면, 성공한 영국 식민주의가 실패한 일본 식민주의를 나무라는 꼴이 되지 않겠는가.

트루디의 위험한 거래, 윌을 향한 절대적 사랑

트루디는 오츠보라는 헌병대 장군과 거래를 하려 한다. 그녀는 중국인이기 때문에 굳이 오츠보의 하수인이 될 필요는 없다. 그녀의 행보는 오롯이 윌 때문이다. 윌이 수용소에서 핍박받지 않고 지낼 수 있도록 하기 위해, 더 나아가 윌을 수용소로부터 빼내기 위해 트루디는 위험한 거래에 자진해서 뛰어든 것이다. 그리고 그녀의 위험한 거래는 생각보다 더욱 위험한 것으로 판명된다.

> 1942년 1월
>
> 바로 그때 쾅 소리와 함께 욕실 문이 활짝 열린다. 후지모토가 바지 단추를 채우며 걸어 나온다. 윌은 반사적으로 뒤로 물러서지만, 후지모토는 본 척도 않고 지나친다.
> "엄마는 저 안에 없는 모양이다. 나랑 같이 엄마 찾으러 갈까?"
> 윌이 손을 내민다. 소년은 바닥을 내려다보며 세차게 고개를 젓는다.
> "내 말을 들어봐." 그 순간 다시 문이 열리고 메리 콕스가 나온다. 윌은 깜짝 놀란다. 그녀는 윌을 보더니 손으로 입을 가린다. 그리고 시선을 돌린다. (…)
> 윌은 조니에게 메리 콕스 얘기를 한다.
> "어차피 시간문제 아니었나? 시장경제는 어디에서나 움트는 법이라네. 사람들은 자기가 뭘 팔 수 있는지, 그리고 뭘 사고 싶은지 따져보지."

"그렇게 말하다니 냉혹한걸."

"이 전쟁은 너무 잔혹해서 감상적이 될 틈이 없다네. 자네도 마찬가지야, 이 친구야. 너무 무르게 굴지 말자고. 그래봐야 누구에게도 득이 되지 않아."

하지만 윌은 토비어스가 욕실 밖에서 기다리던 모습을 지워버릴 수가 없다. (240-41)

전쟁의 결과는 모두를 피해자로 만든다. 어떠한 이유에서건 서로를 죽이는 일에 가담해야 하고, 동료의 죽음을 목도하게 되면 상대방에 대한 원한과 저주만 남는다. 서로를 존중해야 할 인본주의라는 가치는 퇴색되고, 인간의 잔인함과 탐욕만이 수면 위로 떠오른다. 전쟁의 목적과 대의가 무엇이건 간에 그렇게 해서 얻은 승리가 누구를 위한 것이겠는가. 전쟁이 앗아간 인간의 존엄, 그 빈자리에는 생존만이 유일한 가치로 자리 잡는다. 민간인 수용소에 갇힌 전쟁 포로 메리 콕스는 일본군 간수 후지모토에게 몸을 판다. 어린 아들과 자신의 생명을 지키기 위해 메리 콕스는 후지모토와 거래를 한 것이다. 윌을 보고 잠시 놀라기는 하지만 메리 콕스는 태연히 아들의 손을 잡고 그 자리를 떠난다. 메리 콕스의 태도를 보면 후지모토의 폭력이나 위협 때문에 벌어진 일 같지는 않다. 조니의 말처럼 자본주의 시장경제의 원리가 원만하게 지켜진 것일 뿐이다. 자극적인 문구나 선정적인 표현 없이 작가는 윌의 시선에서 담담하게 상황을 묘사하고 있다. 충격적인 것은 문 밖에 쪼그리고 앉아 있는 토비어스의 모습이다. 윤리보다는 생존이다. 그러나 자신의 아이를 문밖에 세워두다니. 어디 맡길 데도 없었겠지만.

그녀가 중얼거린다. "당신도 알겠지만, 그 남자가 놀랍다고 한 것은,

> 놀라운 연인이라는 뜻이었어. 당신도 그렇게 알아들었지? 그 남자 나쁘지 않아. 정말로." 바로 그 순간, 달빛에 비친 그녀의 빛나는 머릿결과 부드럽고 반짝이는 피부를 보면서 윌은 그녀가 전갈 같다는 생각을 한다.
>
> 이번에는 그냥 지나칠 수 없다. 그는 몸을 일으킨다. 트루디가 기묘한 표정으로 그를 바라본다.
>
> "트루디." 불러놓고 윌은 얘기를 어떻게 해야 할까 생각하느라 잠시 머뭇거린다. "한계가 있다는 걸 알아야 할 것 같은데." 그는 그녀의 턱을 잡아 자기 쪽으로 추켜올린다. "내가 교양 있는 태도를 유지하는 데에도 한계가 있어." (…)
>
> "지금은 잠잘 때가 아닌 것 같네. 우리 얘기할까? 이 모든 일이 일어나기 이전의 우리로 돌아가 볼까, 잠깐이라도?"
>
> "그건 불가능해." 윌이 그녀를 끌어당기자 그녀의 머리가 그의 어깨에 닿는다. 담배 냄새와 술 냄새가 난다. 그는 냄새가 난다고 말한다.
>
> "나에게서 창녀 같은 냄새가 나는구나." (282-83)

트루디 덕분에 윌은 수용소에서 자유롭게 출입할 수 있게 되었다. 헌병대의 오츠보가 힘을 써주었기 때문에 윌은 출입 뿐만 아니라 수용소 내에서의 대접도 달라졌다는 것을 알게 된다. 오츠보와 트루디와 함께 저녁 식사를 하고, 윌은 혼자 집으로 돌아온다. 오츠보와 함께 있다가 돌아온 트루디는 왼쪽 눈가에 멍이 들어있다. 그런데 트루디는 오츠보가 연인으로 나쁘지 않다고 이야기한다. 자유로운 영혼의 소유자인 트루디가 가학성 음란증을 가진 오츠보를 좋게 평가하는 것은 그녀의 진심이라기보다는 윌을 떠보고 싶어서 한 말일 것이다. 그녀의 자의식은 스스로를 이미 창녀로 규정하고 있다. 스스로 정당하지 않다고 생각하는 일을 트루디는 자신의 생존 뿐 아니라 윌의 생존을 위해서 감내하고 있는 것이다.

그러나 이 상황을 관대하고 유머러스하게 받아들일 수 있는 남자가 누가 있을까. 윌은 자신의 불편한 심기를 감추지 않는다. 트루디는 전쟁 이전의 좋았던 시절로 잠시나마 돌아가고 싶어하지만 윌은 그것이 불가능하다고 말한다. 그녀는 전쟁 이전에도 늘 술과 담배로 찌들어 있었겠지만, 윌은 이제 그것이 불쾌하고 역하다. 그리고 트루디는 그 사실을 알고 자신뿐만 아니라 윌도 자신을 부정한 여인으로 취급하고 있다는 것을 인식하게 된다. '생존이냐 윤리냐'의 문제를 앞에 두고 윌은 윤리를 선택한 것이고, 트루디는 생존을 택한 것이다. 트루디에게 생존은 나의 생존이라기보다 우리의 생존을 의미하는 것이었지만, 그녀의 판단은 오히려 둘 사이의 관계를 멀리 떨어뜨리게 만드는 계기가 된다.

> "때로는 생존보다 더 중요한 일도 있어." 잘난 척하는 것처럼 들리지만, 윌은 이렇게 말하지 않을 수 없다. 그는 트루디에게 경고하고 싶다. 자기 자신을 위해서가 아니라, 그녀를 위해서. 게다가 도미닉 같은 망나니를 옹호하다니! 그녀는 잘못된 성실함 때문에 사실을 보지 못하는 것이다.
>
> "곧 기요틴 아래 놓일 사람에게 그런 말을 해봐." 트루디는 격렬하게 항변한다. "곧 총에 맞을 사람에게 그런 말을 해보라고. 분명 그런 사람들은 어떻게 하면 그 상황을 벗어날 수 있을까만 생각할 거야. 지금 상황에서 그들에게 중요한 것은 생존이라고. 어쩌면 그것 외에는 아무 생각도 없을 거야. 당신은 사치스럽게도 영혼의 존엄에 대해 숙고하겠지만, 하지만…… 됐어." 그녀는 말을 멈춘다. "당신에게 설명하지 못하겠어. 아니 정당화하지 못하겠어. 아니, 아무 것도 못하겠어. 그래서 당신의 요점은 뭐야?"
>
> "당신이 자신을 정당화해야 한다고 느끼다니 유감스럽군."
>
> 트루디는 손을 들어 천천히 흔든다. 마치 작은 위성 같다.

"오늘밤은 영원한 것 같아. 마치 이 밤을 연장시키려는 셰에라자드가 된 기분이야." (286-87)

대화는 이어진다. 트루디는 도미닉이 하녀와 스캔들을 일으켜 영국으로 도피성 유학을 갔었지만, 거기서도 적응하지 못하고 괴롭힘을 당했다는 이야기를 윌에게 전한다. 홍콩과 영국 그 어느 곳도 도미닉을 받아주지 않았기 때문에 그는 살아남는 문제에만 집착하는 그런 유형의 인간이 되어버렸다는 것이다. 그리고 트루디 자신도 현재 처한 상황이 도미닉과 다르지 않으며, 자신도 단지 살아남기 위해 노력하고 있을 뿐이라고 항변한다.

그러나 돌아오는 대답은 생존보다 더 중요한 가치가 있다는 도덕교과서 같은 질타이다. 트루디는 영혼의 존엄이 생명이 위태로운 순간에도 그렇게 중요한 가치인지 반박하지만, 스스로를 더 이상 정당화하지 못하겠다고 포기해버린다. 스스로를 정당화하지 못하겠다는 말은 자신이 한 행위에 대한 반성에서 나오는 말일 것인데, 윌은 트루디의 반성과 후회를 진심으로 받아들이지 못하고 비아냥거린다. 트루디는 설득을 포기하고 대화는 단절된다.

트루디는 "빛이 오면 모든 것이 바뀌잖아"라는 알쏭달쏭한 말로 대화를 마무리하고 윌은 그 말의 뜻을 이해하지 못한다. 그것은 전쟁이 끝나면 자신에 대한 판단이 바뀔 수도 있지 않겠냐는 그녀의 희망 섞인 바람을 담고 있는 것 같다. 결국은 살아남는 것은 잘된 일이라고 생각할 수도 있을 것이며, 그렇게 된다면 살아남기 위해 애쓴 그녀의 노력이 더 이상 비난의 대상이 되지 않을 것이라는 바람. 그리고 결국에는 그녀의 판단이 옳았는지도 모른다. 트루디가 죽은 후 윌은 트루디에 대한 미안함과 자책으로 인해 그녀에 대한 미련에 갇혀 클레어와도 관계를 발전시키지 못하고 무기력하게 살아가게 된다.

> "도쿄에는 홍콩의 크라운 컬렉션에 특별히 관심을 보이는 사람들이 있어. 크라운 컬렉션에는 수백 년 된 중국의 보물이 많이 포함되어 있다는데, 물론 값을 매길 수 없을 정도로 귀하고, 정치적으로는 민감한 그런 것들이래. 그런데 아직 발견되지 않았어. 전쟁이 터지기 전에 비밀리에 어딘가로 옮긴 모양이야. 그런데 중국은 그걸 자신들의 유산이라며 되찾으려 하고, 일본은 가치 때문에 손에 넣으려 하고, 영국은 자신들의 소유물이라고 생각하고 있어. 상당히 복잡한 얘기지. (…) 오츠보는 크라운 컬렉션을 찾겠다고 결심했어. 그래서 나에게 전당포를 뒤지고 사람들에게 물어보도록 시켰는데 아무것도 찾아내지 못했어. 오츠보가 당신에게 휴가를 주고 저녁을 같이하면서 대화를 원했던 이유가 바로 그거야." (…)
>
> "그러면 우리를 도와줄 거지?"
>
> 그가 무엇을 할 수 있단 말인가? 트루디는 자신을 위해 부탁한 것이 아니다. 그들을 위해 한 부탁이다. 그녀는 이미 방향을 잃었다. (288-89)

오츠보가 트루디를 이용해서 윌에게 호의를 베푼 저의가 드러난다. 오츠보는 크라우 컬렉션에 관한 정보를 빼내기 위해서 스탠리 수용소에서 평판이 좋은 윌을 이용하려는 것이다. 이미 홍콩의 유물들은 약탈당하고 있고, 시장에서는 엉터리로 거래되고 있다. 보물의 가치가 제대로 평가받고 있지 못하고, 내가 약탈하

일본이 운영하는 최대 수용소는 홍콩에 있었다. 스탠리 구금 센터(Stanley Detention Center)에는 약 2800명의 민간인 포로들을 수용했다.

지 않더라도 누군가가 약탈을 하게 될 것이 뻔하다면, 내가 해서는 안될 이유가 무엇인가. 오츠보는 일본 본국에서 신임을 얻기 위해 크라운 컬렉션이 필요하다. 일본에서 그 보물의 가치가 제대로 평가받게 된다면, 약탈과 암거래의 대상이 되는 것보다 더 낫지 않겠는가. 트루디는 오츠보의 약탈에 적극적으로 가담한다. 크라운 컬렉션의 행방을 윌이 알아낼 수 있다면, 트루디와 윌은 전쟁의 한가운데서 안전을 보장받을 수 있다. 그러나 윌은 "우리를 도와줄 거지?"라는 트루디의 말에 그녀와 오츠보의 공모 관계를 확인한다. 이제 그녀는 자신과 우리가 되는 것이 아니라 오츠보와 우리가 된 것이다. 그녀는 윤리적 방향성을 상실하고 오로지 목적 달성에만 혈안이 되어 있는 것이다. 윌은 이렇게 판단하고 그녀의 제안을 거부한다.

1953년 5월 5일

그녀의 날카롭고 생생한 윤곽이 어둠을 배경으로 움직였다. 그녀가 얼마나 자기 의견을 즐겨 내놓았는지, 술을 마시면서도 얼마나 철학적인 사색을 펴곤 했는지, 가장 이해할 수 없는 순간에 얼마나 놀라운 통찰력을 발휘하곤 했는지, 그는 잊고 있었던 것이다.

그녀는 그를 기다리고 있었다. 자신을 구원해주길 바라면서.

이제 나는 어떻게 될 것인가. 윌은 생각했다. 곁에는 클레어가 있다. 원래 의도와는 반대로 이젠 중요하게 되어버린 사람. 그녀가 가진 어리석은 편견, 소중하게 지키고 있는 무지, 그리고 놀랍게도 명석한 순간에 이르기까지, 클레어를 보고 있노라면 윌 자신의 미숙한 자아, 자신의 예전 모습이 보이곤 했다. 그녀의 단순함을 보고 있노라면 이미 마멸된 그의 희망이 위안받곤 했다. 결국 사랑이란 언제나 일종의 나르시시즘이 아니던가. 클레어는 초대받지도 않은 채 그의 꿈으로 다가와 다른 여자, 낮이나 밤이나 윌을 괴롭히는 그 여자와 싸움을 벌이고

있다. 트루디가 이국적인 전갈이라면, 친숙한 여성성을 지닌 금발의 클레어는 영국 장미이다. (303-04)

윌은 트루디의 꿈을 꾼다. 꿈속에서 그녀는 자신이 언제나 타인의 기대에 부응해서 살아왔노라고, 그녀의 전쟁 시기 행동 또한 그와 같은 타인의 기대에 부응한 것일 뿐이라고 말한다. 그러나 윌은 그녀를 주체적이고 당당하며 철학적이고 통찰력 있는 여인으로 기억한다. 그렇게 자기 색깔이 뚜렷하고 누구의 눈치도 보지 않을 것 같던 트루디의 내면에는 언제나 남을 의식하고 남의 눈높이에 맞춰 행동하려고 애를 썼다는 것이다. 이것은 그녀가 혼혈인이기 때문에 폐쇄적이고 차별적인 상류사회에서 그녀가 살아남기 위해 고군분투했었다는 사실을 나타낸다. 그녀가 영국인이었다면 그녀는 다른 평가를 받았을 것이고, 중국인이었더라도 마찬가지였을 것이다. 반면, 영국인 여성 클레어는 여성에게 기대하는 절제와 겸손의 미덕을 지니고 있지만, 자신의 욕망을 억압하고 자기애를 가지지 못한 채 살아왔다. 두 여인은 모두 사회적 관습과 편견, 차별과 억압으로 인해 불행한 존재들인 것이다.

악몽인가, 환상인가.

혀는 불에 타서 눌어붙고, 무릎은 으깨지고, 눈알이 파인 시체들이 스탠리 수용소로 향하는 도로 옆에 산더미처럼 쌓여 있다. 엄마들은 아이들의 눈을 가린다.

넋이 나간 표정으로 방 안에 있는 여자들, 찢긴 옷, 피 묻은 채로 한 움큼 뜯겨나간 머리카락, 멍 든 다리에선 정액이 흘러내리고 있다.

문이 열리자 책상에 묶여 있는 여자가 보인다. 소리조차 나오지 않는다.

> 팔을 가슴에 얹은 채로 베자루에 넣어져 꿔매인 사람, 바닷물에 빠뜨리자 물 한번 첨벙이지 못하고 심연으로 가라앉는다.
>
> 아록이 화장대 앞에 앉아 있는 트루디의 머리를 빗겨주고 있다. 규칙적인 빗질, 윤기나는 머릿결, 밖에서 들리는 폭발음. 트루디는 립스틱을 바른다. 그녀만의 재스민 향기.
>
> 오츠보의 다리 사이에서 움직이는 도미닉의 말끔한 머리가 보인다. 윌과 눈이 마주치자 도미닉의 눈은 깜짝 놀라 커지더니, 곧 색을 잃고 잿빛이 된다. 그는 멈추지 않고 다만 눈을 감을 뿐이다. 윌은 본능적으로 뒤돌아 뛰어나가면서도 문을 쾅 닫지는 않는다. 마음의 평정을 찾고 남의 사생활을 침범한 내색을 하지 않는다.
>
> 한밤중에 태어난 아기가 무관심한 간호사에게 넘겨진다. 안정제를 맞고 잠이 든 산모는 아기를 보지 못한다.
>
> 지금 막 캘리포니아에서 돌아온 젊은 여자, 출산 후유증으로 얼굴은 푸석푸석하고 눈은 공허하다. 그녀의 팔에 다른 여자의 아기가 안긴다. (393-94)

마치 영화처럼 여러 장면들이 몽타쥬화 되어 빠르게 지나간다. 참혹한 장면들, 쌓여있는 시체들과 겁탈당한 여인들, 폭발음이 울려퍼지는 와중에 단장을 하고 있는 트루디의 모습도 보인다. 도미닉은 오츠보의 성적 노리개가 되어 있고, 다음 장면에서는 트루디가 아이를 낳는 모습이 나온다. 전쟁을 피해 미국에 있다가 아이를 사산한 멜로디의 모습이 나오고 그녀는 트루디의 아이를 받아 안는 장면으로 이어진다. 참혹한 장면과 충격적인 사실들이 화면의 빠른 전개를 이용하여 제시되고 있다. 그 어느 것 하나 충격적이지 않은 장면이 없다. 오츠보는 도미닉을 수상한 사업의 조력자로만 이용하고 있는 것이 아니었다. 그의 성적 편력은 한계가 없고 탐욕적이다. 도미닉은 생존을 위해 차마 입에 담을 수 없는 짓까지 감내하고 있다(그의 노력에도 불구하고 도미닉의 최후는 비참하다. 그는 사업상 부당이익을 취한 것이 발각되어 살해당한다). 트루디는 생존을 위해 고군분투하던 중 임신을 하게 된다. 그리고 그녀는 전쟁통에 출산을 하게 되고 아이를 빼앗기고 만다. 그 아이는 멜로디의 품에 안긴다. 멜로디는 미국에서 아이를 사산하고, 더 이상 아이를 낳을 수 없다는 의사의 말을 듣게 된다. 작품 초반부터 암시되었던 그녀의 우울증은 유산 후유증과 관계가 있다.

불행한 역사, 이중의 굴레

윌은 마침내 빅터 첸이 일제강점기에 했던 친일 행각을 폭로하기로 결심한다. 트루디의 꿈을 꾼 이후로 윌은 빅터 첸의 비위를 폭로하고 그가 전쟁 중에 저질렀던 만행을 사람들에게 알리기로 결심한 것이다. 클레어와 마카오로 여행을 간 윌은 거기 잠들어있던 도미닉의 무덤에서 빅터 첸이 오츠보를 위해서 했던 일과 관련된 서류를 들고 온다. 클레어는 그 여행이 사랑의 밀월여행이라고 생각했었지만, 마카오에 도착한 윌이 가장 먼저 그녀를 데려간 곳은 공동묘지였다. 트루디는 생전에 도미닉과 윌이 함께 갔을 때만 찾을 수 있도록 자신의 재산을 은행에 맡겨두었다고 말한 적이 있다. 도미닉이 과도한 욕심을 부리다 일본군에 의해 살해당하고 난 후 윌은 은행에 맡겨둔 재산 관련 서류와 일제 강점기 동안 트루디가 했던 일과 빅터가 했던 일을 증명할 수 있는 서류를 찾아 도미닉의 묘지에 감춰두었었는데, 이를 찾기 위해서 마카오로 여행을 갔던 것이다. 이 서류를 찾은 후 윌은 파티 석상에 있던 빅터를 찾아간다.

1953년 6월 2일

"이 모든 일을 네가 배후에서 조종했어. 그 빌어먹을 크라운 컬렉션은 바로 네가 뒷거래로 중국 정부에 넘겼잖아? 애국심이라는 미명하에! 그 때문에 고통받은 사람들은 안중에도 없었지. 그저 네 배만 불리고 새로운 사람들과 좋은 관계를 맺는 데만 신경 썼어. 그런데 너의 중국 정부가 크라운 컬렉션을 어떻게 했는지 알고는 있나? 분명 부르주아 가치의 표상이라고 산산조각 내버렸을걸!" 그의 목소리가 높아졌다.

"중국인은 자기 역사에 대한 권리가 있어." 빅터가 무뚝뚝하게 말했다. "애당초 그걸 중국인에게서 빼앗은 게 잘못이지."

"너는 위선자야." 윌은 빅터의 말을 듣지 못했다는 듯 계속 말했다. "케임브리지에서 역사를 공부할 때는 영국 역사와 럭비와 딸기크림에 열광하더니, 여기에선 네 목적에 따라 모범적인 중국놈이 되어 민족주의자든 공산주의자든 누구든 너를 받아주는 사람들에게 아첨을 떨어댔어. 너는 네가 뭘 하고 있는지도 모르는 거야, 이 자식아." 그는 위협적인 태도로 빅터에게 한 발 다가섰다.

"윌, 나는 자네가 이해할 거라고 기대하지 않아." 빅터는 셔츠를 가다듬으며 말했다. "어느 누구보다도 이해하지 못하겠지. 자네야 홍콩에 와서 친구들 사이에 안주하고 혼혈종 암망아지도 만났으니, 이 사회에서 아무런 문제도 없었잖아. 재수 없는 영국 놈들은 도덕적으로 고상한 척하면서 한편으로는 자기 이익을 위해 중국의 절반을 아편쟁이로 만들었어." (402-03)

윌은 파티 석상에 빅터를 찾아가 그의 얼굴에 주먹을 날린다. 아보가스트는 손목이 잘리는 고문 끝에 크라운 컬렉션의 위치를 실토한 후 양심의 가책으로 괴로워한다. 그러나 실제로는 빅터가 크라운 컬렉션을 미리 빼돌려 중국에 넘긴 것이다. 윌은 빅터에게 자신의 야망을 위해서 영국에도 붙었다가 중국에도 아첨하는 등 신의를 저버리는 위선적인 인간이라고 비난한다. 그러나 빅터 또한 물러서지 않는다. 빅터는 영국인들이야말로 겉으로는 고상한 척 하지만, 중국을 아편으로 황폐화시키고 무력으로 침공하여 홍콩을 빼앗는 등 불평등 조약을 맺은 제국주의의 수혜자가 아니냐는 것이다. 윌이야말로 감상적인 인본주의자이며, 그가 내세우는 윤리야말로 허영심이라는 것이다.

빅터는 파렴치하고 자신의 이익을 위해서는 불법을 밥 먹듯이 하는 인간이지만 그가 영국을 비판하는 말에는 윌 조차도 할 말이 없다. 그것은 역사적으로 실제 발생한 일이며, 부끄러워해야 마땅한 일이기 때문이다. 윌은 클레어와의 대화에서 "영국 정부는 귀중한 중국 예술품을 소유할 권리가 없었고, 지금도 그럴 권리는 없지. 애당초 영국 정부가 중국으로부터 훔친 것이니까"(412)라고 말하며, 자신의 조국 영국 정부의 만행에 대해서 인정한다.

윌은 트루디의 증거물을 관계자에 전해주지만, 결과적으로 빅터를 초조하고 곤란하게 만들었을 뿐, 빅터를 제대로 응징하지는 못한다. 일본제국주의가 물러가고, 다시 실권을 잡은 친영 정부와 빅터는 우호적인 관계를 유지하고, 빅터는 홍콩 정부를 물심양면으로 지원하면서 정부로부터 4등급 훈장에 해당하는 OBE 상을 받게 된다. 우리 역사가 그랬듯이 그의 친일 행적과 친중 행적으로 단죄되지 못하고, 역사의 심판은 완결되지 못한다.

1953년 7월 5일

"그렇다면 당신이 할 수 있었는데 하지 않았던 일이 뭐죠?"
"내가 했던 일을 제외한 전부." 윌이 말했다. "수용소에서 했던 말도 안 되는 일들, 위원회를 조직하고 더운물이나 시트를 더 받아내기 위해 했던 서명운동 같은 것들만 아니라면 뭐든지!" 그의 언성이 높아지면서 난폭하게 바뀌었다. "나는 비겁자였어. 비겁자. 그녀를 도울 수 있는 일은 하나도 하지 않았어. 내가 사랑했던 여인인데. 나는 아무 일도 하지 않았어. 그게 명예를 지키는 것이라고 우기면서, 그 뒤에 숨어 있었을 뿐이야." (414)

"트루디가 바깥세상 여기저기를 뛰어다니고 있소. 목이 잘린 암탉처럼. 미친 듯이 흥분한 채. 어떻게 해야 하는지도 모르고 초점도 없이. 그저 필사적으로 뛰어다니는 거요. 그녀는 절망적인 상황이었던 것 같소. 그런데도 나에게 찾아와 도움을 청하지 않았어. 처음 한 번뿐이었소. 내가 '노'라고 하자 그녀는 두 번 다시 부탁하지 않았소." (416)

한편 클레어와의 대화에서 윌은 트루디를 위해서 최선을 다하지 못한 것에 대한 후회를 표한다. 트루디는 윌에게 단 한 번 도움을 청했지만, 거절당한 후로 더 이상 윌에게 의존하지 않고 혼자서 동분서주한다. 트루디는 윌의 대영제국을 향한 윤리적 선택을 존중한다. 신의를 지켜야 할 조국이 없는 트루디는 목적도 방향도 알지 못한 채 자신의 생존을 위해서 절망적이지만 필사적으로 뛰어다닌다. 기댈 곳 없던 트루디는 결국 일본 제국주의의 희생양이 되고, 윌은 수용소를 피난처 삼아 살아남게 된다.

살아남은 자의 슬픔은 자신은 수용소에 숨어 있은 채 위험에 처한 트루디를 홀로 남겨두었다는 사실에 대한 자책에서 비롯된다. 윌은 트루디의 친일행위에 대해서 비난했지만, 트루디는 비겁하게 숨어있는 윌을 한번도 비난하지 않았다. 트루디는 전쟁 이전에도 그랬듯이 있는 그대로의 윌을 이해하고 존중하는 일관성 있는 태도를 유지했지만, 윌은 전쟁 상황이 되자 트루디가 하고 있는 일에 대해 경고하고, 비난하고, 결국 그녀를 회피하며 그녀를 홀로 남겨두었다. 그는 최종적으로 도덕적 판결관의 위치에서 그녀를 도덕적으로 단죄함으로써 서구 백인 남성의 우월주의를 여실히 드러내게 된 것이다.

홍콩 상류사회, 트루디를 배신하다

1953년 5월 27일

"트루디는 어떻게 죽었죠?" 클레어가 물었다.

"도미닉은 오츠보에게 트루디가 크라운 컬렉션이 있는 장소를 안다고 말했고, 트루디는 그걸 부인했어. 오츠보는 트루디가 나에게는 혹시 비밀을 털어놓을지도 모른다고 생각했지. 내가 영국인이니까. 그래서 트루디와 우연인 척 몇 번 마주쳐서 다시 친하게 지내달라고 부탁해왔어. 오츠보는 트루디가 언제 어디에 있는지 다 알고 있었기 때문에, 그녀와 마주치는 것은 어려운 일이 아니었어. 그렇게 해서 트루디와 나는 정기적으로 우연히 마주쳤어."

"오츠보를 위해 그런 일을 하면서 양심의 가책을 느끼진 않았어요?" 클레어가 물었다.

"전혀." 에드위나는 바로 대답했다. "클레어, 이걸 알아야 해. 이 사건에 성인군자는 없었어. 오츠보는 적이었어. 그러니 그와 내통하고 있는 트루디, 도미닉, 빅터도 내 상식으로는 모두 적이었지. 그들의 관심사는 오직 자신들뿐이었어."

"그러니까 애국심과 관계된 의무 같은 것이었군요." 클레어가 나지막이 말했다.

"그렇지." 에드위나는 클레어의 말을 포착했다. "그것이 우리 국가를 돕는 길이라고 생각했던 거야. 나는 어느 시점이 되면 빅터 첸이 비밀을 발설하리라는 걸 알고 있었어. 그래서 그에게서 감시의 눈을 떼지만 않는다면 나중에 추적하는 데 일조할 수 있겠다고 생각하고는 결정을 내렸어…… 오츠보에게 말했지. 트루디가 알고 있다고."

"뭐라고요?" 클레어는 입을 다물 수가 없었다. "하지만……"

에드위나는 한층 완고한 태도로 말했다. "나는 그것이 최선이라고 생각했어. 오츠보에게 정보를 주지 않으려면, 그를 잘못된 길로 인도하는 수밖에."

"하지만 그렇게 말하면 트루디는 죽게 되리라는 걸 알고 있었잖아요?" 클레어는 생각해볼 틈도 없이 내뱉었다.

"정말 단순하군." 에드위나가 말했다. "당신은 모든 일을 흑백논리로 판단하나? 하지만 클레어, 트루디는 사실 처음부터 저주받은 운명이었어. 그녀가 어떻게 해왔는지 생각해봐. 어차피 한 달을 넘기기 어려웠을 걸." (436-37)

트루디의 죽음에 관한 실체적 진실이 밝혀지는 부분이라 다소 길게 인용된 이 부분은 홍콩의 영국인 상류사회 일원인 에드위나 스토치와 클레어가 트루디의 죽음에 관해 대화를 나누는 장면을 그리고 있다. 빅터와 도미닉은 트루디가 남몰래 정보를 모으고 있다는 사실을 알고 트루디를 제거할 음모를 꾸민다. 트루디는 아무런 계획도 없이 오츠보에게 협력하고 있었던 것이 아니었다. 그녀는 자신이 했던 일을 포함하여 오츠보 부역자들의 만행과 관련된 정보들을 꼼꼼이 모아두고 있었던 것이다.

도미닉과 오츠보는 연인관계이기도 했기 때문에 도미닉은 자신의 절친이었던 트루디를 오츠보와 떨어트릴 심산으로 빅터의 거짓 정보를 오츠보에게 전한다. 트루디가 크라운 컬렉션이 어디 있는지 알고 있다고. 그리고 그 말이 거짓인 줄 알면서도 에드위나는 빅터의 거짓 음모에 동조한다. 트루디 쪽으로 관심을 돌려야 크라운 컬렉션으로부터 오츠보가 더 멀어질 것이라고 생각한 에드위나는 자신의 동조가 애국심의 발로라고 정당화한다. 하지만 실제로는 트루디를 팔아서 자신을 수용소로부터 건져낸 것일 뿐이다. 윌은 자신의 비겁함에 대한 자의식이라도 지니고 있었지만, 에드위나에게 그와 같은 반성적 자아는 존재하지 않는다.

조국을 위해 무고한 여인을, 그것도 임신한 여인을 죽음으로 몰아넣는 일에 일말의 양심의 가책도 느끼지 않는 에드위나의 모습은 제국주의의 본질, 인종주의적 애국주의의 본 모습이 무엇인지를 정확하게 보여준다. 어차피 트루디가 저주받은 운명이었고 한 달을 넘기기 어려운 상황이었다는 에드위나의 주장은 식민주의자들의 어이없는 합리화와 자기중심적 변명의 극치를 드러낸다.

이 대화를 통해 알 수 있는 또 다른 사실은 트루디가 중국인과 영국인의 협잡에 의해 죽음을 당했다는 것이다. 돌아갈 조국이 없던 트루디의 외톨이 신세는 국제사회에서 홍콩이 처한 신세와 정확히 겹쳐진다. 원래 중국의 영토였으나 오랫동안 영국의 시스템 하에서 살아왔기 때문에 중국으로 돌아가기에는 너무도 이질적인 도시가 되어버렸고, 영국의 영토로 남아있기에는 식민주의적 침략을 용인하고 자발적으로 그의 속국이 되는 선택을 하는 것이 된다.

홍콩의 민주주의 의식수준은 중국의 비민주적 관료주의에 복속되기에는 너무도 높고, 영국의 커먼웰스로 그냥 지내는 것은 민족주의적 관점에서 자존심 상하는 일이다. 2019년 시작된 홍콩의 민주화 시위는 이와 같은 역사적으로 건설된 막다른 길을 절망적으로 재현하는 비극적 사건이다. 한편 사건의 전모를 알게 된 클레어는 에드위나의 당당한 모습에 환멸을 느끼고 영국 상류사회로부터 벗어나기로 결심하게 된다. 에드위나와의 대화는 계속된다.

"그러면 아기는? 트루디의 아기는 어떻게 됐어요?" 클레어가 물었다. 아마도 이 모든 사건에서 유일하게 무고한 대상은 그 아기일 것이었다.

"아기에 대해서는 잘 몰라. 하지만 누군가가 맡았을 거야." 에드위나는 잠시 말을 멈췄다. "그래, 모든 게 그렇게 끝났어. 나는 트루디를 마지막으로 봤던 그날 오후의 일을 자주 생각하곤 해. 그녀가 얼마나 고독해 보였는지, 얼마나 현실과 동떨어진 사람처럼 보였는지. 트루디는 살든 죽든 관심이 없었던 거야. 윌이 그녀를 버린 이후로는. 윌 트루스데일이 트루디의 심장을 부숴버린 거지. 나는 늘 그렇게 생각했어. 하지만 그토록 비범했던 트루디 리앙에게 부서질 심장이 있었다는 걸 그 누가 알았겠어?" (441-42)

빅터는 처세술에 매우 유능한 사람이다. 일본군이 물러가자 그는 영국 정부에 줄을 대고 그들의 환심을 산다. 그의 친일 행적은 영국 친화적인 행보를 통해 지워버린다. 빅터의 친일 행각과 부적절한 이권 개입은 친영 정부 당국자들에게는 별로 문제시되지 않는다. 그들의 집권과 통치에 이용 가치가 있다면 과거 따위는 묻어줄 수 있다. 제국주의 정부 따위에 정의와 공정이 바로 서리라고 기대한 윌의 판단이 잘못된 것으로 판명난 셈이다. 영국로부터 신임을 얻은 빅터는 마거릿 공주의 환영파티를 주관할 위치에까지 올라섰다.

에드위나는 빅터의 그런 승승장구하는 모습이 마뜩지 않다. 그녀는 전쟁이 끝난 후에도 여전히 인종주의적 인식의 한계로부터 벗어나지 못한다. 홍콩에서 출세한 중국인이 못마땅한 것이다. 그것은 홍콩으로 갓 건너왔을 때 클레어의 인식 수준과 흡사하다. 그러나 클레어는 윌과의 관계를 통해, 그리고 윌을 통해 홍콩의 비극적 역사를 듣게 되면서 점차 인식의 변화를 겪게 된다.

한편 트루디는, 에드위나에 따르면, 삶에의 희망을 마침내 놓아버린 것 같다. 그는 절친인 도미닉으로부터 배신을 당했고, 윌로부터도 버림받았다. 그녀는 세상에서 자신을 사랑해줄 사람이 한 명도 없다는 사실에 외로워했고, 더 이상 살아가야 할 이유를 찾지 못했다. 그녀에게는 더 이상 삶에 대한 의지를 가져야 할 이유가 없어진 셈인데, 자포자기의 심정으로 운명에 내맡겨진 존재가 되어 다가올 죽음을 묵묵히 기다리고 있었던 것 같다. 한 개인의 비범함은 결코 역사의 질곡을 헤쳐나갈 수 없다. 개인은 역사 앞에서 무기력한 존재일 뿐이다. 특히나 그 역사가 전쟁과 같이 인간성을 전면적으로 부정하고, 제국주의와 같이 차별과 폭력을 앞세울 때는 그 잔혹한 파도 앞에 홀로 선 한 개인은 더더욱 무기력할 뿐이다.

모든 것을 알게 된 후, 클레어는 마지막으로 윌을 만나게 된다. 클레어는 윌을 설득하여 어떻게든 그가 사로잡혀 있는 과거로부터 그를 구해내고 싶어한다. 윌의 기억에서 트루디를 지우고, 비겁했던 자기 자신을 용서함으로써 과거로부터 벗어나야만 자신과 윌이 함께 꿈꿀 수 있는 미래가 만들어지게 된다.

1953년 7월 5일

"당신이 알아?" 윌이 무섭게 밀했다. "실패한 일 때문에 남은 일생 내내 그걸 풀어야만 한다는 게 어떤 것인지 당신이 아느냐고?" 그는 일어섰다. "그게 얼마나 지독하게 따라다니는지를"

"그래서 포기한다는 말이군요." 클레어는 낮은 목소리로 말했다.

"때로는 자기 인생을 어떻게 살아갈지 스스로 선택할 수 없는 경우도 있어. 나중에 후회할 얘기를 하기 전에 제발 그만둬."

"당신이 후회가 뭔지나 알아요?" 그녀가 말했다. "당신 스스로 인생을 망쳐온 것, 그게 바로 후회라구요."

그들은 머리끝까지 화가 난 채 앉아 있었다. 분노가 마치 해결책인

> 것처럼 그들 사이를 명료하게 관통했다. 분노는 그들의 짧았던 과거를 쓸어갔고, 그들로 하여금 남은 흔적을 말끔히 닦아내도록 했다.
> 그는 일어나서 걸어갔다. 그녀는 그를 부르지 않았다. (447)

클레어는 과거에서 헤어 나오지 못하는 윌을 책망한다. 윌은 트루디를 끝까지 지키지 못했던 자신의 비겁함과 과오에 대해서 후회하고 있다. 클레어를 만날 때조차 그는 트루디와의 관계에 대한 후회 때문에 둘 사이의 관계를 발전적으로 이끌어 가지 못한다. 클레어는 윌이 자신을 똑바로 바라보지 못하고 자신에게 집중하지 못하는 이유를 너무도 잘 알고 있다. 그럼에도 불구하고 클레어는 과거에만 매달려있는 윌이 측은하기도 하면서 원망스럽기도 하다.

클레어와 사귀는 것이 트루디를 또 다시 배신하는 것처럼 느껴진다는 윌에게 클레어는 과거에 묶여 스스로 인생을 망치고 있다고 충고한다. 실패한 과거가 지독하게 따라다니는 사람은 미래의 삶을 선택할 수 없는 것이라고 말하는 윌을 위해 클레어가 할 수 있는 일은 더 이상 없다. 트루디가 혹시라도 살아있어 그의 방에 찾아올까 방문을 언제나 열어놓고 살고 있는 윌에게 클레어가 개입해 들어갈 여지는 없는 것 같다. 평행선을 긋는 그들의 대화는 분노만을 남기고, 마침내 그들은 갈라서게 된다. 윌은 결국 제국주의의 함정에서 빠져나오지 못하게 된다. 트루디를 홀로 비참하게 죽게 내버려뒀으면서 행복한 미래를 설계하는 것은 배신이라고 생각하지만 미래를 향한 문을 걸어잠그는 것이 어쩌면 더욱 비겁한 것일지 모른다. 속죄를 하기 위해서는 잘못된 것을 바로잡기 위해 더욱 가열찬 노력을 해야하는 것이다. 빅터가 단죄될 때까지, 제2, 제3의 빅터가 나오지 못하도록 미래를 준비하는 작업에 동참할 수도 있었을 것이다. 윌은 배신과 비겁함에 대한 자책으로 과거 속에 자신을 가둬버렸다. 그는 여전히 포로수용소 안에서 살고 있는 셈이다.

한편 윌은 자신이 그토록 혐오하는 빅터의 운전사로 일하고 있다. 윌은 멜로디가 유산한 사실을 알고 있는데, 빅터 부부에게 로켓이라는 딸이 있다는 것이 수상하다. 윌은 자신의 비참한 처지를 하소연하고 그의 운전사가 되었지만, 실제로는 무슨 일이 일어나기를 기다리고 있다.

1953년

윌의 근무시간은 일정치 않았다. 그는 로켓을 보려고 애썼지만, 첸 부부는 로켓을 학교에 보낼 때는 늘 다른 운전사를 시켰다. 본의 아니게 로켓의 얼굴을 보게 되었을 때, 윌은 무엇을 찾았을까? 트루디의 흔적? 맞다. 하지만 그뿐만이 아니었다. 다른 흔적도 찾고 있었다. 그러나 그것이 무엇인지 입에 올릴 수 없었다. (…)

"실수였어." 갑자기 그가 애매하게 말했다.

윌은 대답하지 않았다. 그것이 빅터를 한층 더 과민하게 만들었다.

"내가 지금 무슨 얘기를 하는지 알겠나?" 빅터가 물었다.

"모르겠습니다."

"전쟁 때는 말이야. 결정도 그렇고 행동도 그렇고, 충분히 심사숙고하지 않은 채 이뤄진 게 많았어."

"네, 사장님." 윌이 대답했다. 그의 복종은 무슨 말을 하는 것보다 더 위협적이었다. 그는 백미러로 빅터의 얼굴을 보았다. 온통 땀범벅이었다. (…)

갑자기 윌의 급여가 두 배로 올랐다. 윌은 무엇이 그토록 빅터를 겁먹게 했는지 알지 못했다. 하지만 두 사람 모두 그날의 드라이브에 대해 다시는 언급하지 않았다. (461-463)

피크에서 바라본 홍콩의 야경은 관광객들에게 인기가 높다.

윌은 빅터가 트루디를 죽음에 이르게 했다는 사실을 알고 있다. 그러나 그는 빅터의 운전사로 일하고 있다. 중국인 부호 빅터에게는 영국인 운전사를 고용하고 있다는 사실이 그의 사회적 체면과 위신을 더욱 높여주는 것이 된다. 전쟁 중 폭격에 맞아 다리를 다쳐 절게 된 윌은 달리 구할 수 있는 마땅한 일자리도 없거니와 이런 상태로 고국으로 돌아갈 수도 없는 처지가 되었다. 트루디가 죽어버린 마당에 윌은 미래에 대한 희망이나 계획은 꿈도 꿀 수 없게 되었다. 빅터의 운전사로 취직한 것은 무슨 일인가가 일어날 것이라는 막연한 예감 때문이다. 로켓의 정체도 그렇거니와 딸아이를 윌과 거리를 두게 하는 것도 수상하다. 빅터는 무언가 모르게 불안해하고 겁먹은 표정을 짓는다. 윌이 말을 잘 들을수록 빅터는 더 불안하다.

그러나 실수라고 말하며 전쟁 때는 모든 일이 숙고 없이 이뤄진다는 뜬금없는 말과 겁을 먹은 빅터의 모습에서 그가 트루디를 겁탈하고 임신시켰다는 사실을 유추할 수 있다. 그 사실이 알려지게 될까 빅터는 두려웠던 것이고 혹여 그가 딴 짓을 하거나 딴 마음을 품을까 봐 갑자기 월급을 2배로 올려준 것이다. 빅터 같은 인간이 OBE(Order of the British Empire, 대영 제국 훈장)를 받게 되는 현실 앞에서 독자는 역사의 잔혹성에 망연자실하게 된다.

상류사회에 대한 환멸과 인종주의에 대한 각성

클레어는 윌과의 관계가 알려지게 되어 남편 마틴과 이혼하게 된다. 윌과의 이별 후 이사를 한 그녀는 완전히 딴사람이 된 것처럼 살아가게 된다. 그녀는 홍콩에 와서 알게 된 영국인 상류사회와 결별하고 그녀만의 삶의 방식을 찾고자 한다. 해법은 자신을 '토착민화' 시키는 것이다.

에필로그

클레어는 자신이 '토착민화된'이라는 진부한 표현에 어울리는 여자가 되어가고 있다고 생각한다. 누군가는 기피하는 그런 부류 말이다. 오랜 지인인 아멜리아가 한번 아파트로 찾아왔는데, 클레어가 사는 모습을 보더니 충격을 숨기지 않았다. 아멜리아는 좁은 방안을 이리저리 서성이더니, 딸기잼 한 병과 비누 몇 장을 건네주고는 다시 찾아오지 않았다. 그 이후 몇 주 동안 아멜리아는 외식 때마다 이 이야기를 했을 것이다. 그런 것쯤은 클레어에게 전혀 문제가 되지 않는다.

지난주에 그녀는 값비싼 보석과 스카프와 장신구가 든 작은 가방을 동네 중고물품상에 가져다주었다. 먼지 쌓인 싸구려 스웨터와 고물 항아리 틈에서 클레어의 가방을 받은 가게 여주인은 어리둥절한 표정으로 이렇게 해야 할지 몰라 쩔쩔맸다. 클레어는 그 물건들을 어떻게 처리해야 할지 몰랐다. 가방을 넘겨주고 가게 문을 나서자, 발걸음이 날아갈 듯 가벼워졌다.

지금 그녀는 잠시 독서를 멈추고 창밖으로 분주한 거리 풍경을 내다본다. 자동차들은 거리를 가로지르고, 케이블에 연결된 이층 트램과 자전거를 탄 남자들이 다니는 차로를 빨간 택시들이 횡단한다. 파란 하늘을 배경으로, 낮은 건물의 안테나와 지붕 위의 빨랫줄이 윤곽을 드러낸다. 도로에서 올라온 자극적인 냄새가 창문을 통해 들어온다.

> 이년 전만 해도 전혀 상상할 수 없었던 광경이다.
>
> 이 모든 것들 속에서 그녀를 지탱해주는 것은 단순한 깨달음이다. 일단 저 거리로 나서기만 하면 된다는 것. 그러면 그녀는 거리 풍경 안으로 녹아들고, 거리의 리듬에 흡수되어 어렵지 않게 세상의 일부가 될 것이다. (469-470)

트루디(Trudy)와 트루스데일(Truesdale)이라는 이름에는 진실 혹은 진리라는 뜻을 내포하고 있다. 이름처럼 트루디와 윌은 진실된 삶을 추구하며 열정적으로 살아왔다. 그러나 그들의 진실은 서로 다른 곳을 향하고 있으며 결코 화해하거나 결합할 수 없다는 사실을 그들의 운명을 통해 보여준다. 클레어는 이름이 암시하듯이 맑고 투명하고 깨끗한 영혼의 소유자이다. 순수함은 이면에 순진함과 무지함을 함축하고 있는데, 그녀의 순수함은 제국주의의 역사, 홍콩의 비극적 역사, 트루디의 비극적 운명과 마주한 후 무지함을 극복하고 성숙한 순수함으로 변모한다. 역사를 있는 그대로 바라보고 제국주의와 인종주의를 통찰할 수 있는 맑고 투명한 영혼을 잃지 않은 그녀는 영국 상류사회로부터 탈출하여 평범하고 서민적인 홍콩 현지인들 한가운데로 삶의 거처를 옮긴다. 그녀는 자신의 허영심을 멜로디로부터 훔쳤던 값비싼 물건들을 처분함으로써 함께 처분해버린다. 현지인들의 거리와 소음과 냄새 안으로 녹아들고 흡수되는 것이야말로 세상의 일부가 되는 것이라는 단순한 깨달음을 그녀는 얻게 된 것이다. 역사의 질곡 속에서도 서민들의, 민중들의 삶은 지속되고 있다. 그들의 삶이야말로 살아있는 역사이고, 미래를 꿈꾸고 희망을 건설할 수 있는 유일한 토대 또한 그 곳에, 그들과 함께 존재하고 있다. 홍콩의 운명은 영국도 중국도 아닌 그들의 운명이며, 그들이 만들어가는 것이다.

제7장

여전사에서 노예로, 노예에서 다시 여전사로

: 맥신 홍 킹스턴(Maxin Hong Kingston), 『여전사』

이제는 디아스포라 문학의 고전

중국계 미국문학계의 대표 주자인 맥신 홍 킹스턴(Maxine Hong Kingston)의 『여전사』(The Woman Warrior)는 이미 미국 문학의 정전으로 인정받고 있으며, 인문학 연구를 위한 텍스트이자 대중적인 필독서로 자리잡고 있다. 디즈니에서 애니메이션으로 제작한 〈뮬란 Mulan〉으로 더욱 유명해진 이 작품은 중국 고전 화무란(花木蘭) 이야기를 소재로 하고 있다. 이건종에 따르면 『여전사』의 미국 문단에서의 성공은 중국계 미국인 학자들의 노력에 힘입은 것인데, "미국의 백인 학자들은 『여전사』의 작품성을 인정하면서도, 그 작품을 적절히 비평할 수는 없었다. 『여전사』에 관한 그들의 비평력 부족은 중국문화에 대한 무지에 기인했다. 사실, 『여전사』를

맥신 홍 킹스턴

배우 하오뤄치(郝若琦)가 무용극 '화무란(花木蘭)'에서 화무란을 연기하고 있다.

비평의 대상이 되는 텍스트로 읽기 위해서는 중국계 미국인들의 역사뿐만 아니라 중국의 역사와 문학/화를 알아야 한다. 특히, 작가 미상의 「목란시이수(木蘭詩二首)」, 한나라의 채염(蔡琰)의 「호가십팔박(胡笳十八拍)」, 『삼국지』, 『수호지』 뿐만 아니라, 전거가 의심스러운 송나라의 악비(岳飛)의 일화에 관한 적절한 이해"[1]를 돕는데 중국계 미국인 학자들이 많은 노력을 기울였기에 제대로된 평가를 받을 수 있었다.

『여전사』를 소개하고 있는 『클립노트』는 이 작품이 전적으로 허구라고 말할 수도, 엄밀한 의미에서의 자서전도 아니어서 쉽게 분류하기가 힘들다고 말한다. 판타지와 어린 시절의 추억, 민속과 가족사를 영리하게 혼합한 이 작품은 장르를 초월하고 있다는 점에서 혁명적이라는 것이다. 분명한 것은 그녀만의 독특한 문학 세계가 그녀를 20세기 후반에 가장 중요한 미국 작가 중 하나로 만들었고, 영문학 수업뿐만 아니라 인류학, 여성 연구, 사회학, 민속학, 미국학과 민족 연구 및 역사 수업에서도 널리 학습되고 있다는 점이다.

이 작품은 각 장의 이야기가 자기 완결적이고, 상호 독립적이라는 점과 경제적이든 종교적이든 삶의 성공에 도달하는 표준적인 미국 신화, 즉 '아메리칸 드림' 류의 결말에 도달하지도 않는다. 포스트 모더니즘적인 의식적 분열과 지극히 주관적인 비전을 통해 그녀는 미

1) 이건종. 「재미교포 문학연구 이루어져야」. 『월간 문화예술』, 2000년 1월호, p.0.

국 주류 문단에 이국적인 색채와 이질적인 상상력을 제공하고 있다고 평가받는다.

킹스턴은 중국계 미국인 작가이자 버클리 캘리포니아 대학의 명예교수이다. 그녀는 같은 대학 영문학과를 졸업하였으며, 고등학교에서 영어와 수학 교사로 재직하다 작가의 길로 들어섰다. 그녀는 자신의 작품에 중국의 문화유산을 반영하고 있으며, 자서전적 성격이 짙은 『여전사』(1976)와 동반작품인 『차이나맨』(China Men)(1980), 그리고 다소 덜 알려진 『여행왕 손오공』(Tripmaster Monkey: His Fake Book)(1989)을 집필하였다. 『여전사』는 '일반 논픽션 부문 전미 도서비평가협회상(National Book Critics Circle Award for general non-fiction)'을 수상했으며, 『차이나맨』은 '전미도서상(American Book Award)'를 수상했다. 킹스턴은 환상, 자서전, 중국 민속을 특이하게 혼합함으로써 개성 넘치는 독특한 작품을 만들었다. 『여전사』는 어머니의 중국에서의 어린 시절 이야기, 그녀 자신의 미국 이민 1세대로서의 경험, 2차 세계대전 직후 성장기 때 체험한 인종차별과 여성혐오 등을 작품의 주요 소재로 삼고 있다.

게일 야마다(Gayle K. Yamada)가 제작한 다큐멘터리 〈Maxine Hong Kingston : Talking Story〉가 1990년에 발표되었는데, 에이미 탄과 데이비드 헨리 황(David Henry Hwang)과 같은 유명한 아시아계 미국인 작가들이 출연하여, 킹스턴의 삶, 중국의 문화유산, 그리고 성적, 인종적 억압에 대한 그녀의 논평을 다루고 있다. 이 작품은 같은 해 '씨네 골든 이글상(CINE Golden Eagle)'을 수상했다. 한편 킹스턴은 빌 모이어즈(Bill Moyers)의 PBS 역사 다큐멘터리 '미국인 되기: 중국인의 경험(Becoming American: The Chinese Experience)'의 제작에도 참여했다. 1997년 빌 클린턴 대통령에 의해 '전국 인문학상

(National Humanities Medal)'을 수상했다. 그녀는 2003년 3월 8일 '국제 여성의 날'에 워싱턴 DC에서 반전 시위에 참여하여 앨리스 워커(Alice Walker)와 테리 윌리암스(Terry Williams) 등과 함께 투옥되기도 했다. 2014년에는 버락 오바마 대통령에 의해 2013년 국가 예술상(2013 National Medal of Arts)을 수상했다.

노예에서 전사까지

『여전사』는 총 5개의 장으로 구성되어 있다. 1부는 「이름없는 여자(No Name Woman)」, 2부는 「여전사(White Tigers)」, 3부 「샤먼(Shaman)」, 4부 「서쪽 궁궐에서(At the Western Palace)」, 그리고 마지막 5부는 「오랑캐의 갈대 피리를 위한 노래(A Song for a Barbarian Reed Pipe)」가 그것이다. 앞서 언급했듯이 이 5개의 장은 내용적으로 각기 독립적이며 자기 완결적이다. 그럼에도 이 작품에 통일성을 부여하는 것은 작중 화자로서, 5개의 이야기를 같은 작중 화자가 들려주기 때문에, 5개의 이야기는 독립적 의미를 지니면서도 총체적 구성 안에서 새로운 의미로 다가오기도 한다. 킹스턴은 이 5개의 장에 전기적인 요소와 소설적 요소를 적절하게 뒤섞고 있다.

1부 「이름없는 여자」는 돈을 벌기 위해 미국으로 떠난 남편을 두고 부정하게 임신한 고모가 아이를 낳은 후 우물에 아이와 같이 몸을 던져 자살한 이야기이다. 이름없는 여자는 마을 공동체 이웃들에 의해 부정이 단죄되고 존재를 삭제당한 가련한 고모를 의미한다. 그러나 화자는 고모의 자살을 고모의 입장에서 재구성하여 고모의 자살이 여성에 대한 차별적 인식과 억압으로 인한 것임을 밝히고 있다.

2부의 「여전사」는 뮬란이라는 만화영화로 더 많이 알려진 '화무란(花木蘭)'의 이야기를 각색한 것이다. 호족들에 의해 전쟁에 끌려나갈 운명에 처한 아버지와 남동생을 대신하여 전쟁터에 나간 화무란의 이야기가 무협지 같은 수련 과정과 복수의 문신을 새기는 장면, 왕을 참수하고 농민의 대표를 왕으로 세우고, 아들을 낳고 기르기 위해 가문으로 돌아가는 이야기로 새롭게 탄생한다.

3부는 작중 화자의 어머니 '용란'(勇蘭)에 관한 이야기로 중국에서 의사가 되기까지의 과정과 의사가 된 이후의 행보 및 미국으로 건너가서 살게 된 사연들이 담겨있다. 용란은 유령을 무서워하지 않고 맞설 만큼 용감하고, 의지와 끈기를 통해 의사가 된 당당하고 강인한 인물이다. 그러나 일본의 침략을 피해 미국으로 건너와서는 세탁소에서 일하는 평범한 여자가 된다. 개인의 의지를 초월하는 역사의 위력 앞에 운명이 변해버린 어머니의 이야기를 통해 화자는 디아스포라의 복잡한 삶의 여정과 역사의 질곡을 보여준다.

4부는 화자의 어머니인 용란의 강권으로 인해 미국으로 건너오게 된 용란의 여동생 위에란에 관한 이야기이다. 위에란의 남편은 미국으로 건너와 의사가 되었고, 가정을 새롭게 꾸려 풍요롭고 행복하게 살고 있다. 그러면서도 위에란과 그녀의 딸에게도 풍족한 생활비와 양육비를 보내주는 자상함도 지니고 있는데, 용란은 동생에게 조강지처로서의 자리를 당당히 요구해야 한다고 주장하면서, 남편과의 만남을 주선한다. 그러나 남편과의 만남 이후 위에란은 정신병에 걸리게 되고 정신병원에서 죽게 된다.

5부는 흉노족의 포로가 되었다가 살아 돌아온 채염에 관한 이야기로 구성된다. 채염은 오랑캐의 갈대 화살의 소리에 영감을 받아 노래를 부르게 되고 그 노래는 오랑캐마저 감화시키게 된다. 포로에서 해방된 후 중국에서 이 노래들은 중국 악기에 맞춰 불리게 되고 사랑받게 된다는 이야기이다. 채염의 이야기는 작중 화자의 작가로서의 자의식에 관한 이야기라고 볼 수 있다. 오랑캐의 땅에서도 함께 불릴 수 있는 노래이자 조국에 돌아와서도 사랑받는 노래를 지은 채염처럼 자신의 작품들도 널리 읽히고 사랑받게 되기를 희망하는 것이다.

그녀의 이야기도 들어보자

「지금 너한테 하는 이야기는 아무한테도 말해서는 안 된다」 어머니가 말했다.

「중국에 살 때, 너희 아버지에게 여동생이 하나 있었는데, 자살을 했다. 그녀는 집안에 있는 우물에 뛰어들었어. 우리가 아버지에게는 남자 형제들뿐이라고 말하는 것은 그녀가 태어나지 않았던 것처럼 여기기 때문이지.

1924년 우리 마을이 서둘러서 열일곱 쌍의 결혼식을 올린 지 불과 이삼 일이 지나서였지(결혼식은 〈길 떠나는〉 젊은이들이 기필코 집에 돌아오도록 하기 위해서였다). 네 아버지와 삼촌들 네 할아버지와 그 형제들 또 갓 결혼식을 올린 네 고모의 남편이 골드 마운틴(舊金山, 샌프란시스코의 중국식 표기), 미국을 향해 배를 타고 떠났다. 그것이 네 할아버지의 마지막 여행이었다. 계약을 맺고 떠나는 운 좋은 이들은 갑판에서 손을 흔들며 작별을 했다. 그들은 밀항자들을 먹여주고 감춰주고 쿠바나 뉴욕, 발리나 하와이에서 내리도록 도와주었다. 〈내년에 캘리포니아에서 만납시다.〉 그들은 그렇게 말했다. 그리고 모두 고향으로 송금을 했다.

나는 그날을 기억한다. 고모와 함께 옷을 입다가 고모를 쳐다보게 되었다. 그 전에는 고모의 배가 그렇게 불룩한 것을 알아차리지 못했지. 허나 그때까지도 나는 고모가 아기를 뱄다고 생각하지는 않았다.

고모의 웃옷이 위로 당겨져 올라가고 검은 바지 허리춤의 흰색이 보이면서 다른 아기 밴 여자들처럼 보일 때까지는 말이다. 그것은 말이다, 고모가 아기를 밸 수가 없었기 때문이야. 고모 남편이 집을 떠난 지는 몇 년이 되었으니까. 그에 대해 아무도 입을 열지 않았다. 식구들도 말하지 않았다. 초여름 고모는 만삭이 가까워오고 있었지. 아기를 낳을 수 있을 때가 몇 년이 지나서였지. (7-8)

미국은 사탕수수, 담배, 목화 등을 재배하기 위한 노동력이 부족했다. 부족한 노동력을 메우기 위해 미국은 대대적인 이민 정책 및 노동 수급 정책을 마련한다. 한편 중국은 서구 열강 및 일본의 침략 등으로 인해 가난과 기근으로 고통받고 있다. 먹고 살기 위해 많은 중국 남성들이 일자리를 찾아 미국으로 떠나게 되고, 이들을 돌아오게 하기 위해 마을 단위의 집단 결혼식이 열리게 된다. 이 결혼이 사랑에 기반한 결혼일 리는 없을 것이다. 가문과 가문 간의 약속, 젊은이들은 혼인 상대에 대해 잘 알지도 못한 상태에서도 부모님들이 그렇게 약속했다면, 결혼식장에 끌려나갈 수밖에 없다.

고모 남편이 집을 떠난 지 몇 년이 지나고 고모는 배가 불러오게 된다. 그것은 누가 보더라도 부정한 관계에 의한 부정한 임신일 수밖에 없다. 고모의 비극은 이렇게 시작된다. 그것은 고모 개인의 비극이겠지만, 가난한 집안 형편, 가문의 명예를 중시하는 전통, 남녀의 사랑에 의해 맺어지지 못하는 결혼 제도, 사랑하지 않는 남편을 멀리 떠나보낸 고모의 외로움 등이 복합적으로 작용하여 고모는 비극의 씨앗이라고 할 수 있는 임신을 하게 된 것이다.

사람들은 고모의 옷들과 신발들을 잡아 찢고, 그녀의 머리빗을 부러뜨린 후 발로 짓이겼다. 그들은 취사용 불을 휘저어 피운 후, 그 속으로 새로 짠 옷감들을 집어던졌다. 부엌에서는 사발을 깨는 소리, 냄비들을 내던지는 소리가 들려왔다. 그들은 허리까지 오는 커다란 오지 항아리들을 뒤엎었다. 오리알들, 절여 놓은 과일들, 채소들이 뒤범벅이 되어 독한 냄새를 뿜으며 터져 나왔다. 이웃 농가에서 온 늙은 여자 하나는 빗자루를 공중에 휘둘러 우리들의 머리 위로 〈빗자루 귀신〉들을 뿌려놓았다. 〈돼지〉, 〈유령〉, 〈돼지〉. 그들은 우리 집을 파괴하고 흐느끼며 꾸짖었다. (9)

마을 전체가 공동결혼식을 올리고 많은 남자들이 돈을 벌기 위해 미국으로 건너갔다. 미국으로 남편을 보낸 아내들 중의 한 명이 부정한 임신을 했다면, 그것은 단지 그녀 혼자만의 문제가 아니다. 내 아들의 아내가 그런 짓을 저지를 수도 있다. 이번 기회에 제대로 된 단죄를 하지 않는다면. 아이가 태어난 날을 기다렸다가 마을 사람들은 우리 집으로 몰려왔다.

가축들을 죽이고, 집에 가축들의 피를 묻히고, 고모의 개인 물품들을 부수었다. 그들은 우리 집을 파괴함으로써 분노를 표출했고, 정절을 지키지 못한 고모를 단죄했으며, 고모를 올바르게 간수하지 못한 우리 가문을 비난했다. 우리 집안은 그야말로 마을로부터 냉대와 멸시의 대상이 되었으며, 고고하게 지켜오던 명성과 품격은 고모의 부정으로 인해 한방에 무너져 내려 버렸다.

「내가 너한테 이런 말을 한 것을 아버지가 아시면 안 된다. 그는 고모를 없었던 것으로 여기니까. 이제 너도 월경을 시작했으니, 네 고모한테 일어났던 일이 너한테도 가능한 거다. 집안을 욕되게 하지 말아라. 설마 넌, 네가 태어나지도 않았던 것처럼 그렇게 잊혀지기를 원하지는 않을 테니까. 마을 사람들이 우리를 주시하고 있다.」

우리들에게 인생에 대한 경고를 해야 할 때마다 어머니는 이 같은 이야기들을 들려주었다. 우리들은 그런 이야기를 들으며 자라왔다. 그녀는 현실 감각을 분명히 하기 위한 우리들의 힘을 단련시켰다. 이민 온 사람들 중 살벌한 생존 경쟁에서 살아남을 수 없었던 이들은 타향에서 일찍 죽었다. 미국에서 태어난 우리 2세들은 1세대들이 우리 어린 시절 주위에 세워놓은 보이지 않는 세계가 이 분명하고 확실한 미국 속에서 어떻게 조화되는지를 헤아려야만 했다. (10)

어머니가 고모에 관한 이야기를 내게 들려준 것은 고모에 대한 연민이나 동정심 때문이 아니다. 고모가 가엾게 느껴져 애도를 위해 기억하는 것도 아니다. 그것은 내가 월경을 하고 임신이 가능한 나이가 되었기 때문에, 고모가 당한 일을 내가 당하게 될까 싶어 나를 단속하기 위해서 한 말이다. 부정한 짓을 저질러 가문의 수치가 되어, 가족들 그 누구로부터도 잊혀지게 되고 싶지 않다면 행실을 조심해야 한다.

특히 이민자들은 미국에서의 삶과 조화를 이루기 위해서 이중의 노력을 기울여야 한다. 가족 내에서 배워온 전통이라는 보이지 않는 세계와 현재 실제로 살고 있는 미국식 물질문명의 삶은 너무도 이질적이다. 이민자인 부모 세대는 그들의 이름을 감추듯 그들의 존재를 감추고 침묵을 지키면서 있는 듯 없는 듯 쫓겨나지 않기 위해 순응적인 삶을 살아간다. 미국에서의 부모님들의 삶의 방식과 그들이 중국의 전통이라고 들려준 이야기 사이에는 상당한 괴리가 있다. 그리하여 미국에 사는 중국인 후손들은 진정한 의미에서 중국적인 것이 무엇인지 혼돈스럽다. 부모 세대의 프리즘을 통과한 후 간접적으로만 체험하게 되는 전통과 민속 문화는 부모 세대의 체험에 기반한 편협함과 편견을 필연적으로 내재하고 있기 때문이다.

그리하여 작중 화자는 어머니로부터 전해 들은 고모에 관한 이야기를 자신의 관점에서 재구성한다. 고모에 관한 이야기는 벌어진 현상에 대한 주변인들의 비판적 평가가 너무 압도적이어서 아무도 고모의 입장에서 그 이야기를 제대로 알고 있지 못하다. 고모는 이름없는 여성으로 그녀의 변명을 누구도 들으려 하지 않았으며, 그녀를 없는 사람 취급했기 때문에 그녀는 자신을 변호할 기회조차 가질 수가 없었다. 자식을 위해 고모의 비극적인 죽음을 이용하는 어머니와 가문에 해를 끼쳤다는 이유로 고모의 존재 자체를 부정하는 아버지, 그 누구에게도 고모에 대한 객관적이고 사실적인 이야기를 들을 수 없다. 그렇다면, 고모에 대한 이야기를 내가 내 마음대로 써보는 것도 나쁘지 않을 것이다. 어떤 이야기든 주관적이고, 부정확하며, 일면적으로만 진실일 테니깐.

> 그녀는 며느리들이 땔감을 줍는 산에서 또는 들에서 그 남자를 우연히 만났을 것이다. 아니면 그 남자가 먼저, 장터에서 고모를 눈여겨보았을 수도 있었다. 그는 객지 사람은 아니었다. 그 마을에는 이방인들은 묵지 않았다. 고모는 섹스 이외의 일로 그와 거래를 하고 있었을 것이다. 그는 근처 들판에서 일했는지도 모르고, 그녀가 만들어 입은 옷의 옷감을 그녀에게 팔았는지도 모른다. 그의 요구는 그녀를 놀라게 하고, 공포에 떨게 했음이 틀림없다. 그녀는 그의 말에 복종했을 것이다. 그녀는 언제나 하라는 대로 했을 테니까. (…)
>
> 결국 그 다른 남자 또한, 그녀의 남편과 크게 다르지 않았다. 그들은 둘 다 명령했다. 그리고 그녀는 복종했다.
>
> 「당신 식구들에게 말하면 당신을 때리겠소. 당신을 죽여버리겠소. 다음 주일에 다시 이곳에 오시오.」
>
> 아무도 결코 섹스를 얘기하지 않았다. 그리고 그녀는 그 남자로부터 기름을 사지 않아도 되었거나 같은 숲에서 나무를 줍지 않아도 되었다면, 그녀의 나머지 생활로부터 강간당하는 사실을 분리시킬 수도 있었을 것이다. 나는 그녀가 강간당하는 동안만 두려워했기를 바란다.

> 그리하면 그녀의 공포는 한 곳에만 모인 채 새어나오지 않았을 테니까. 그러나 여자들에게 섹스란 출산의 위험과 연결되며, 그러므로 일생을 거는 모험이다. 공포는 한곳에 고여 있지 않고 도처에 스며들었다. 그녀는 남자에게 말했다.
> 「아기를 밴 것 같아요.」
> 그 남자는 한밤중의 기습을 주동해 그녀에게 대항했다. (11-13)

작중 화자는 고모에게 어떤 일이 있었을까를 상상한다. 첫 번째 버전은 남자들이 모든 것을 결정하는 문화에서 자란 고모가 자신을 마음에 둔 어떤 남자에게 겁탈을 당하는 상황이다. 작중 화자는 고모가 부정은 저질렀을망정 방탕한 여자는 아닐 것이라고 생각한다. 지독히도 가난했던 시절, 근근이 먹고 살기도 힘든 시기에 간통은 비현실적이다. 화자가 생각해낸 가설은 강간이었다. 고전적으로 중국에서 여성은 남성의 말에 복종하도록 훈육되었다. 고모는 자신의 의지와 관계없이 진행된 결혼 절차에 대해서도 그러했듯이 우연히 만난 남성의 명령(실제로는 협박이었겠지만 고모에게는 명령과 협박을 구별할 분별력이 없었다)에도 복종했을 것이고, 그 결과는 단순히 육체적 강탈만이 아니라 출산의 공포로 이어졌을 것이다. 그리고 그 남자는 자신의 폭행이 발각될까 두려워, 고모의 임신으로 인해 자신이 화를 당할까 누려워, 아이가 태어난 날의 기습을 주동했을지도 모른다. 이와 같은 상상은 중국 전통에 내재한 남성 우월주의와 수동적 여성성, 여성에게만 강요되는 높은 수준의 도덕성 등을 바탕으로 개연성 있게 재구성되었다고 평가할 수 있다. 그리고 화자의 고모에 대한 연민과 동정심을 잘 나타내주고 있다고 볼 수 있을 것이다.

그런데 이 버전의 상상 속에서 고모의 캐릭터는 너무 연약하고 개성이 없다. 남성 중심의 사회가 여성들에게 그와 같은 캐릭터를 강요하고 있기는 하지만, 여성들 내면에 흐르고 있는 욕망과 의지를 완벽하게 짓밟을 수는 없다. 어머니의 교육이 화자에게 어머니의 의도대로 받아들여지기보다 화자와 고모의 유대감을 강화하는 효과를 낳듯이, 지배 이데올로기는 최종적으로 주체를 완벽히 자신의 지배하에 복속할 수는 없는 것이다.

> 전통을 보존하기 위해서는 마음속에서 어른거리는 감정을 행동으로 옮기지 말아야 한다. 감정이 일었다가 스러지는 것을 그저 벚꽃이 피고 지듯 응시하라. 아마도 나의 선구자인 우리 고모는 변화가 느린 삶 속에 갇힌 채, 그녀의 꿈이 자라고 또 시들게 내버려 두었는지도 모른다. 그리고 몇 달 후 또는 몇 년이 지난 뒤에도 여전히 스러지지 않는 꿈을 향해 다가갔는지도 모른다. 금지된 것을 범하는 데 뒤따르는 엄청난 대가가 그녀의 욕망을 적나라하게, 섬세하게 만들었다. 그녀가 남자를 바라본 것은 그 남자의 머리가 귀 뒤로 넘겨진 모습을 좋아했기 때문이었다. 또는 그 어깨의 굴곡과 엉덩이의 직선이 이루어내는 물음표 모양의 긴 몸체의 윤곽을 좋아했기 때문이었다. 눈빛이 따스해서, 목소리가 다정해서, 걸음을 천천히 걸어서(그것이 전부였다), 그리고 몇 올의 머리카락, 어떤 윤곽, 빛남, 소리 하나, 걸음걸이 하나 때문에 그녀는 집안을 포기했다. 그녀는 피곤하면 스러져버릴 매력 때문에, 바람이 불지 않으면 깡충거리지 않는 말꼬리 모양의 머리 모습 때문에 우리를 단념했다. 아, 조명만 잘못 비추어도, 남자에게서 가장 매력적인 것이 사라질 수 있었다. (14-15)

작중 화자의 상상은 계속된다. 이번엔 상상의 두 번째 버전으로 앞선 상상과는 완전히 다른 스토리가 전개된다. 간통이 사치일 것이라는 생각은 그녀의 상상 속에서 다시 한번 부정된다. 고모는 젊은 여성으로 감정을 지니고 있으며, 개성을 표현하고 싶고, 자신의 매력을 발산하며, 여성으로서 사랑받고 싶은 욕망을 지니고 있었음에 틀림없다. 그리고 그러한 욕망은 여성으로서 뿐만 아니라 인간으로서 당연히 지니고 있어야 하는 욕망이며, 그것은 비난의 대상이 되지 못한다. 비난해야 할 것이 있다면, 그것을 억압함으로써 유지되는 공동체와 공동체의 질서일 것이다.

공동체의 관점에서 보면, 그녀는 질서의 파괴자였고, 그녀에게 자신이 파괴한 것이 무엇인지를 보여주어야 했다. "법을 어기고 만난 남녀 한 쌍은 미래를 절단시켰다. 미래란 질서 안에서 만난 한 쌍이 낳는 진정한 자손들 속에서만 구현되는 것이다. 마을 사람들이 그녀를 징벌한 것은 그녀가 그들과는 다른 은밀하고 개인적인 생을 가질 수 있는 것처럼 행동했기 때문이었다."(20-21) 고모는 개인으로서 가지고 싶은 지극히 당연한 관심과 여성으로서 본능적으로 생길 수밖에 없는 당연한 끌림에 자신을 맡겼던 것 뿐이다. 고모는 자신의 행동이 비난받을 수 있다는 것을 알고 있었을지 모르지만, 자신이 마을 공공의 적이 되고, 마을에 해를 끼치는 존재가 되었다고는 생각하지 못했을 것이다. 자신의 일탈과 임신은 지극히 개인적인 사건일 뿐이니까. "우주 질서를 뜻하는 동그라미는 동전 크기만하게 만들어져야 했다. 그래야만 그녀는 원의 둘레를 알 수 있었을 것이다. 아기가 태어날 때 그녀를 벌하라. 그녀로 하여금 용서받을 수 없는 것에 눈뜨게 하라."(21) 그녀는 알지 못했다. 자신이 우주의 질서를 파괴했다는 사실을. 더 정확히 말하자면, 우주의 질서를 파괴했다고 믿는 사람들이 그녀의 이웃이었으며, 그들이 자신의 욕망을 억압해온 전통적인 지배 이데올로기의 대행자라는 사실을.

> 그녀는 자신은 물론 아기마저도 추방당한 운명 속으로 끌어들였던 것이다. 태어나면서부터, 그 둘은 적나라한 소외의 고통을 함께 느꼈

> 다. 그것은 오직 긴밀하게 짜여진 혈연관계만이 아물게 할 수 있는 상처였다. 혈통이 없는 아이는 그녀의 생을 위로해 주기보다는 오히려 유령처럼 목적을 달라고 애걸하면서 그녀의 뒤를 쫓을 것이다. 그 어린 아기 유령은 젖을 배부르게 먹은 뒤 잠들었다. 그녀는 아기가 깨서 울자 그 소리에 흐르는 젖을 문질러서 아기의 입을 막았다.
>
> 새벽이면 들로 나가는 마을 사람들이 울타리에 둘러서서 그들을 바라볼 것이다. 아침이 가까이 오자 그녀는 아기를 안고 우물로 갔다.
>
> 그녀가 아기를 안고 우물로 간 것은 아기에 대한 그녀의 사랑을 뜻한다. 사랑이 아니었다면 그녀는 아기를 내버리던가 아기 얼굴을 진흙에 처박았을 것이다. 자식을 사랑하는 어머니들은 그들을 데리고 간다. 아기는 딸이었을 것이다. 아들이었다면 용서받을 희망이 조금은 있었으니까. (24)

고모의 임신은 공동체로부터 그녀를 외톨이로 만들었다. 축복받아야 할 생명의 탄생은 마을 사람들로부터 분노와 공포의 사건이 되었다. 신의 질투와 저주로부터 벗어나기 위해서 고모는 돼지우리에서 아기를 낳는다. 이 신비로운 생명체는 마을로부터 배척받는 존재이지만 어머니의 눈에는 한없이 사랑스럽게 보인다. 그러나 이 아이의 운명은? 고모와 마찬가지로 이 아이는 마을 사람들로부터 철저하게 외면당하고 손가락질 당할 것이다. 이웃들로부터 외면당할 때 그녀와 아이를 지켜줄 사람들은 그들의 가족일 테지만, 가문의 명예를 손상시켰다는 이유로 가족들 또한 그들을 지켜주지 않을 것이다.

아이의 슬픈 운명을 직감한 고모는 아이를 안고 우물로 간다. 책임감이 강한 부모는 아이와 끝까지 함께 한다. 증오와 멸시로 가득 찬 세상에 아이를 홀로 남겨두지 않는다. 저 세상으로 가는 먼 길을 홀로 떠나게 하지도 않는다. 더욱 처연한 것은 만일 아이가 아들이었다면, 남아를 선호하는 가부장제 사회에서 아마 용서받을 희망이 있지 않았을까 하고 추측해 보는 일이다. "아기는 딸이었을 것이다." 딸에게 저주를 풀어낼 희망 따위는 애초에 존재하지 않는다.

> 이 이야기를 들은 지 이십 년이 되도록 나는 자세한 내용을 묻지도 않았고 고모의 이름을 말하지도 않았다. 나는 고모의 이름을 모른다. 죽은 자들을 위로할 수 있는 이들은 죽은 자들을 더욱 괴롭히기 위해 계속 추격할 수도 있다. 이것은 거꾸로 된 조상 숭배이다. 진정한 징벌은 마을 사람들이 고모를 급습한 것이 아니라 가족들이 고의적으로 그녀를 망각하는 것이었다. 그녀의 배반은 식구들을 격분하게 했으며, 그래서 그들은 그녀가 죽은 뒤에도 영원히 괴로움을 겪도록 해야 했다. 그녀의 귀신은 언제나 허기지고 배가 고파 다른 귀신들에게 음식을 구걸해야 할 것이다. 살아 있는 자손들이 제사를 지내주는 귀신들에게서 음식을 빼앗고 훔쳐야 할 것이다. 그녀는 사려 깊은 두어 명의 주민들이 조상의 영혼들이 안심하고 성찬을 즐길 수 있도록, 그녀의 혼을 집과 고향에서 꼬여내려고 몇 조각의 빵을 남겨둔 그 십자로에서 몰려드는 귀신들과 싸워야 할 것이다. (25)

나는 고모의 이름을 모른다. 더 나쁜 것은 고모의 이름을 가족 누구에게도 물어볼 수 없다. 마을 사람들의 급습보다 고모에게 가해진 더욱 잔혹한 징벌은 그녀를 망각하는 것이다. 그녀는 가족을 배반했으며, 배반당한 가족은 그녀에게 망각이라는 방법을 통해 복수한다. 그녀는 망각되었음으로 누구로부터도 추모되지 않는다. 그녀를 위한 제사는 행해지지 않으며, 제삿밥도 마련되지 않는다. 그녀는 귀신이 되어서도 굶어야 할 운명이며, 다른 귀신들로부터 밥동냥을 하는 비루한 신세로 살아야 한다.

그런 고모가 안쓰럽고 불쌍하다. 고모의 귀신이 내게 붙은 것은 유일하게 나만이 의도적으로 동정심을 갖고 그녀를 기억하기 때문이다. 내가 고모의 귀신에게 바치는 진혼곡은 바로 고모에 관한 '글쓰기'이다. 고모에 관한 글을 씀으로써 나는 고모를 추모하고 기억한다. 비록 이름없는 존재로 기억될 뿐이지만 고모는 나의 글쓰기에 의해 비로소 이 세상에 다시 소환되었다. 킹스턴에게 글쓰기의 의미는 이와 같이 '기억하기'이다. 기억을 통해 그들의 존재를 불러냄으로써 비어있고 누락된 역사의 공백을 메운다. 역사의 공백은 역사의 폭력이며, 망각은 역사에게 주는 면죄부이다. 그러므로 글쓰기를 통해 역사의 공백을 메우는 일은 역사의 폭력을 기억하고 역사의 폭력으로부터 희생된 존재들을 애도하는 일이다.

전사의 이미지를 얻는 초라한 가족 서사극

작가가 들려주는 두 번째 이야기는 이름없는 여인이었던 고모와는 정반대로 '여전사'에 관한 것이다.

> 나는 드디어 나 또한 위대한 힘 안에, 그러니까 우리 어머니가 내게 들려주는 그 이야기 안에 있음을 알았다. 나는 다 자라서 아버지를 대신해 싸움터에 나간 처녀 〈화무란〉의 노래를 들었다. 나는 그 노래를 듣는 순간, 어렸을 때 어머니를 따라 집안의 여러 곳을 다녔던 일을 기억했다. 어머니와 나는 화무란이 영광스럽게 싸운 것을, 또 그녀가 살아 돌아와 마을에 정착해서 산 것을 노래했다. 나는 어머니가 들려준, 한때는 나의 노래였던 이 노래를 잊고 있었다. 아마도 어머니는 이 노래가 가지고 있는 쉽게 잊혀질 수 없는 어떤 힘을 알지 못했는지도 모른다. 그녀는 내가 커서 아내가 되고 하녀가 될 것이라고 말했다. 그러나 그녀가 나에게 가르쳐준 것은 여전사 화무란의 노래였다. 나는 자라서 여전사가 되어야만 할 것이다. (28)

전통적인 가부장제 사회에서 살아온 여성의 삶에 대한 이야기를 듣다 보면, 남의 아내나 종이 되는 것은 인생의 실패를 뜻한다는 사실을 깨닫게 된다. 그보다는 옛날이야기 속의 여전사들의 삶이 훨씬 매력적으로 느껴지는데, 그들은 가족을 구하고 복수를 행하며 자신의 삶을 주체적으로 살아가기 때문이다. 작중 화자 또한 어머니로부터 들은 여전사 화무란(花木蘭)의 이야기에 매료되는데, 여전사는 그냥 만들어지는 것이 아니기 때문에 혹독한 수련 기간을 겪게 된다. 새를 따라 산을 오르고 거기서 스승을 만나는 전형적인 무협 소설의 이야기가 펼쳐진다.

새를 따라 오른 산에서 만난 두 노인은 나에게 무술을 전수해 줄 스승님이었다. 그들은 하루 종일 나에게 무술을 가르쳤는데, 5년이 되자 강해지게 되었고, 6년이 되자 빨라지게 되었다. 살아있는 모든 생물로부터 무술의 기술을 배우게 되었으며, 7년째가 되는 해에는 흰 호랑이가 살고 있는 산으로 가게 된다. 그곳에서는 날씨, 돌풍, 식량 등 매우 혹독한 환경 속에서 살아남는 방법을 혼자서 터득하게 된다. 화무란의 이야기가 킹스턴에 의해 무협 소설처럼 각색되어, 훈련과 시련의 과정이 신비롭고 비교주의적으로 묘사되고 있다. 나에게는 복수해야 할 악독한 상대가 있다. 이들은 나의 가족을 괴롭히거나 죽였으며, 부와 권력을 모두 독식한 자들이다. 복수를 결심한 나는 전사가 되기로 하고 스승을 찾아 길을 떠난다. 자연의 만물이 나를 돌보고 키우며, 초현실적인 영험한 노인(들)이 나의 스승이 된다. 나는 동물들이 지닌 제 각각의 장점들을 나의 기술로 만들 수 있으며, 동물들은 나에게 시련을 안기는 도전물이 되기도 한다. 이와 같은 과정을 모두 통과하면서 나는 천하제일의 전사가 되는 것이다. 전사 혹은 무사 탄생의 무협 소설 클리셰를 킹스턴은 정확히 따르고 있으며, 이는 서구의 독자들에게 매혹적인 이야기로 다가간다.

물론 빠트려서는 안되는 부분이 있다. 무술 수행 중간에 찾아오는 위기의 순간. 중간에 가족이 죽거나 위기에 처하게 되면, 복수심으로 인해 성급해지고 수련이 완성될 때까지 기다릴 수 없게 된다. 그러나 최종적으로는 수련이 완성된다. 복수심에 분노가 판단력을 흐리게 만들어 당장에라도 하산하려는 나에게 스승님은 7년의 수련 기간으로는 제대로 복수에 성공할 수 없기 때문에 22살이 될 때까지 8년을 더 수련해야 적들을 무찌르고 온 집안을 구할 수 있다고 말한다. 충분히 강해지기 위해 수련의 의지가 다시 불태워지고, 다시 몇 년의 시간이 흐른 후 복수는 결행된다.

> 땅 위에도 사람들이 모여 있었다. 한족(漢族)들, 백 개의 성씨로 이루어진 사람들, 해진 옷자락을 펄럭이며 한마음으로 행군하는 사람들이었다. 기쁨의 폭과 깊이가 정확하게 내게 알려졌다. 중국 인구 전체가 바로 기쁨의 실체였다. 무수한 역경을 겪은 뒤, 몇 백만 명 중 살아남은 우리들은 수도에 도착했던 것이다. 우리는 황제와 대면했다. 우리는 그의 목을 베고, 궁전을 숙정하고 새 질서를 세울 농민을 황제로 추대했다. 누더기 옷을 입은 채, 그는 남쪽을 향한 왕좌에 앉았다. 우리, 수많은 민중은 그에게 세 번 경배했다. 그는 자신의 참모였던 우리들 서너 명을 칭찬하며 그 공을 기렸다. (57)

> 나는 까만 바탕에 수를 놓은 결혼 예복을 입고 신부로서 내가 처음 결혼했을 때 그대로 시부모님 발아래 꿇어앉았다.
>
> 「이제 민중을 위한 저의 의무는 끝났습니다」 나는 말했다. 「부모님을 모시면서 농사일과 집안일을 하고, 아들을 더 많이 낳아드리겠습니다」
>
> 「네 부모님을 우선 찾아뵙도록 해라」 너그러우신 시어머니의 말씀이었다. 「그분들이 너를 환영하고 싶어하신다」

우리 어머니, 아버지, 일가친척들은 모두 내가 보내드린 돈으로 행복하게 살고 있을 것이다. 우리 부모는 당신들의 관을 사두셨다. 그들은 내가 돌아온 것을 신들에게 감사하며 돼지를 제물로 바칠 것이다. 마을 사람들은 내 등에 새겨진 글자들과 그 글자들이 실현되었다는 사실을, 그리고 극진한 나의 효성에 대한 전설을 만들어낼 것이다. (61)

화려주췌수(畫麗珠萃秀)에 묘사된 목란

나는 마침내 수련을 마치고 하산하여 군대를 이끈다. 적의 군대를 하나씩 격파하며 북쪽으로 길을 잡는다. 가는 길에 남편을 만나기도 하고 아이를 낳기도 한다. 북쪽으로 방향을 잡은 것은 왕을 향해 진격하고 있기 때문이다. 북쪽에 있는 왕은 자신의 백성들이 있는 남쪽을 잘 돌봐야 했지만 그러지 못했고, 수도에 도착하여 왕의 목을 베었다. 농민의 대표를 왕으로 추대한 후, 나는 남편과 아들이 살고 있는 시집으로 향했다. 민중을 위한 의무가 끝나고, 나는 가족에게 충실하기로 다짐한다. 나의 효심과 업적은 나를 환영받도록 만들었으며, 나를 자랑스러운 딸로 여기게 만들었다.

딸을 낳으면 쓸모없어 하던 중국 문화에서 여전사는 예외적인 존재가 된다. 그러나 장기간의 훈련으로 위대한 여전사가 되었지만, 그녀의 최종 목표는 시부모의 농사일을 돕고, 집안일을 하며, 아들을 더 많이 '낳아주는' 일이다. 위대한 임무를 수행했던 이유는 농사일과 집안일과 아들 낳기를 위한 평온한 환경을 만들기 위해서이다. 여전사는 다시 남의 아내와 종으로 돌아왔다. 남의 아내와 종이 되기 위해 그 힘든 수련을 견뎌냈다는 사실이 아이러니할 뿐이다.

또 하나의 여전사, 용란

3번째 이야기는 작중 화자의 어머니인 용란에 관한 이야기이다. 이야기는 먼저 중국 전통 속에 깊이 뿌리박은 남성우월주의에 관한 것으로 시작한다.

> 나는 집을 떠나 멀리 대학에 갔다. 1960년대의 버클리 대학에. 나는 공부를 했고, 세상을 변화시키기 위해 데모 행렬에 참여했다. 그러나 나는 남자로 변하지는 않았다. 나는 남자로 변해 집에 돌아가서 부모들이 닭과 돼지를 잡아주는 환영을 받고 싶었다. 그러나 그런 환영은 베트남에서 살아 돌아온 남동생에게 베풀어졌다.
>
> 내가 베트남에 갔더라면 돌아오지 않았을 것이다. 계집애들은 집을 버리니까. 이런 말이 있었다.
>
> 〈딸들은 남의 집 사람이에요〉
>
> 가령 내가 전부 A 학점을 받으면 그것은 내 자신을 위해서가 아니라 미래의 남편 식구들을 위해서라는 것이다. 내겐 도대체 남편을 가질 계획부터가 없었다. 나는 내 부모들과 참견 좋아하는 이웃 사람들에게 계집애들이 남의 집 사람이 아니라는 걸 보여주겠다. 나는 더이상 올A를 받아오지 않았다.
>
> 그리고 나는 언제나 미국식 여성다움을 배워야 했다. 안 그러면 데이트를 할 수 없었다.
>
> 여자가 〈나〉를 가리키는 중국어 단어 중에는 〈종〉을 뜻하는 말이 있다. 여자들은 자기 입으로 스스로를 파괴하는 것이다! (63-64)

중국에서 미국으로 이민을 떠난 부모님들은 삶의 환경이 바뀌었음에도 불구하고 그들이 지켜오고 간직해 왔던 중국 고유의 전통문화를 버리지 못한다. 중국인으로서의 정체성을 잊지 않게 하기 위해서, 다른 한편으로는 중국 고유의 문화적 가치와 질서가 험난한 미국에서의 삶을 지탱해 줄 정신적 힘이 될 것이라는 믿음 때문에 부모 세대는 그들의 2세들에게 중국의 전통문화를 가르친다.

그러나 전통문화 속에는 농경시대에나 의미가 있었을 지독한 '남존여비'의 사상이 녹아있으며, 딸은 시집가면 남이나 마찬가지라는 시대착오적 생각이 지배적이었다. 그래서 그 전통을 따르는 사람들은 딸을 키우는 것은 도움이 되지 않는 일이며, 딸이 잘 되는 것 또한 딸의 미래 시댁 식구들에게 좋은 일이라고 생각한다.

미국식 근대 교육을 배우는 나에게 부모 세대의 이와 같은 남성우월주의적 가치관은 견디기 힘든 편견이며 차별이다. 참을 수 없게 된 나는 난리를 피워보지만, 돌아오는 말은 '계집애라서 그렇다, 계집애들은 역시 버릇이 없으며, 가르쳐도 고쳐지지 않는다' 이다. 더욱 억울해진 나는 더욱 난리를 피게 되고 결국 '나쁜 계집애'라는 낙인이 찍힌다. 내가 온몸을 다해 거부한 것은 '나쁜 애'일까 '계집애'일까. 계집애라서 버릇이 없고 소용이 없다면, 모든 계집애는 나쁜 애일 것이다. 그러므로 나쁜 애가 되지 않으려면 나는 계집애가 아니어야 한다. 그래서 내가 진짜 하고 싶은 말은 '난 계집애가 아냐'가 된다. 좋은 대학에 들어가고, 데모를 하고, 좋은 학점을 받아도 나는 아들이 받는 대우를 받지 못한다. 중국 문화가 원하는 여성성은 '종'이라는 자기 비하의 정체성을 내포하고 있기 때문에 나의 노력은 아무런 의미가 없는 것이다. 그리고 미국에서 성장하고 있는 나는 미국식 여성다움도 강요받고 있다. 중국계 2세대 디아스포라 여성의 삶은 중국식 여성다움과 미국식 여성다움이라는 이중의 억압 속에서 마치 여전사처럼 외롭게 홀로 자신의 길을 헤쳐가야 할 고행의 길인 것이다.

나는 가난한 사람들이 홍수에 떠내려가는 이웃의 물건들을 긴 장대

> 로 끌어올리면서도 갓난 계집애들은 강 속으로 밀어넣는 광경을 그린 묵화를 보았다. 나는 증오에서 풀려나야 했다. 나는 중국에서도 〈딸들도 필요하다〉는 말을 한다고 씌어 있는 인류학 서적을 읽었다. 내가 아는 중국인이 이 말에 동조하는 것은 들어본 적도 없다. 어쩌면 이 말은 다른 마을에서 하는 소리인지도 몰랐다. 나는 이제 옛날 속담과 이야기로 나를 묶는 우리 차이나타운을 죄지은 듯 걸어다니기를 거부한다.
>
> 그 여전사와 나는 크게 다르지 않다. 고향 사람들이 우리 둘 사이의 유사성을 빨리 깨달아 내가 그들에게 돌아갈 수 있게 되기를 바란다. 우리의 공통점은 등에 새겨진 말들이다. 〈복수(復讐)〉라는 한자는 〈죄를 보고하다〉, 〈다섯 가족에게 전달하다〉라는 뜻을 가지고 있다. 보고하는 것이 곧 복수하는 것이다. 칼로 머리를 베는 것이 아니고, 찌르는 것이 아니고 말로 하는 복수이다. 그리고 나에게는 너무 많은 말들, 쓸데없는 말과 좋은 말들이 있어서 그 말들을 내 등에 전부 다 쓸 수가 없다. (71)

내 가족들은 나를 사랑한다. 그러나 그들의 문화는 계집애에 대해서 늘 보잘 것 없고, 미천하며, 중요하지 않은 존재들인 것처럼 말하는 것을 관습으로 삼고 있다. 그런 말들을 들으며 죄인처럼 성장하면서 자존감이 강하고 주체적인 인간으로 성장하기란 힘들다. 여성을 애낳는 기계나 집안 일하는 종으로 취급하는 사회에서 환영받고 존중받기 위해서는 여전사가 될 수밖에 없다. 나는 그 여전사와 크게 다르지 않다.

화무란이 복수해야 할 인간들의 이름과 맹세를 문신으로 새겼다면, 나는 말을 통해, 글을 통해 보고함으로써 복수하는 것이다. 나는 글로써 있었던 일이나 내 생각을 보고하는 일을 하는 작가임으로 칼로 머리를 벰으로써 죄를 보고하는 여전사와 유사한 일을 하는 것이다. 왕이 민중을 돌보지 않아 목이 달아났듯이 중국문화가 돌보지 않는 여성 문제로 인해 죄를 보고하지 않기를 바란다. 나의 글쓰기가 죄를 보고하는 일로 바빠지지 않았으면 좋겠다. 여전사와 나의 유사성을 깨닫고 여전사를 환영하듯이 나를 환영하려면 내가 그들에게 돌아갈 수 있도록 여성을 차별하는 중국의 전통문화에 대한 반성과 (농민을 왕으로 추대하는 것과 같은 정도의) 혁명적 변화를 이루어야 할 것이다. 그런 태평성대가 올 때까지 나는 글쓰기를 통해 계속해서 그들의 죄를 보고할 수밖에 없다. 그것이 여전사로서 나의 삶이니까.

> 커다란 돌 하나가 그녀의 머리에 떨어졌다. 그녀는 소매를 펄럭이며 쓰러졌다. 그녀의 깨진 머리 위에서 장식 모자가 세차게 흔들렸다. 마을 사람들은 좀더 가까이 몰려들었다. 누군지 유리 조각을 그녀의 콧구멍 아래에 갖다댔다. 거기에 콧김이 서리자 그들은 그녀가 죽을 때까지 주먹에 쥔 돌멩이로 그녀의 관자놀이를 쳤다. 어떤 마을 사람들은 그녀의 머리와 얼굴을 때리면서 작은 거울들을 산산조각냈다.
>
> 등을 돌려 산 위로 올라갔던 우리 어머니는(그녀는 죽어가는 사람들은 절대로 치료하지 않았다) 살점과 돌덩어리들과 소맷자락과 얼룩진 핏자국을 내려다보았다. 바로 그날 오후에 비행기들은 다시 왔다. 마을 사람들은 다른 시체들과 그 미친 여자를 함께 묻었다.
>
> 어머니는 그 사건이 있은 지 거의 육 개월이 지난 뒤인 1939년 겨울에 중국을 떠나 1940년 1월에 뉴욕항에 도착했다. (125)

마을에는 유독 미친 여자들이 많았다. 그런데 일본군이 쳐들어와 비행기가 폭격을 하게 되자 마을 사람들은 그 미친 여자를 스파이로 오인하게 된다. 미친 여자는 모자에 거울을 붙이고 쓰고 다녔는데, 그것이 일본군 비행기에 그들의 위치를 알려주는 도구라는 것이다. 그녀가 가까이 오자 마을 사람들은 그녀를 향해 돌을 던졌으며, 마침내 커다란 돌에 머리를 맞은 그녀가 쓰러지자 마을 사람들은 몰려들어 돌로 그녀를 내리쳐 죽였다. 미친 여자를 살해한 그 날 오후에 비행기의 공습이 다시 있었기 때문에, 그녀는 스파이가 아닌 것이 밝혀진다.

미친 여자를 돌로 쳐 죽인 마을 사람들의 폭력은 화자의 고모를 단죄하기 위해 우리 집을 습격했던 모습을 연상시킨다. 때때로 공동체는 그들의 안전과 질서를 지킨다는 명목으로 개인의 희생을 당연시하며 요구한다. 폭력적인 공동체의 선택은 윤리적이고 공리적이라는 명분에 정당화되지만, 공동체 구성원을 소외시키고 희생시킴으로써 유지되는 윤리와 공리에 회의감이 드는 것도 사실이다. 유령을 물리치고 의사로서 승승장구하던 어머니는 일본군의 침략 전쟁과 마을 사람들의 폭력적 행위에 좌절감과 회의감을 느끼고 미국행을 결심한다.

> 「이곳은 끔찍한 유령의 나라다. 인간들은 일하는 것으로 일생을 소모해 버리는 곳이야」
>
> 그녀는 말했다.
>
> 「귀신들마저 일을 하니까. 서커스 구경할 시간 같은 것은 없어. 배가 이 땅에 닿은 이래 일을 멈춰본 적이 없어. 나는 아이를 낳자마자 서 있었으니까. 중국에서 나는 내 옷마저 걸어본 적이 없었는데 말야. 나는 이곳에 오지 말았어야 했어. 그러나 나 없이는 너희 아버지가 너희들을 부양할 수가 없었을 거야 내 근육은 강하니까」
>
> 「어머니가 중국을 떠나지 않았더라면 엄마 아빠가 부양할 〈나〉란 있을 수도 없었어요. 엄마, 나 정말 졸려요. 나, 자도 괜찮죠?」
>
> 나는 노년 같은 것은 믿지 않는다. 나는 피곤해진다는 것도 믿지 않는다.
>
> 「중국에서는 근육 같은 것이 필요 없었다. 중국에 있을 때 나는 자그마했지」

그녀는 자그마했다. 그녀가 내게 준 비단 드레스들은 작았다. 지금 내 앞에 있는 이 엄마는 백 파운드의 텍사스 쌀을 위아래 층으로 운반할 수 있다. 그녀는 새벽 여섯 시 반부터 자정까지 세탁소에서 일할 수 있었다. 아기를 다림질대에서 선반 위 상자 사이로 또 유령들이 유리창을 두드리는 전시용 창으로 옮겨놓아 가면서. (136-37)

의사로서 당당하게 살아가던 어머니는 미국으로 건너와 이런저런 허드렛일을 하다가 아버지와 함께 세탁소를 경영하게 된다. 새벽 여섯시 반부터 자정까지 17년간 성실히 일한 결과 사업이 안정되어 가던 중에 도시 재개발 사업으로 인해 세탁소 건물이 헐리게 된다. 어머니는 중국에서 미국으로 건너온 것을 후회한다. 이민은 순식간에 의사에서 세탁소 점원으로 그녀의 신분을 강등시켜버렸으며, 그녀는 끝없이 이어지는 고된 노동에 시달려야 했다.

그녀가 볼 때 미국은 끔찍한 나라다. 노동으로 일생을 소모해 버리는 나라, 이곳에서 온전히 휴식을 취했던 기억은 없다. 심지어 어머니는 아이들을 낳은 후에도 쉴 수가 없어서 아이들을 세탁소에 데리고 와서 다림질대, 선반, 전시용 창으로 옮겨가며 아이를 돌보면서 세탁소 일을 해야만 했다. 화자는 중국의 전통문화를 이상화하지도 않지만, 미국식 삶도 미화하지 않는다. 비주류 소수민족 이민자들은 힘들고, 더럽고, 위험한 노동에 쉼없이 시달려도 좀처럼 삶의 조건이 나아지지 않는다. 인종적 불평등은 경제적 불평등에서 출발한다.

「나는 주정뱅이니 떠돌이 귀신 소리를 듣기 싫어요. 이 나라에서 유령이 없는 곳들을 발견했어요. 나는 바로 거기 속한다는 생각이 들어요. 감기에도 걸리지 않고 의료 보험을 사용하지 않아도 되는 그곳에. 여기서 나는 너무 자주 아파서 일을 못하잖아요. 어쩔 수 없어요, 엄마」

> 그녀는 하품을 했다.
> 「그렇다면 너는 집을 떠나 사는 것이 낫겠구나. 캘리포니아의 기후가 너와는 맞지 않는 게 틀림없으니. 집에 다니러 올 수는 있으니까」
> 그녀는 일어나서 불을 껐다.
> 「아무렴 넌 떠나야지. 작은 강아지야」
> 답답함이 내게서 사라졌다. 이불들이 바람으로 가득 찬 게 분명하다. 세상이 무엇인가 좀 더 가뿐해졌다. 그녀가 그 애칭으로 나를 부른 것이 몇 년 만인가. 신들을 속이기 위해 나를 부르던 그 이름으로. 나는 사실은 용이다. 그녀 또한 용이다. 우리 둘 다 용해에 태어났으니까. 나는 사실상 맏딸에게서 태어난 맏딸이다. (142-43)

작중 화자인 나는 어머니에게 가슴 속에 있던 말하기 힘든 이야기를 꺼낸다. 집을 떠나 있으면 아프지도 않고 귀신 소리도 듣지 않고 잠도 잘 잘 수 있게 된다는 것이다. 다시 말해 집을 떠나 살겠다는 이야기로 어머니가 듣고서 섭섭해 하거나 화를 내고 반대할까봐 쉽게 꺼낼 수 없던 이야기였다. 그런데 어머니는 순순히 집을 떠나라고 허락한다. 캘리포니아의 기후와 맞지 않는 것 같다는 어머니의 말은 아마도 스스로를 납득시키기 위한 구실이었을 수도, 아니면 딸의 부담감이나 미안함을 덜어주려고 그녀의 마음을 짐짓 모른 척하기 위한 딴청이었을 수도 있다. 어머니는 내가 왜 집을 떠나려고 하는지 잘 알고 있는 것 같다. 어머니 세대로부터 이어온 중국식 삶의 방식, 문화, 가치관이 나에게는 부담과 억압으로 작용하고 있으며, 나와는 맞지 않는다는 것을 말이다. 자신의 신념보다 딸의 행복이 우선이며, 어머니와 떨어져 살고자 하는 딸에게 '작은 강아지'라고 부르면서 그녀의 딸에 대한 사랑을 확인시켜줌으로써 그녀의 독립과 미래를 축복하고 있다.

아무나 전사가 될 수는 없다

작중화자의 어머니 용란에게는 여동생이 있다. 그녀의 이름은 위에란(月蘭)인데 홍콩에서 딸과 함께 살고 있다. 홍콩에서 아무 탈 없이 잘 살고 있는 위에란에게 용란은 미국으로 건너오라고 말한다. 위에란의 남편은 의사인데, 미국에서 새로운 가정을 꾸리고 살고 있으며, 위에란과 딸에게 풍족하게 살 수 있도록 생활비를 보내주고 있다. 용란은 위에란이 본처인 그녀의 자리를 다시 차지해야 한다고 말하며 자신과 함께 남편을 찾아가서 함께 살자고 말하라고 종용한다. 위에란은 현재의 삶에 불만이 없고 남편을 찾아갈 용기도 없다고 말하며 주저하지만, 언니의 강권에 못이겨 남편을 찾아간다.

남편은 위에란과 딸이 풍족하게 살 수 있도록 돈을 보내주었기 때문에 좋은 남편이며, 자신과 함께 미국식 가정생활을 꾸릴 수 있는 능력이 없다고 말한다. 돈을 보내는 것으로 자신의 의무를 다했다고 말하며, 처자식을 버리고 새로운 가정을 꾸린 사실에 대해서 일말의 미안함이나 용서를 구하는 태도를 보이지 않는다. 그런 남편이 위에란에게는 유령처럼 보인다. 그리고 미국식으로 사고하는 남편 눈에는 자신이 유령처럼 보일 것이라고 생각한다. 이곳에 오면, 모두가 유령이 되어버리는 것이다. 남편은 위에란이 중국에 돌아가든, 미국에 살든 자기가 관여할 바가 아니라고 미국식으로 무책임하게 말하며 그런 남편에게 위에란은 충격을 받고 정신을 놓게 된다.

> 용란은 온갖 다양성이 동생에게서 사라졌음을 보았다. 동생은 정말 미친 것이다.
> 「미친 사람과 성한 사람의 다른 점은?」
> 용란은 아이들에게 설명했다.

「성한 사람은 여러 가지 다른 종류의 이야기를 한다. 미친 사람은 단지 한 가지 이야기만을 알아. 그것만을 계속 되풀이하지」

매일 아침 위에란은 현관 옆에 서서 중얼거리고 또 중얼거렸다.

「가지마. 비행기들, 잿가루들, 워싱턴, 잿가루들」

그리고 아이가 간신히 집을 빠져나가면, 그녀는 말했다.

「우리가 저 애를 보는 건 이제 끝이다. 그자들이 저 애를 붙들거야. 저 애를 재로 만들 것이다」

이래서 용란은 포기했다. 그녀는 매일 아침 아이들(베트남에 가 있는 아들도 포함하여)을 저주하는 미친 여동생을 집안에 데리고 있었다. 아이들의 이모는 그들이 축복을 필요로 할 때, 끔찍한 소리를 하고 있었다. 어쩌면 위에란은 이미 이 미치고 늙은 육신을 떠나버렸는지 모르며, 아이들을 저주하는 것은 유령일지도 몰랐다. 용란은 할 수 없이 조카를 불렀고, 조카는 위에란을 캘리포니아 주립 정신 병원에 넣었다. (212)

남편을 만나고 돌아온 위에란은 정신적인 충격을 받는다. 차라리 만나지 않았더라면 남편을 좋은 사람으로 기억할 수 있었을 텐데. 피치 못할 사정이 있어서 가정을 꾸렸겠지. 실제로는 나를 본처라고 생각하고 있으니 충분한 양육비를 보내줬던 것이겠지. 그러나 실제로 오랜 시간이 지난 후 만난 남편은 자신에게 의무감밖에 남아 있지 않으며, 새로운 가정에서 행복하게 살고 있었다. 애써 외면했던 현실을 목도하게 되면서 위에란을 지탱시켜주던 일말의 희망은 사라지게 되고 결국 정신병원에서 생을 마감하게 된다.

그녀의 노래는 잘 전달되었다

이제 마지막 에피소드인 「오랑캐의 갈대 피리를 위한 노래」가 시작된다. 어머니는 내가 어릴 적 혀의 소대를 잘라주었다. 중국에서는 '말을 잘하는 것은 화의 근원'이라는 말이 있기 때문에, 나는 어머니가 내가 말을 잘 하지 못하도록 하기 위해서, 다시 말해 자기주장을 삼가고 순종적이고 남의 말을 잘 듣는 계집애로 키우기 위해서 그런 짓을 한 것으로 오해한다.

「엄마, 나한테 왜 그랬어?」
「말했잖니」
「다시 말해 봐」
「내가 네 혀를 자른 것은 말을 잘하도록 만들기 위해서였어. 너의 혀가 어떤 말이든지 거침없이 할 수 있도록 하기 위해서. 너는 전혀 관계없는 말도 다 할 수 있을 거니까. 너는 못하는 말이 없을 거니까. 그러기 위해서는 네 소대는 너무 빡빡한 것 같더라. 그래서 내가 그걸 잘랐다」
「하지만 말 잘하는 것은 화를 가져오잖아?」
「아, 유령의 나라에서는 그렇지 않아」 (217)

중국의 전통문화는 특히 여성에게 겸양과 겸손을 강조하며, 언행을 삼가고 조심하도록 가르친다. 자신의 생각을 잘 표현하는 것보다 잘 감추는 것이 미덕이며, 자기주장을 하기보다 자신을 드러내지 않는 것이 현명한 처신이다. 말을 잘하는 것이 화를 가져온다는 말은 이처럼 최대한 자신을 낮추고 조직이나 공동체 속에서 모가 나지 않게 행동하라는 뜻이다. 그런데 어머니는 나의 소대를 잘랐다. 어머니는 내가 어떤 말이든 거침없이 하면서 당당하고 주체적으로 살라는 뜻으로 그렇게 한 것이지만, 언제나 중국적인 문화를 강요하던 어머니의 의도를 나는 제대로 이해할 수 없다.

그래서 나는 어머니를 오해하게 되고, 소수민족 이민자로서 자신감과 자존감을 잃고 제대로 표현을 하지 못하는 상황을 어머니의 탓으로 돌리며 원망한다. 나는 유치원에서부터 영어로 말을 할 수가 없었고, 일상적인 상황에서도 목소리가 갈라져 나왔다. 나는 어릴 적부터 말하는 것을 무척 어렵고 고통스러운 것으로 받아들이게 되어버렸는데, 이것을 모두 엄마 탓으로 돌려버렸다. 이민자 1세대와 2세대의 문화적 세대 갈등과 소수민족으로서의 삶의 질곡이 모녀간의 오해와 불신을 초래한 것이다.

> 평범한 중국 부인네들의 목소리는 강하고 명령조이다. 미국에서 태어난 우리들 2세 여자애들은 스스로를 미국 여성처럼 가꾸기 위해 속삭이듯 낮게 말해야 했다. 그러다 보니 우리들은 미국인들보다 더 약하게 소곤거렸다. 일 년에 한 번씩 선생님들은 내 동생과 나에게 언어장애 상담소에 가볼 것을 권했다. 하지만 우리들의 목소리는 의사 앞에서는 예기치 못하게, 정상을 되찾아 나오곤 했다. 어떤 아이들은 포기해 버리고 고개를 흔들어버리고는 아무 말도 한마디 말도 하지 않았다, 어떤 아이들은 고개 흔드는 것마저 하지 못했다. 때로는 고개를 흔들어 아니라고 하는 것이 내가 원하는 것보다 더 강한 자기 긍정이 되는 적도 있었다. 우리들은 대부분, 곧 아무리 더듬거릴지라도 우리 식의 목소리를 마련했다. 우리들은 미국식의 여성다움을 갖추고 의사를 표시할 줄 아는 모습으로 스스로를 변형시켰다. (228-29)

화자인 나는 미국에서 유독 중국인의 목소리가 크게 들리고 잘 알아들을 수 있게 들리는지 생각해 본다. 화자 생각에 중국어는 촌스럽고 괴상한 발성법을 가지고 있다. 중국 아내들은 강하고 명령조로 말하기 때문에 미국 여성처럼 말하기 위해서는 신경을 써서 속삭이듯이 낮게 말해야 한다. 미국식 여성다움을 갖추기 위해서는 불편하고 부자연스럽게 미국식으로 말하는 법을 배워야 한다. 단지 말을 하는 것에서 이민자 아이들은 이와 같은 차이와 차별의 메커니즘을 내면화하고 스스로를 열등한 존재로 인식한다.

나는 집에서는 말을 하지만 학교에서는 말을 못하는 한 여학생을 괴롭힌 적이 있다. 그 여학생의 모습에서 이민자의 열등의식과 무기력함을 느끼게 된 나는 그녀를 괴롭히면서도 실제로는 (말을 잘 못하고 목소리가 오리처럼 갈라지는) 자신에게 하고 싶은 말을 그녀에게 퍼붓는다. "그걸 알아? 말을 안 하면 너는 식물에 지나지 않아. 말을 안 하면 넌 개성이 없어. 넌 개성도 없고, 두뇌도 없어. 넌 네가 개성도 있고 두뇌도 있다는 사실을 사람들에게 알려야만 해. 넌 누군가가 어리석은 너를 평생 동안 보살펴줄 거라고 생각하지? 언제나 네 언니가 네 옆에 있을 것 같지? 누군가가 너와 결혼해 줄 거라고 생각하지? 그러니? 오해 마. 너 같은 종자는 결혼은커녕 데이트 신청도 못 받는다고. 아무도 네가 있는 줄도 모른다고. 그리고 너는 인터뷰할 때 말을 해야 하고 네 상관 앞에서 대답을 해야 해. 그걸 몰랐어? 넌 정말 바보다."(242-43) 그리곤 죄의식 때문인지, 자의식 때문인지 나는 이후 18개월 동안 이름 모를 병에 걸려 누워 있게 된다. 이러한 화자의 성장통은 비주류 소수민족 디아스포라 아이들이 얼마나 많은 차별의 따가운 시선을 의식하고 살고 있으며, 스스로의 정체성에 대해서 예민한 열등감과 싸우면서 성장하는지를 잘 보여준다.

그럼에도 부모 세대는 자녀들의 이와 같은 힘든 상황을 제대로 이해하고 있지 못한 것 같다. 그들은 자녀들에게 미국에 대해서는 가르쳐 줄 것이 없을 것이다. 그렇다면 그들은 명절이나 제사 같은 중국의 전통이나 문화적, 사상적 가르침을 통해 자녀들에게 도움을 줄 수라도 있어야 할 것이다. 그런데 그들은 자식들에게 중국의 전통 의례의 의미조차 제대로 알려주지 않는다. 음식의 배치, 종류, 술 따르는 방식 등이 평소와 다른 걸 보고 이 날이 특별한 날이구나 짐작할 뿐이다. "왜 그러는지, 설명이란 일체 없었다. 도대체 중국인들은 어떻게 전통을 지킬 수 있는가? 그들은 우리가 관심을 표할 기회조차 주지 않는다. 슬그머니 의식을 치른 뒤, 아이들이 뭔가 특별한 날임을 알아채기도 전에 제사상을 치워버린다. 만일 우리들이 묻는 경우 어른들은 화를 내고 얼버무려서 우리의 입을 막아버린다."(249) 어른들끼리 예법에 맞게 의례를 치를 뿐이며, 아이들이 이유를 몰라 예의에 어긋난 행동이나 말을 하면 곧잘 혼이 나거나 매를 맞는다. 나는 전통문화에 대해 후대 아이들에게 이렇게 알려주지 않는다면, 어떻게 오천 년 동안 지속적으로 문화를 보존할 수 있었는지 궁금하다.

알려주지 않아서 알 수 없는 것, 그리고 알 수 없기 때문에 말할 수 없는 것이 점차 많아지게 된다면 그것은 정상이라고 할 수 없다. 이와 같은 문화적 비정상성은 이민자들의 삶을 더욱 척박하게 만든다. 이민자로서, 자신의 언어로 자신의 문화와 자기 자신에 대해 말할 수 없다면, 그들은 무시와 놀림의 대상이 되거나 미친 사람으로 취급받기 십상이다. 알고 말을 할 수 있다는 것은 정상인으로 대접받으며 미국인과 같이 살아갈 수 있다는 것을 의미한다. 반면 미친 사람들은 자신을 설명할 수 없기 때문에 자신의 존재성을 인정받을 수 없으며, 인정받지 못한 개인들은 미친 사람으로 오인될 뿐이다. 나는 생각한다. 제정신인 사람들은 중국에 남아있고, 미친 사람들만 이곳으로 넘어온 게 아닌가 하고. 그러나 우리는 알고 있다. 이 생각은 본말이 전도된 것으로, 이민자의 삶이 미칠 만큼 힘들다는 것을. 그래서 자신이 누구인지를 말할 기회조차가 가질 수가 없을 정도로 바쁘고 고되게 사느라 그들의 전통에 대해서, 그들의 고유문화에 대해서 자녀들에게 알려줄 수 없다는 것을.

「난 노예도 되지 않고 남의 아내도 되지 않겠어요. 내가 바보 같고 괴상한 소리나 하고 목도 아플지언정 엄마 아빠가 나를 노예나 남의 마누라로 만들어버리도록 하지는 않겠어요. 난 이곳을 떠나요. 이곳에서 사는 것을 더 견딜 수 없어요. 내가 괴상한 소리나 하게 되는 것은 엄마 아빠 탓이에요. 내가 유치원에서 낙제를 한 단 한 가지 이유는 엄마 아빠가 나에게 영어를 가르쳐주지 않았기 때문이었어요. 그리고 엄마 아빠가 내게 준 지능 지수는 빵점이었어요. 하지만 내가 내 지능 지수를 키웠어요. 그들은 이제 내가 영리하다고 해요. 학교에서는 만사가 이치에 맞아요. 그들은 소설도 가르치고 소설에 대한 에세이를 써오는 법도 가르쳐요. 난 나에게 영어를 읽어줄 사람도 필요 없어요. 혼자서도 알아낼 수 있어요. 난 장학금을 탈 것이고 집을 떠날 거예요. 그리고 대학에 가서 내가 좋아하는 사람들을 친구로 삼을 거예요. 그들의 증조 고조할아버지가 폐병으로 죽었건 말았건 난 상관 안 해요. 그들이 4,000년 전 중국에서 우리의 적이었다 해도 난 상관 안 해요. 그러니 저 원숭이 같은 작자를 이곳에서 쫓아내세요. 나는 대학에 갈 거예요. 그리고 난 더 이상 중국 학교에 안 가요. 나는 미국 학교에서 학생회 임원에 출마할 것이고, 클럽 활동도 하겠어요. 나는 대학 입학 허가를 받을 수 있도록 과외 활동직을 맡고 클럽 활동도 하겠어요. 하여튼 중국 학교는 견딜 수 없어요. 애들은 거칠고 심술궂고 밤새도록 싸움질이에요. 그리고 난 더 이상 엄마 아빠 이야기를 듣지 않겠어요. 앞뒤가 맞지도 않는 소리들이에요. 그 이야기들은 나를 기죽게 해요. 엄마 아빠는 이야기를 가지고 거짓말을 해요. 나에게 이야기를 하나 해주고, 〈이건 정말로 있는 얘기다〉 또는 〈이건 꾸며낸 이야기다〉라고 말해 주지도 않거든요. 나는 그 차이를 알 수 없어요. 나는 엄마 아빠의 진짜 이름이 무언지도 몰라요. 나는 진짜 이름과 꾸며낸 이름을 구별할 수 없어요. 하! 내가 말하는 것을 못 막으실 거예요. 어머니는 내 혀를 잘라버리려고 하셨지만, 그건 소용없었어요」 (273-74)

작중 화자인 나는 마침내 마음속에서 억눌렸던 이야기를 어머니 앞에서 쏟아낸다. 미국식 학교 교육에 충실한 나는 중국식 가정교육을 더 이상 참을 수가 없다. 나는 학교 교과목에 다재다능하며, 영어, 수학, 과학, 글쓰기 등을 잘해서 선생님들로부터 영리하다고 칭찬을 받는다. 여성을 열등한 존재로 생각하고, 종이나 다를 바 없는 미래의 남의 집 아내 취급을 하는 중국식 사고방식은 나에게 짐이나 걸림돌이 될 뿐이다. 중국과 관련된 이야기는 진위를 구별할 수 없고 그 이야기들은 나를 기죽고 작아지게 만들 뿐이다. 나는 중국 학교에 다니지도 않을 것이다. 나는 대학에도 갈 것이며, 내 삶은 내가 개척할 것이다. 어머니는 내 혀를 잘라 나의 목소리를 가둬두려 했겠지만, 나는 그런 어머니의 뜻대로는 살지 않을 것이다. 길게 인용된 것보다 훨씬 길게 쏟아낸 화자의 울분을 따라가다 보면 애처로움을 먼저 느끼게 되고 다음으로는 대견함을 느끼게 된다. 정말 많은 것을 의식하며 살아야 하는 디아스포라의 존재 상황이 애처로우면서도, 아직 어리지만 자기 생각을 지니고 힘든 상황을 이겨내기 위해 애쓰는 모습이 대견하기도 하다. 그리고 마지막으로는 우습기도 한데, 화자의 울분은 대체로 어머니에 대한 오해에서 빚어진 감정이기 때문이다. 그래서 어머니는 화자의 이야기를 제대로 이해하지 못한다. 그리하여 어머니와 화자의 동문서답 같은 대화들이 이어지는데, 그 가운데에서 어머니의 화자를 향한 참된 마음이 드러난다. 어머니가 화자의 혀를 자른 것은 그녀에게 말을 더 많이 시키기 위해서였고, 아름다운 말을 할 수 있도록 하기 위해서였다는 사실이 드러나게 된다. 화자의 혀를 잘라버린 어머니의 의도는 맞아떨어진 것이 아닌가. 그녀는 결국 작가가 되었으니 말이다.

그리고 소설은 어머니가 화자에게 들려준 이야기로 끝을 향해 달려간다. 그 이야기는 흉노족에 잡혀가 두목의 포로가 되어 그의 아이까지 낳으며 12년간 잡혀있다가 다시 중국으로 돌아온 시인 채염에 관한 이야기이다.

> 그 오랑캐들은 미개인들이었다. 그들은 강가에 진을 칠 때면 먹지 못하는 갈대들을 모아 햇빛에 말렸다. 그들은 갈대를 깃대에, 말의 갈기와 꼬리에 매어서 말렸다. 그런 뒤 그들은 갈대에 쐐기 모양을 파기도 하고 구멍도 뚫었다. 그들은 짧은 갈대 속에다 깃털과 화살을 꽂았으며, 그래서 그것은 화살로 된 피리 소리를 냈다. 싸움이 계속되는 동안 화살은 드높고도 맹렬한 피리 소리를 냈고, 그 소리는 화살이 적중하면 끊어졌다. 화살이 적중하지 못했을 경우에도 이 오랑캐들은 공중을 죽음의 소리로 채움으로써 적들을 공포에 떨게 했다. 채염은 그 소리가 오랑캐들의 유일한 음악이라고 생각했다. 그러나 어느 날 밤, 그녀는 사막에 부는 바람소리처럼 떨리며 점점 크게 들리는 음악을 들었다. 그녀는 천막 밖으로 나왔다. 그리고 달 아래 금빛으로 빛나는 모래 위에 몇 백 명의 오랑캐 무사들이 앉아 있는 것을 보았다. 그들은 팔꿈치를 높이 들고, 그들의 피리를 불고 있었다. 그들은 자꾸자꾸 높은 음을 향해, 더 높은 음을 향해, 발돋움하듯 불더니 드디어 그 음에 도달해 거기에 머물고 있었다. 그 소리는 마치 사막 속의 고드름과도 같았다. 그 음악이 그녀를 안절부절못하게 했다. 그 음악의 예리함과 싸늘함이 그녀를 고통스럽게 했다. 그것이 그녀의 마음을 뒤흔들어서 자기 생각에 몰두할 수가 없었다. 매일 밤 그녀가 아무리 먼 곳까지 걸어나가도 그 음악은 사막을 채웠다. 그녀는 천막 속에 숨었지만 그 소리 때문에 잠을 잘 수 없었다. 그러다가 어느 날 오랑캐들은 외따로 떨어져 있는 채염의 천막에서 여인의 노래 소리가 흘러나오는 것을 들었다. 마치 그녀의 아기들에게 불러주는 듯한 그 노래는 그렇게나 드높고 맑아서 피리 소리에 화합했다. 채염은 중국에 대해, 또 거기 있을 그녀의 가족에 대해 노래했다. 그녀의 노래 가사는 중국 말인 듯했다. 그러나 오랑캐들은 노래의 슬픔과 분노를 이해했다. 때로 그들은 영원

채염. 대학자 채옹의 딸로 여류 문학가. 자는 소희(昭姬). 채염, 또는 채소희라고 불러야 하지만, 본명이 서진의 무제 사마염과 겹치고 자가 사마소와 겹쳐서 피휘를 하고 보니 문희(文姬)가 되어 흔히 채문희로 알려졌다는 이야기가 있다.

한 방랑을 뜻하는 자신들의 말 구절을 알아차릴 수도 있다고 생각했다. 그녀의 아이들은 웃지 않았으며 그녀가 천막을 나와 오랑캐들이 둘러앉아 있는 겨울 모닥불 옆에 앉자 함께 따라 불렀다.

흉노족과 12년을 지낸 뒤, 그녀는 보상금을 받고 해방되었으며, 동사(童祀)와 결혼했다. 그녀의 아버지에게 한나라의 자손들을 낳아드리기 위해서였다. 그녀는 오랑캐의 땅에서 그녀의 노래들을 간직한 채 들어왔다. 오늘날 우리에게 전해지는 세 개의 노래 중의 하나가 「오랑캐의 갈대 피리를 위한 열여덟 개의 시」이다. 중국인들은 이 노래를 그들의 악기에 맞추어 불렀다. 그 노래는 매우 잘 전달되었다. (282-284)

채염은 포로로 잡혀가 오랑캐들과 생활하면서 그들의 무기에서 나는 소리에 영감을 받아 중국과 거기에 있을 가족에 대한 노래를 지어 불렀다. 그 노래는 오랑캐를 감화시켰으며, 풀려난 이후 중국에서도 환영받는 노래가 되었다.

채염은 작가가 그리는 자신의 미래의 모습이라고 할 수 있다. 오랑캐들인 미국인들을 감화시킬 수 있는 작품, 그리고 고국인 중국에서도 환영받을 작품을 쓰고자 하는 작가의 염원이 채염의 모습에 투영되어 있는 것이다.

『여전사』가 탈식민주의 비평가들로부터 호의적인 평가를 받는 것은 이와 같은 디아스포라 작가로서 냉철한 자의식이 작품의 메시지 속에 녹아들어 있기 때문이다. 임순희의 말처럼 작가는 "미국 백인사회에 속해 살아가는 현실 속의 화자도 전설 속의 중국 여전사처럼 무찔러야 할 적이 누구인지 알고 있다. (…) 자신이 휘두를 검이 사실상 언어의 검인 펜대가 될 것임을 피력하고 있다. 그녀의 육체를 식민지화시키는 언어의 전통을 깨버릴 검의 언어를 그녀는 찾고 있는 것"[2]으로 볼 수 있다. 다소 과격한 표현이지만 임순희의 말처럼 작가에게 글쓰기는 '그녀의 육체를 식민지화시키는 언어의 전통을 깨버릴' 무기가 된다. '그녀의 육체'라는 말에 함의된 것은 젠더, 인종, 민족, 계급과 관계된 구별과 차별의 언어, 데리다가 서구 형이상학의 전통이라는 말로 비판했던 로고스 중심주의, 음성 중심주의, 남성 중심주의, 서구 중심주의 등을 통칭하는 것이다.

작가는 효과적으로 중국의 전통적인 이야기들을 가져와 자신의 전략에 맞게 이를 다시 쓰고 있는데, "우리가 국가나 문화의 경계선에 대해 청교도적 신앙을 고수하지 않는 이상, 게다가 탈구조주의의 열린 텍스트성을 추구하는 독자일 경우, 해석의 정확성 시비보다는 주어진 텍스트와 더불어 보다 역동적인 의미생산 활동에 참여하는 일이 더 우선적일 것이다."[3] 문학 텍스트를 읽는 일이 단순히 수동적인 독서가 아니라 다시 쓰는 일이며, 의미생산 활동에 참여하는 일이라면, 서구 주류 문화에 이와 같은 소외되고 이질적인 목소리를 계속 들려주는 일은 매우 중요하다. 이 작업은 단순히 다른 목소리를 들려주는 일이 아니라 주류 문화에 이질적인 목소리를 들려줌으로써 그들의 인식적 오류를 바로잡고 새로운 인식을 지니도록 도와줌으로써 상호이해의 폭을 넓히는 일이 될 것이다.

이와 같은 상호작용을 목표로 하는 일은 "소수 인종 여성 작가의

2) 임순희. 「현대 서구 여성 소설에 나타난 폭력의 담론」. 『현상과 인식』 22(34). 1998. p.61.

3) 노승희. 「자전적 글쓰기의 애로티즘: 『여인 무사』에 나타난 모어(母語)의 시학」. 『영미문학 페미니즘』 3. 1996. p.52.

목소리를 새로운 성장소설 글쓰기를 통해 실험함으로써 위축당하고 억압당하는 자아를 바로 세우는 작업이며 주류와 주변, 제 1세계와 제 3세계 사이의 경계선을 허물어뜨리려"[4]는 시도이다. 이 경계가 허물어질 때, 동양과 서양, 남성과 여성, 주류와 주변부 사이의 진정한 만남이 시작될 수 있을 것이다. 디아스포라 작가는 이처럼 주류 문화의 주변부에 엄연히 존재하는 하위 소수 문화를 중심부에 침투시킴으로써 주류 문화와 주변부 문화 모두를 변화시키는 변증법적 작업을 위한 검객이 될 수 있다는 것을 킹스턴은 이 작품을 통해 잘 보여주고 있다.

4) 좌종화. 「틈새 존재, 그 간극의 정체성: 레씽의 『마사 퀘스트와 킹스턴의 『여인무사』」. 『새한영어영문학』 47(2). 2005. p.69.

제8장

역사를 담는 전혀 낯선 형식들

: 차학경(Theresa Hak Kyung Cha)의 『딕테』(Dictee)

천재 예술가의 짧은 생애와 긴 충격

대부분의 모더니스트 작품들이 그렇듯이 차학경의 텍스트는 난해하다. 다양한 형식 실험, 성서와 신화의 인용, 상호텍스트성 및 하이퍼텍스트성의 활용 등, 차학경의 작품에는 이 모든 것이 포함되어 있어서 접근이 용이하지 않다. 하지만 일반인들의 자동화된 의식에 충격을 줄 수 있는 이와 같은 절합이 없었다면, 그의 작품은 밋밋하고, 작품이 전달하려고 하는 메시지는 감흥을 주지 못할 수도 있다. 김승희에 따르면, “그의 책에는 두 개의 받아쓰기(딕테)가 존재한다. 하나는 학교 교실에서 이루어지는 강제된, 명령된, 수동적 받아쓰기요, 나머지는 아홉 명의 뮤즈들에 접신하여 여성 중심적 꿈과 기억과 상처와 사랑으로 민족적, 개인적 자아의 우주를 창조하는 능동적 받아쓰기이다. 첫 번째 받아쓰기가 상징계 속의 아버지의 받아쓰기라면, 두 번째 받아쓰기는 상상계 속의 어머니의 받아쓰기라 할 수 있다."[1] 한편으로는 두 개의 받아쓰기가 혼재되어 있어서, 다른 한편으로는 우리의 일반적인 독서가 아버지의 받아쓰기에 너무도 익숙한 나머지 어머니의 받아쓰기를 제대로 이해하기 힘들어서, 이 작품에는 '난해하다'라는 악명이 늘 함께 따라다닌다.

차학경은 대한민국에서 태어나 미국에서 활동한 미술가이자 작가이다. 부산에서 태어나 1961년 가족과 함께 미국으로 이민, 하와이를 거쳐 1963년에 캘리포니아에 정착했으며, 1977년에 시민권을 획득했다. 캘리포니아 소재 버클리 대학에서 문학, 예술 이론, 행위 예술, 영화 등 다방면에 걸쳐 공부했으며, 예술 분야 석사 학위를 취득한 후 프랑스 파리시에서 영화제작과 비평이론을 공부했다. 1980년 미국으로 돌아와 뉴욕에 정착하면서부터 제 3세계 여성 정체성을 기반으로 다양한 장르에 걸쳐 활동을 펼쳤다. 1982년, 첫 저서인 『딕테』(Dictee)의 출간 3일 후 불의의 사고로 세상을 떠났다. 이 때가 결혼한 지 6개월 때의 일이다.

그녀의 작품들은 1970년대 이후 중요한 예술 사조로 자리 잡은 포스트모더니즘, 탈식민주의, 페미니즘 등에 선구적인 역할을 한 것으로 평가된다. 대표 작품으로는 『딕테』와 퍼포먼스 《눈먼 음성》(Aveugle voix)이 있다. 1980년 "Hotel"이란 시집에 그의 시들이 소시집으로 발표되었고, 1981년은 영화의 기능, 영화의 제작과정을 이론

---

1) 최이 부자. 〈차학경 유고집 "딕테" 국내 출간〉. 《여성신문》. https://www.womennews.co.kr/news/articleView.html?idxno=1024

화한 "Apparatus"라는 책을 편집해 세상에 내놓았으며, 설치작품으로는 끊어지는 영어 단어의 병렬로 구성된 〈망명자〉(Exilee)와 유년 시절의 흐릿한 모습이 담긴 〈통로/풍경〉(Passages/Paysages)이 있다. 이 작품들은 디아스포라 여성의 혼란과 상실감을 표현한 것으로 평가된다. 1990년대 중반까지 한국보다 미국에서 그에 관한 연구가 더욱 활발히 이루어졌는데, 미술계에서 그녀에 대한 관심이 먼저 시작되었기 때문이다. 세계적으로 유명한 뉴욕 소재의 휘트니미술관(Whitney Museum of American Art)에서 1993년과 1995년 두 번에 걸쳐 전시회를 열었는데, 이곳에서 한국계 예술가가 개인 전시회를 연 것은 1982년 백남준에 이어 두 번째다.

이 책은 총 9개의 장으로 구성되어 있고, 첫 장인 「클리오, 역사」가 시작되기 전에 이 책의 주제가 될 사진과 메시지들이 몽타주처럼 제시되어 있다. 황량한 들판에 놓여 있는 크고 작은 몇 개의 바위들 사진, "어머니 보고 싶어, 배가 고파요, 고향에 가고 싶다"라고 벽에 적힌 낙서 사진, 그리스 여성 시인 사포의 글귀, 프랑스어 받아쓰기 글귀, 말하기를 주저하는 말하는 여성에 대한 이야기, 뮤즈를 향한 기원, 프랑스어로 번역 및 문법 시험 문제, 가톨릭 성체성사 장면과 교리문답, 그리고 디아스포라의 자기인식에 관한 시가 먼저 제시되고 있다.

「클리오, 역사」 장은 유관순의 사진으로 시작하여 일본군에 의해 학살되는 독립군의 처형 장면 사진(39)으로 끝이 나는데, 일본의 식민지배와 3.1 운동을 이끌었던 유관순 열사에 관한 이야기로 구성되어 있다. 「칼리오페, 서사시」 장은 차학경의 어머니 허형순 여사의 처녀 시절 사진으로 시작하여 노인 시절의 사진으로 끝이 나는데, 어머니의 일제 식민지 체험과 함께 한국계 미국인인 화자가 한국 공항입국 심사대에서 느끼는 감정을 묘사하여 여성성의 연대와 국가의 문제를 제기한다.

「우라니아, 천문학」 장은 동양의 침술 관련 '명당도' 그림으로 시작하여 서양의 발성 기관 해부도로 마무리되는데, 채혈 과정에 대한 기억과 언어에 관해 말하는 시가 나온다. 「멜포메네, 비극」 장은 분단된 한반도 지도로 시작하고 있는데, 분단의 역사와 오빠를 잃은 4.19혁명의 회상 및 군사독재에 대한 한탄이 담겨있다. 「에라토, 연애시」 장에는 작가와 같은 세례명을 가진 프랑스의 성 테레즈(St Thérèse of Lisieux)의 사진으로 시작하여 프랑스 배우 팔코네티의 사진으로 마무리되는데, 테레즈의 회고록과 한 여성의 불행한 결혼생활을 대칭적으로 배치함으로써 여성과 종교의 문제를 제기하고 있다.

「엘리테레, 서정시」 장은 3.1운동으로 짐작되는 민중들의 봉기 사진과 바위 표면이 클로즈업된 사진이 시작과 끝부분에 배치되어 있는데, '가기/돌아오기', '가기', '돌아오기'라는 세 편의 서정시를 통해 침묵과 말하기의 관계를 탐색하고 있다. 「탈리아, 희극」 장은 탈리아인 듯한 화관을 쓴 여인의 사진과 수신자에게 제대로 전달되지 못한 편지와 여동생의 자살 충동 소식을 언니에게 알려주는 자필 편지 사진이 실려 있으며, 기억에 관해 서술되고 있다. 「테르프시코레, 합창무용」 장은 우주의 원리에 관한 '중위사상'의 글귀가 한문으로 적힌 붓글씨 사진으로 시작되며, '습기를 머금은 돌에 관한 이야기'를 말하기와 관련시킨 다소 추상적인 내용이 서술되고 있다.

끝으로 「폴림니아, 성시」 장은 황량한 언덕에 사람 모양의 바위가 놓여 있는 사진으로 시작하고, 농업과 대지의 여신 데메테르의 이야기 혹은 한국의 바리데기 설화가 각색되어 묘사되고 있다. (이야기의 기원에 대해서는 평자마다 다른 입장을 취한다.) 이어서 테르프시코레 장에 한문으로 적혀진 중위사상의 의미가 영어로 소개되고, 창문을 내다보려는 한 아이의 모습이 묘사된 후, 마지막으로 유관순 여사가 동료들과 함께 찍은 사진으로 책은 끝이 난다.

여성으로서 말하기 혹은 노래하기

이 작품에는 다음과 같은 두 개의 짧은 기도가 적혀있다.

> 육신보다 더 적나라하고, 뼈대보다 더 강하며,
> 힘줄보다 더 질기고 신경보다 더 예민한
> 이야기를 쓸 수 있기를 …
>
> 사포

> 오 뮤즈여, 나에게 이야기 해주소서
> 이 모든 것들에 대하여, 오 여신이여, 제우스의 딸이여
> 당신이 원하는 어디에서든 시작해, 우리에게까지도
> 이야기해 주십시오(17)

사포(Sapho)는 세계 최초의 여성 시인으로 그리스의 남성적 영웅주의 전통에 여자가 지니는 영혼의 정열과 고결함을 첨가시킨 작가로 알려져 있다. 개인적 감정의 생생한 격정과 참된 정열, 감각의 세계로부터 길항한 영혼의 비애와 우울을 묘사했던 그녀를 후대의 많은 시인들, 특히 여류 시인들이 사랑하였다. 차학경은 사포의 시적 정신을 자기 작품의 원동력으로 삼고 길잡이가 되어주기를 간절히 바라고 있는데, 신체의 솔직함, 뼈의 강인함, 힘줄의 집요함, 신경의 섬세함을 지니고 싶어한다. 추상적인 사념과 관념이 아니라 육신, 뼈, 힘줄, 신

Sapho by James Pradier,
(musée d'Orsay, Paris, France)

경 등의 육체의 사실성에서부터 출발하려는 의지는 여성, 민족성, 디아스포라 등의 정체성을 자신의 글쓰기에 뚜렷하게 각인시키려는 것으로 보인다.

한편, 헤시오도스의 『신통기』에 따르면, 므네모시네는 제우스와 9일 동안 동침하여 9명의 뮤즈를 낳았다. 시와 음악의 여신들인 9명의 딸들은 사람들로 하여금 괴로움을 잊게 만드는 존재들이다. 므네모시네는 기억의 여신으로 그녀가 관장하는 기억의 연못물을 마시면 전생의 기억이 되살아난다고 한다.

'기억'은 『딕테』의 가장 중요한 모티브들 중 하나인데, 기억하기는 그녀에게 글쓰기의 또 다른 이름이다. 글을 쓰기 위해서는 쓰고자 하는 것을 일단 기억해야 하며, 작가가 쓴 글은 독자들에게 특정한 기억을 환기시키는 일이기 하다. 또한 기억하기는 기억하는 주체의 주관적 체험에 기반을 두고 있기 때문에, 보편적이고 객관적인 사실의 기술과는 다르다. 일반적으로 보편적이고 객관적인 것으로 받아들여지는 텍스트들은 백인 남성의 텍스트들이며, 주관적 체험에 기반한 기억의 글쓰기는 백인 남성 텍스트의 신화를 거부하고 전복하려는 의도를 내포하고 있다. 차학경에게 기억의 글쓰기는 여성 작가로서의 그녀의 정체성을 집요하게 인식하려는 그녀의 의지를 보여준다.

므네모시네의 9명의 딸들은 『딕테』의 각 장 제목으로 기술되어 있는데, 이 아홉 명의 뮤즈는 클리오(Clio, 역사), 칼리오페(Calliope, 서사시), 우라니아(Urania, 천문학) 멜포메네(Melpomene, 비극), 에라토(Erato, 연애시), 에우테르페 (Euterpe, 서정시), 탈리아(Thalia, 희극) 테르프시코레(Terpsichore, 무용), 폴림니아(Polyhimnia, 성시)가 그들이다. 작가는 자신의 작품을 이들 뮤즈와의 접신을 통해, 뮤즈의 도움을 받아 창작하려는 의지를 드러낸 것이다. 9일, 9명, 9개의 장 등 숫자 9는 완전과 완성을 위한 기다림, 인간계의 전우주를 상징한다. 9명의 뮤즈와 사포가 더해짐으로써 므네모시네의 기억은 비로소 10으로 완성되고, 10은 새로운 봄, 생명력, 완전의 완성을 의미하게 된다.

Aller à la ligne C'était le premier jour point
Elle venait de loin point ce soir au diner virgule
les familles demanderaient virgule ouvre les guillemets
ça c'est bien passé le premier jour point
d'interrogation ferme les guillemets au moins
virgule dire le moins possible virgule la réponse
serait virgule ouvre les guillemets Il n'y a q'une
chose point ferme les guillemets ouvre les guillemets
Il y a quelqu'une point loin point ferme
les guillemets

문단 열고 그 날은 첫 날이었다 마침표
그녀는 먼 곳으로부터 왔다 마침표 오늘 저녁 식사 때
쉼 가족들은 물을 것이다 쉼표 따옴표 열고
첫날이 어땠지 물음표 따옴표 닫을 것 적어도 가능한 한
최소한의 말을 하기 위해 쉼표 대답은 이럴 것이다
따옴표 열고 한 가지 밖에 없어요 마침표
어떤 사람이 있어요 마침표 멀리서 온 마침표
따옴표 닫고 (11)

작가는 어린 시절 하와이를 거쳐 샌프란시스코에서 체류하게 된다. 그곳에서 그녀는 가톨릭계 사립학교인 성심여학교에 다니며 프랑스

어를 배웠다. 낯선 언어인 영어를 배우고 난 후 또 다시 낯선 언어인 프랑스어를 배워야 했던 작가는 언어 학습의 이중성, 언어와 의식의 관계 등에 대해서 예민하게 인지하고 있다. 받아쓰기는 글을 쓰는 행위이긴 하지만, 써야 할 내용을 타자(선생님)가 결정하는 수동적이고 일방적인 행위이다. '딕테', 즉 받아쓰기에는 일정한 방향성을 지닌 권력 관계가 작동하며, 받아쓰는 사람은 민족, 국가, 젠더, 디아스포라 등의 이슈에 관한 은유에서 침묵을 강요당하는 사람으로 읽힐 수 있다.

그런데 재미있는 것은, 받아쓰기 상황에서 받아써야 할 내용 뿐 아니라 따옴표나 쉼표나 마침표까지 불러주는 그대로 받아쓰고 있다는 점이다. 받아쓰기를 불러주는 사람이 지시한 내용 그대로를 받아씀으로써 받아쓰기는 전혀 말이 통하지 않게 되어 버린 것이다. 마치 종종 코미디에서, 배우가 대본에 있는 행동이나 표정에 관한 지문을 대사로 옮김으로써 우스꽝스러운 상황을 연출하듯이, 위의 받아쓰기는 유머러스한 혼돈을 독자들에게 불러일으키는 것이다. 이는 이리거레이(Luce Irigaray)가 '흉내내기(mimicry)'의 전복성이라는 말로 표현하고자 하는 바를 그대로 보여주고 있다. 마치 지배 권력의 지배 이데올로기를 있는 그대로 받아들여서 그 이데올로기가 주장하는 대로 살게 된다면 그 지배 이데올로기는 붕괴될 것이라는 마르크스주의의 발견에도 비견될 수 있을 것이다.

우리는 모두 평등하게 태어났으며, 민주주의를 실천하기 위해 노력해야 한다는 지배 이데올로기의 말씀을 그대로 따른다면, 지배 이데올로기가 은폐하고 있는 불평등과 착취의 메커니즘은 곧바로 폭로될 것이며, 지배 이데올로기의 이데올로기로서의 기능은 상실되고 말 것이다. 작가는 받아쓰기 – 이는 이 책의 제목이기도 한데 – 를 통해 언어와 권력의 상관관계를 폭로하며, 이 관계 속에서 억압되고 배제된 목소리에 귀를 기울여야 한다는 것을 암시하고 있다.

DISEUSE

그녀는 말하는 시늉을 한다. 말과 비슷한 것을. (무엇과 비슷하다면.) 노출된 소음, 신음, 낱말들로부터 뜯겨져 나온 편린들. 그녀는 정확성을 측정하기 위해 주저하기 때문에, 입으로 흉내 내는 짓을 할 수밖에 없다. 아랫입술 전체가 위로 올라갔다가는 다시 제자리로 내려앉는다. 그리곤 그녀는 두 입술을 모아 뾰죽이 내밀고 무엇을 말할 듯. (한마디. 단 한마디.) 숨을 들이쉰다. 그러나 숨이 떨어진다. 머리를 약간 뒤로 젖히고, 어깨에 힘을 모아 이 자세로 남아 있는다.

속에서 웅얼거린다. 웅얼웅얼한다. 속에는 말의 고통, 말하려는 고통이 있다. 그보다 더 큰 것이 있다. 더 거대한 것은 말하지 않으려는 고통이다. 말하지 않는다는 것. 말하려는 고통에 대하여 아무것도 말하지 않는다. 속에서 들끓는다. 상처, 액체, 먼지. 터뜨려야 한다. 배설해야 한다.

(…) 그녀는 타인들을 허용한다. 그녀의 대치로. 타인으로 하여금 가득하도록 용납한다. 한 떼가 되어 들끓도록. 모든 불모(不毛)의 공동(空洞)이 부어오르도록. 타인들은 각기 그녀를 점령한다. 종양의 층층, 모든 공동이 새 살이 될 때까지, 모든 잉여물을 축출한다. (…)

그녀는 그들의 문장부호를 점검할 것이다. 그녀는 이것을 봉사하기 위해 기다린다. 그들의 것들. 문장부호. 그녀는, 자신이, 경계의 표시가 될 것이다. 그것을 흡수하고 그것을 흘린다. 문장부호를 포착한다. 마지막 공기. 그녀에게 주라. 그녀에게. 그 연속. 음정. 할당. 제출. 그것을 전달하기. 전달.

그녀는 타인들을 전달해 준다. 암송. 기억 환기. 제공, 도발. 그 간청. 그녀 앞에. 그들 앞에. (13-14)

'diseuse'는 말하는 여성을 의미한다. 말하는 여성은 받아쓰는 여성이 아니라, 자신의 생각과 감정과 느낌을 말하는 여성을 뜻한다. 그러나 역사적으로 오랫동안 여성은 남성의 말을 받아쓰기만 했을 뿐, 자신의 목소리를 내는 것에 익숙하지 않다. 그래서 말하는 여성은 신음과 편린으로 시작하고, 흉내내고, 주저하며, 웅얼거릴 수밖에 없다. 자신의 목소리를 내는 것에 익숙하지 않기 때문에 말하는 것은 고통스럽다. 그러나 더욱 고통스러운 것은 말하지 않으려 할 때 생기는 고통이다. 남성의 말이 일방적이고, 권력적이며, 권위적이어서 타자가 끼어들 여지가 없는데 반해, 여성이 말을 하는 것은 타인들을 허용하고, 용납하며, 타인들로 하여금 점령하도록 하며, 타인들을 전달해 준다.

여성의 시선으로 역사 다시쓰기

여성적 글쓰기는 여성들에게 주체적으로 자신의 이야기를 하는 것에서 그치지 않는다. 그것은 남성적 글쓰기, 남성적 시선으로는 포착할 수 없는 전혀 새로운 관점과 통찰력을 제공함으로써 남성적 시선의 한계 혹은 오류를 교정한다. 여성적 글쓰기가 '받아쓰기'가 아니라 '다시쓰기'인 것은 바로 이와 같은 이유 때문이다.

> 그녀는 삶의 시간을 완성시킨다. 다른 사람들이 그들의 시간을 완성시켰듯이: 그들은 자신의 생애를 끊이지 않는 신화로 만들었고, 역사의 재고에 따라 자신의 행적이 거짓이나 진실 중 어느 것으로 판명될지 따져 볼 여유도 없이 그들의 행동을 불멸의 것으로 만들었다.

진리는 그 자체 외의 모든 절제를 진실과 함께 포용한다. 그 밖의 시간, 그 밖의 공간, 자체의 시간의 유유한 광휘, 죽음의 유유한 표식을 상관하지 않고, 다른 삶들과 병행한다. 그 자체에게는 전혀 모르게. 그러나 노래하기 위하여. 누구에게 노래하기 위하여. 아주 부드럽게.

그녀는 잔 다르크 이름을 세 번 부른다.
그녀는 안중근 이름을 다섯 번 부른다. (38)

차학경은 3.1만세운동과 유관순 열사에 대한 이야기에 깊은 감명을 받았다고 한다. 이 책의 첫 번째 장인 「클리오」는 유관순의 사진과 출생과 사망 시기에 대한 언급에서 시작하며, 이 책의 마지막은 유관순이 그녀의 동료들과 함께 찍은 사진으로 끝나고 있는데, 이는 작가의 자아의식에 있어서 '민족'이라는 것이 매우 중요하며, 한국계 미국인 디아스포라로서 자아 정체성에 민족성을 재각인 시키려는 의도로 볼 수 있다.

일반적으로 민족 담론에 있어서 주체적인 위치를 점하는 것은 남성이다. 남성 영웅들로 나열된 부계혈통의 전통과 자랑스러운 역사가 '민족성'을 대표하는 상징이라면, 작가는 남성 영웅이 아니라 여성 영웅인 유관순을 그 자리에 위치시킨다. 유관순이 항일 단체를 조직해 본격적으로 독립운동을 하려할 때, "이미 민족적으로 조직된 운동 단체가 있었는데, 그들은 관순의 진지함을 받아들이지 않았고 어린 여성이라는 것 때문에 그녀의 위치를 인정하지 않았을 뿐 아니라, 그녀를 설득해 단념시키려고 했다. 그녀는 용기를 잃지 않고, 그들에게 자신의 신념과 헌신을 보여주었다. 1919년 3월 1일 민족적 대시위를 조직하기 위해 그녀는 40여 군데의 마을을 도보로 여행하며, 천명을 받은 사신(使臣)의 역할을 해냈다"(40) 유관순은 남성에 의해 여성에게 부여된 역할에 만족하지 않고 남성들만큼이나 훌륭하게 민족의 해방을 위해서 헌신함으로써 민족=남성의 공식을 해체해 버린다.

절제되고 진실되게 살면서 민족의 해방이라는 진리에 매진하는 그녀의 죽음을 불사하는 행위는 우리들에게 들려주는 부드러운 노래가 된다. 유관순이 잔 다르크와 안중근의 이름을 부르는 것은 그녀가 女男(36,37)이라는 한문을 크게 써 놓은 것처럼 여성의 우위라든가 남녀의 대결을 조장하기 위한 것이 아니라, 남녀의 구분이 없다는 것을 주장하기 위해서이다.

안중근은 사형을 언도받고서 당당히 상고를 포기하고 1심만으로 사형을 받는다. 유관순도 고등법원에 상소를 포기하는데, "그녀는 칼로 가슴을 찔리고, 문초를 받지만 아무 이름도 밝히지 않는다. 7년의 형이 내려지고 그 때에 그녀의 대답은 나라 자체가 감옥살이를 한다는 것이었다."(47) 유관순과 잔 다르크는 모두 외부의 적 뿐 만 아니라 내부의 편견과도 싸워야 했는데, 유관순은 어린 여성이라는 이유로 투쟁을 거부당했다면, 잔 다르크는 부르고뉴 시민들에 의해 현상금을 대가로 영국에 넘겨졌을 뿐 아니라 영국 법정에서 그녀를 심문한 것은 프랑스의 사제들이었다. 잔 다르크는 이후에 성 테레즈의 몸을 통해 현현된다. 작가는 유관순, 잔 다르크, 성 테레즈를 상호 텍스트성(intertextuality) 속에 위치시킴으로써 체제와 인습에 안주하지 않는 여전사의 모습을 현현해낸다.

> "원수". 누구의 적. 적국. 전체 민족에 대항하는 또 다른 민족 전체. 한민족이 다른 민족의 제도화된 고통을 즐거워한다. 적은 추상화된다. 그 관계는 추상화된다. 그 민족, 그 원수, 그 이름이 그 자신의 정체성보다 더 거대해진다. 그 자신의 크기보다 더 커진다. 자신의 속성보다

> 도 더 커진다. 자신의 의미보다도 더 커진다. *이* 국민에게는. 그들의 원수인 국민들에게는, 그들의 통치자의 지배와 통치자의 승리인 국민들에게는.
>
> 일본은 기호가 되었다. 알파벳, 어휘, *이* 원수의 민족에게. 그것의 의미는 도구이며, 살갗을 찌르고, 살을 저미는 기억, 기록으로 남아 있는 낭자한 피, 물리적 실체인 피의 양이 기록으로 남아있다, 사적(史蹟)으로 남아 있다. 이 *원수* 민족의.
>
> 목격해 보지 않은 민족은, 이와 같은 억압으로 지배받아 보지 않은 민족, 그들은 알지 못한다. 이해할 수 없는 단어들, 특수 용어들: 원수, 악랄, 정복, 배신, 침략, 파괴. 그것들은 다만 한 적대국가가 다른 나라의 인간성을 말살시켰다는 명백하고도 어김없는 기록, 즉 역사적 기록에 대한 커다란 지각 속에서만 존재할 뿐이다. 이것은 실로 실체적이 못 된다. 살과 뼈로 된, 골수까지, 각인된. 개입이 필요한 그 지점까지, *이* 경험을, 이 결과를, 표현을, 새로 발명하는 한이 있더라도, 계속하기를 그치지 않는 그것과는 다르다. (42)

차학경에게 글쓰기는 곧 기억이다. 그리고 디아스포라로 살아가는 그녀에게 기억은 곧 민족에 대한 기억(의 편린)이며, 개인 차원에서 기술되는 역사이다. 그녀에게 어머니가 겪은 일제의 기억은 일본을 원수로 여기게 만든다. '적은 추상화'되어 더욱 강력한 이념과 정서적 반응을 낳게 된다. 원수를 향한 분노는 원수의 크기와 속성과 의미보다 더 커지게 되고 민족 집단의 뇌리에 각인되고 고착된다. 이 추상화를, 이 감정을 그것을 겪어보지 않은 사람들이 제 3자적 입장에서 병리적이라고 지적하는 것은 아무런 의미가 없다. 역사적 기록을 통한 지각은 실체적으로 다가오지 않는다. 기록으로 전달된 정보는 실감을 주지 못하고 중화된 채로 뻔한 반응만을 불러일으킬 뿐이다.

잊혀진 역사를 부활시키는 진짜 이유는 과거의 그 역사를 다시 살고 있다고 부끄럽게 고백하기 위해서이다. "잊혀진 역사를 망각 속에서 되풀이하지 않기 위해서이다."(43) 중화되고, 순화되고, 단조롭고 속되게 만든 역사의 기록이 전하는 말과 영상으로는 충분하지 않다. 그 속에서 또 다른 말과 영상을 끄집어내야 한다. "악랄, 정복, 배신, 침략, 파괴"를 직접 당했던 사람들이 망각하지 않겠다는 다짐 속에서 역사를 되풀이하지 않겠다는 결연한 각오를 실천하는 것이야말로 오욕의 역사를 부활시키는 진정한 이유인 것이다.

> 기억과 정면으로 마주 대보면, 그것은 빠져 있다. 그것이 빠져 있다. 여전히. 시간은 어떠한가. 움직이지 않는다. 거기에 머물러 있다. 아무것도 빠뜨리지 않는다. 시간이 말이다. 나머지 모든 것. 모든 나머지 것들. 모든 다른 것은, 시간에 지배된다. 시간에 대답해야 한다, 다만 사산된. 무산된. 겨우. 영아. 씨, 씨눈, 새싹, 그보다도 못한. 잠자고 있는. 정체되어 있는, 사라져 버린.
>
> 목이 잘려진 형상들. 낡은, 흉진, 이전의 형상의 과거의 기록, 현재의 형상은 정면으로 대면해 보면 빠진 것, 없는 것을 드러낸다. 나머지라고 말-해-질, 기억. 그러나 나머지가 전부다.
>
> 기억이 전부다. 잃어버린 것에 대한 열망. 빠진 것을 지킨다. 커졌다 작아졌다 하는 부정의 사이에 고정되어 진보의 표시라고는 보이지 않는다. 그 외 모든 것은 시간이 지나면 나이를 먹는다. 단지. 어떤 사람들은 나이가 없다.(47-48)

시간은 어떤 사람들을 위해서는 멈추어 준다. 그들은 성스럽고 아름답게, 예상되는 죽음을 대의를 위해서 피하지 않은 사람들이다. 시간은 그들을 위해 멈추어줌으로써 그들에게 영원의 시간을 부여한다. 영원의 시간 속에서 기억은 부패하지 않으며, 아무것도 빠뜨리지 않는다.

목이 잘려진 형상을 정면으로 마주하면, 빠진 것이 드러난다. 원수들이 목을 자른 것은 잘려진 목이 더욱 중요하고 그것을 은폐해야만 하기 때문이다. 따라서 잘려진 것이 전부이며, 남아있지 않은 나머지가 전부가 된다. 그 형상을 마주하고 기억함으로써 잃어버린 것, 빠진 것을 지키는 것이 중요하다. 이 글 다음 페이지에는 일본군에 의해 총살당하는 독립군의 사진이 나온다. 이 글은 어둠의 역사 속에서 성스럽게 사라져 간 애국지사들의 영혼을, 기억을 통해 위로하고, 이를 통해 그들 존재의 실체에 다가서게 되고, 최종적으로는 자신의 정체성을 탐색하게 된다.

> 어머니, 당신은 아직도 어린아이입니다. 열여덟 살 난. 당신은 늘 아팠기 때문에 더욱 더 어린아이 같았습니다. 당신은 고된 일상생활로부터 보호받았습니다. 하지만, 당신은 다른 사람들처럼 강제로 주어진 언어를 말하곤 합니다. 그것은 당신의 언어가 아닙니다. 비록 당신의 언어가 아닐지라도 당신은 그 언어로 말해야만 했습니다. 당신은 이중 언어 사용자입니다. 당신은 삼중 언어 사용자입니다. 금지된 언어가 바로 당신의 모국어입니다. 당신은 어둠 속에서 말합니다. 비밀 속에서. 바로 당신의 언어를 말입니다. 당신 자신의 언어. 당신은 아주 부드럽게, 속삭여 말합니다. 어둠 속에서, 비밀스럽게. 모국어는 당신의 안식처입니다. 당신의 고향입니다. 당신의 존재 그 자체입니다. 진정으로 말한다는 것은 당신을 슬프게 합니다. 그리움. 말 한마디를 발설하는 것은 죽음을 무릅쓰는 특권입니다. 당신뿐만 아니라 모두의 죽음을. 법으로 혀가 묶이고 말이 금지된 당신들 모두 하나. 당신은 마음

한가운데에 위는 붉고 아래는 푸른색인, 하늘과 땅을 의미하는 태극; 타이치 t'ai-chi 마크를 가지고 다닙니다. 그것은 상징입니다. 속한다는 상징. 목적의 상징. 다시 찾을 수 있다는 상징. 탄생에 의한. 죽음에 의한. 피에 의한. 당신은 그 상징을 당신의 가슴 속에, 마 ― 음 속에, 당신의 마 ― 음 속에, 당신의 영 - 혼 속에.

당신은 노래합니다.

울밑에 선 봉선화야
네 모양이 처량하다
길고 긴 날 여름철에
아름답게 꽃 필 적에
어여쁘신 아가씨들
너를 반겨 놀았도다. (56-57)
Standing in a shadow, Bong Sun flower
Your form is destitute
Long and long inside the summer day
When beautifully flowers bloom
The lovely young virgins will
Have played in your honor.

언어는 개인의 정체성과 민족 정체성의 형성에 있어서 매우 중요하다. 모국어는 안식처이자, 고향이자, 존재 그 자체를 의미한다. 작가는 어머니 허형순의 젊은 시절 모습을 통해 언어, 민족, 정체성의 문제를 드러내며, 어머니 개인의 경험을 통해 강인하고 인내심 있는 민족의 저력과 저항의 역사를 보여주고자 한다. 일본의 식민지배를 피해 어머니 가족은 만주로 이주해 왔지만, 마음 만은 조국의 안위를 늘 걱정하였다. "광복 전의 몇 날들이었습니다. 당신의 아버지. 당신의 어머니. 그 말을 하면서 죽어갔습니다. 그들은 단 하나의 유감.

그들의 눈으로 직접 전복을 보지 못한 것. 반격. 당신을 강제로 빼앗은 사람들의 축출. 유황과 불에 의한 척결을 목격하지 못한 것, 그 집의. 그 나라의."(58)라는 구절에서 알 수 있듯이 조국의 광복은 언제나 이들의 소망이었다. 만주마저 일본의 지배를 받게 되면서 이곳에서도 한글 사용은 금지되었고, 열여덟 살 사범대를 갓 졸업하고 발령받은 시골 학교에서는 선생님들 모두가 한국 사람이었지만 일본말로 대화를 해야 했다. 사무실 입구에는 일장기가 걸려 있고, 그 밑에는 메이지 천황의 교육 훈시가 보라색 헝겊 틀에 적혀 있는 이 학교에서 아이들에게 일본어를 가르치는 일에 어머니는 몸져눕게 되고, 죽음 직전에서 회복되게 된다.

모국어를 말하는 것이 자신과 자기 가족의 목숨을 걸어야 하는 일이 되는 현실, 혀가 묶이고 말이 금지된 현실 속에서도 그들의 가슴 속에 민족적 소속감과 목적의식, 그리고 희망을 품고 있다. 그런 인내와 희망을 통해 조국을 되찾게 되었으나, 이제 작가는 미국계 디아스포라가 되어 영어로 쓴 봉선화를 노래하고 있다. 영어로 적힌 봉선화의 가사가 왠지 가슴에 다가오지 않는 건, 작가의 말처럼 언어가 존재 그 자체이기 때문인지도 모른다. 허형순과 차학경 이 두 디아스포라 여성을 통해 민족을 이야기함으로써 민족의 고전적인 경계는 허물어진다.

어머니께

(…) 어머니는 그것이 헛되지 않을 것임을 알았습니다. 삼십육 년간의 유배. 삼십육 년을 삼백육십오일로 곱한 것. 그 어느 날 어머니의 나라가 어머니 자신의 것이 되리라는 것을. 그 날은 드디어 왔습니다. 일본은 세계대전에서 패배했고 몰락하여 자기 나라로 돌아갔습니다.

어머니는 그 소리를 듣자마자 남쪽으로 내려왔습니다. 단 한 가지도 가지고 온 것 없이, 사진 한 장, 기억을 회상시킬 것이라곤 아무것도 없이, 어머니의 나라가 해방되는 것을 보기 위해 모든 것을 다 버렸습니다.

또 하나의 다른 서사시로부터 또 하나의 다른 역사. 빠져 있는 이야기로부터. 수많은 이야기들로부터. 상실. 역사의 기록들로부터. 또 하나의 다른 이야기를 하기 위한, 또 다른 낭송들을 위한.

우리의 목적지는 찾기를 위한 끊임없는 몸짓에 고정되어 있습니다. 그것의 영구한 유배에 고정되어 있습니다. 여기 이제 열여덟 해 만에 돌아온 지금 전쟁은 끝나지 않았습니다. 우리는 똑같은 전쟁과 싸우고 있습니다. 우리는 똑같은 고투 속에서 똑같은 목적지를 찾고 있습니다. 우리는 둘로 잘려졌습니다. 해방자라는 이름을 가진 추상적인 적, 보이지 않는 적에 의해. 그들은 이 잘림을 편리할 대로 내란이라고 불렀습니다. 냉전. 막다른 궁지. (93)

「멜포메네, 비극」 장은 분단된 한반도 지도로 시작된다. 한국전쟁은 미국과 소련이라는 제국 간의 냉전적 대결과 패권주의의 공간으로 한반도가 이용된 역사를 환기시킨다. 일본의 침략으로 인해 중국으로 피신했던 그의 가족은 해방이 되자 한국으로 돌아왔지만, 얼마 지나지 않아 한국전쟁이 발발하여 다시 남쪽으로 피난길에 올라야 했다. 피난의 연속, 그것은 어떤 명분을 앞세우더라도 고향을 찾은 백성들에겐 '기만'일 뿐이다. 이후 4.19혁명이 일어났고 민주주의를 향한 외침은 5.16 군사정권에 의해 좌절했다. 역사는 한 발자욱도 앞으로 나아가지 못했으며, 정지 상태에 머물러 있다. 여전히 우리는 전쟁 중에 있으며, 해방자를 자임했던 미국은 냉전식 사고를 고수하며 한반도의 분단을 용인한다. 1979년의 봄은 아직 겨울이었다.

너는 밖에 나가면 안 돼. 그가 말합니다. 너는 ㄷ ㅔ ㅁ ㅗ에 참가하면 안 돼. 데. 모. 한 단어, 두 음절. 너 미쳤니. 가정교사가 그에게 말합니다. 그들은 교복 입은 학생은 닥치는 대로 죽여. 아무나. 무엇으로 너 자신을 방어할 수 있지 그가 묻습니다. 오빠, 나의 오빠, 오빠는 이유를 대고, 죽어도 좋다고 합니다. 죽어도 좋아. 꼭 그래야만 한다면. 그는 오빠를 때립니다. 가정교사는 오빠의 뺨을 때리고 오빠는 얼굴이 붉어져서 말없이 고개를 떨구고 문에 기대어 섭니다. 나의 오빠. 오빠는 남아 있는 모든 사람이고 다른 모든 사람은 곧 오빠입니다. 당신은 쓰러지고 죽고 생명을 바쳤습니다. 그 날. 비가 왔습니다. 며칠 동안 비가 왔습니다. 비가 더 많이 더 여러 번 왔습니다. 후에 모든 것이 끝났습니다. 얘기가 들렸습니다. 오빠의 승리는 그 후 여러 날 동안 하늘에서 떨어지는 비와 함께 섞였습니다. 나는 빗물이 땅 위에 떨어진 핏자국을 지우지 못한다고 들었습니다. 어른들로부터, 그 피는 아직도 얼룩져 있다고 들었습니다. 수년 동안 비가 왔습니다. 오빠가 쓰러졌던 돌 보도의 핏자국은 아직도 짙게 남아 있습니다.

18년이 지났습니다. 18년 만에 처음으로 나는 여기에 왔습니다, 어머니. 우리는 이 기억이 아직 생생할 때, 여전히 새로울 때, 이곳을 떠났습니다. 나는 다른 나라의 언어, 제2의 언어로 말합니다. 이것이 내가 얼마나 멀리 있나를 나타냅니다. 그때로부터. 그 시간으로부터. 나는 그 때로 돌아가 지금 아주 정확하게 그 시간, 그 날짜, 그 계절, 그 연기 안개, 가랑비 속으로 정확하게 다시 돌아갑니다. 나는 모퉁이를 돌아서고 그곳엔 아무도 없습니나. 아무도 나와 마주치지 않습니다. 도로엔 온통 돌조각들. 눈을 비비려고 손바닥을 눈에 대자 눈물이 마구 흘러내립니다. 책가방을 멘 두 학동이 서로 팔짱을 끼고 난데없이 나타납니다. 그들의 하얀 스카프, 그들의 하얀 교복 셔츠, 하얀 가스의 잔여물 속으로, 울고 있습니다. (96-97)

작가는 4.19혁명으로 오빠를 잃었다. 오빠는 어머니와 가정교사 선생님의 만류도 뿌리치고 데모에 합류한다. 죽어도 좋다는 말과 함께.

오빠는 민주주의를 향한 민족적 대의에 동참하여 생명을 바쳤다. 오빠는 죽었지만, 그날을 기억하는 모든 남아 있는 사람들이 오빠이며, 오빠는 모든 남아 있는 사람들의 기억과 함께 살아있다. 모든 오빠들이 흘린 핏자국은 빗물로도 씻을 수 없다. 그것은 우리의 기억 속에 얼룩으로 짙게 남아 있다.

그리고 18년이 지난 오늘 작가는 이곳에 외국인이 되어 돌아왔고, 외국어로 그 날에 대한 이야기를 하고 있다. 그날 그곳의 기억은 여전히 생생하지만, 그곳엔 아무도 남아 있지 않다. 모든 오빠들이 원했던 민주주의 세상은 아직 오지 않았고, 조국은 여전히 군사독재의 압제 아래서 전쟁 같은 하루를 보내고 있다. 4.19혁명 그때부터 멈춰버린 시간 앞에서 작가는 울고 있다. 민족의 비극적 역사와 암울한 현재와 미래는 아직 도래하지 않은 희망에의 원망으로 처연하고 엄숙한 분위기를 자아낸다.

사랑, 종교, 민족 어디에나 있는 가부장주의

다음으로 이어지는 「에라토, 연애시」 장은 성 테레즈(St Thérèse of Lisieux) 수녀의 사진으로 시작하여 배우 팔코네티의 사진으로 마무리된다. 앞서 언급했듯이 이 소설의 각 장들은 각기 독립된 이야기들이 상호 연관성 없이 이어져 있다. 이 장은 여성의 이야기에 좀더 집중해서 여성의 삶과 결혼 등의 이야기가 묘사되어 있다. 작품 속 여성들은 종교나 결혼 등의 사회적 제도와 함께 그들의 정체성과 존엄성에 대해 사고한다.

"나는 아직도 왜 이탈리아에서는 여자들이 그렇게 쉽사리 버림받는지 잘 이해할 수 없어. 왜냐면 누군가가 늘: '여기 들어가지 마라! 저기 들어가지 마라! 너는 파문당할 것이다!' 라고 말하니까. 아, 가엾은 여인들, 그들은 얼마나 많은 오해를 받으며 살아가고 있는가! 그럼에도 불구하고, 사실 여성들은 우리 주님의 수난기 중에 제자들보다도 더 많은 용기를 가지고, 병정들의 모욕을 기꺼이 감수하면서, 경배하는 예수의 얼굴을 과감히 닦아주었고 아직도 남자들보다 훨씬 더 많은 수의 여성들이 하느님을 섬기고 있지 않은가. 하느님은 이 땅에서의 오해를 그들의 숙명으로 허락했다. 그 자신이 스스로 선택했다. 그러나 하늘에서는, 그의 생각이 곧 남자들의 생각은 아니라는 것을 보여줄 것이다. 그 때에는 맨 마지막이 제일 먼저가 될 테니까." (117)

테레즈는 이탈리아를 순례하던 도중 카르멜 수도원을 방문한 적이 있다. 이 수도원에서는 외부인들을 위해 외부의 회랑만을 개방하였는데, 테레즈는 이에 만족하지 않고 수도원 내부로 들어가려고 하다가 수도사로부터 제지를 당하게 된다. 이 사건을 회고하면서 테레즈는 가톨릭에 만연해 있는 남성우월주의를 비판한다. 종교는 남성들에게보다 여성들에게 더 많은 금지와 금기를 요구한다. 이는 가톨릭이 여성들을 나약하고 감정적이며 타락하기 쉬운 존재로 오인하고 있기 때문이다. 그러나 성서가 증명하듯이 수난기 예수의 얼굴을 닦아주었던 것은 여성들이었으며, 하느님을 따르는 신도들 중 더 많은 수가 여성이다. 남성들의 편견과는 달리 여성들은 그들이 생각하는 것보다 신심이 더 돈독하고 더 용감하며 지혜롭다.

성 테레즈가 쓴 희곡 『임무를 완성하는 잔 다르크』(Jeanne d'Arc accomplissant sa mission)가 1895년 1월 21일 수녀원에서 상연되었을 때 잔 다르크로 출연하기 위해 분장하고 찍은 사진.

그러나 세상은 이미 남성 중심적인 가부장제를

유일하고도 이상적인 제도로 여기고 있으며, 마치 하느님의 섭리인 것처럼 받아들이고 있다. 여성들에 대한 오해와 편견과 차별을 하느님이 허락한 숙명처럼 받아들이고 살지 않으면 안 되는 세상이 이미 되어버린 것이다. 하느님이 선택하고 용인한 것처럼 되어버렸지만, 가부장제가 하늘나라에서의 섭리는 아닐 것이다. 그것은 기독교 정신에 정면으로 위배되는 것이니까. 테레즈의 회고록을 인용하면서 작가는 가톨릭에 내재한 남성중심주의와 가부장적 사고방식을 비판하고 있다.

남녀 간의 차별은 신성한 곳에서 뿐만 아니라 세속적인 곳에서도 일어난다. 사랑으로 맺어진 부부 사이에도 위계와 권력 관계가 존재하고 있다.

> 아마도 그녀는 그를 사랑했던 것 같다. 그녀의 남편을. 아마도 끝내는 그를 사랑했을 것이다. 아마도 처음부터 이렇지는 않았을 것이다. 처음에는 달랐다. 그 모든 것에도 불구하고 그를 사랑했을 것이다. 그녀가 그의 아내가 되도록 타의에 의해 선택되었음에도 불구하고 모르는 사람. 그녀에게는 낯선 사람이었다. 그녀가 시집가야 했던 사람은. 그녀에게 결정되어 있었다. 이제 그녀는 그에게 속하게 되는 것이다. 아마도 그녀는 그를 사랑하도록 배웠는지도 모른다. 아마도 그것은 전혀 문제가 되지 않을지도 모른다. 그것은 기정사실이었다. 그녀는 그가 주는 것은 무엇이든 받았다. 그가 그녀에게 주는 것은 얼마 없었으니까. 어떻게 된 것인지 어떻게 되어야 하는 것인지에 대하여 아무런 예비지식도 없이 그녀는 무조건 받고 또 받았다. 그녀에게 주어진 것은 얼마 없었다. 아내이니까. 그런 거다. 그래왔다. 여자이니까. 질문하지 말라. 주어진 것 외에는 전혀 기대하지 말라. 주어진 것 외에는. 그녀는 그의 아내, 그의 소유물이었고, 아무것도 거절할 수 없는 그, 그녀의 남편, 그 남자에게 속해 있었다. 아마도 그랬을 것이다. 그 때는

그랬을 것이다. 아마 지금도. (122)

건드리는 사람은 남편이다. 남편으로서가 아니다. 그는 어느 다른 사람을 건드리듯이 그녀를 건드린다. 그러나 그는 자기의 계급으로 건드린다. 자신의 계급의식을 가지고. 그 자신의 계급적 명분을 가지고. 보상은 그녀의 육체와 정신이다. 그녀의 육체 아닌 육체와 무존재. 그의 특권 소유물 그의 소유권. 그의 소유권은 의심의 여지가 없다. 사람들은 그녀가 그를 거부하는 것에 대해 비웃었지만, 그녀는 자기 자신을 스스로 의지를 소유하고 있는 존재인 것으로 생각한다. 그녀는 그녀 자신의 소유이다. (124)

「에라토, 연애시」 장은 잔 다르크로 분장한 성 테레즈의 사진으로 시작되고, 마지막은 프랑스 배우 팔코네티(Renée Falconetti)의 사진으로 마무리된다. 성 테레즈는 수녀원에 있을 때, 팔코네티는 영화에서 각각 잔 다르크 역을 연기한 바 있다. 그렇다면 이 장은 분명 잔 다르크와 연관성이 있어야 할 것인데, 내용적으로는 무관해 보인다. 작가의 언급을 통해 이 장면은 드레이어의 영화 《게르트루드(Gertrud)》(1964)에서 영감을 받았다는 사실을 알 수 있다. 게르트루드는 남편과 연인, 과거의 연인 모두를 뿌리치고 홀로 먼 길을 떠나는 이야기로, 위의 장면은 남편과의 불평등하고 애정이 식어버린 관계를 마치 영화의 대본처럼 묘사하고 있다.

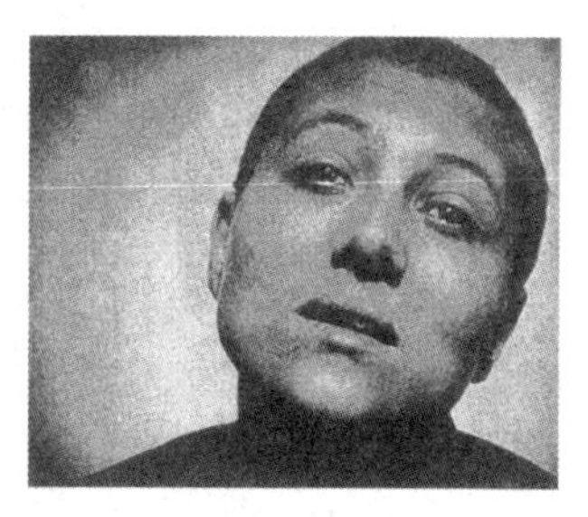

덴마크 출신 영화감독 드레이어(Carl Theodor Dreyer)의 《잔 다르크의 수난(La Passion de Jeanne d'Arc)》(1928)에서 여주인공으로 출연한 팔코네티의 모습

남편은 동등한 입장에서 자신을 사랑하는 것이 아니라, 자기의 '계급의식'을 가지고 아내를 대하고 있으며, 아내는 그런 남편의 소유물

이다. 아내는 그에 대해 아무런 예비지식도 없이 그에게 복종해야 했다. 아내니까 당연히 남편에게 복종해야 한다고, 질문은 해서 안 된다고 배워온 것이다. 그녀는 자신이 원할 때 그를 건드릴 수 없다. 건드리는 것은 언제나 남편이다. 가족 내에서 아내의 욕망은 철저히 무시되고 남편의 욕망만이 관철된다. 그렇게 아내의 몸과 마음은 모두 남편에게 귀속된다. 그러나 그녀는 생각한다. 남편의 방식으로, 남편에게 복종하면서 사랑하도록 배워온 수동성에서 주체적 여인으로 깨어나야 한다고 생각한다. 그녀는 그녀 자신의 소유이다. 그녀의 몸과 마음은 남편 것이 아니라 그녀 자신의 것이다.

> "나는 단지 어린아이일 뿐입니다. 힘없고 약한, 그럼에도 나의 나약함이 곧 나 자신을 당신 사랑의 *희생양*으로 바칠 수 있는 용기를 줍니다. 오, *주님!* 과거에는, 순수하고 오점 없는 희생양만이 강하고 힘있는 하느님에게 받아들여졌습니다. 신의 정의를 만족시키기 위해서, 완벽한 희생양이 필요했지만, *사랑의* 법은 공포의 법으로 계승되었고 *사랑은* 나를 희생물로 선택하였습니다. 나, 약하고 불완전한 창조물. 이 선택은 *사랑을* 받을 만한 것 아닙니까? 그렇습니다, 사랑이 더 완벽하게 충족되기 위해서는, 그 사랑 자체를 낮추고, 그 자체를 무(無)까지로 낮추어 이 무(無)를 *불*로 변화시켜야 합니다. 오 주님, 나는 압니다. 사랑은 오직 사랑으로만 갚아진다는 것을. 그래서 나는 당신에게 사랑을 사랑으로 갚음으로써 나의 가슴을 위로할 길을 찾았습니다." (123)

> "순교는 청소년기의 내 꿈이었으며 이 꿈은 갈멜의 수녀원 안에서 나와 함께 성장해 왔습니다. 그러나 다시 여기서, 나의 꿈이 어리석음을 깨닫게 됩니다. 왜냐하면 나는 단 한 가지의 순교만을 원하도록 나 자신을 제한시킬 수는 없기 때문입니다. 나 자신을 만족시키기 위해서는 모든 것이 필요합니다. 나의 사랑스런 배우자여. 당신처럼 십자가에 못박혀 수난을 당했으면 좋겠습니다. 성 바돌로메처럼 살가죽이 벗

겨져 죽었으면 좋겠습니다. 성 요한처럼 끓는 기름가마에 던져졌으면 좋겠습니다. 순교자들에게 가해진 모든 고문을 받는다면 좋겠습니다. 성 아그네스와 성 세실리아처럼 칼 앞에 내 목을 내놓고, 나의 사랑하는 자매 잔 다르크처럼 화형대 위에서, 당신의 이름을 속삭였으면 좋겠습니다. 오 주님." (129)

인용문에 표기된 쪽수를 보면 알겠지만, 게르트루드의 이야기가 진행되다가 성 테레즈의 이야기가 교차되어 등장한다. 쪽수를 따라 읽어가는 전통적인 독서 방식은 해체되고 짝수 쪽을 읽다가 되돌아와서 홀수 쪽을 읽어야 한다. 뒤섞여 버린 이야기는 종교와 속세의 전혀 다른 이야기이지만, 두 이야기가 하나의 주제로 묶여있음을 암시한다. 두 개의 서로 다른 이야기를 하나로 결합시키는 것은 '잔 다르크'이다. 여성의 굴레를 집어던지고, 자신과 조국의 운명을 바꿔버린 여인, 비록 자신은 조국의 배신에 의해 죽게 되지만, 조국을 위기로부터 구해낸 난세의 영웅. 그녀의 정신이 후대의 여인들에게 스며들어 그녀들을 깨어나게 한다. 수동적 아내가 주체적 여성으로 거듭날 때, 그녀 또한 잔 다르크이다. 또 한 명의 잔 다르크는 테레즈 수녀이다.

로마 가톨릭의 성자인 성 테레즈 드 리지외(Sainte Thérése de Lisieux)의 본명은 마리 프랑수아즈 테레스 마르탱(Marie Françoise- Thérèse Martin)으로 '아기 예수의 테레즈(Saint Thérèse of the Child Jesus)' 혹은 '예수의 작은 꽃(The Little Flower of Jesus)'이라고 불린다. 15세의 나이에 그녀는 가르멜(Carmelite) 수도원에 입회하려고 시도했지만, 나이가 어리다는 이유로 허락받지 못한다. 주교에게로 가서 다시 간청했으나 거절당하고, 교황 레오 13세에게 간청하지만 이번에도 거절당한다. 얼마 후, 그녀의 강한 의지와 용기에 깊은 인상을 받은 비카 장군이 수도원 입회를 승인하고, 그녀는 마침내 수녀가 된다. 강한 의지와

밀라노 대성당의 바돌로메(Bartholomew) 상, 예수의 12제자 중 하나로 살가죽이 벗겨지는 형벌로 죽었다.

용기의 상징이라는 점에서 잔 다르크를 계승하고 있는 그녀는 하느님에 대한 사랑을 표현하며 순교에 대한 의지를 불태우고 있다. 그러나 테레즈의 기도와 다짐은 힘 있는 하느님을 상정하고 그분에 걸맞은 순수하고 오점 없는 아들이라는 통상적인 성서의 조합을 부정한다. 그녀는 자신을 나약하고 불완전한 희생양으로 묘사하면서 그런 자신을 사랑으로 받아들여달라고 간청한다.

자신은 하느님의 정의를 실현할 완벽한 희생양은 아니지만, 기준을 낮추어 자신처럼 어린아이같이 힘없는 희생양의 사랑을 받아주기를 간청한다. 받아주신다면 무(無)로까지 낮추어진 사랑이 불이 되어 신의 정의를 실현할 수 있을 도구가 될 각오가 되어있다고 말한다. 두 번째 인용에서도 자신의 순교는 한 가지만을 위한 순교가 아니라 성 요한, 바돌로메, 성 아그네스, 성 세실리아, 그리고 잔 다르크에 이르는 모든 고문을 겪는 순교 속에서 주님의 이름을 부르겠다는 테레즈의 강인한 의지를 보여준다. 연약하고 불완전하지만, 사랑의 이름으로, 강인한 의지를 지니고 하나님을 위해 살겠다는 다짐에서 가톨릭(종교)과 남성의 조합으로 구성된 현실 종교 권력을 비판하고 종교 본연의 정신을 여성성 속에서 복원하려는 의지를 볼 수 있다.

여성의 말하기, 받아쓰지 않기

다음 장은 여성의 '말하기'를 주제로 하고 있다. 작가는 강요된 침묵을 깨고 자신의 목소리로 말하는 것의 중요성을 이번 장에서 환기하고 있다. 말하지 못하는 존재는 결국 스피박이 말하는 '하위 주체'로 전락하여 자신의 존재를 세상에 알리지 못하고 사회적으로, 심리적으로 소멸된다. 따라서 '말하기'는 자신에게는 '태어나기'이며, 타자들에게는 '기억하기'를 의미한다.

> 오랫동안 그 어떤 균(菌). 줄곧 새로이
> 뿌리의 돋아나는 터럭. 어떤 것은
> 단 하나로 시작된다.
> 말하라, 그렇다고 말하라.
> 그러면 그것이 말이 될 것이다. 그것으로 하여금 말을 하도록 그것을
> 갖도록 이끌라
> 그것을 갖도록,
> 갖는다.
> 말들은 타액을 분비하고
> 타액은 말들을 분비한다
> 말의 분비는 액체로 흐르고
> 말들을 침흘리게 한다.
>
> 죽은 신들. 망각된. 없어져 버린. 과거
> 노출된 층의 먼지를 털어내고
> 깊은
> 그 밑의 우물을 드러내라. 죽은 시간. 죽은 신(神)들. 침전.
> 돌이 된 것. diseuse인 사람으로 하여금
> 먼지를 털고 우물의 거리(距離)를 불어 없애도록 하라
> diseuse인 그녀로 하여금 돌 위에 9일 낮과 9일 밤을 앉아있도록 하라.
> 그럼으로써. 다시 일어서게 하라. 엘레우시스. (142-43)

「엘리테레, 서정시」 장은 '가기/돌아가기'(ALLER/RETOUR), '가기'(ALLER), '돌아가기'(RETOUR) 세 편의 시로 구성되어 있다. "벙어리가 되게 하라 말문이 꽉 막히게 하라 무성음으로 혀 없음으로"라는 구절을 통해 알 수 있듯이 첫 번째 시는 침묵을 강요받은 존재, 침묵이 미덕으로 여겨졌던 존재, 그것을 존중, 존경, 사랑의 이름으로 받아들였던 과거의 여성 존재에 대해 묘사하고 있다. 위에 인용된 두 번째 시 마지막 구절은 '여성들도 이제 침묵을 깨고 말을 시작해야 한다, 말하라, 자신만의 말을 가지려고 노력하라, 그럼 자신만의 말이 생길 것이다'라고 주장하고 있다. 한번 말하기 시작하면 그것은 말이 될 것이고, 그 말은 뒤따르는 또 다른 말들을 쏟아내게 할 것이다. 남성의 말 아래에 묻혀버린, 우물 저 깊은 곳에 갇혀버린 그녀의 말들이 먼지를 털어내고 우물을 길어서, 돌을 깨고 울려 퍼지게 해야 한다. 므네모시네는 9일 밤낮에 걸쳐 9명의 뮤즈를 낳았다. 이 뮤즈들의 도움을 받아 여성도 말할 수 있는 존재임을, 그리하여 당당하게 주체적으로 살아있는 존재임을 밝혀야 한다.

한편 세 번째 시 끝부분은 이렇게 마무리된다. "죽은 낱말들. 죽은 언어. 사용하지 않음으로 해서. 시간의 기억 속에 묻혀버림. 고용되지 않았다. 발설되지 않았다. 역사. 과거. 말하는 여자, 9일 낮과 9일 밤을 기다리는 어머니를 찾아내도록 하라. 기억을 회생시키라. 말하는 여자, 딸로 하여금 땅 밑으로부터 나타날 때마다 샘을 회생시키도록 하라. 잉크는 마르기 전에, 쓰기를 전혀 마치기도 전에 가장 진하게 흐른다."(146) 말하는 여성은 기억하는 여성이며, 기억하는 여성에 의해 남성의 기억은 균열을 일으키고 상대화된다. 말하는 여성에 의해 우물과 샘이 회생되면 척박하고 황폐한 남성의 기억은 먼지를 털어내게 되고 깨끗해진 신전에서는 그동안 은폐되었던 여신들이 나타나게 될 것이다. 신전에서도, 지상에서도 여성들이 살고 있었다는 단순한 진리가 흘러넘치게 될 것이다.

> 미래는 없다, 다만 시간의 몰려옴이 있을 뿐. 명세할 수 없고, 공허한, 무형의 시간, 그녀는 그것을 향해 움직이도록 기대될 뿐이다. 앞쪽으로. 앞으로. 그리고 어떻게든 현재를 지나쳐 버린다. 망각의 은총으로 스스로를 구제하고 있는 그 현재. 그녀는 그것을 어떻게 정당화시킬 수 있었을까. 현재의 가시성(可視性)이 없이.
>
> 그녀는 실제의 시간을 대치할 수 있다고 자신에게 말한다. 그녀는 자신에게 시간을 앞에 전시(展示)하고 그것을 엿보는 자(者)가 된다고. 그녀는 죽음은 절대로 오지 않는다, 올 수 없다고 자신에게 말한다. 그녀는 죽음을 대치할 수 없다는 것을, 실제로 죽지 않고는 그것의 극복이 없다는 것을 잘 알면서도.
>
> *그녀는 글을 쓸 수만 있다면 계속 살 수 있다고 자신에게 말한다. 그치지 않고 계속 쓸 수만 있다면 하고 자신에게 말한다. 글을 씀으로써 실제의 시간을 폐기할 수 있다면 하고 자신에게 말한다. 그녀는 살 것이다. 그녀 앞에 그것을 전시해놓고 그것의 엿보는 자가 될 수 있다면.*
> (152-153)

이 장면 또한 글쓰기에 대한 그녀의 자의식을 잘 보여준다. 삶이라는 것은 미래가 보이는 것도, 만족스러운 것도, 평화로운 것도 아니다. 나름대로 살아온 과거와 앞으로 할 일 등을 갈무리 해보지만 오늘과 똑같은 하루가 연장될 뿐이다. 내 앞에 얼마만큼 인지 모를 시간이 남아있기는 하지만 미래는 없다. 다가오는 시간을 향해 앞으로 나아가지만 현재는 나를 스쳐 지나가 버린다. 그런 그녀에게 실제의 시간을 대치할 수 있는 것이 있다. 시간을 전시하고 그것을 엿볼 수 있으며, 절대로 죽지 않을 수 있는 방법을 그녀는 알고 있다.

그것은 글쓰기이다. 계속해서 글을 쓸 수만 있다면 그녀는 계속 살 수 있다. 글쓰기는 그녀를 살아있는 존재, 주체적인 존재로 만들어 주며, 글을 쓰는 동안 그녀는 시간의 흐름을 신경 쓰지 않을 수 있다. 글쓰는 시간만이 그녀에게는 의미 있는 시간이며, 살아가는 이유를 제공해 준다. 글을 씀으로써 가시성 없는 현재가 나를 스쳐 지나가지 못하게 할 수 있으며, 앞으로 글을 쓸 수 있기 때문에 무의미한 시간이 몰려오는 것이 아니라 미래가 열리게 된다. 글쓰기를 통해 실제의 시간은 폐기되는데, 실제의 시간은 유한한 존재로서 인생의 덧없음을 느끼게 하며, 침묵 속에서 무가치한 존재로 삶을 소진하다가 인생을 마감하게 만든다. 글쓰기는 이제 내가 시간을 어떻게 의미 있게 보냈는지를 증명하게 되고, 시간을 보람 있게 사용했다는 증거가 되어 언제든지 그것을 즐겁게 엿볼 수 있게 만든다. 그런 이유로 그녀에게는 글쓰기가, 글쓰기의 매개가 되는 언어가, 언어의 모태가 되는 민족이 그녀의 정체성과 존재 이유를 밝혀주는 소중한 영혼의 자산이 되는 것이다.

> 그녀가 그녀의 도착을 알리는 첫째 번 사람이다. 기대의 음성. 그녀는 그것이 상대방을 변신시키기를 원한다. 음성 하나로, 그 힘 그 간절한 청원 설명할 수 없는 어떤 힘으로. 원함의. 간절한 기원. 그녀는 이 사람이 이전의 사람으로 다시 변신되기를 원한다, 그녀는 기도하고, 발명해낸다, 필요하다면.
>
> 요술 같은 변화가 없을 것이라는 것을 깨닫기에는 시간이 덜 걸렸다. 그것은 더 이상 문제가 되지 않는다. 그녀는 그것을 빨리 폐지해버리고 싶었다, 그 공식(公式), 그 의식(儀式)을. 과거를 닮은 그 형태와 그 살갗을 아주 빨리. 어떤 과거이든. 이것과 함께, 이제 더 이상 예행이 없을 것이다. 더 이상 외우기도 없을 것이다. (151-52)

「탈리아, 희극」 장의 뮤즈 탈리아는 '풍요로움' '환성' '개화'를 뜻하는 신이다. 자신의 목소리로, 자신의 언어로 말하는 여성은 비로소 자아라는 꽃을 피우기 시작한 것이다. 비로소 스스로가 자신의 삶을 풍요롭게 가꾸어가게 된 것이다. 그녀는 자신의 목소리를 내기 위해 힘든 과정을 거친다. 전화를 받는 것조차도 예행연습이 필요하고, 연습을 했음에도 "제대로 말하는 것이 힘들어 잠깐 멈추고, 기침 또는 목이 막히는 듯 겨우 들릴만한 속삭임으로 다시 시작한다."(151) 하지만 우여곡절 끝에 자신의 말을 함으로써 그녀는 이제 존재하게 되었다. 그녀의 말로 듣는 사람을 변화시키기를 바라지만 그것이 쉽게 이루어지지 않는다는 것도 알게 된다. 그러나 분명한 것은 이제는 더 이상 예행연습을 하지 않아도 된다는 것, 더 이상 불러주는 것을 외우기만 하는 수동적인 과거로 돌아가지 않을 것이라는 사실이다.

작가는 계속해서 침묵을 깨고 이야기할 것을 요구한다. 비록 완벽하지 않다 하더라도 "완벽하지 못하게 이야기하라. 완벽하지 않게 말하라."(173)라고 주문한다.

> 돌에 엉겨 붙은 메마른 기둥에 습기의 새로운 표시가 나타난다. 그 안으로부터 돌을 물로 채우고 물이 모여 겨우 맨 밑바닥에 먼저 한 층을 이룬다.
>
> *돌로, 단 하나의 돌, 기둥. 단 하나의 돌 위에 새겨진, 형체들의 노동. 언어들의 노동. 돌에 새겨진. 목소리들의 노동.*
>
> 물이 돌을 점거하고, 외부로부터의 심어짐의 흡수를 전도(傳導)한다. 음조(音調)로, 각인된 것들은 기둥의 대기(大氣)를 울린다, 같은 소리들, 뚜렷한 어휘들을 거듭 반복하며. 다른 선율들. 전체가, 노래와 말 사이에 아직도 침묵에 걸려 있다.

돌의 표면 위의 물은 움직이는 빛을 포착하고 진입(進入)을 청원한다. 모든 것은 돌의 거대한 무게 속에서 움직이기 위해 간청한다.

음성으로 하여금 돌의 무게를 음성의 무게로 대응할 수 있도록 한다. (174)

「텔프시코레, 합창무용」 장은 개인의 목소리를 넘어서, 하나의 울림이 되는 우리의 목소리이자 선율인 '합창'에 대해 이야기한다. 작가는 글쓰기를 통해 침묵이 깨어짐으로써 타인과의 소통이 이루어지고, 타인을 나의 글쓰기에 포섭하여 충만한 존재로 만들 수 있다고 생각한다. 글쓰기는 비록 준비가 덜 되어있더라도, 완벽하지 못하더라도 타인과의 영적 공감을 이룰 수 있는 유일한 수단이다. 특히 여성은 오랫동안 침묵을 강요받고 자신을 드러내는 데 익숙하지 않기 때문에 그들만의 언어인 피진어로 말할 수밖에 없다.

글쓰기를 통해 타인은 이제 단단한 바윗돌처럼 나의 내면에 자리잡는다. 글쓰기라는 노동을 통해 타인은 돌의 형체를 지니게 되었지만, 그 돌은 이제 습기를 머금게 되는데, 고체인 돌과는 달리 액체인 물은 유동적이고 유연한 운동성을 통해 돌에 균열을 가져오고 색채를 덧입힌다. 돌이 된 타자는 물에 의해 색깔을 지니게 되며, 붉은색 피를 지닌 인간의 형태를 지니게 된다. 글쓰기는 이처럼 객체화된 침묵의 자아를 주체로 태어나게 해주는 것임과 동시에 타자를 자아의 내면에 허용하고, 내면에서 그 타자를 살아 숨 쉬는 인간으로 인식하게 만드는 상호인정의 매개가 되는 것이다. 이것이 말하기가 합창이 되는 과정인 것이다.

이러한 글쓰기 과정은 마치 흙으로 인간을 빚어 그 인간에 숨결을 불어넣음으로써 생명체가 되게 하는 신의 인간 창조의 과정과 유사하다고 할 수 있다. 글쓰기는 타자를 자아의 내면에 생산하는 일뿐만 아니라 그와 동시에 그 타자와의 소통과 관계 맺기를 통해 타자의 변화와 생명력에 지속적으로 관심과 애정을 지님으로써 타자를 실체적인 인간으로 인식하게 만들어 준다. 그녀의 이와 같은 글쓰기는 시대를 초월하는 절대적 진리를 담고 있다고 착각하는 남성적 글쓰기에 대한 비판의식을 보여주고 있으며, 글쓰기란 시간과 역사의 과정 속에서 진행되는 지극히 개인적이고 주관적인 것으로서 시간이 흐름에 따라 자신의 글쓰기 또한 그 의미가 계속해서 변화할 수 있다는 사실을 긍정하는 태도라고 볼 수 있다.

마지막 장인 「폴림니아, 성시」는 우물물을 깃는 여인과 그 여인에게 다가오는 소녀의 이야기로 끝이 난다. 소녀는 아픈 어머니의 약을 구하기 위해 옆 마을에 갔다가 돌아오는 길이며, 목이 말라서 우물 쪽으로 발길을 옮겼다고 이야기한다. 여인은 소녀에게 그릇에 따른 우물물을 건네주고 그릇까지 보퉁이에 챙기게 한 후 떠나보낸다. 이 이야기가 농업과 대지의 여신인 데메테르의 이야기든 우리 설화 바리데기에서 모티브를 따온 것이든 이 이야기에는 여성적 돌봄과 보살핌이 있다. 여인은 소녀를 돌봐주고, 소녀는 아픈 어머니를 돌본다. 여인은 대지의 여신처럼 어린 소녀가 가는 길을 보호하고 축복해주는데, 그것은 또한 소녀의 어머니가 빨리 완치되기를 바라는 마음에서 나온 것이다. 세 여인 간에 싹트는 보살핌의 연대는 작가가 바라마지 않는 여성성의 특질을 잘 보여주고 있으며, 불멸의 명성을 바라는 작가에게 명성을 가져다준다는 폴림니아에게 바치는 찬가라고 할 수 있다. 폴림니아가 여인이고, 차학경이 소녀라면, 그녀의 소설이 바로 소녀의 어머니에 가져다주는 약이 될 수 있겠다. 그 약은 말하지 못하는 병에 걸린 여성들에게 목소리를 되돌려 주는 저항과 연대의 묘약이 될 것이다.

아홉 뮤즈와의 접신으로 스스로가 뮤즈가 되다

역자의 친절한 설명처럼 "궁극적으로 이 책은 자신으로부터 시작하는 분산된 세계(diaspora) 속에 소외된 이방인/소수민족의 존재성, 여성의 체험, 한국의 일제 식민시대 민족의 수난, 분단과 민주주의를 위한 수난, 순수한 사랑에의 갈망, 그리고 저자 자신에 대한 자서전적 이야기라고 할 수 있다. 무엇보다도 중요한 것은 이런 모든 이야기들을 그리스 신화에 등장하는 시신(詩神)들을 컨텍스트로 설정함으로써 새로운 신화로 만들고 있다는 것이다."[2] 디아스포라와 여성, 피식민 국가는 이 텍스트에서 '말하지 못하는 존재' 혹은 '목소리가 들리는 않는 존재'라는 의미에서 동질성을 지닌다. 차학경의 텍스트가 '쓰기'이자 '다시 쓰기'인 이유는 소외되어 들리지 않거나 왜곡되었던 주변부 약자들에 관한 이야기를 기술하고 있기 때문이다. 그러한 이유로 이 글쓰기는 알려지지 않은 낯선 것에 관한 '쓰기'이면서, 알려진 것을 기존과는 다른 방식으로 '다시 쓰는' 작업이어야 했다.

작가는 모더니즘의 아방가르드적인 형식 실험을 자유분방하게 구사하면서도 포스트모던한 언어의 해체와 탈중심화, 탈서사화 방식을 채택하여 텍스트의 층위를 복잡하고 난해하게 뒤섞고 있다. 사진, 붓글씨, 자필 편지, 역사적 사료 등을 다양하게 활용하고 있는 차학경 서사의 다층적 텍스쳐(texture)는 그의 작품을 난해하게 만드는 동시에 다른 한편으로는 생산적 독해를 유도한다는 점에서 매력을 지닌다. "차학경은 『딕테』에서 텍스트가 작가의 지배적인 목소리를 드러내는 하나의 행으로만 이루어진 것이 아니라 다양한 양식의 글들과

2) 김경년. 「역자후기」. 『딕테』. 차학경. 어문각. 2004. 213.

이미지들이 섞여서 충돌하는 다원적인 공간으로 설정하고 있다. 이런 공간 속에서 독자는 텍스트 표면의 단어들로 혹은 이미지로 형성된 말하여진 것 외의, 말하여지지 않은 것들을 상상하며 텍스트를 새롭게 형상화하게 된다. 그런 의미에서 텍스트의 의미 확대뿐만 아니라, 독자들의 글 읽기의 영역까지 확대하고 있다."[3] 지극히 개인적이고 관습적이지 않은 언어를 사용함으로써 텍스트의 많은 부분이 독해를 방해하고 때론 독해 자체를 불가능하게 하지만, 텍스트는 이와 같은 자신의 존재 방식을 통해서 디아스포라적인 주체의 존재 방식을 재현하고 있다. 다시 말해 분열되고, 중심 없고, 텅 빈 존재이자 주류 백인문화에 의해 쉽게 해석되지도 이해되지도 않는 존재로서의 디아스포라 의식을 언어의 특수한 활용을 통해 보여주고 있다.

이 작품에 대해서 많은 비평가들은 전반부와 후반부 사이의 이질성을 어떻게 이해할 것인가를 두고 각기 다른 입장들을 개진해왔다. 한국의 피식민 역사와 3.1운동, 4.19혁명 등이 포함된 근대의 모습에 대한 구체적 소묘와는 달리 후반부로 갈수록 구체적인 시공간 배경은 사라지고 추상적이고 모호한 상황 속에서 여성주의적 문제의식이 제시되고 있기 때문에, 전반부와 후반부 사이의 관계 설정에 저마다의 의미부여가 평자에 따라 다르게 진행된다. 일례로 이석구는 "소설의 후반부에서 보여주는 모호한 화법과 추상적이고도 파편화된 글쓰기를 통해서 작가는 특정한 소수민 이민자의 상황을 넘어서 가부장제에서 고통 받는 여성 모두에게 공감의 정치에 동참하라는 통지를, 상상적 동지의 관계에 참여하라는 초대장을 발부한다고 여겨진다. 문제는 이 열린 초대장이 극히 고도의 문학비평 훈련을 받

3) 이덕화. 「『딕테』에 나타난 디아스포라 의식」. 『한국문예비평연구』 29. 2009. p.80.

은 극소수에게만 전달된다는 사실이다. 보편성을 지향하고 탈맥락화를 실천하는 일환으로 추상적이고도 파편적인 언어를 선택하였는데, 그 결과 대다수의 독자들을 소설에서 소외시켜버린 셈이다"[4]라고 비판적으로 바라본다.

반면, 권서혜는 후반부를 전반부 역사 다시 쓰기에 대한 메타적 비유라고 해석하면서, 전반부와 후반부를 단절이 아니라 중첩 혹은 공명의 관계로 파악한다. 중첩이나 공명의 관계로 파악함으로써 전반부의 구체성 속에 후반부의 보편성이 내재한 것으로 이해하고, 이를 통해 "어떻게 아시아계 미국 문학이 재현과 실험, 혹은 사회적인 것과 미학적인 것을 결합시킬 수 있는지에 대한 고민에서 나아가 어떻게 아시아계 미국 문학이 구체적 특수성을 견지하면서 보편성을 가질 수 있는지, 즉, 하나의 세계문학으로서의 가능성을 가질 수 있는지에 대한 논의"[5]로 이어지기를 희망한다.

많은 논란과 토론을 유도하는 이 작품은 거듭되는 독서를 통해 더 많은 의미가 밝혀질 것이며, 이 과정에서 디아스포라, 여성, 소수민족 등의 주변부 목소리가 공적 담론 영역의 중심부로 스며들게 될 것이다. 그렇게 된다면 이 작품이 주는 난해함은 견딜 수 있는, 아니 견딜 만한 가치가 있는 것으로 이해할 수 있지 않을까.

4) 이석구. 「『딕테』에 나타난 공감의 정치와 여성적 글쓰기」. 『현대영미소설』 25(1). 2018. 155.

5) 권서혜. 「아시아계 미국인 문학에서의 실험적 서사-테레사 학경 차의 『딕테』를 중심으로」. 『새한영어영문학회 할술발표회 논문집』. 2019. 44.

민족, 근대의 상상된 공동체

이 책은 근대에 관한 논의에서 출발하여 근대의 일란성 쌍둥이인 식민주의와 식민주의가 만들어낸 디아스포라에 대한 논의로 진행하였다. 탈근대, 탈식민 상황에 직면하여 디아스포라 문학에 주목해야 하는 이유를 설명하고, 특히 우리가 속해 있는 동아시아 디아스포라 문학에 관심을 가져야 한다고 주장했다.

앞서 1장에서 간략히 살펴보았듯이 근대와 근대성 문제를 논의하기 위해서는 이성, 계몽, 민족(국가), 식민주의, 디아스포라 등을 함께 검토해야만 한다. 근대적 사회가 기반한 공동체 단위는 바로 민족(국가)이다. 민족은 근대와 근대성의 물질적인 토대 역할을 한다. 베네딕트 앤더슨의 『상상의 공동체』(Imagined Communities)는 민족 단위의 국가 공동체가 근대적인 형태의 사회구성체를 만들기 위해 '상상된(imagined)' 발명품이라는 사실을 입증한다. 앤더슨은 민족을 일종의 '문화적 조형물'이라고 주장한다. 민족은 근대 이전의 '종교적 공동체'(이 또한 상상의 산물이다.)가 사회적 통합을 위해 더 이상 효과가 없을 때 그 대안으로 등장한 것이다. 앤더슨은 "민족주의는 의식적으로 주장된 정치적 이데올로기와의 결합에 의해서가 아니라, 민족주의 이전에 있었던 더 큰 문화체계와의 결합에 의해서 이해되어야 한다는 것이다. 민족주의는 그 문화체계로부터 나왔고 또한 그 문화체계에 대항하여 나온 것이다"[1]라고 주장한다.

앤더슨의 주장은 다양한 이론가들에 의해 뒷받침되고 다양한 영역으로 확장된다. 자크 랑시에르(Jacque Rancière)는 "어떤 공통적인 것의 존재 그리고 그 안에 각각의 몫들과 자리들을 규정하는 경계설정들을 동시에 보여주는 이 감각적 확실성(évidences sensibles)의 체계"[2]를 의미하는 '감각의 분할'(partage du sensible)이 근대체제에 맞게 이루어졌다고 말한다. 레이몬드 윌리엄즈(Raymond Williams)는 전통이 선택적으로 선별되는 방식에 주목하면서, "구질서, '전통적' 사회로 보이는 것은 당혹스러울 정도로 다양한 시대에 거듭 출현한다. 그것은 실상 당대의 변화를 가늠하게 해주는 - 어느 정도는 체험에 근거한 - 하나의 관념으로 출현하는 것이다. 그렇기 때문에 과거에 대한 이러한 언급을 이해할 수 있게 해주는 감정의 구조는 근본적으로 역사적 설명이나 분석의 문제가 아니다. 진짜 중요한 것은 사람들이 변화에 대해서 이처럼 특수한 종류의 반응을 보인다는 사실인데, 여기에는 더 현실적이고 흥미로운 사회적 원인이 존재한다"[3]고 말한다. 간단히 말하자면, 전통은 시대의 필요에 따라 후대에 불려나와 그 시대에 맞는 역할이나 기능을 수행하는 것일 뿐이라는 것이다. 에릭 홉스봄(Eric Hobsbawm) 또한 전통이 "상대적으로 새롭거나 혹은 예로부터 있기는 했지만 최근 들어 극적인 변형을 겪게 된 사회집단들, 환경들, 사회적 맥락으로 말미암아, 사회 통합과 정체성을 확인하거나 표현하고 사회관계들을 구조화할 새로운 장치들"[4]이 필요할 때 동원되는 개념으로 파악하고 있다. 찰스 테일러(Charles Taylor)는 '사회적 상상'(social imaginary)이라는 용어로 앤더슨과 랑시에르의

1) 베네딕트 앤더슨. 『상상의 공동체』. 윤형숙 역. 나남. 2002. 33.

2) 자크 랑시에르. 『감성의 분할』. 오윤성 역. 도서출판 b. 2008. 13.

3) 레이몬드 윌리엄즈. 『시골과 도시』. 이현석 역. 나남. 2013. 81-82.

4) 에릭 홉스봄. 『만들어진 전통』. 장문석, 박지향 역. 휴머니스트. 2004. 496.

논의를 이어가는데, 이 용어는 "사람들이 자신의 사회적 실존에 대해 상상하는 방식, 사람들이 다른 이들과 서로 조화를 이루어가는 방식, 사람들 사이에서 일이 돌아가는 방식, 통상 충족되곤 하는 기대들, 그리고 그런 기대들 아래에 놓인 심층의 규범적 개념과 이미지들"[5]을 의미한다. 이외에도 "개인들의 실제 조건에 대한 개인들의 '상상적인 관계'(imaginary relationship)를 표현한 것"[6]으로 '이데올로기'를 개념화하는 루이 알튀세르(Louis Althusser), 상징질서의 불가능성을 주장하는 자크 라캉(Jacques Lacan)의 "형식화(formalization)의 곤경(impasse)"[7], "민족은 마치 내러티브와 같이 시간의 신화 속에서 자신의 기원을 잃어버리고 마음의 눈 속에서 자신의 윤곽을 온전히 드러낸다"[8]고 말하는 호미 바바(Homi K. Bhabha) 등이 민족을 근대와 관련시킨다. 근대의 발명품인 민족을 중심으로 서구는 물질문명을 발전시켰으며, 이를 바탕으로 계몽이라는 이름의 식민주의 침략을 단행한다.

인종주의와 민족주의

엔리케 두셀은 서구의 근대성이 영토의 확장을 통해 타자를 발견하는 것이 아니라 역설적으로 타자를 '은폐'해 왔다고 말한다. 이것은

---

5) 찰스 테일러. 『근대의 사회적 상상』. 이상길 역. 이음. 2010. 43.

6) 루이 알튀세르. 『아미엥에서의 주장』. 김동수 역. 솔. 1991. 107.

7) Jacques Lacan. *The Seminar of Jacques Lacan, Book XX: Encore-On Feminine Sexuality, the Limits of Love and Knowledge.* Norton. 1998. 93.

8) 호미 바바. 『국민과 서사』. 류승구 역. 후마니타스. 2011. 10.

프란츠 파농의 '타자에 대한 체계적인 부정'이라는 말과 치환될 수 있다. 서구의 근대성과 민족주의는 자본주의 시장 개척이라는 실제적 목적을 은폐하고 계몽을 빙자하여 식민주의 쟁탈전을 벌임으로써 '인종주의'로 전락하게 된다.

피식민 국가들은 인종주의적 식민주의의 침략으로 인해 물질적, 정신적 토대를 빼앗기고, 식민주의 담론의 헤게모니 전략에 희생된다. "식민주의 담론은 그 자체가 서구 헤게모니를 수립하는 데 필요한 광범위한 재조직화 과정이라고 할 수 있다. 이것은 민중들의 자신에 대한 생각, 그들의 도덕적 기준과 역사, 그리고 사고하고 느끼는 대중적인 방식을 변화시키는 방법이다. 서구 헤게모니에 의해 초래된 대중의식의 전반적인 변형은 외래규칙의 고착화라는 목적에 이바지한다."[9] '외래규칙의 고착화'란 자신의 질서와 관습을 버리고 서구의 규칙과 질서를 선망하는 정신적 복속을 의미한다. 공포, 열등감, 선망의식이 피식민 국민들에게 각인되어, "개인적 관계, 감각, 태도, 가치, 견해, 자아 인식, 타자 인식과 일상의 행위조차"[10] 지배를 받게 되는 심각한 폐해를 양산한다. 서구의 인종주의적 민족주의에 대한 피식민 국가들의 저항 또한 '민족주의'를 중심으로 일어났다. 서구의 민족주의가 공통적으로 인종주의의 특성을 띤다면, 피식민 민족주의는 차일즈의 말처럼 "문화적 기표들로 이루어진 다양하고 복합적인 네트워크"[11]를 형성한다.

서구에서 민족주의에 대한 용도폐기를 주장하는 것은 '인종주의'

9) 셸리 월리아. 『에드워드 사이드와 역사쓰기』. 김수철, 정현주 역. 이제이북스. 2003. 46.

10) 응구기 와 시옹오. 『중심 옮기기』. 박정경 역. 지식을만드는지식. 2009. 134.

11) 피터 차일즈, 패트릭 윌리엄스. 『탈식민주의 이론』. 412.

로 변질되어 버린 원죄 때문이다. 주디스 버틀러(Judith Butler)는 "민족적 소수자의 문제가 얼마나 복잡하고 이질적인지를 생각해 본다면, 민족국가가 자신의 적법성을 주장할 수 있는 방법은 그 적법성의 기반이 되는 민족을 문자 그대로 만들어내는 수밖에 없고"[12], "아무리 내부적으로 그럴싸해 보인다고 해도 민족적 동질성을 내세우는 그 어떤 주장도 의심해야 한다"[13]고 말한다. 반면 테리 이글턴(Terry Eagleton)은 민족의 용도폐기는 혁명에 대한 부정을 의미한다고 말하면서, "탈식민주의적 사유는 민족이라는 관념을 거부함으로써 혁명적 민족과 긴밀히 연결되어 있는 관념, 즉 계급이라는 관념까지 내던져 버렸다. 대부분의 신진 이론가들은 식민주의에서 '탈(脫)' 했을 뿐만 아니라, 특히 새로운 민족을 탄생시켜줄 혁명적 힘(revolutionary impetus)에서도 '탈'했던 것이다"[14]라고 주장하며, 민족이라는 용어의 유용성을 옹호한다. 민족주의가 배타적이고 침략적인 인종주의로 변질되지 않기 위해서는 이 용어에 대한 반성적 (재)전유가 필요하다. 스튜어트 홀의 말처럼 민족이라는 말이 지배－피지배 관계 속에서 "항상 기억, 환상, 담화 그리고 신화를 통해 구성되는 것"[15]이라면, 담론을 통해 민족 개념을 재구성해야 한다. 민족 개념을 (재)전유하기 위한 매개로 디아스포라를 사유하는 것이 의미가 있을 것 같다.

---

12) 주디스 버틀러, 가야트리 스피박. 『누가 민족국가를 노래하는가』. 주해연 역. 웅진씽크빅. 2008. 37.

13) 버틀러, 스피박. 38.

14) 테리 이글턴. 『이론 이후』. 이재원 역. 도서출판 길. 2010. 25.

15) Stuart Hall. "Cultural Identity and Diaspora." 113.

민족주의 담론의 전유와 디아스포라

수잔 벅-모스의 지적처럼 "민족주의 철학은 각자 자신의 특별한 운명을 가진 다수의 민족들이 보편적인 인간 역사에 공헌하는 것을 계획한다는 점에서 세계주의와 양립할 수 없는 것은 아니다. 그럼에도 불구하고, 집단의 정체성이 민족적 동일성을 함축하는 곳에서는 인종주의가 표면 가까이 자리 잡고 있다."[16] 민족주의는 인종, 성, 계급 등을 둘러싼 민족공동체의 민주적인 투쟁을 반영한다. 민족주의 담론이 약자에 대한 배려와 타자에 대한 존중을 공동체의 이상으로 삼아 세계주의로 도약할 것인가 그렇지 않고 배타적, 침략적 인종주의로 전락할 것인가는 그 민족의 민주주의적 성숙도에 달려있다. 그런데 인종주의의 함정을 경계하는 동시에, 급변하는 세계정세를 고려하면서 새로운 민족 개념을 그려보기란 생각보다 쉽지 않은 일이다. 전 지구적 차원의 자본주의화가 빠르게 진행되고 있고, 국경 없는 자유무역과 인구의 자유로운 이동, 다문화적 혼종 현상이 전면적으로 이루어지는 글로벌 시대는 민족을 낡은 개념으로 치부하려는 경향을 내포하고 있다. 이와 같은 상황 속에서 민족 개념의 '전유'를 위해 민족과 글로벌 현상을 대표하는 디아스포라에 주목할 필요가 있다.

디아스포라는 지극히 근대와 관련된 현상으로서 "식민지배의 종식 후에 피식민국에 남게 된 지배문화의 흔적이 이미 그 나라 문화의 일부가 되었고, 해방 후 식민종주국의 대도시로 몰려들어 이채로운 도시문화를 형성하고 있는 이전 식민지 사람들의 군상이 이미 식민

16) 수잔 벅-모스. 『꿈의 세계와 파국: 대중 유토피아의 소멸』. 윤일성, 김주영 역. 경성대학교 출판부. 2008. 25-26.

종주국의 살아있는 현실이 되어 있는"[17] 혼종적 상황과 관련이 있다. 디아스포라는 민족적 전통이나 뿌리 찾기 같은 본질주의적 정체성을 비판하고, 국제적 이주와 문화적 혼종화 현상을 반영한다.

기존의 민족 개념이 '공간'에 의존하는 담론이라면, 디아스포라는 공간의 분산, 흩어짐, 탈중심을 상징한다. 디아스포라는 민족국가의 공간적 토대인 '영토 외부'의 동족 이민자와 '영토 내부'로 유입된 타민족 이민자를 모두 포함하고 있어서 고전적인 '경계선 긋기'로는 담아낼 수 없는 용어이다. "디아스포라 상황은 소속감에 대한 모든 생각에 의문을 제기한다. (…) 디아스포라의 주체들은 차이에 대한 인식을 제공하는 어떤 의식을 가진 전달자들이다. 차이를 인식하는 감각은 디아스포라 주체의 자아-정체성에 있어서 기본 요소이다."[18] 디아스포라는 민족의 경계와 그 너머를 사고할 수 있게 해주며, 공동체 내의 차이에 대해 부단히 인식하도록 만든다. 한편 디아스포라와 민족은 갈등 관계를 형성하기도 하지만, 디아스포라 공동체가 민족주의적 정서를 바탕으로 구성되어 있다는 사실도 주목해야 한다. 디아스포라의 정치적, 문화적 활동과 영향력은 그들이 거처하고 있는 특정 민족국가 그리고 그들이 떠나온 모국의 상황에 따라 너무나도 다양하므로, 유형적으로 단순화시킨 정의 내리기 또한 경계해야 한다.

디아스포라 담론은 민족의 외연을 확대하고, 민족성의 다층적이고 복합적인 특성을 환기한다. "그러나 이주와 혼종화를 세계적인 현상으로 기정사실화하며 민족국가를 용도 폐기할 대상으로 간주하고 민

17) 전수용. 「탈식민주의 존재양태로서의 혼종성」. 『영어권 탈식민주의 소설연구』. 신아사. 2012. 105.

18) 비린더 S. 칼라, 라민더 카우르, 존 허트닉. 『디아스포라와 혼종성』. 정영주 역. 에코리브르. 2014. 63.

족주의를 "퇴행적 이데올로기"로 거부한다면, 제 3세계 국가들이 현실 세계를 지배하는 힘의 논리와 강대국의 패권주의"[19]에 대처할 방법은 요원해진다. 디아스포라 담론과 민족주의 담론이 상호보완적이고 대화주의적인 관계를 유지하지 못한다면, 제 3세계 민족주의 담론은 서구 패권주의에 포섭되거나 전통적 민족주의로 회귀하게 될 위험에 직면하게 된다.

전 지구적인 자본주의화와 국제적 노동분업은 민족이라는 단위를 통해 진행되고 있다. 앤소니 맥그루(Anthony McGrew)의 말처럼 "세계 자본주의 사회 속에는 초국적 통합과 민족적 분화라는 동시적 과정이 존재한다. 이때 어떤 공동체는 체계 속으로 통합되지만 다른 공동체들은 체계 바깥에 놓여진다. 그래서 동일한 국가, 공동체, 거리에서도 이 새로운 '초국적 자본주의'에 그 삶이 깊숙이 포함되고 얽혀 있는 집단들과, 한편에서는 그 희생자가 되거나 주변부에서 살아가는 다른 많은 집단들이 공존할 것이다."[20] 유연하고 열린 태도로 민족주의를 전유하기 위해서는 국제정세의 급격한 변화와 그로 인한 긴장된 삶의 형태를 능동적이고 현실주의적으로 사유할 수 있어야 한다. 디아스포라 담론은 이러한 유연한 사유를 촉발하는 가장 핵심적인 키워드가 될 수 있을 것이다. 민족이라는 공동체를 쇄신하는 일은 여전히 중요하다. "공동체라는 것은 창조되고 교섭되어야 한다."[21]

19) 이석구. 『제국과 민족국가 사이에서: 탈식민시대 영어권 문학 다시 읽기』. 한길사. 2011. 505.

20) 앤소니 맥그루. 「전지구적 사회?」. 『모더니티의 미래』. 스튜어트 홀 외. 현실문화연구. 2000. 108.

21) 데이비드 허다트. 『호미 바바의 탈식민적 정체성』. 조만성 역. 앨피. 2011. 191.

가야트리 스피박. 『서발턴은 말할 수 있는가?』. 태혜숙 역. 그린비. 2013.
권서혜. 「아시아계 미국인 문학에서의 실험적 서사 - 테레사 학경 차의 『딕테』를 중심으로」. 『새한영어영문학회 학술발표회 논문집』. 2019.
김선희. 「복제인간과 인격의 문제」. 『철학연구』 49. 2000.
김진경. 「『조이럭 클럽』에 나타난 여성론적 인식과 소수인종 의식의 발현 양상: 어머니와 딸의 관계를 중심으로」. 『미국소설』 14(2). 2007.
노승희. 「자전적 글쓰기의 에로티즘: 『여인 무사』에 나타난 모어(母語)의 시학」. 『영미문학 페미니즘』 3. 1996.
데이비드 허다트. 『호미 바바의 탈식민적 정체성』. 조만성 역. 앨피. 2011.
레이몬드 윌리엄즈. 『시골과 도시』. 이현석 역. 나남. 2013.
루스 이리거레이. 『성적 차이와 페미니즘』. 권현정 역. 공감. 1997.
루이 알튀세르. 『아미엥에서의 주장』. 김동수 역. 솔. 1991.
베네딕트 앤더슨. 『상상의 공동체』. 윤형숙 역. 나남출판. 2002.
비린더 S. 칼라, 라민더 카우르, 존 허트닉. 『디아스포라와 혼종성』. 정영주 역. 에코리브르. 2014.
셸리 월리아. 『에드워드 사이드와 역사쓰기』. 김수철, 정현주 역. 이제이북스. 2003.
손영도. 「가즈오 이시구로의 소설 『네버 렛 미 고』 연구: 기억과 감정의 내러티브」. 『국제언어문학』 38. 2017.
수잔 벅-모스. 『꿈의 세계와 파국: 대중 유토피아의 소멸』. 윤일성, 김주영 역. 경성대학교 출판부. 2008.
앤소니 맥그루. 「전지구적 사회?」. 『모더니티의 미래』. 스튜어트 홀 외. 현실문화연구. 2000.
에릭 홉스봄. 『만들어진 전통』. 장문석, 박지향 역. 휴머니스트. 2004.

월터 D. 미뇰로.『라틴아메리카, 만들어진 대륙 - 식민적 상처와 탈식민적 전환』. 김은중 역. 그린비. 2013.

응구기 와 시옹오.『중심 옮기기』. 박정경 역. 지식을만드는지식. 2009.

이건종.「재미교포 문학연구 이루어져야」.『월간 문화예술』, 2000 (1).

이덕화.「『딕테』에 나타난 디아스포라 의식」.『한국문예비평연구』 29. 2009.

이석구.「『딕테』에 나타난 공감의 정치와 여성적 글쓰기」.『현대영미소설』 25(1). 2018.

이석구.『제국과 민족국가 사이에서: 탈식민시대 영어권 문학 다시 읽기』. 한길사, 2011.

임순희.「현대 서구 여성 소설에 나타난 폭력의 담론」.『현상과 인식』 22(34). 1998.

임옥희.『타자로서의 서구: 가야트리 스피박의『포스트식민 이성 비판』읽기와 쓰기』. 현암사, 2012.

자크 랑시에르.『감성의 분할』. 오윤성 역. 도서출판 b. 2008.

전수용.「탈식민주의 존재양태로서의 혼종성」.『영어권 탈식민주의 소설연구』. 신아사. 2012.

좌종화.「틈새 존재, 그 간극의 정체성: 레씽의『마사 퀘스트와 킹스턴의『여인무사』」.『새한영어영문학』 47(2). 2005.

주디스 버틀러, 가야트리 스피박.『누가 민족국가를 노래하는가』. 주해연 역. 웅진씽크빅. 2008.

찰스 테일러.『근대의 사회적 상상』. 이상길 역. 이음. 2010.

테리 이글턴.『이론 이후』. 이재원 역. 도서출판 길. 2010.

프란츠 파농.『검은 피부, 하얀 가면』. 이석호 역. 인간사랑. 1998.

피터 차일즈, 패트릭 윌리엄스.『탈식민주의 이론』. 김문환 역. 문예출판사. 2004.

호미 바바.『국민과 서사』. 류승구 역. 후마니타스. 2011.

Arif Dirlik, The Postcolonial Aura: Third World Criticism in the Age of Global Capitalism, Westview Press, 1997.

David E. Stannard, American Holocaust: Columbus and the Conquest of the New World, 1992

Enrique Dussel. *The Invention of the Americas: Eclipse of "the Other and the Myth of Modernity.* Continuum. 1995.

Ghymn Esther Mikyung. "Mothers and Daughters". Critical Insights: The Joy Luck Club by Amy Tan. Robert C. Evans ed. 2010.

Jacques Lacan. The Seminar of Jacques Lacan, Book XX: Encore-On Feminine Sexuality, the Limits of Love and Knowledge. Norton. 1998.

James Lu. "Enacting Asian American Transformations: An Inter-Ethnic Perspective." MELUS 23(4). 1998.

John Freeman. "Never Let Me Go: A Profile of Kazuo Ishiguro." Conversations with Kazuo Ishiguro. Shaffer, Brian W., and Cynthia F. Wong eds. Mississippi UP. 2008.

Jonathan Lee. *Chinese Americans: The History and Culture of a People.* 2015.

Lily Lee. *中國婦女傳記詞典: The Twentieth Century, 1912-2000.* 2003.

Paul Gilroy. *The Black Atlantic: Modernity and Double Consciousness.* Verso. 1999.

Sau-ling Cynthia Wong. *Sugar Sisterhood: Situating the Amy Tan Phenomenon.* 1995.

Sean Matthews, and Sebastian Groes. Kazuo Ishiguro: Contemporary Critical Perspectives. Continuum. 2009.

Stuart Hall. "Cultural Identity and Diaspora." *Contemporary Postcolonial Theory: A Reader.* Padmini Mongia ed. Arnold, 1996.

더 읽어보면 좋은 책들

존 리. 『자이니치 - 디아스포라 민족주의와 탈식민 정체성』. 김혜진 역. 소명출판. 2019.

가야트리 스피박. 『교육기계 안의 바깥에서 - 초국가적 문화연구와 탈식민 교육』. 태혜숙 역. 갈무리. 2006.

가즈오 이시구로. 『남아 있는 나날』. 송은경 역. 민음사. 2010.

가즈오 이시구로. 『부유하는 세상의 화가』. 김남주 역. 민음사. 2015.

가즈오 이시구로. 『파묻힌 거인』. 하윤숙 역. 시공사. 2015.

고혜림. 『포스트식민시대의 디아스포라문학』. 학고방. 2016.

넬리 아르캉. 『창녀』. 성귀수 역. 문학동네. 2005.

레이 초우. 『디아스포라의 지식인 - 현대 문화연구에 있어서 개입의 전술』. 김우영, 장수현 역. 이산. 2005.

로버트 J. C. 영. 『식민 욕망 - 이론, 문화, 인종의 혼종성』. 이경란, 성정혜 역. 북코리아. 2013.

루스 이리거레이. 『하나이지 않은 성』. 이은민 역. 동문선. 2000.

미셸 푸코. 『생명관리정치의 탄생 - 콜레주드프랑스 강의 1978~79년』. 오트르망, 심세광, 전혜리, 조성은 역. 난장. 2012.

바트 무어 - 길버트. 『탈식민주의! 저항에서 유희로』. 이경원 역. 한길사. 2001.

박종성. 『탈식민주의에 대한 성찰』. 살림. 2013.

아리프 딜릭. 『글로벌 모더니티 - 전 지구적 자본주의 시대의 근대성』. 장세룡 역. 에코리브르. 2016.

에이미 탄. 『부엌신의 아내』. 공경희 역. 대흥. 1992.

에이미 탄. 『접골사의 딸』. 안정희 역. 신영미디어. 2004.

엔리케 두셀. 『1492년, 타자의 은폐 - '근대성 신화'의 기원을 찾아서』. 박병

규 역. 그린비. 2011.
응구기 와 씨옹오. 『정신의 탈식민화』. 이석호 역. 아프리카. 2013.
월터 D. 미뇰로. 『서구 근대성의 어두운 이면 – 전 지구적 미래들과 탈식민적 선택들』. 김영주, 배윤기, 하상복 역. 현암사. 2018.
유순호. 『김일성 평전』. 지원인쇄출판. 2017.
육영수 외. 『디아스포라 지형학』. 앨피. 2016.
이경원. 『검은 역사 하얀 이론 – 탈식민주의의 계보와 정체성』. 한길사. 2011.
이민진. 『백만장자를 위한 공짜 음식』. 이옥용 역. 이미지박스. 2008.
이민진. 『파친코』. 이미정 역. 문학사상사. 2018.
이석구. 『저항과 포섭 사이 – 탈식민주의 이론에 대한 논쟁적인 이해』. 소명출판. 2016.
이옥희. 『항일의 꽃, 조선인 디아스포라』. 바이북스. 2019.
이창래. 『네이티브 스피커』. 현준만 역. 미래사. 1995.
이창래. 『생존자』. 나중길 역. 알에이치코리아(RHK). 2013.
이창래. 『영원한 이방인』. 정영목 역. 알에이치코리아(RHK). 2015.
이창래. 『제스처 라이프』. 정영목 역. 랜덤하우스코리아. 2005.
조르조 아감벤. 『호모 사케르 – 주권 권력과 벌거벗은 생명』. 박진우 역. 새물결. 2008.
최강민. 『탈식민과 디아스포라 문학』. 제이앤씨. 2009.
치누아 아체베. 『제3세계 문학과 식민주의 비평 – 희망과 장애』. 이석호 역. 인간사랑. 1999.
태혜숙 외. 『혼종성 이후』. 앨피. 2017.
호미 바바. 『문화의 위치』. 나병철 역. 소명출판. 2012.
호시노 도모유키. 『깨어나라고 인어는 노래한다』. 김옥희 역. 문학과지성사. 2002.
호시노 도모유키. 『론리 하트 킬러』. 김경원 역. 문예중앙. 2011.

| 지은이 소개 |

양종근_대구대학교 인문과학연구소 연구교수

사회의 불평등은 어떻게 재생산되는가. 사회적 억압과 차별은 인간 개인에게 어떤 영향을 미치는가. 인간의 자유와 해방은 어떻게 가능한가. 그것의 내용과 형식은 어떠해야 하는가. 저자가 지속적으로 관심을 가지고 있는 연구 분야는 사회와 개인의 관계, 그 결정성과 자율성의 관계이다. 저자는 영문학비평 전공자로 알튀세르, 지젝 등 마르크스주의와 정신분석 비평에 많은 관심을 가지고 있다. 현대문학이론 및 철학, 그리고 미학 이론 등에 관한 연구를 지속하고 있는 저자는 루카치, 아도르노, 벤야민, 알튀세르, 지젝, 라클라우 등 사회적 차별과 억압 기제의 작동원리와 이데올로기의 기능에 대해 탁월한 이론을 제시한 이론가들을 연구해 왔다. 마르크스주의를 중심으로 프랑크푸르트 학파와 비판이론, 후기 라캉에 기반한 정신분석학, 포스트모더니즘과 포스트식민주의 및 현대 프랑스 급진철학을 통해 민주주의와 평등, 인간해방의 가능성을 모색하고 있다. 저서로는 『새로운 민주주의와 헤게모니』, 『우리시대 인문학 최전선』(공저) 등이 있다.

세계 속 동아시아 디아스포라

– 복제인간, 가족, 좀비, 여전사 –

초판 1쇄 인쇄 2020년 8월 16일
초판 1쇄 발행 2020년 8월 30일

지 은 이 | 양종근
펴 낸 이 | 하운근
펴 낸 곳 | 學古房

주　　소 | 경기도 고양시 덕양구 통일로 140 삼송테크노밸리 A동 B224
전　　화 | (02)353-9908　편집부(02)356-9903
팩　　스 | (02)6959-8234
홈페이지 | http://hakgobang.co.kr
전자우편 | hakgobang@naver.com, hakgobang@chol.com
등록번호 | 제311-1994-000001호

ISBN 979-11-6586-101-8 93820

값 : 19,000원

■ 파본은 교환해 드립니다.